KB260675

우리 집에는
늑대가
숨어
있다

우리 집에는 늑대가 숨어 있다

초판 1쇄 찍은 날 § 2006년 8월 21일
초판 2쇄 펴낸 날 § 2010년 2월 12일

지은이 § 김랑
펴낸이 § 서경석

편집장 § 문혜영
편집책임 § 이종민
편집 § 한지윤

펴낸곳 § 도서출판 청어람
등록번호 § 제1081-1-89호
등록일자 § 1999. 5. 31
어람번호 § 제5-0105호

주소 § 경기도 부천시 원미구 심곡 2동 163-2 서경B/D 3F (우) 420-822
전화 § 032-656-4452 팩스 § 032-656-4453
http://www.chungeoram.com
E-mail § eoram99@chollian.net

우리 집에는 늑대가 숨어 있다

김랑 지음

도서출판 청어람

"**몇** 호에 이사 오셨습니까?"

눈가의 자글자글한 주름 사이로 친절함이 엿보이는 경비 아저씨가 짐 가방을 들고 엘리베이터로 향하는 이수에게 물었다.

"1704호예요."

"아, 1704호요. 1704호? 이상하네. 무슨 이사를 아침저녁으로 옵니까?"

"네? 무슨 말씀이세요?"

하고 이수가 되묻는데 마침 엘리베이터 문이 열렸고 경비 아저씨가 굳이 설명을 하려는 것 같지 않아 이수는 경비 아저씨에게 살짝 목례를 한 후 닫힘 버튼을 눌렀다.

한층한층 십칠층을 향해 올라가는 엘리베이터 전자 액정을 쳐다보던 이수는 초조함과 기쁨이 뒤섞인 미소를 흘렸다.

초조함은, 해가 떨어질랑 말랑 하고 있었기 때문이다. 서둘러 테라스 창문을 열어주어야 아래에서 대기하고 있는 이삿짐센터 아저씨들이 일을 시작할 수 있었고 되도록 해가 지기 전에 짐을 다 올려 이웃집에 피해를 주고 싶지 않았다.

기쁨은, 드디어 그럴듯한 집을 마련했다는 것! 비싸기만 하던 월세 오피스텔을 벗어나 다달이 셋돈을 내지 않아도 될 내 집을 마련했다는 것이 얼마나 기쁘고 뿌듯한가. 물론 다달이 융자를 갚긴 해야 하지만 오피스텔에 살며 내던 셋돈처럼 생돈 나가는 것이 아니라 온전히 내 집을 만들 수 있는 돈이니 아깝지 않았다. 요즘은 웬만하면 굴린다는 자가용도 마다하고 대중교통을, 그것도 주로 전철과 버스를 이용했다. 어지간하면 택시도 타지 않고 말이다. 직장 여성이라면 계절마다 갈아입을 브랜드 옷 두세 벌씩은 갖고 있는 것이 기본인데 상대하는 사람들 보기에 추하지 않고 점잖으면 되지 하며 몇십만 원씩 하는 브랜드 옷이 아니라 동대문표 옷을 고집하며 아끼고 아꼈다. 그저 저금이 내 살길이다 하며 모으고 모으다 보니 이렇게 집을 갖게 된 것이다. 웬만하면 집을 사기 힘들다는 서울 땅에 결혼도 안 한 처녀가 집을 샀다는 것, 이 얼마나 대단한 일이며 이 대단한 일을 해내기 위해 얼마나 짠내가 나도록 아꼈겠는가! 이 뿌듯함, 이 성취감을 그 무엇과 비교할 수 있겠는가 말이다.

엘리베이터가 십칠층에 멈춰 서고 곧 문이 열렸다. 이수는 가방을 내려놓은 뒤 주머니를 뒤져 전 주인 아줌마에게 건네받은 열쇠를 꺼내 보조키 구멍에 넣고 오른쪽으로 살짝 비틀었다. 잠김이 풀리는 경쾌함이 손끝에 전해오자 이수는 뿌듯함을 느끼며 씩 웃었다. 이수는 다음으로 전자키를 누르기 시작했다.

"57291……."

머릿속에 외워두었던 번호를 다 누르고 열림 버튼을 꾸욱 누르는데,

—잘못 누르셨습니다. 다시 눌러주십시오.

하는 멘트가 전자키에서 새어나왔다.

"어? 맞는데…… 572914."

이수는 자신이 여섯 개 번호 중에 한두 가지를 잘못 눌렀을지도 모르겠다 싶어 다시 한 번 신중하게 버튼을 누른 후 다시 열림 버튼을 꾹 눌렀다.

—잘못 누르셨습니다. 다시 눌러주십시오.

"왜 이러지?"

이수는 서둘러 휴대폰을 꺼내 전화번호 저장부에 입력시켜 놓은 번호를 찾았다. 이수가 외우고 있던 번호가 틀림없었다. 한 글자도 틀리지 않게 입력했는데 어째서 잘못 눌렀다는 걸까?

이수는 긴장됨을 느끼며 휴대폰에 저장해 놓은 번호를 다시 한 번 누르는데 안에서 잠금장치가 풀리는 소리가 들리는가 싶더니 철컥 하고 문이 열렸다.

'어? 누구지?'

집 안에 사람이 있을 리가 없었다. 원래 비어 있던 집이라고 했었다. 잔금이 건너가던 날 마지막으로 부동산에서 만났던 전 주인

이 부동산 사장님과 법무사, 그리고 이수가 있는 자리에서 그랬었다. 전세 살던 사람들이 두어 달 전에 이사 나가서 집은 진작부터 비어 있었다고. 잔금 받고 끝났으니 오고 싶은 날 언제든 이사 오라며 보조키를 내놓았었다. 그러니 지금 안에서 문을 여는 사람은 누구냔 말이다. 진작부터 비어 있다던 집에 사람이 있다니!

문이 열리고 사람이 고개를 내밀었다. 남자였다. 참…… 괜찮게 생긴 남자.

참 괜찮게 생긴 남자가 생긴 것과는 어울리지 않게 머리 한쪽은 비죽비죽 뻗치고 한쪽은 눌린 부스스한 얼굴로, 마치 자다가 방금 깬 듯한 얼굴로 퍽 귀찮다는 듯 이수를 쳐다봤다.

"누구세요?"

남자가 잠긴 목소리로 물었다. 자다가 방금 깬 것이 틀림없었다. 그런데 사실 그 말은 이수가 물어야 될 말이었다. 댁은 누구냐고.

"이사 왔어요."

"예?"

이사 왔다는 말에 남자가 괜찮은 생김이 담박 무너져 버리게 왼쪽 눈을 잔뜩 찡그리더니 그게 무슨 말도 안 되는 소리냐는 얼굴로 이수를 쳐다봤다.

"이사를 왔다고요?"

"네. 아니, 저기……."

이수는 혹시 자신이 동이나 호수를 잘못 찾아온 것이 아닌가 싶어 얼른 대문에 붙은 호수를 확인했다. 틀림없이 1704호였다.

'호수는 맞는데…… 그럼 동이 틀렸나?

"1105동 아니에요? 1105동 1704호."

"맞아요. 그런데 이사라니요. 내가 오늘 이사 왔는데."

남자가 약간 골치 아프다는 표정으로 뒷덜미 근처를 긁으며 말했다. 이사 왔다고!

"뭐, 뭐라구요?"

이사를 왔다니, 이게 어떻게 된 노릇일까.

하루 휴가를 얻어 아침나절에 쉬엄쉬엄 이사를 하고 싶었지만 도저히 휴가를 낼 처지가 아니라 급한 불만 꺼놓고 오후 네 시가 지나 사무실을 나섰다. 어떻게 하든 해가 지기 전에 끝낼 생각으로 특별히 택시까지 잡아타고 달려왔는데 이사 온 사람이 또 있다니.

순간 등 뒤로 진땀이 쪼옥 흐르는 이수의 머릿속에 떠오르는 한 단어가 있었으니,

'사기!'

사기라니, 말도 안 되는 소리였다. 감히 누구한데 사기를 쳐! 내가 누군 줄 알고!!

"이사를 왔다구요? 그럴 리가 없어요. 내가 이사를 왔는데…… 전 분명히 계약했어요. 부동산에서요."

이수가 침착하려고 애쓰며 남자에게 말했다.

"그럼 부동산에서 계약하지 어디서 합니까? 나도 부동산에서 계약했어요."

남자가 맹한 소리 하지 말라는 듯이 대꾸했는데 남자의 억양이

살짝 불량스러워 이수는 기분이 상해 버렸다.

"네, 부동산에서 계약을 하죠. 그리고 계약서도 있어요."

이수가 가방을 뒤져 계약서를 펼쳐 보였다.

"나도 계약서 있어요."

남자가 이번엔 계약서 없이 무슨 수로 집을 얻겠냐는 듯 깔보는 투로 말했다.

새 집을 사서 이사 온 첫날, 내 집에, 엉뚱한 사람이 자기도 이사 왔다며 대문을 떡하니 막고 서 있는 꼴을 보니 딱 기함하겠는데 이 남자 무슨 권리로 이렇게 툭툭 쥐어박듯이 대꾸하는지 이수는 명치끝에서 욱하고 분이 치미는 것을 느꼈다. 하지만 지금은 남자를 상대로 아옹다옹할 때가 아니었다. 설마 그럴 리는 없겠지만, 그래서도 안 되겠지만 자칫 한순간에 망할 수도 있다는 생각이 들자 이수는 재차 침착할 것! 을 부르짖으며 휴대폰으로 부동산에 전화를 걸어 자초지종을 설명했다. 차근차근 조곤조곤 이러저러해서 매우 곤란한 처지에 놓였다고.

집을 사는 일이, 무슨 일이십만 원 들여 전자제품 하나 들여놓는 일도 아니고 억 단위가 왔다 갔다 하는데 이럴 땐 누구라도 흥분해서 덮어놓고 고함부터 치거나 아등바등 숨넘어갈 듯 하소연하는 것이 당연할 것이다. 그런데 이수는 달랐다. 중립을 팽팽하게 유지해야 하는 유별난 직업을 가졌기 때문일까? 스스로에게 침착할 것을 세뇌시킨 탓도 있겠지만 급한 상황에 내몰리자 어김없이 냉정함이 치솟으며 마치 법정에 들어선 듯 당황한 정신을 추스르게 만들었다. 흥분하느라 제대로 설명을 못하거나 혹은 초조함과 황당함에 울어버리기라도 하면 상황을 더욱 악화시킬 수도 있다고 생각했기 때문이다.

지금 당장 집주인과 연락을 취한 후 집으로 달려오겠다는 부동산 사장님과 통화를 끝낸 이수는 삼 년 동안 휴가 한번 제대로 못 가고 말 그대로 죽도록 일해 번 돈 홀랑 뜯기는 것이 아닌가 하는 불안함에 입이 바짝 마르고 가슴이 떨렸다. 하지만 자신을 모르는 사람에게, 말하자면 이수 자신의 집인데, 명백하게 이수의 집인데 자신도 이사 왔다며 이유여하를 불문하고 당당하게 집에 대한 소유권을 행사하고 있는 낯선 남자 앞에서 당황해 주저앉을 것 같은 모습은 보여주기 싫었다. 그러면 정말로 지고, 정말로 뺏길 것 같았기 때문이다. 질 수 없었다. 뺏길 수는 더 더욱 없고!

그때 엘리베이터 문이 열리더니 이삿짐센터 아저씨가 내렸다.

"창문 열어주셔야죠."

"아, 예. 그게요, 아저씨……."

이수가 이걸 어떻게 설명해야 할까 고민하고 있는데 남자가 문을 활짝 열어주었다.

"일단 들어오시죠. 밖에서 이러는 거 보기 안 좋으니까."

남자 딴에는 친절을 베푼다며 문을 열어주는 것이겠지만 순간 이수는 속이 상해 버렸다. 줄 돈 다 주고 집을 산 사람은 이수인데, 무조건 열고 들어갈 권리가 충분한데 어째서 앞에 있는 저 남자가 권리를 행사하는 것이며, 큰 선심 쓰는 척하는 꼴이라니.

이수는 속도 상하고 기분도 나빠서 약간 찡그린 얼굴로 열린 문을 쳐다보았지만 남자 말대로 밖에서 실랑이해 봤자 안 좋은 일

당했다는 걸 광고하는 꼴밖엔 안 된다 싶어 남자의 집, 아니, 자신의 집으로 들어갔다.

"짐 풀어야 해요."

사정을 알 리 없는 이삿짐센터 아저씨가 재촉을 해댔지만 이수는 상황 설명을 할 여유도, 기분도 아니었다.

이수가 문도 열어주지 않고 설명도 하지 않고 일그러진 얼굴로 서 있기만 하자 이삿짐센터 아저씨가 문 안 열어요? 하고 이수에게 물었다.

"그게 아저씨……."

이수가 우물거리는 걸 보다 못한 남자는 잠이 다 깼는지 처음보다 훨씬 맑아진 눈동자로 이삿짐센터 아저씨에게 간단명료하게 설명을 했다. 설명을 들은 이삿짐센터 아저씨의 한마디가 이수의 초조한 가슴에 불을 질렀다.

"아가씨, 사기 맞은 거 아니에요?"

젠장!!

이수가 순간적으로 눈앞이 캄캄해지는 것을 느끼는데 눈치라고는 눈 씻고도 찾아볼 수 없는 이삿짐센터 아저씨, 이수의 딱한 사정엔 아랑곳하지 않고 오늘 짐을 못 풀 경우 이삿짐을 하루 맡아주는 가격이 얼마라고, 것도 꽤 인심 써서 깎아주는 척 말하고는 내려가 버렸다.

남자와 단둘이 남은 이수. 달려오겠다던 부동산 아저씨는 왜 이렇게 오지 않는지 암만 침착하자고 해도 초조함은 어쩔 수 없었다.

"좀 앉아요."

남자가 말했고, 이수가 남자를 쳐다보자 남자가 소파를 가리키고 있었다.

기가 막혔다. 완전하게 비어 있어야 할 내 집에 남의 살림살이가 완벽하게 배치되어 있다니. 가만, 벽지도 장판도 이수가 골라 새로 바르고 깐 것이 아닌가. 전에 전세로 살던 사람들에게 일곱 살, 다섯 살 남자 아이 둘이 있었는데 집을 얼마나 험하게 썼는지 방이고 거실이고 장판이고 할 것 없이 온갖 그릴 것들에 의해 추상화 전시장이 되어버린 통에 다른 것은 그냥 쓴다 하더라도—가령, 물이 튀는 바람에 삭아버린 화장실 문짝이나 때가 꼬질꼬질한 싱크대 같은—벽지와 장판만큼은 공사를 해야 했다. 도배하고 장판 까는 데 107만 원이나 들였는데, 그것도 깎은 가격이 그랬는데. 이 남자 양심도 없지, 어디 공으로 남의 집에 살림 풀고 들어앉아 있단 말인가.

이수의 황당한 표정이 남자에게는 혼이 빠진 것으로 이해됐는지 남자가 좀 앉으라고 재차 소파를 권했다.

그래, 아닌 게 아니라 좀 앉아야 될 것 같았다. 굳세게 대처하고 싶지만, 까딱하다간 '억'이 날아갈 판이라 굳세질 수가 없었다. 그런데 이 이인용 소파, 깨끗한 집하고 정말 안 어울렸다. 정말 꼬지고 정말 후졌다. 누가 한 이십 년 쓰다 버린 거 주워온 것처럼.

"이 벽지, 장판 내가 내 돈 들여 한 건데 그건 알고 계세요?"

이수의 물음에 조금이라도 당황할 줄 알았던 남자가 집 안을 획 한 바퀴 둘러보고는 어깨를 으쓱하더니 아무렇지도 않게 대꾸했다.

"집 판 사람이 해놓은 줄 알았죠."

허이구, 말해봐야 무슨 소용이랴.

남자가 손목시계를 들여다보더니 이수를 거실에 남겨두고 잠깐 방에 들어갔다가 뭔가를 들고 나왔다.

"계약서 좀 봅시다."

남자가 말했고 이수는 들고 있던 계약서를 남자에게 건네주었다. 남자가 바닥에 앉더니 이수가 건네준 계약서를 바닥에 펼쳤고 그 옆에 자신이 방에서 가지고 나온 계약서도 펼쳤다. 이수는 소파에서 계약서를 대조해 보는 남자를 쳐다보다가 이러고 구경할 게 아니라 자신도 살펴야 할 것 같아 소파에서 내려왔다. 남자 곁으로 다가간 이수는 남자처럼 풀썩 바닥에 주저앉아 남자가 펼쳐놓은 두 가지 계약서를 비교하기 시작했다.

"이진철, 김명숙…… 이진철, 김명숙. 맞는데……."

계약서에는 1105동 1704호 명의자에 똑같이 이진철, 김명숙이라는 이름이 올라가 있었다.

이수는 남자의 계약서와 자신의 계약서에 나온 명의자 이름이 같다는 것에 안도를 느껴 소리없이 한숨을 내쉬었다.

"그런데 내 계약서에는 계약자가 이진철이고 여기 계약서에는 김명숙으로 되어 있네요."

남자의 말에 이수가 들여다보자 남자의 말대로 계약자의 이름이 달랐다. 명의자는 똑같은데 계약자의 이름이 다르다? 하지만 계약자 둘 다 이 집의 명의자 중 한 사람씩이니 이수가 사기를 당했다고 단정 지을 수는 없을 것 같았다.

"윤이수 본인이세요?"

남자가 이수의 계약서에 적힌 이름을 보더니 물었다.

"물론이죠."

"남자 이름 같네요."

"그런 편이죠."

"부동산에서 이진철, 김명숙 이 사람들 부부라고 하던데, 공동 명의라서 명의가 두 사람의 이름으로 되어 있는 것 같고요. 아무래도……."

남자가 살짝 골치 아프다는 얼굴로 미간을 찌푸렸다.

"아무래도 뭐요?"

"이중 계약을 한 것 같습니다."

남자가 말했다.

"이중 계약요?"

"잠깐만요."

남자는 이수를 잠깐 쳐다보다가 어디론가 전화를 걸었는데 대화 내용을 듣다 보니 이 집을 계약한 또 다른 부동산이었다.

"그러니까 이진철 씨 연락해서 당장 오라고 하세요. 당장 오지 않으면 가만 안 둔다고."

남자가 신경질적으로 내뱉고는 전화를 끊는데 초인종이 울리자마자 문이 열리더니 이수가 계약했던 희망부동산 사장님이 들어왔다.

"한 집에 두 집이 이사 왔다니 이게 뭔 소립니까?"

희망 사장님이 눈을 동그랗게 뜨고 물었다.

"이분도 오늘 이사 오셨대요. 여기 계약서 좀 보세요."

이수가 탁자에 놓인 계약서 두 장을 내보이자 희망 사장님이 주머니에서 돋보기안경을 꺼내 코에 걸치고는 계약서 두 장을 꼼꼼하게 읽었다.

"아니, 이 양반들이 장난하나. 이게 뭔 짓인지…… 한 사람은 우리 가게에 내놓고 한 사람은 행복부동산에 내놨네."

"어떻게 되는 거예요, 사장님?"

"김명숙 씨 온다고 했으니까 오면 해결을 해야죠. 행복에 전화 좀 해봐야겠네."

"내가 했어요. 올 거예요."

희망 사장님이 휴대폰을 꺼내다가 남자가 말하자 도로 휴대폰을 집어넣었다.

"이거 이중 계약한 거예요?"

"그렇죠."

"이중 계약하면 어떻게 돼요? 잔금 다 넘어갔는데 다 찾을 수 있는 거죠?"

"찾아야지. 김명숙이든 이진철이든 이 사람들이 다 토해내야지."

"받을 수 있는 거죠?"

"받아야지, 돈이 얼만데, 이걸 그럼 떼이나."

"떼이면 안 되죠. 전 재산이에요. 이 집 사려고 대출까지 받았어요."

말을 해놓고 보니 대출 받았단 소린 왜 했나 싶어 이수는 후회했다.

이수가 안쓰러워 보였던지 희망 사장님이 진정하라는 듯 이수의 등을 다독였다.

"온다고 했으니 오면 얘기를 들어봅시다."

이수가 초조한 한숨을 내쉬며 계약서를 만지작거리는데 계약서에 적힌 이름 중에 괴상한 이름을 하나 발견했다.

'오금봉.'

오금봉? 이수는 슬쩍 남자를 쳐다봤다. 이진철과 계약한 사람이 오금봉. 오늘 이 집으로 들어왔다는 사람은 괜찮게 생긴 저 남자. 그럼 저 남자 이름이 오금봉? 정말 특이하고 촌스런 이름이다. 어쩜, 생긴 것하고 이렇게 매치가 안 되는 이름이 있을까. 이수는 웃음을 터뜨릴 뻔했지만 심각한 와중이라 참았다. 지금 이름이 문젠가, 남이사 오금봉이든 도금봉이든 내 돈! 내 돈을 찾을 수 있느냐 없느냐 그것이 가장 중요했다.

희망 사장님과 오금봉, 그리고 이수가 하나같이 찝찝한 얼굴로 서로를 외면하고 있는데 행복부동산 사장님이 뛰어들어 왔다. 희망 사장님과 행복 사장님은 서로 잘 아는지, 아니면 서로 왕래가 없었어도 같은 업종에서 일하는 사람이고 한 사건에 한데 묶인 탓인지 만나자마자 죽이 잘 맞게 서로의 의견을 교환하더니 한 목소리로 이진철과 김명숙을 성토했다.

"나한테는 외국 나가서 자기가 혼자 처리한다더라고. 부부니까 누가 그걸 의심을 하겠냐고."

“나한테는 김명숙이가 유학 간 딸래미 뒤치다꺼리하느라 이태리 갔다던데?”

“거 참, 희한한 사람들이네.”

행복과 희망 사장님들한테 성토당하고 있다는 걸 아는지 모르는지 이진철도, 김명숙도 나타날 기미가 없는데 정작 오라는 사람은 오지 않고 이삿짐 아저씨만 뻔질나게 오르내리며 짐을 풀든지 아니면 하루 맡기든지 하라고 이수를 몰아붙였다.

“조금만 더 기다려 주시면 안 될까요?”

“시간 봐요. 일곱 시가 다 되어가고 있다니까. 우리도 집에 가서 저녁 먹어야잖아.”

매정도 하여라. 누군 억을 날리느냐 찾느냐 기로에 서 있는데 자기들 저녁밥 한 끼 굶을까 걱정이라니.

이수가 답이 안 나온다는 얼굴로 아랫입술을 꽉 깨무는데 보기 딱했던지 남자가 나섰다.

“곧 집주인이 오기로 했으니까 조금만 더 기다려 주시죠.”

“한 시간 반째 오도 가도 못하고 붙잡혀 있잖아요. 일단 짐을 풀 테니까 베란다 문 좀 열어주쇼.”

이삿짐센터 아저씨의 말에 남자가 대번에 단호하기 짝이 없는 어조로 ‘그럴 수 없습니다!’ 라고 대답했다. 이수는 남자의 냉정함에 왈칵 성질이 났다.

“그럴 수 없다뇨. 나도 분명히 계약서 작성해서 합법적으로 취득했는데.”

이수가 발끈해서 말하자 오금봉이 눈빛을 번득이며 이수를 노려봤다.

너, 내 먹이에 손 댔다간 죽는 수가 있다 뭐 이런 눈빛이었다. 쳇, 누군 잡아다 놓은 먹이 뺏기고 가만있을 줄 아나?!

"내가 먼저 이사 왔지 않습니까?"

오금봉이 뜬금없이 굵고 높은 목소리로 말했다.

"누가 먼저 이사 온 것은 아무 문제가 아니죠. 그쪽이 권리를 주장하는 것만큼 나한테도 똑같은 권리가 있다 그겁니다."

굵고 높던 오금봉의 목소리와는 다르게 이수는 높지도 낮지도 않은, 하지만 무척 차가운 음성으로 대꾸했다.

"아참 정말, 아가씨도 권리가 있다면 문을 열어요."

"안 된다니까요!"

오금봉이 소리치자 이삿짐센터 아저씨가 주춤했다.

"그럼 우리한테 하루 맡기든지. 오만 원에 해줄 테니까 하루 맡겨, 아가씨. 더는 못 기다려!"

오금봉의 한마디에 대번에 주춤 물러서던 이삿짐센터 아저씨가 이수에게는 짜증까지 냈다. 아, 진짜 뭐 이런! 왈칵 성질이 돋은 이수가 좀 기다리세요! 하고 싶은 목소리로 짜증을 내자 상대방의 언성이 더욱 높아졌다.

"못 기다려! 짐 내려놓고 갈 테니까 알아서 해, 그럼!"

이수의 짜증에 열받은 아저씨가 아주 막 나오기 시작했다.

"짐을 내려놓고 가다니요. 짐을 올려놓고 가는 것까지가 이삿짐센터에서 해줘야 하는 일이잖습니까!"

"올려놔 준다는데 기다리라고만 하잖아!"

이 아저씨가 정말, 이제 대놓고 성질을 부려댔다.

"문 열 테니까 짐 올리세요."

"짐을 어딜 올려요?"

성질이 난 얼굴로 테라스로 가는 이수 앞을 오금봉이 척하고 막아섰다.

"비키세요."

"짐 못 올려요!"

"비키라구요!"

이수가 오금봉을 제치고 테라스로 나가려는데 오금봉이 이수의 팔을 틀어잡았다.

"이거 놓으세요."

"안 된다고 했습니다."

"이보세요!"

"어허, 이러지들 마시고 곧 전 주인들이 온다고 했으니 잠깐만 기다립시다."

"그렇게 해요. 싸운다고 해결이 될 일인가, 이게."

희망, 행복 사장님들이 쫓아와 이수와 오금봉의 신경전을 말렸다. 이수와 오금봉이 서로 누구의 눈빛이 더 강렬한지 경쟁이라도 하듯 서로를 매섭게 노려보는데,

"빨리 해요! 쌈 구경하게 생긴 줄 아나, 당장 문을 열든지 짐을 맡기든지 어서 정하라고!"

하고 이삿짐센터 아저씨가 버럭 소리를 질렀다.

오금봉과의 실랑이를 뻔히 눈앞에서 보고 있으면서도 요만큼도

사정을 봐주지 않으려는 인심이라니. 에잇, 거지똥구멍에 박힌 장아찌만큼이나 박정하기는!

"문 열기는 글렀고 하루 맡아줄 테니까 내일 전화하쇼. 난 갈 거니까."

"아저씨!"

"부르지 마쇼! 나도 바쁜 사람이니. 이삿짐이나 나른다고 사람 우습게 보는 것도 아니고 말이야."

누가 누굴 우습게 봤다고, 언제 우습게 봤다고 저 아저씨가 정말!

침착이고 지랄이고 이판사판 성질나 죽겠는데 옳거니 잘됐다 이참에 숨겨둔 성깔 끄집어내 한판 붙어버리자 싶어 빽 소리를 지르려는 그때 문제의 집주인 이진철과 김명숙이 집으로 들어섰다.

"사장님!"

"사모님!"

희망, 행복 사장님이 이진철과 김명숙을 외쳐 부르며 무슨 일을 이렇게 하냐며 쏘아붙이기 시작했다.

"양쪽에서 계약을 하면 어쩌란 말입니까! 아니, 무슨 사람들이 일을 이렇게 해서는⋯⋯."

각설하고, 이게 어떻게 된 일인지 요약하자면, 이진철과 김명숙이 부부인 것은 틀림없는 사실이고 1105동 1704호가 두 사람의 공동명의인 것도 사실이었다. 또한 두 사람이 각자 부동산에 집을 내놓고 각자 오금봉과 윤이수 이렇게 두 사람과 각각 매매계약을 맺었다. 말하자면 이중 계약인데 어처구니없는 사실은 이진철과 김명숙은 서로에게 집을 내놓았다는 것을 숨긴 것이다.

'당신이 뭔데 집을 내놓았느냐', '내가 왜 집을 못 내놓느냐, 내 집인데' 해가며 싸우기 시작한 두 사람의 얘기를 들어보니 두 사람은 무늬만 부부일 뿐 완전히 원수였다. 원수도 이런 원수가 없었다. 각자의 집에서 각자 살기 시작한 것이 일 년이 넘었고 이 집을 비롯해 서산에 있다는 땅과 또 무슨 동네에 있는 상가가 모두 공동명의로 되어 있는 바람에 진작부터 이혼하자 이혼하자 하면서도 재산 분할에 합의를 보지 못해 서로서로 이혼서류에 도장을 찍어주지 않고 버티는 상태였다.

이건 무슨 사랑과 전쟁에 나올 얘기도 아니고 새파랗게 젊은 년하고 붙어먹어 딴살림을 차리는 바람에 여기까지 오게 된 것이 아니냐고 순전히 당신 탓이라고 공격하는 김명숙에게 마누라가 마누라 같아야 대접을 해주지, 라고 받아치는 이진철, 게다가 내 현금 통장 털어 날아서 압구정동에 집 샀으면 그만이지 어디 이 집까지 해먹을 생각을 했냐는 이진철의 역공세에 열받은 김명숙이 당신은 나 몰래 서산 땅 팔아치워 그년 갖다주려다 걸리지 않았냐고 별별 소리가 다 튀어나왔다. 재산이 없어도 큰일, 많아도 큰일, 요지경이다.

"아, 그래서 짐을 어떻게 할 거냐고!"

퍽 솔깃한 얼굴로 듣고 있던 이삿짐센터 아저씨가 구경할 만큼 다 했다 싶은지 갑자기 버럭 고함을 치는 바람에 이진철과 김명숙의 싸움이 일단 소강 상태로 들어갔다.

"짐을 올려, 말아! 그걸 결정하란 말이야! 배고파, 집에 가야 한다고!"

이삿짐센터 아저씨가 손바닥까지 짝짝 쳐가며 소리쳤다.

"좀 기다려 달라고 하지 않았습니까!"

그렇게 소리친 사람은 이수도, 부동산 사장님들도 아니고 바로 그 남자였다. 1105동 1704호에 이수와 함께 계약한 오금봉.

"언제까지 기다리란 말이오?"

"끝날 때까지 기다려요."

"아니, 이 사람이. 우리가 그렇게 한가한 사람인 줄 아나."

"나도 한가한 사람 아니에요. 나도 일하러 나가야 해요. 벌써 늦었단 말입니다!"

"그건 그쪽 사정이고!"

"어허, 이 양반 정말."

행복 사장님이 이삿짐 아저씨 팔을 붙잡았다.

"이분 형사님이에요. 사람이 눈치없이 이렇게 닦달이야, 정말."

형사?

이수는 오금봉 형사를 흘낏 쳐다봤다. 어, 형사였구나.

"아니 뭐, 형사면 뭐 내가 뭐 못할 말 했나? 그렇잖아요. 뭐, 뭐, 집에 좀 가자는데, 뭐 내가 그 말밖에 더 했나?"

암만 형사라고 해도 내가 잘못한 것 없는데 겁먹을 필요 있냐는 얼굴을 하면서도 이삿짐 아저씨 형사라는 말에 괜스레 긴장했는지 우물쭈물 말 몇 마디에 '뭐' 라는 단어를 쉴 새 없이 반복됐다. 형사라는 말에 정말 긴장한 사람은 따로 있었다. 바로 이진철과 김명숙.

"어떻게 하실 겁니까?"

오금봉이 집주인 부부에게 물었다. 확실하게 답을 제시하지 않으면 곧장 고소장, 혹은 이중 계약사기 현행범으로 체포하겠다는 듯이.

"정말 죄송하구요, 형사님. 내일 은행 문 열자마자 입금하겠습니다."

이진철이 말했다. 이진철이 말했으니 오금봉에게 입금한다는 말일 것이고, 그래서 이수는 속으로 안도의 한숨을 내쉬는데 오금봉은 그냥 지나치지 않았다.

"누구한테요?"

오금봉의 이를 바짝 갈아붙이는 듯한 물음에 뜨끔한 이진철과 김명숙이 서로 눈치를 보다가 서로에게 떠넘기기 시작했다.

"당신이 해결해."

"내가 왜요? 당신이 해결해요."

"아니, 이 여자가."

"이 남자가 정말!"

"이것 보세요!"

오금봉이 우렁찬 목소리로 고함을 지르자 이진철과 김명숙이 화들짝 놀란 얼굴로 금봉을 쳐다봤다.

"저기, 아가씨 미안하게 됐어요. 내일 입금시켜 줄게요."

이 아저씨 봐라, 오금봉이 형사라고 고함 한 번 빽 지르니 바로 꼬랑지 내리고 나더러 물러서라네, 형사는 겁난다 그거지? 택도 없는 소리! 형사가 겁난다면 그럼 내 직업이 뭔지 알면 오줌을 싸겠군. 오냐, 오줌 싸게 해주마!

이수는 오기가 치밀었으나 마음을 가라앉히려고 애쓰며 침착하게 입을 열었다.

"이분이 형사라서 지금 저한테 나가라는 말씀입니까?"

이수가 이진철과 김명숙을 똑바로 쳐다보며 물었다.

"우리 형사님 때문에 아가씨더러 나가라는 게 아니고, 아무래도 남자보다는 여자가 움직이기 편하니까……."

'그걸 설명이라고 하셔? 뭐, 우리 형사님? 형사가 그렇게 겁나면 내 직업이 뭔지 확 까발리고 정말 오줌 지리게 해줘? 진짜 유치하게 나가봐?'

악 하고 질러 버리고 싶은 마음에 나 이런 사람이요! 목구멍 앞에까지 치밀어 오르는 말을 가까스로 내리눌렀다. 형사라는 말에 겁먹은 사람들, 더 큰 겁주자고 직업 밝히는 꼴은 정말 너무 유치하다 싶었기 때문이다. 이수는 차디찬 표정으로 이진철과 김명숙을 노려봤다.

"돌려주시는 건 좋은데 집이라는 게 하루 이틀 만에 구해지는 게 아니잖아요. 저 이 집 구하는 데 넉 달 걸렸어요. 두세 달 기본으로 걸리는 게 집 구하는 일인데 그럼 그동안 전 어떻게 하라구요? 서울역에서 노숙할까요?"

"친구 집에라도 잠깐……."

"내 친구들 다 결혼했어요. 안타깝게도 나 혼자 싱글인데 결혼한 친구도 문제지만 친구 신랑은 어쩌라구요? 얼굴에 철판 깔고 그냥 디밀어요?"

"그럼 부모님 집에, 그래, 그러면 되겠네. 부모님 집에 잠깐 가 있으면……."

김명숙이 퍽 좋은 방법이라는 듯 말했다.

"부모님 구리에 사세요. 구리에서 출퇴근해요?"

이수의 목소리가 점점 더 날카로워지기 시작했다.

"그럼…… 아! 부동산 사장님, 여기 전세 나온 데 있을 것 아니에요. 좀 알아봐 주세요. 집 정해질 때까지 어디 잠깐 짐을 맡기고 숙식 해결할 곳은 내가 부담을 할 테니."

"전 집을 샀지 전세를 구한 게 아니에요."

"그건 아는데 지금 상황이 그렇잖아요. 아가씨, 너무 빡빡하게 굴지 말고 그렇게 합시다."

김명숙이 무조건 그렇게 하라는 듯이, 하라면 할 것이지 무슨 말이 많냐는 듯이 말했다. 아니, 무슨 이런 무경우가 다 있나. 이 난리가 나도록 만든 사람이 누군데, 누구더러 빡빡하다는 건가.

"이보세요, 말씀 그렇게 하시면 안 되시죠. 이 일이 그렇게 얼렁뚱땅 넘어갈 일입니까? 제가 고소를 하게 되면 어떻게 되는 줄 아십니까?"

이수가 정색을 하고 쏘아붙이자 이진철이 인상을 썼다.

"고소는 뭐 이만한 일로…… 요즘 젊은 사람들 고소하는 거 너무 좋아한단 말이야. 이봐요, 아가씨. 그런 식으로 사람 협박하는 거 그거 안 좋은 버릇이에요. 세상 그렇게 살면 안 되지. 안 그래요, 형사님?"

김명숙이 뻔뻔스럽게 이수에게 가르치려고 들었고 것도 모자라 오금봉에게 동의를 구하려고 하자 이수는 어이가 없어 실소를 터뜨리고 말았다.

"그렇습니까?"

드디어, 밝힐 때가 왔다. 유치하고 미숙한 짓인 것 같아 밝히지 않고 참았는데 이젠 더는 참을 수 없었다. 좋다, 형사에게 벌벌 떤 당신, 똥 싸게 해주마!

"할 수 없이 말해야겠군요. 서울 지방법원……."

"돌려준다잖아!"

김명숙이 이수의 말을 신경질적으로 딱 잘라 버렸다.

"서울 지방법원 뭐? 우리가 어떻게든 해결을 봐주려고 하는데 법원이 어쩌고 뭐? 고소하겠다고? 고소라니, 고소라니! 아가씨 그렇게 안 봤더니 너무하네, 정말. 그러지 마, 아가씨. 우리가 부모뻘인데 어디 고소라는 소릴 해. 요즘 젊은 것들은 뻑 하면 법이 어떠네 고소를 하네, 말세야, 말세."

누가 고소한다고 했나? 사람 말을 끝까지 들어보지도 않고 뭐가 어째?

김명숙과 이진철의 뻔뻔함은 아마도 미국까지 뻗칠 것이다. 해결을 봐주려고 한다니, 선심 쓰는 척하는 저 말투는 뭔가. 안하무인, 뭐 낀 놈이 성낸다더니 딱 그짝 아닌가.

"전 서울 지방법원 파산부……."

"해결해 준다고 하지 않습니까!!"

이번엔 이진철이 바락 고함을 치면서 이수의 말을 잘라먹었다.

"며칠만 기다리면 해결해 준다는데 정말, 쯧!"

김명숙의 지원 공격. 이것들이 정말 안팎으로!!

"됐어요!"

이수도 빽 소리를 질렀다. 이수의 외침에 생각보다 훨씬 날카로 웠는지 곁에 있던 사람들 모두가 좀 놀란 얼굴로 이수를 쳐다봤 다.

"됐고요, 집을 내놓든지 당장 돈을 내놓든지 하세요. 나머지 피 해에 대해서는 따로 청구할 테니. 여기 이사 오려고 도배, 장판 다 깔았는데 엉뚱한 사람이 쓰고 있으니 그것도 배상해 주세요."

이런 사람에게 선의고 예의고 차릴 필요가 없을 것 같았다. 내 가 조금 손해 보더라도 되도록이면 선하게, 모질지 않게 대하라던 아버지의 말씀은 이번만큼은 한번 접어버리기로 했다.

"따로 청구를 한다니. 이봐요, 아가씨. 도배니 장판이니 그건 아가씨가 해놓고선 왜 우리더러 해달라는 거야?"

"그럼 누구한테 받아낼까요?"

"그거야……."

김명숙이 형사 나리하고 해결해야 하지 않겠냐는 듯 오금봉을 슬쩍 쳐다보는데 오금봉이 험악하게 인상을 쓰고 있자 얼른 시선 을 피했다.

"다 해결해 주세요."

이수가 날카로운 어조로 말하며 노려보자 이진철과 김명숙이 또 젊은 사람이 어쩌고저쩌고 구시렁거렸다.

"나이가 들 만큼 든 것 같은데 결혼도 안 하고 혼자 산다기에 왜 그러나 했더니 그 성격에 누가 같이 살아주겠어."

저 아줌마 말하는 것 좀 보소. 받아버려? 참아?

"여자가 유하고 몰랑거리는 맛이 있어야지, 그래서 시집이나 가겠어?"

받아버리자.

"아주머니는 유하고 몰랑거리셔서 남편 분이 바람나셨군요?"

"뭐?! 아니, 이 새파란 것이!"

김명숙이 구백구십년 묵은 이무기 눈알을 하고 잡아뜯을 태세로 이수에게 악을 썼다. 분해서 가슴까지 들썩거리며. 분한 사람이 누군데, 그러게 누가 건드리래?

"뭐 이런 싸가지없는…….."

"닥치세요!"

"아줌마!"

이수와 금봉이 동시에 고함을 쳤다. 낮게 짝 깔린 금봉의 음색과 높고 깨끗한 소프라노 음색의 이수가 화음을 맞춰 소리치자 아주 일품이었다.

"사모님이 먼저 긁었잖아요."

"아이고, 지금 이러고 싸울 때예요? 얼른 해결들 봐요."

희망, 행복 사장님들이 중간에 껴서 대충 설거지를 하자 눈치만 보고 있던 이진철이 입을 열었다.

"일단은 당신이 내일 입금시켜 드려."

얼른 이수에게 원금 돌려주는 선에서 끝내고 치우기 위해 이진철이 아내의 옆구리를 꾹 찌르며 말했다.

"당신이 좀 해요."

"나 지금 여유없어."

"나도 없어요."

"없다니? 왜 없어?"

이신철이 눈을 부라렸다.

"세훈이 차 사주고 나도 뭐 좀 사고 썼어."

"차라니, 무슨 차. 세훈이 차 있잖아."

"그 자식이 술 처먹고 몰다가 들이받는 바람에 완전히 납작 눌려서……."

음주운전한 아들 세훈이 얘기를 하던 김명숙이 아차, 형사 앞에서 이게 무슨 짓인가 싶었는지 얼른 입을 다물었다.

"차를 얼마짜리를 샀는데?"

"아니, 아우디인지 뭔지가 얼마나 비싼지…… 나도 한 대 새로 뽑고……."

"아니, 이 여편네가. 고작 차 뽑으려고 집을 내놨단 말이야?!"

"당신이 해주면 될 것 아니야!"

"없다고, 나도!"

"어따 썼는데 없어?"

"휘트니스 인테리어 하느라고……."

"아니, 기어이 그년한테 그걸 차려준 거야? 이 망할 영감탱이가!!"

"그만 하세요!"

참 답답한 사람들이라는 듯 처다보고 있던 오금봉이 버럭 고함을 내지르자 이진철과 김명숙이 움찔하며 입을 다물었다.

"두 사람 쌈질이나 하자고 왔습니까?!"

오금봉이 얼굴을 잔뜩 구기며 호통 쳤다.

"얼마나 남았어?"

"정말 안 남았어. 주식에 넣어둔 거 찾아봐야…… 삼천…….."

"아이고, 나도 지금 당장 현금은 한 이천밖에 없는데……. 저기 아가씨, 일단 우리가 오천을 해드리고 나머진 차차 해드리면 안 될까요?"

"장난하세요?"

이수가 어이없다는 듯 웃으며 되물었다. 이억짜리 집을 샀는데 오천을 해주고 차차 해주겠다? 사람 성질 긁는 것도 여러 종류였다.

"누가 이런 걸로 장난을 해요. 우리가 지금 벌려놓은 일이 있어서 당장 현금을 융통할 수가 없으니까……."

"저기, 저기요. 짐 어떻게 할 겁니까? 아홉 시가 다 됐어요, 아홉 시가."

이삿짐 아저씨가 죽을상을 하고 말했다.

"어허. 이봐요, 좀 기다리라니깐."

행복 사장님이 혀를 찼다.

"아니, 아무리 형사님하고 일이 얽혀도 그렇지, 집에는 가게 해 줘야 할 것 아니에요."

"아가씨, 그렇게 합시다. 내일 오천 입금하고 차차, 한 달 내로 나머지 입금하는 걸로."

이진철이 합리적인 방법이랍시고 제시했다. 하, 진짜 한 대 갈

겨주고 싶다.

"그렇게 하고, 오늘 짐은 우리가 하루 맡아줄게요. 오만 원, 오만 원에. 거저야, 거저."

이삿짐 아저씨가 끼어들었다.

"그래 아가씨, 우리가 한 달 내로 틀림없이 해결해 줄게! 오늘 어디 여관에라도 가서 하룻밤 자든지. 숙박비는 내가 줄게."

김명숙이 명품 핸드백을 열고 지갑에서 십만 원 짜리 수표 한 장을 꺼내 이수의 손에 쥐어주며 거의 명령조로 이수를 압박했다. 이 사람들이 누굴 물로 보나.

"형사님, 그렇게 하면 되겠지요?"

이진철이 억지 미소를 지으며 물었다. 오금봉이 됐다고 하면 무조건 되는 것처럼. 정말 이것들이!

그때 경쾌한 초인종 소리와 함께 대문이 열리더니 정도 씨와 혜경 씨가 들어왔다.

"도와드리려고 왔습니다. 짐을 다 푸셨습니까, 판사님?"

정도 씨의 물음에 이수를 제외한 나머지 사람들의 표정이 묘하게 일그러지기 시작하더니 이진철과 김명숙은 똥 씹은 얼굴이 되어버렸다.

"파, 판사…… 님, 이래."

하얗게 질린 김명숙의 속삭임에 이진철이 뭐 마려운 사람처럼 쩔쩔매며 이수를 쳐다봤다.

"파, 판사님이세요?"

"네, 서울 지방법원 파산부 판사입니다."

이수가 송곳이 튀어나와 찌를 듯한 눈을 하고 김명숙을 노려보며 대답했다.

"판사…… 님이셨…… 구나……."

김명숙이 땅 밑으로 꺼질 듯한 목소리로 중얼거렸다.

"저기, 판사님. 걱정 마시고 이, 이 집에서 사십시오. 판사님께 저희가 집을 판 겁니다."

더듬더듬 이진철.

"그, 그럼요, 어머나, 판사님이셨구나. 우리가 판사님한테 집을 팔았군요."

찌그러진 얼굴의 김명숙. 김명숙의 말이 끝나는 순간 오금봉이 빽 소리를 질렀다.

"그럼 나더러 나가라는 말입니까!"

오금봉의 고함에 이수가 고개를 돌려 금봉을 쳐다봤다. 금봉 역시 약이 바짝 오른 얼굴을 하고 이수를 쳐다봤다. 윤이수와 오금봉 두 사람의 눈에서 파닥파닥 새파란 불꽃이 격렬하게 튀기 시작했다.

내가 이기느냐, 아니면 네가 이기느냐!

서울 지방법원 윤이수 판사와 서울 마포경찰서 오금봉 경위는 그렇게 만났다.

생각할수록 기가 막히지만 일이 벌어져 버렸다. 그래, 벌어질 것이다 혹은 벌어질지도 모른다가 아니라 벌어져 버렸다.

벌어져 버린 일이라는 것은, 오금봉에게 빼앗길 뻔했던 집을 되찾은 것이 아니라 오금봉과 동거를 하게 됐다는 것!

맙소사. 나이 서른둘에 결혼도 아니고 동거를 하게 될 줄 누가 알았겠는가. 것도 생판 모르는, 생전 처음 본 남자와의 동거. 누구한테 하소연도 못하고 이게 무슨 짓인지.

갑자기, 난데없이, 아닌 밤중에 홍두깨처럼 동거 아닌 동거를 하게 된 경위는 무지막지한 괴수, 늑대 때문이었다.

여러 사람이 한데 섞여 옥신각신 언성을 높여가며 싸우다 보니 짐 올리기엔 너무 늦은 시간이 되어버렸다. 야반도주한 도망자도 아니고 캄캄한 밤에 이삿짐 올리는 꼴이 얼마나 우스울 것이며 이웃집에 줄 피해도 무시할 수 없어 하는 수 없이 닦달을 해대던 이삿짐센터 아저씨에게 오만 원을 주고—김명숙이 부담했다. 기꺼이—짐을 맡겼다.

이수의 직업이 판사라는 것이 밝혀지면서 분위기는 순식간에 역전이 되며 오금봉이 코너에 몰리게 됐다. 어처구니없는 사정을 알게 된 정도 씨와 혜경 씨가 합세하자 이수가 양보하길 원하던 이진철과 김명숙이 대번에 이수 쪽으로 돌아서며 오금봉을 압박한 것이다. 이쯤 되자 오금봉이 열이 받았다. 퍽 괜찮게 생긴 형사 아저씨 오금봉은 수세에 몰리자 급기야 고소하겠다고 소리쳤다.

"알아서들 해요! 고소할 테니!"

오금봉이 당장 다 때려 부술 기세로 고함을 쳐댔다.

"아이고, 형사님. 고소라니요. 저희가 이러고 싶어서 이러는 게 아니라 상황이 지금 이렇게 돌아가지 않습니까. 안 그래요, 판사님?"

가증스러운 김명숙 같으니라고! 아깐 오금봉이 형사라는 걸 알고 이수를 가르치려 들며 오금봉에게 동의를 구하더니, 같은 수법을 이번엔 이수에게? 어림없었다.

"범죄 성립됩니다. 이중 계약이면 명백한 사기죠."

이수가 인정머리없을 정도로 차가운 어조로 대꾸하자 김명숙의 표정이 찌그러졌다.

"저기 사기라니, 그건……."

전 주인 내외가 뜨악한 표정을 짓는데 마침 오금봉의 주머니 속에서 휴대폰이 울렸다. 오금봉은 험상궂은 얼굴로 이진철을 노려보다가 휴대폰을 꺼내 전화를 받았다.

"여보세요. 어, 어?"

오금봉이 전화를 든 채 방으로 들어가며 낮은 목소리로 씨발 하고 뇌까렸다. 그 '씨발' 하는 발음이 어찌나 실감나는지 쌍스러움보다는 두려움이 느껴질 정도였다. 왜 남자들은 열이 받으면 저렇게나 욕지거리를 쉽게 내뱉는지. 특히 그 '씨발' 말이다. 하긴 요즘 우리나라 영화의 대사 중 90%가 욕이라고 해도 과언이 아닐 정도니.

방으로 들어갔던 오금봉은 번개처럼 옷을 갈아입고 다시 거실로 나오더니 거실에 있는 사람들은 전혀 상관하지 않고 현관으로 가서 발에 신을 꿨다.

"저기, 형사님……."

이진철이 조심스레 부르자 오금봉이 눈썹을 치켜뜨며 이진철을 노려봤다.

"뭐요?"

"저기, 제가 내일 바로 입금을……."

"난 이 집에서 한 발자국도 움직이지 않을 거니까 알아서 해요."

오금봉은 그 말만 남겨놓고 나가 버렸다.

오금봉이 강하게 나오자 다들 어쩔 줄 모른 채 멀뚱하게 쳐다만 보고 있다가 오금봉이 집을 나가면서부터 한 사람씩 떠나기 시작했다.

희망, 행복 사장님이 집에 간다며 이삿짐센터 아저씨와 같이 나갔고 이진철과 김명숙도 내일 다시 오겠다며 나갔다. 정도 씨와 혜경 씨가 무슨 이런 일이 있냐며 당장 법적으로 처리하느냐, 좋게 해결 보느냐로 잠깐 의논하다가 내일을 위해 집으로 돌아가 쉬는 것이 옳겠다는 이수의 권유에 두 사람마저 떠나고 나자 이수 혼자 덜렁 남겨졌다. 그야말로 남겨진 것이다.

이진철과 김명숙이 이수에게 집을 판 것으로 하겠다고는 했지만, 그래서 이수의 집이 틀림없지만 절대 좋게 물러서지 않을 것 같은 오금봉의 태도와 또한 오금봉의 살림살이가 채워져 있는 집 안에 남게 되자 생소하고 불안하고 불편하고 전혀 내 집 같지가 않았다. 누구든 새집으로 이사 오면 익숙함보다는 생소함이 먼저겠지만 이수에게는 생소함에 불편함, 불안함이 겹쳐져 짜증스럽기까지 했다.

짐은 하루 맡아달라며 이삿짐 차에 실어 보냈지, 내 집 아닌 내 집에서 편하게 꺼내 덮을 이불조차 없었다. 보는 사람 없다고 오금봉의 침대에 드러누워 잘 수도 없고 배는 고파 죽겠는데 남의 쌀로 남의 밥통에 밥을 해먹을 수도 없고. 생애 최초 주택 구입 자금 대출을 받아 마련한 생애 첫 내 집에 이런 마가 끼어 있을 줄 누가 생각이나 했겠는가.

오금봉의 무척이나 후지고 구린 이인용 소파에서 앉았다 일어났다 비스듬히 누웠다를 반복하던 이수는 어차피 잠자기는 글렀고 지금 심리 중인 사건이나 들여다보자 싶어 사건 파일을 꺼냈다.

“위장이혼에…….”

위장이혼이고 뭐고 눈에 제대로 들어올 리가 없었다.

“휴…….”

연신 한숨만 토해져 나올 뿐이었다.

“어떻게 해결을 해야 하지?”

늘 그랬던 것처럼 이럴 땐 어떻게 하면 좋을까요? 하고 아버지한테 의논을 하면 좋겠지만 이번 일은 아무리 생각해도 말씀드리지 않는 것이 좋을 듯했다. 적어도 해결이 될 때까지는 말이다. 얼마나 걱정하실 거며 아마도 잠도 못 주무실 것이다.

“돌겠다, 정말.”

연신 한숨을 내쉬고, 이렇게 하면 되지 않을까? 하는 생각이 떠올랐다가 조금 더 생각해 보면 별로 좋은 방법 같지도 않고, 이 생각 저 생각을 반복하며 어떻게, 어떻게 가까스로 하룻밤을 생밤 까먹듯 꼴딱 새우고 말았다. 뜬눈으로 밤을 새우니 이 망할 놈의 밤은 어찌나 길고 긴지, 이수는 진저리를 치며 화장실로 들어가 샤워기를 틀었다. 갈아입을 옷은 없어도 어쨌거나 출근하려면 씻기는 해야 하니까.

“샴푸 쓴 거 기분 나빠하면 하나 사주지 뭐.”

샴푸며 비누, 칫솔까지 죄다 이삿짐센터 트럭에 실려 있으니 씻으려면 오금봉의 것을 써야 했다.

머리에 물을 적시고 오금봉의 샴푸를 손에 덜어 젖은 머리카락에 비비기 시작하자 어느새 보글보글 거품이 일어 온통 거품을 뒤집어썼는데 밖에서 무슨 소리가 들리는가 싶더니 예고도 없이 활짝 화장실 문이 열렸다. 거품을 잔뜩 묻히고 상체를 숙인 채 고개를 돌리자 막 화장실로 들어오려던 오금봉이 흠칫 놀라더니 도로 문을 닫고 나갔다.

"벌써 왔네."

이수가 서둘러 거품을 씻어내고 세수를 한 후 혹시 쓰지 않은 새 칫솔이 없을까 화장실 안을 뒤져 보다 포기하고 화장실에 걸린 수건으로 머리를 감싼 후 밖으로 나갔을 때 오금봉은 거실 중앙에 팔짱을 낀 채 서 있다가 흘낏 이수를 쳐다봤다.

참, 이렇게 난처하고 설명할 수 없을 만큼 어정쩡한 분위기가 또 있을까.

이수도 그렇고 오금봉도 그렇고 무슨 말을 꺼내야 할지 모를 얼굴로 서로를 정면으로 쳐다보지도 못하고 있는데 오금봉이 화장실로 들어갔다.

오금봉이 화장실에서 씻는지 어쩌는지 이수는 거실 바닥에 펼쳐 놓은 사건 파일을 추슬러 가방 속에 집어넣는데 어디선가 위장에 통증이 느껴질 만큼 맛난 냄새가 퐁퐁 풍겨져 왔다. 이수는 마치 굶주린 승냥이가 된 것처럼 눈을 번득이며 냄새의 진원지를 찾아 두리번거렸다. 냄새의 진원지는 싱크대 위에 올려져 있는 검은 비닐봉지.

오금봉이 아침으로 먹으려고 뭔가 맛난 것을 사 온 듯했다. 남의 것을 탐하는 것은 추한 짓이니 안에 무엇이 들어 있든 무시하자면서도 옆구리가 욱신거릴 정도로 강하게 풍겨져 나오는 유혹적인 냄새는 이수의 이성을 무너뜨리고 있었다.

꿀꺽.

냄새만 맡아도 침이 고이다니.

이수는 더 참지 못하고 슬그머니 싱크대로 다가갔다. 비닐봉지와 가까워질수록 맛있는 냄새는 더욱 강렬해졌다.

꿀꺽.

이수는 조심스레 비닐봉지 속을 들여다봤다.

"비빔밥."

일회용 용기 안에 담긴 비빔밥. 아예 안 보이는 것으로 포장을 하든지, 투명한 랩으로 덮어씌운 바람에 잘 부쳐진 계란 프라이 두 개와 꽉꽉 채워진 야채가 고스란히 이수의 눈에 들어왔다.

"계란 프라이가 두 개나 되네."

세상에서 제일 흔하고 손쉬운 음식이 계란 프라이건만 지금 이 순간, 이수에겐 계란이 그 비싸다는 불도장보다 더 귀한 음식처럼 느껴졌다.

"미치겠다."

비빔밥에도 눈이 돌아갈 것 같은데 옆에 끼겨져 있는 된장찌개!

계란 프라이 두 개가 들어간 비빔밥에 된장찌개가 포장됐다면 이건 보통 비빔밥이 아니라 바로 양푼이 비빔밥이었다. 적게 먹는 사람 셋은 충분히 배를 채울 수 있다는 전설의 양푼이 비빔밥!

양푼이든 세숫대야든 남의 양식이니 침 흘리지 말고 당장 눈을 떼고 돌아서야 한다는 것을 알면서도 두 끼를 굶었기 때문인지 도저히 눈을 뗄 수가 없었다.

불쌍한 눈으로 비빔밥을 들여다보던 이수가 못 먹는 감 찔러나

보자는 듯이 비빔밥을 감싸고 있는 투명 랩을 손가락으로 꾹 찌르는데 화장실 문이 벌컥 열리더니 오금봉이 나왔다. 이수가 깜짝 놀라 획 돌아서는데 씻고 나왔는지 젖은 머리에서 물을 뚝뚝 떨어뜨리며 이수를 쳐다보던 금봉이 당황한 이수와 비빔밥이 든 검은 비닐봉지를 번갈아 쳐다보고는 웃음을 억지로 참는 얼굴로 입을 열었다.

"수건 줘요."

"네?"

"내 수건 썼잖아요."

"아!"

이수는 머리를 감싸고 있던 수건을 끌러 금봉에게 건네려다 주춤했다.

"젖었어요."

"할 수 없죠. 빨아놓은 거 없으니까 그거라도 줘요."

젖었어도 달라는데 뭘. 이수는 금봉에게 수건을 건넸고 금봉은 젖은 수건으로 머리를 쓱쓱 닦고 몇 번 털어내더니 화장실 안에 툭 던져 넣고 문을 닫았다.

"저기 맛있는 냄새가 나서 뭔가 들여다본 거예요."

누가 물어봤나, 뭐 하러 이실직고를 했는지.

"같이 먹읍시다."

선심 쓰는 듯한 금봉의 말에 이수가 정말요? 하는 얼굴로 쳐다봤다. 꿀꺽, 침이 또 넘어갔다. 이럴 땐 그까이 꺼 대충 넘겨 버렸으면 좋겠건만 같이 먹자는 말이 어쩜 요다지도 반가울까. 그럼

에도,

"아, 아니에요. 냄새가 좋았다는 거지 배고프진 않아요."

하고 한번 튕겨주는데 눈치도 없지, 꼬로록 뱃속에서 튕길 군번이 아니라는 신호를 울렸다.

금봉이 이수의 배를 쳐다보더니 픽 웃으며 싱크대로 걸어와 비닐봉지에서 비빔밥을 꺼내 랩을 뜯어내고 숟가락 두 개를 들고는 쓱쓱 비비기 시작했다. 랩을 걷어내고 야채와 밥과 고추장과 싸구려 참기름이 합체를 시작하자 그야말로 환상적인 냄새가 이수를 사로잡기 시작했다.

"이진철 씨하고 통화했어요."

금봉이 비빔밥을 비비며 말했다.

"언제요?"

"어젯밤하고 오늘 아침에."

지금 시간이 일곱 시가 조금 넘었는데 통화를 했다면 아마도 꼭 두새벽에 전화를 한 모양이었다. 통화를 하기엔 경우가 없는 시간이긴 하지만 이 판국에 경우 찾게 생겼겠는가. 밤이고 새벽이고 조르기 작전을 쓴 모양이다.

"어떻게 하기로 했어요?"

"나갈 수 없어요."

금봉이 확고한 어조로 말했다. 그럼 나더러 나가라고?

"나도 나갈 수 없어요."

이수 역시 확고한 어조로 말했다.

금봉이 비빔밥을 비비던 동작을 멈추고 이수를 쳐다봤다.

“내가 먼저 이사 왔잖습니까.”

“이진철 씨와 김명숙 씨가 나한테 팔겠다고 했어요.”

“그럼 결국 고소를 하든 어쩌든 나 혼자 해결을 보란 말입니까?”

“……그렇게 하셔야 할 것 같아요.”

이 대답으로 인해 비빔밥은 못 얻어먹겠지만 비빔밥 한 숟갈 얻어먹자고 집을 내줄 순 없었다.

금봉이 노려보는 것도 아니고 그렇다고 그냥 쳐다보는 것도 아닌, 그렇다고 부드럽다고 할 수도 없는 눈길로 오랫동안 이수를 쳐다보고 있었다. 쳐다보거나 말거나 양보할 게 따로 있지. 고추장과 비벼진 밥알이 불어터지거나 말거나 안 되는 건 안 되는 거였다.

“오늘 짐 들일 거예요.”

이수가 당신이 뭐라고 하든 이 집은 내 집이라는 것을 확인시키듯 말한 후 비빔밥을 포기하고 거실로 와서 가방을 들어올려 어깨에 멨다.

“오늘 짐을 들일 거니까 여기 있는 짐 해결해 주세요. 되도록 오전 중으로.”

여기서 조금이라도 주춤거렸다간 어떻게 나올지 몰라 이수는 세게 나갔다.

“허.”

금봉이 어이없다는 듯 웃었지만 이수는 흔들리지 않았다.

“오늘은 무슨 일이 있어도 짐 올릴 거예요.”

"좋습니다. 그럼 같이 삽시다."

오금봉이 말했고 막 현관으로 내려가려던 이수는 깜짝 놀란 얼굴로 고개를 획 돌려 금봉을 쳐다봤다.

"뭐라구요?"

"당신도 나갈 수 없고 나도 나갈 수 없고, 그럼 같이 삽시다."

금봉이 비빔밥을 거의 한 국자만큼 떠먹더니 볼이 터져 나가도록 꾹꾹 씹기 시작했다.

아니, 저 남자가 사람 부항 들게 해놓고선 밥이 넘어가나?

"무조건 짐 빼주세요. 오늘 중으로. 전 다섯 시에 올 거고 짐 올릴 거예요."

"같이 삽시다."

"이보세요. 지금 장난하시는 거예요?"

"지금 내가 장난치게 생겼습니까?"

한 국자만큼이나 되는 비빔밥을 꿀꺽 삼킨 금봉이 정색을 하고 되물었다.

"같이 살다뇨. 그게 말이 된다고 생각하세요?"

"어떤 바보가 돈도 돌려받지 않고 집부터 빼준답디까? 무턱대도 집 빼줬다가 이진철한테 돈 물리면 판사님이 책임질 겁니까?"

금봉이 눈을 부릅뜨고 물었다.

"판사님이 책임질 거라면 빼드리죠."

이 사람이 누구한테 뒤집어씌우려고.

"내가 책임질 이유는 없죠."

"그러니까 나도 돈 받기 전에는 못 나간다 그 말입니다."

“오금봉 씨.”

“또! 오늘 이진철이 돈을 다 돌려준다고 해도 당장에 어디 가서 집을 구합니까?”

그래, 그 말은 맞다. 하지만 그래도 그렇지.

“그렇지만…….”

“밥 먹어요.”

금봉이 비빔밥을 비비던 숟가락 두 개 중 한 개를 이수에게 내밀었다.

“아니, 괜찮아요. 비빔밥이 문제가 아니라…….”

“그 집 뱃속에서 전쟁 난 소리 여기까지 들리니까 먹어요. 싸우더라도 먹고 싸웁시다.”

금봉이 이수에게 내민 숟가락을 거둘 생각을 하지 않았기 때문에 이수는 이걸 어떻게 할까 고민하다가 쭈뼛거리며 다가가 숟가락을 받아 들고 말았다.

“먹어요.”

금봉이 말했고 이수는 같이 먹는 건 좀 그렇고 어디 덜어먹을 그릇이 없나 싱크대를 살피는데 금봉이 또 한 국자만큼이나 떠 넣다가 이수를 쳐다봤다.

“뭐 찾아요?”

입에 잔뜩 물고 묻는 바람에 밥알 하나가 휭 하고 날아와 이수의 눈까풀에 달라붙었다.

“이런.”

금봉의 입속에 있던 것이 날아와 붙는 바람에 더러워 죽겠는데 정말 웃겨서인지 민망해서인지 이수의 눈까풀에 붙은 밥풀을 떼어주던 금봉은 연신 피식거리고 웃었다.

"웃음이 나와요?"

"그럼 웃지 말고 핥아먹어요?"

"뭐라구요?"

이수가 기막힌 얼굴로 쳐다보자 금봉이 농담입니다, 판사님 하더니 또 한 주걱만큼 밥을 퍼 넣었다. 입도 크다.

"그런데 뭐 찾아요?"

"그릇 없어요?"

"있긴 있는데 풀질 않았어요."

잠깐 둘러봐도 없는 것 같았다. 금봉과 이수가 들고 있는 숟가락 두 개 외에 부엌 살림살이는 거의 전무해 보였다. 물 컵은 서너 개 보이네.

"먹어요."

금봉이 또 먹으라고 했고 이수는 숟가락까지 받아 들었으면서 덜어 먹을 그릇 없다며 안 먹는 것도 좀 뭐해서 한 숟갈 떠먹었다. 아, 달고 맛있다. 비빔밥은 달고 맛있었지만 이수의 얼굴은 편두통이 도진 것처럼 약간 일그러져 있었다.

"일단 법적으로 해결하고 어쩌고 하다 보면 기운만 빠질 것 같아 내가 양보하기로 했어요. 최대한 집을 빨리 구해볼게요."

서너 숟갈 암 말도 없이 머슴처럼 퍼먹던 금봉이 입을 열었다. 금봉의 말에 이수가 반가운 표정으로 금봉을 쳐다봤다.

"부동산에도 부탁은 해뒀어요. 그런데 알다시피 이 집이 다른 집보다 한 이천 싸게 나와서 같은 가격으로는 쉽게 구해지지 않을 것 같아요."

그 말은 맞았다. 이천이나 싸게 나올 이유가 없는데 왜 이렇게 쌀까 했었다. 부동산에서 유학 간 딸이 어쩌고 이민을 가네 어쩌네 그래서 싸게 나왔네 하는 소리를 들으며 급해서 싸게 내놓았나 보다 했는데 이진철과 김명숙은 완전범죄를 꿈꾸며 싸게 내놓았던 것이다. 그 바람에 이수와 금봉만 피를 본 것이고.

"그, 그럼 집 구할 때까지 어쩌자구요?"

"같이 삽시다."

"저기요……."

"안방 써요. 내가 작은 방 쓸 테니. 저기 주방에 붙은 방에 내 짐을 밀어 넣을 테니까 방 하나씩 씁시다. 집 구할 때까지만."

누가 어떤 방을 쓰고 짐은 어떻게 할 것인지까지 생각을 해둔 것 보니 같이 살자는 말이 성이 나서 해보는 말도, 강하게 나오면 이수가 지레 놀라서 손들 줄 알고 하는 말도 아닌 것 같았다. 정말 같이 살자는 말인 듯했다. 어허 참, 이 남정네가 남우세스럽게.

"저기 그게 말이 쉽지, 우리가 동성도 아니고 나이가 들 만큼 들었는데 이건 아니죠."

"날 여자로 생각해요. 나도 판사님 남자라고 생각할 테니까. 혹시라도 내가 판사님을 오밤중에 덮칠 거라는 걱정은 하지 마십시오. 판사님은 내 취향 아니니까."

그건 다행이네. 그런데 가만 생각해 보니 가슴에서 뾰족한 기분이 치밀었다. 취향이 아니라니. 그럼 당신 취향은 어떤 여잔데? 은근히 자존심 상하게 말하네, 정말.

"물론 오 형사님도 내 취향이 아니랍니다. 하지만 우길 게 따로 있죠. 이건……."

이수가 달래보려는 듯이 말하는데 금봉은 무슨 말을 해도 소용없다는 듯 된장찌개 그릇을 들고는 푹푹 퍼먹었다. 야채와 하얀 두부가 순식간에 금봉의 입속으로 쪼로록 빨려 들어갔다.

"오 형사님, 사람이 얘기할 땐 집중 좀 하시죠."

"판사님도 바쁘겠지만 나도 어떤 날은 하루에 한 시간도 못 자고 범인 잡으러 쫓아다녀요. 차 안에서 쭈그리고 자든지 한 달 내내 사무실 의자에서 삼사십 분씩 조는 게 전부인 날도 많아요. 형님 댁에 주욱 얹혀살다가 이제야 집 구해 나왔는데 하루도 제대로 못 자보고 도로 쫓겨나게 생겼어요. 지금 열 안 받게 생겼습니까?"

열받을 것이다. 일리도 있다. 하지만 같이 산다니 그건 백 번을 얘기해도 안 될 말이다.

"물론 열은 받으시겠죠. 그런데 우리가 같이 산다는 건 우리가 연애하는 것도 아니고, 결혼을 약속한 것도 아니고, 하다못해 친구도 아니고 그렇잖아요."

"많아야 일주일 중에 사흘 집에 들어와요. 집에 들어오면 잠만 자니까 걱정하지 말아요. 오늘처럼 아침에 들어와서 밤에 나가는 날도 많고. 거의 마주치지 않을 거예요."

"오 형사님."

"난 못 나갑니다."

“이렇게 우길 일이 아니에요.”

“못 나갑니다.”

금봉은 못 나간다는 말만 반복했다. 이건 완전히 배 째고 등 따라는 것 아닌가.

“아니, 정말 이러시면 안 되죠!”

이수가 숟가락을 내려놓으며 목소리를 높이는데 휴대폰이 울렸다. 휴대폰을 꺼내보자 발신자가 정도 씨였다. 안 받을 수 없는 전화였다.

“여보세요?”

[판사님, 한 시간 후에 양길호 씨 심리 있습니다.]

“아, 그렇죠? 지금 출발하려고 해요. 늦지 않을 거예요.”

아무런 해결을 보지 못했는데 안 나갈 수도 없고, 그렇다고 나갈 수도 없고 이수는 초조함을 느끼며 금봉을 쳐다봤다. 남은 답답해 죽겠는데 참 잘도 먹고 있었다.

“하여튼 난 오늘 짐 풀 거예요. 그렇게 아세요.”

이수가 잔뜩 찌푸린 얼굴로 현관으로 가서 신발을 신는데 금봉은 아무런 대꾸도 하지 않고 밥만 먹고 있었다. 멀쩡한 얼굴로 같이 살자는 말을 내뱉어 사람 놀라게 만들어놓고는 저렇게 태평하게 밥이 넘어갈까. 같이 살자니, 어딜 감히 음흉하게!

‘늑대.’

이수는 금봉을 양껏 흘겨본 후 집을 나섰고 심리 시간에 늦지 않게 위해 택시를 타고 법원으로 향했다. 이수는 법원으로 향하며 첫 번째로 김명숙에게 전화를 걸었다. 다시 한 번 확답을 받아두어야 할 것 같았기 때문이다.

"여보세요? 윤이수입니다."

[네?]

"김명숙 씨죠?"

[네, 그런데요?]

"1105동 1704호에 이사 온 윤이수라구요."

[아, 아 판사님!!]

판사님! 하고 부르는 김명숙의 목소리가 어제와는 다르게 친절이 철철 흘러넘쳤다. 웃는 낯에 침 못 뱉는다지만, 솔직히 정말 재수없었다.

"아침에 오금봉 씨와 통화하셨다고 하던데요. 제대로 해결 보셨습니까?"

이수는 일부러 좀 딱딱한 어조로 물었다. 제대로 해결 안 봤으면 재미없다는 듯이.

[해결 봤어요, 판사님. 우리는 판사님한테 집을 판 거라고 분명히 말했어요. 한 달 내로 그 형사님한테는 집값 돌려 드리기로 했어요. 약간의 위로금과 함께.]

위로금 좋아하시네.

"한 달이 아니라 그전에 해결 봐주세요. 돈 다 받을 때까지는 못 나간다고 우기고 있으니까."

[어머어머, 그 형사 왜 그런데요? 서로 좋게 해결하자고 약속하고선.]

"돈을 다 받아야 나갈 것 아니에요."

[돈 해줄 거예요. 분명히 한 달 내로 해결한다고 했어요. 되도록 당겨볼게요.]

"말씀 바꾸시면 안 됩니다."

[바꾸다니요, 판사님. 이번에 실수를 조금 하긴 했지만 말을 바꾸고 그런 사람은 아니에요. 아시잖아요.]

알긴 뭘 알아! 하고 버럭 고함을 지르고 싶은 것을 가까스로 참았다.

김명숙과 통화를 끝낸 이수는 다음으로 이삿짐센터에 전화를 걸었다. 그리고 말했다, 단호한 어조로. 반드시, 누가 뭐라든 다섯 시에 짐을 풀라고.

짐을 풀어버리면 금봉인들 수가 있겠는가. 저쪽에서 배 째라는 식으로 나온다면 이쪽에서도 똑같이 나가주는 수밖에 없었다.

"어떻게 되셨어요?"

이수가 사무실로 들어가자 정도가 가까이 다가오며 물었다.

"나중에 얘기해요. 골치 아프니까."

이수가 골치가 많이 아픈 얼굴로 말했다. 정말 골치 아팠다. 제대로 알지도 못하는 남자에게 같이 살자는 말을 듣고 나왔는데 어떻게 골치가 아프지 않겠는가. 어쩜, 같이 살자는 말이 그렇게 쉽게 나오는지.

'그 남자도 참.'

세상엔 이상한 사람들이 참 많다는 것은 알고 있었지만 서로 몰래 집을 팔아먹으려다 걸린 이진철이나 김명숙도 이상하고, 무턱대고 같이 살자고 말하는 오금봉도 이상했다. 참 가지가지다.

같이 살자니, 밀어붙일 일이 따로 있지, 어디 같이 살자는 말을 할 수 있단 말인가. 무대포도 그런 무대포가 없었다.

"아이고, 골치야."

이수가 관자놀이 한쪽이 욱신거리는 것을 느끼며 엄지손가락으로 꾹꾹 누르는데 정도가 조심스러워하는 얼굴로 이수를 쳐다봤다.

"그 형사한테 양보하셨어요?"

"아뇨, 그럴 순 없죠."

이수가 고개를 저었다.

"그럼요. 그럴 순 없죠. 여기 양길호 씨 건 자료입니다."

정도 씨가 서류를 건네주며 말했다.

"서울 시청에서 이의 제기한 부분 알아보셨어요?"

"예. 이의 제기할 만했습니다."

"그래요?"

이수가 서류를 훑어보다가 낯을 찡그렸다. 양길호 이 사람도 너무한다 싶었다.

"완전히 눈 가리고 아웅이네. 누굴 바보로 아나?"

이수가 약간 짜증스러운 말투로 중얼거렸다.

"양길호 씨 출두했어요?"

"예, 시청팀들과 기다리고 있습니다. 양길호 씨가 조금 늦게 도착해서 먼저 도착한 시청 사람들에게 시비를 걸어서 약간 다툼이 있었습니다."

"하여튼 시끄러운 할아버지네요."

양길호 씨는 일흔의 노인이었는데 파산 신청을 하고 심리가 진행되는 동안 단 한 번도 조용하게 넘어간 적이 없었다. 이수와는 물론이고 정도 씨와도 언쟁이 있었고 채권자인 시청 사람들은 양길호라는 노인에게 아예 학을 뗀 상황이었다.

"이재우 씨의 파산 신청에 채권자 쪽에서 이의 제기를 했습니다."

"이재우…… 아, 이재우 씨. 이유는요?"

"재산 은닉이죠 뭐."

채무자의 파산 신청에 채권자 쪽에서 이의 제기하는 일은 흔한 일이었다. 이의 제기의 가장 흔한 이유도 재산 은닉이었다.

"증거가 있어요?"

"이재우 씨의 두 자녀가 이태리에서 유학 중이랍니다. 부인도 그곳에 있고. 채권자 쪽에서 증거 파악해서 서면으로 보내줬습니다."

"유학요?"

"성악 전공하고 있답니다."

"부도 내고 빚 못 갚겠다는 사람의 자녀들이 이태리에서 성악 공부하고 있다구요? 허……."

실소가 저절로 터져 나왔다.

"조사해 보시구요, 일단 양길호 씨 건은 오늘 해결 봅시다."

"예."

서류를 훑어보던 이수가 고개를 끄덕이는데 휴대폰이 울렸다. 아버지였다.

'이사한 것 때문에 전화하셨을 텐데…….'

망설이던 이수는 일단 둘러대야겠다 생각하며 전화를 받았다.

"네, 아버지."

이수는 일부러 명랑한 목소리를 냈다. 눈치가 어찌나 빠르신지 목소리가 조금만 이상해도 이수에게 무슨 일이 있다는 것을 눈치채시기 때문이다. 추궁당하기 시작하면 고스란히 다 고해바쳐야 하는데 웬 남자와 동거하게 생겼다는 걸 아시면 당장 달려오실 것이다. 어떻게 하든 이수 선에서 해결을 보는 편이 신간 편했다.

[이사했니?]

"네, 했어요."

[정리는 못했지?]

"네, 차차 해야죠."

[너희 어머니 주말에 들리자 하시는데.]

'헉, 오신다고!!'

주말이면 이틀밖에 안 남았는데 오금봉을 확실하게 쫓아낸다는 보장이 없는 상태에서 오시라 할 수 없었다.

"주말에 출장 가요, 아버지."

이수가 얼른 출장을 핑계댔다.

[그러니?]

"네. 요즘 계속 바빠요. 죄송해요, 아버지."

[죄송은 무슨. 지금도 바쁜데 연락한 것 아니니?]

"아주 바쁜 건 아니구요, 곧 심리 들어가야 해요."

[그렇구나. 알았다. 얼른 일 시작해.]

"네, 아버지. 제가 연락드릴게요."

[그래라.]

전화를 끊으며 이수를 한숨을 푹 내쉬었다. 아버지의 전화를 받고나자 이중 계약된 집도 그렇고 같이 살자고 우기는 오금봉도 그렇고 정말 보통 일이 아니구나 싶었다.

"힘드네."

"오신다구요?"

혜경 씨가 물었다.

"응. 이사한 집 보러 오신다고. 아, 미치겠다."

이수가 이마를 매만지며 얼굴을 구기자 정도 씨와 혜경 씨가 이수의 눈치를 봤다.

"문제있으신 거예요?"

혜경 씨가 물었다.

"문제는 처음부터 있었는데 해결이 아직 안 난 거지."

이수가 심란한 표정으로 중얼거린 후 정도 씨가 준비해 준 양길호 씨 파산 건 자료들을 꼼꼼하게 읽어 내리기 시작했다. 심리를 진행하고 어떤 결론을 내리려면 그 건에 대해 제대로 숙지하고 있어야 했기 때문이다. 자료들을 꼼꼼하게 살피던 이수는 약간 걱정스러움을 느꼈다. 집 때문에, 같이 살자고 우기는 남자 때문에, 그리고 이사한 집에 들르겠다는 아버지 때문에 스트레스가 쌓여 감정적으로 처신하면 어쩌나 하는 걱정 말이다. 심리에는 감정이 섞여서는 안 되고 정해진 법에 맞게 정당하게 냉정하게 처리해야 옳지만 이수도 사람인지라 여러 가지가 겹치다 보니 지금 심리 상태가 몹시 복잡했고, 그러다 보니 법이 아닌 감정이 앞설까 걱정이었다.

'법대로 해야 해. 법의 양심대로.'

법의 양심대로. 이수는 결코 사심을 섞지 않겠다고 다짐하며 심리실로 향했다.

이수와 정도가 심리실로 들어가자 기다리고 있던 보증채권자인 서울 시청 사람들과 양길호의 변호사는 이수를 기다리고 있다가 자리에서 일어나 깍듯하게 인사를 했다. 시청 사람들과 변호사는 판사에 대한 예의로 인사를 했지만 양길호는 이수에게 예의를 갖출 생각이 없는지 삐딱한 표정으로 이수를 쓱 한번 쳐다볼 뿐 인사도 없었다. 양길호에게 굳이 인사를 받을 생각도 없었기에 이수는 양길호의 몰경위한 행동을 무시해치웠다.

이수가 상석에 앉자 나머지 사람들도 자리에 앉았다.

"채무자 양길호의 파산 신청에 대해 채권자인 서울 시청 세금 징수과에서 재산 은닉을 주장하며 이의를 제기하셨습니다. 맞습니까?"

"예, 맞습니다."

서울 시청에서 나온 현 과장이 대답하는 순간 양길호가 자리를 박차고 벌떡 일어났다.

"재산은 무슨 재산을 은닉했단 말이야! 내 명의로 된 재산이 하나도 없다고 몇 번이나 말했어!"

"조용히 하고 앉으세요!"

양길호의 시끄러운 반박에 정도 씨가 호통을 쳤다.

“이보세요, 양길호 씨. 여기가 어디라고 매번 그런 몰상식한 행동을 하는 겁니까! 연세를 그만큼 잡수셨으면 그에 맞게 처신을 하세요.”

“그래! 나 상식없어! 됐어?!”

양길호가 막무가내로 고함을 쳤다.

“앉으세요, 양 회장님.”

양길호의 변호를 맡은 변호사가 양길호를 말려보려고 했지만 칠순 노인이 기력도 좋지 세금을 이억 칠천만 원이나 연체하고도 기세등등이었다.

“앉으세요, 양길호 씨.”

이수가 싸늘한 표정으로 양길호를 노려보며 말하자 씩씩거리던 양길호가 자리에 앉더니 중얼거리듯 욕설을 내뱉었다.

“내 법정에서 다시 한 번 소란을 피우거나 욕설을 내뱉으면 법정모독죄로 구속하겠습니다. 아시겠습니까, 양길호 씨? 양길호 씨의 변호사께서는 내가 단순하게 겁을 주려거나 농담하고 있는 것이 아니라는 걸 양길호 씨에게 정확하게 숙지시키시길 바랍니다.”

이수가 엄중하게 경고하자 양길호가 입술을 실룩거리다가 헛기침을 했다.

“채권자 쪽에서 서면으로 보내주신 자료는 충분하게 검토한 결과 재산 은닉 주장은 합당한 것으로 보입니다.”

“뭐라구요?”

양길호가 대번에 흥분하며 당장에 들이받기라도 하겠다는 얼굴로 이수를 노려봤다.

"양길호 씨."

"예!"

"세금 연체가 시작되고 오 개월 후인 2004년 10월부터 2006년 1월까지 양길호 씨는 아들인 양재원 씨에게 순차적으로 재산을 상속한 것으로 나와 있습니다. 맞습니까?"

"맞습니다. 나이가 들어서 죽기 전에 아들에게 재산을 상속한 것이 어떻게 재산 은닉입니까!"

"재산을 상속하기 전에 어째서 연체된 세금을 내지 않았습니까."

"세금 낼 돈이 없으니까 못 냈지요."

"상속할 재산은 있는데 세금 낼 돈은 없었다는 게 상식적으로 말이 됩니까?"

"판사님, 그 부분은 제가 설명하겠습니다."

양길호의 변호사가 나섰다.

"양길호 씨가 아들 양재원 씨에게 재산을 상속한 이유는 경영난에 시달리는 아들의 회사를 살리기 위해서였습니다. 양길호 씨가 재산을 상속하지 않았다면 양재원 씨의 회사는 부도가 났을 겁니다. 양길호 씨는 아들을 구하기 위해 불가피하게 상속을 했는데 세금을 낼 여력을 남겨두지 않고 모두 상속했습니다. 아들을 위해서 말입니다. 그런데 상속 후 양재원 씨의 태도가 달라지면서 양길호 씨는 스스로도 부양하지 못할 딱한 처지에 놓이게 됐습니다. 어떤 부모가 자식의 청을 거절할 것이며 어떤 부모가 죽을 처지에 놓인 아들을 나 몰라라 하겠습니까. 스스로도 부양하지 못할 정도의 딱한 처지인데 이억 칠천만 원이나 되는 세금을 어떻게 내겠습니까. 물론 아들인 양재원 씨에게 도움도 요청해 봤지만 거절당했습니다."

"그러니까 박 변호사님의 말씀은, 세금은 못 내더라도 아들은 구해야겠다 싶어 가진 재산을 모두 상속했는데 남김없이 물려주고 나자 아들이라는 사람이 부모는 굶어 죽든 말든 모른 척하고 있다 그 얘깁니까?"

"맞습니다, 판사님."

"양길호 씨가 아들 양재원 씨에게 상속한 재산이 대치동에 있는 칠층짜리 빌딩과 역시 대치동에 있는 오층짜리 상가 등등 돈으로 환산하면 이백억 원대의 재산인데 그런 엄청난 재산을 물려받고도 낳아서 길러주고 재산까지 다 물려준 부모를 모른 척한다는 것이 상식적으로 가능하다고 생각합니까?"

"내가 자식을 그따위로 키운 걸 어쩌란 말이오!"

양길호가 이수에게 버럭 고함을 지르자 변호사가 서둘러 양길호의 입을 막으며 대신 죄송하다고 사과했다.

"양길호 씨께 묻겠습니다. 아들 양재원 씨가 상속 받은 재산으로 시가 사억 원 상당의 외제차를 두 대를 구입하고 양평에 대지 일만 평을 구입, 별장으로 꾸몄다는 것을 알고 있습니까?"

"아들 놈이 날 만나주지 않는데 아들 놈이 내 돈으로 무슨 짓을 하는지 내가 어떻게 압니까."

"아들을 만난 적이 없습니까?"

"없습니다."

"남은 재산이 없어 스스로를 부양하기 힘든 지경이라면 변호사
는 무슨 돈으로 선임하셨습니까?"

"그건…… 친척들한테 빌렸소."

양길호가 삐딱하게 대꾸했다.

"양길호 씨가 거주하고 있는 곳이 대치동 00빌라인데 00빌라
는 시가 삼십 억짜리 빌라입니다. 재산이 한 푼도 없다는 분이 어
떻게 이런 곳에서 생활하십니까?"

"알아보면 알겠지만 그 집은 내 명의도 아니고 오갈 데 없는 이
늙은이를 불쌍하게 여긴 지인이 잠깐 빌려준 거요."

"지인이라구요? 그 빌라의 명의자는 양훈이라고 지금 십육 세
입니다. 양훈은 양길호 씨의 손잡니다. 언제부터 손자가 지인이
됐습니까?"

"아니, 그거는……."

"아들을 만난 적이 없다고 하셨죠?"

"그래요!"

"매주 토요일 아드님과 00컨츄리 클럽에서 부자가 함께 골프
친 것이 확인됐습니다."

"아, 아니…… 그러니까 그건, 내가 너무 살기 힘들어서 죽는 소
리를 하니까 아들 놈이 운동도 좀 시켜준다고……. 그게 사실 아
들이 문제가 아니라 며느리 년이 중간에서 이간을 시키는 바람
에……."

"양길호 씨 이치에 맞는, 설득력있는 이유와 증거를 제시하십
시오."

"이치에 안 맞는 게 뭐야! 뭘 더 이상 어떻게 설득하라는 말이야! 며느리 년이 중간에서 아들 놈을 조종해서 나한테는 한 푼도 안 준다는데……."

"판결합니다!"

"무슨 판결!"

"양길호 씨의 파산 신청을 기각합니다!"

이수가 그 어느 때보다 냉정한 목소리로 판결을 내린 후 의사봉을 두들겼다.

"뭐, 뭐라고?"

양길호가 벌떡 일어났다.

"아니 뭐, 저런 판사가 다 있어? 새파랗게 젊은 년이 법에 대해 뭘 안다고 지랄이야!"

흥분한 양길호가 이수에게 쌍욕을 하며 덤벼들려고 하는데 변호사와 정도 씨가 달려들어 양길호를 붙들었다.

"야, 이년아! 넌 부모도 없고 자식도 없냐! 굶어죽게 생긴 늙은이를 살려주지는 못할망정 그따위 것을 판결이라고 내리는 거야!"

변호사와 정도 씨에게 붙들린 양길호가 몸부림을 치며 고함을 질러댔다.

"연세를 감안해 많이 참았지만 더는 용서하지 않겠습니다. 양길호 씨를 법정모독죄로 구류 십 일을 선고합니다."

이수는 더는 봐주지 않겠다는 듯 날카롭게 목소리로 선고한 후 의사봉을 두드렸다.

"뭐야! 구류! 이년아!"

"구류 이십 일을 선고합니다. 지금 즉시 이행하세요!"

이수가 눈빛을 매섭게 번득이며 소리쳤다.

격앙된 기분으로 심리실을 나온 이수는 법의 양심대로 판결했음에도 법 집행에 있어 경험없는 판사로서 미흡함을 드러낸 것만 같아 속이 상했다. 이럴 때면 이수는 판사가 된 것을 가장 많이 후회했다.

오늘처럼 피고가 판사를 향해 쌍욕을 퍼붓는 일이 흔한 일은 아니지만 소년 판사 혹은 여자 판사라 해서 덮어놓고 무시당하거나 능력을 폄하당할 땐 견딜 수 없는 모멸감과 함께 후회가 몰려들었다. 뭐 하러 불만없이 잘 다니던 경제학과를 그만두고 사법고시를 준비했을까, 그냥 모른 척할 걸, 우습지도 않은 영웅심에 불타 능력도 없으면서 쓸데없이 판사를 하겠다며 덤비다니, 하는 따위의 후회.

이수가 법관이 되겠다 결심하게 된 계기는 운명인지 우연인지 그건 아직도 알 수 없다. 단지 그 계기가 된 것은 우연히, 아니, 하필이면 이수와 가장 친하던 민경이의 부모님이 단지 약자라는 이유로 강자에게 짐승 같은 취급을 당하는 장면을 목격하게 되면서였다.

민경이의 부모님은 모두 지체장애자였다. 두 분 다 휠체어에 앉아계셨고 두 분 중 어머니는 뇌성마비 장애까지 갖고 계셨다. 그런 분이 임신과 출산을 거쳐 민경이를 성장시킨 일은 정말 목숨을 건 일이었다는 것을, 하늘도 감복한다는 모성과 부성이 아니었다면 결코 할 수 없는 숭고한 일이었다는 것을 나중에야 알게 됐다.

민경이의 부모님은 휠체어에 의지한 채 노점상으로 민경이를 입히고 먹이고 학교까지 보낸 분들이었다.

그날은, 이수와 민경이 대학생이 되고 여섯 번째 소개팅을 하던 날, 아니, 할 뻔했던 날이다. 학교 근처의 어느 카페에서 소개팅이 있었고 이수와 민경은 제법 들뜬 얼굴로 카페를 향해 가고 있었다. 이번에 소개팅을 주선한 사람이 입맛 까다롭기로 소문난 윤미라 그녀가 구성한 멤버라면 썩 괜찮은 총각들일 것이란 기대 속에 두 사람은 소개팅 장소로 향하고 있었다.

"난 오래는 못 있어."

민경이가 말했다.

"왜?"

"부모님 요 앞으로 장사 오실 거래. 도와드리려고."

"그래? 파트너 별루면 나도 같이 도와줄게."

"안 그래도 돼. 넌 놀아."

"그러니까 파트너가 별루면 도와준다고. 괜찮으면 계속 놀고."

"그래, 알았어."

"그런데 민경아, 네 파트너가 너무너무 괜찮으면 어떻게 하니? 그래도 일찍 나올 거니?"

"글쎄…… 그럼 고민되겠다."

그런 얘기를 주고받는데 저만치 무리 지어 있는 사람들이 보였다. 웬 사람들이 저렇게 모여 있을까 싶었다. 그만큼 꽤 소란스러웠고 제법 많은 사람들이 웅성거리고 있었다. 카페로 가는 길목이었고 꼭 보려고 노력하지 않아도 무슨 일이 벌어지고 있는지 보였다. 덩치 좋은 남자들이 뭔가를 길바닥에 패대기치며 누군가를 향해 고함을 치고 있었는데 한눈에도 그 남자들은 쌍스럽고 험상궂었다.

"양아친가 봐."

"그러게."

양아치들에게 누가 또 죄없이 당하고 있을까, 저런 양아치들 좀 누가 청소해 줬으면 좋겠다고 투덜거리며 지나치는데 어떤 사람, 아니, 그 양아치들에게 당하고 있는 그 사람을 보게 된 민경이가 갑자기 예고도 없이 양아치들을 향해 달려가더니 몸을 날렸다. 정말 순식간에 갑작스럽게 일어난 일이었다. 이수가 말리고 어쩌고 할 틈도 없었다.

민경이는 양아치들에게 달려들어 악을 쓰기 시작했다. 민경이가 왜 저럴까, 저러다 맞으면 어쩌려고, 처음엔 머릿속에 그 생각밖에 안 들었다. 왜 겁도 없이 무식하기로 소문난 양아치들에게 덤벼들었을까, 언제부터 그렇게 정의로웠다고 바보 같은 짓을 하는 걸까 그런 생각하며 걱정 반 창피함 반, 발을 동동 구르는 그 순간

"우리 아빠야! 우리 엄마야! 우리 엄마라고!"

하고 악을 쓰는 민경이의 목소리가 들렸다.

민경이가 우리 아빠야, 엄마야! 라고 한 사람들을 쳐다봤다. 민경이의 아빠는, 그리고 엄마는 모두 휠체어에 앉아 있었다. 오, 맙소사. 상상도 못한 일이었다. 민경이의 부모님이, 것도 두 분 모두 장애인인 줄은. 민경이는 단 한 번도 두 분이 장애인이라는 것을

말한 적이 없었다. 삼 년이나 가장 친하게 지냈는데도 말이다. 이수는 멍했고 아무 생각도 나지 않은 얼굴로 민경이와 민경이가 필사적으로 끌어안고 방어해 주는 여자, 민경이의 엄마를 쳐다보고 있었다.

민경이에게 끌어 안긴 민경이의 엄마는 연신 팔을 흔들고 고개를 흔들고 있었다. 꽤 주기적으로 얼굴 근육이 뭉쳐지는 것으로 봐서 뇌성마비인 듯했다. 그 곁에 있는 또 다른 휠체어에 앉은 민경이의 아버지는 망연자실 이러지도 저러지도 못한 채 바라보는 사람조차도 열없어질 만큼 안타까운 얼굴로 우리 딸은 잘못없다고 우리 물건 그대로 놔두라는 사정만 하고 있었다.

"당신들이 뭔데 그래! 여기가 당신들 땅이야! 당신들 땅이냐고!"

민경이가 설움이 받쳐 악이 받쳐 소리쳤다.

"이년은 또 뭐야! 야! 시끄러우니까 병신들 데리고 꺼져!"

남자들이 민경이를 향해 겁을 주며 윽박질렀다.

"뭐? 병신들이라고! 야, 이 나쁜 놈아! 천하의 나쁜 놈아!"

민경이가 남자에게 돌진했다. 돌진하는 민경이를 남자는 간단하게 밀쳐 버렸고 민경이는 남자의 기세에 힘에 밀려 나동그라졌다.

"별 미친년 다 보겠네. 어디서 이년이 미친 똥개처럼 덤비고 지랄이야. 뒈질라고!"

그때 이수는 마치 누가 등을 떠다민 것처럼 자신도 모르게 민경이에게 욕을 퍼붓는 양아치를 향해 달려갔다. 의도한 일이 아니었다. 그냥 그렇게 됐다. 그냥 저절로. 그리고 들고 있던 책가방으로 남자를 후려쳐 버렸다.

"쓰레기 같은 놈들!"

이수가 소리쳤다.

어디서 그런 용기가 생겨난 걸까. 눈에 보이는 것도 없고 생각 나는 것도 없고 오로지 민경이에게 욕을 한 놈, 민경이 부모님을 향해 병신이라고 한 놈에게 덤비고 또 덤볐다. 걷어차이면 꼬집고 뺨을 맞으면 할퀴고 내동댕이쳐지면 놈의 종아리를 물어뜯었다. 하지만 결국 힘에 밀려 기운에 밀려 이수와 민경이는 엉망진창이 되어버렸다. 처음부터 상대가 안 되는 싸움이었던 거다.

누군가가 신고를 했는지 그때 경찰이 왔고 모두 파출소로 끌려 갔다.

남자들은 경찰도 파출소도 겁내지 않았다. 도대체 저런 말도 안 되는 자만은 어디서 나오는 걸까. 누가 저 빌어먹을 양아치들에게 몹쓸 당당함을 허락한 것일까.

놈들은 자신들이 유리한 쪽으로만 진술했다. 놈들이 이수와 민 경을 세상에서 제일 지독하고 억센 여자로 전락시키는 동안 이수 와 민경은 아무 말도 하지 않고 진술할 수 있는 순서를 기다리고 있었다. 양아치 세 놈이 얼마나 쉬지도 않고 지껄이는지 억울한 소리를 들어도 중간에 끼어들 틈도 없었다. 정말, 세상에 저런 놈 들이 있을까 싶을 만큼 놈들은 악질이었다. 악질도 악질도, 귀신 이 뭐가 무섭냐고, 세상에서 제일 무서운 것은 다름 아닌 사람이 라던 누군가의 말을 실감할 수 있었다.

놈들은 이수와 민경을 거의 연쇄살인범 수준으로까지 끌어내렸고 자신들은 여성 이인조 연쇄살인범들 손에서 가까스로 살아남은 선량한 시민으로 포장했다. 얼마나 괘씸 발칙한 놈들인지!

한참 만에 이수와 민경에게 차례가 왔다.

"전화 한 통만 쓸게요."

진술하기 전에 이수가 통화할 수 있게 해달라고 부탁하자 파출소장이 그러라며 전화기를 내주었다.

이수가 아버지에게 전화를 걸어 파출소에 있으니 와주십사 부탁을 하는 사이 먼저 진술을 하던 민경이가 그만 울음을 터뜨렸다.

"저분들, 우리 아버지 엄마예요. 장애자예요."

하고 말하던 민경이가 설움이 북받쳐 울음을 터뜨린 것이다.

울어도 백번은 더 울 일인데 민경이가 참 용케도 참는다 싶었는데 기어이 울음을 터뜨린 것이다.

진술을 하고 말고도 없이 파출소에 오게 되기까지의 사정이라는 것은 몹시 뻔하고 추악하고 한편 슬프기 짝이 없었다. 민경이 부모님은 노점상이었고 악세사리는 대학교 앞에서 팔면 다른 데보다 많이 팔린다는 어떤 사람의 말에 한 개라도 많이 팔아보기 위해 대학교 앞에 노점을 편 것이다. 처음엔 민경이가 다니는 학교에는 가지 말자 그랬단다. 민경이가 얼마나 창피해하겠냐고. 딸인 민경이가 부모님을 창피해하지 않는다는 것을 알면서도 그래도 민경이네 학교엔 가지 말자 했는데 지리를 알고 와보니 대학교라곤 오로지 민경이가 다니는 학교밖에 없더란다. 부모님의 고민을 알게 된 민경이가 상관없다고, 난 조금도 부끄럽지 않으니 어디서든 자리를 펴시라고, 학교 끝나면 장사를 돕겠다고까지 해서 결국 민경이네 학교 앞에 자리를 폈단다.

그런데 자리를 편 지 삼십 분도 되지 않아 누구 맘대로 남의 땅에 자리를 폈냐며 남자들이 나타난 것이다. 장사하려면 자릿세를 내든지 자릿세 없으면 당장 나가라고 윽박지르자 힘이 없으니 민경이 부모님은 대거리 한번 못하고 다른 자리로 옮겼는데 옮기고 나자 또다시 나타나 옮긴 자리도 자기들 자리라며 자릿세를 내라고 했던 것이다. 독도를 자기네 땅이라고 우기는 일본 놈도 아니고 수십만이 오고가는 큰길가가 자기네 땅이라니 무슨 얼토당토 않은 소린지. 노점에도 상거래라는 것이 존재한다는 것은 알고 있지만 이놈들은 정당하게 상거래를 따지려는 놈들이 아니라—알고 보니 노점상도 아니었다—순전히 돈을 뜯어내려는 놈들이었다.

민경이 아버지는 자릿세도 없고 한번 옮겼으니 더는 옮길 수 없다고 여기가 당신들 땅은 아니지 않냐고 항변했고 그 순간 놈들은 민경이 부모님의 노점상을 때려 부순 것이다. 말을 해서 듣지 않는다면 좋다, 본때를 보여주마 하고 때려 부수기 시작한 것이다. 그 광경을 민경이와 이수가 보게 된 것이고.

남자들은 자릿세를 내라고 한 적이 없다며 잡아뗐다. 우리가 먼저 자리를 폈는데 잠깐 어디 갔다 온 사이 자리를 새치기해서 비켜달라고 했더니 민경이 아버지가 먼저 욕지거리를 하며 행패를 부리더란다. 그래, 당신들이 파는 물건은 뭐요? 어디 한번 봅시다 했더니, 차에 있단다. 먼저 자리를 폈다고 하지 않았냐고 당신들이 정말 노점상인지 확인 한번 해보자며 이수가 따지고 들었더니 여자가 그따위로 따지기 좋아해서는 시집도 못 간다고, 그딴 식으로 해봐라, 만날 얻어맞고 살지 하는 해괴한 잡설만 늘어놓았다. 이런, 덜 떨어지고 뜬판수 같으니라고.

서로 상반된 주장을 했기 때문에 어느 쪽 말이 진실인지 시시비비를 따지는 일이 수월하지만은 않게 되어버렸다. 하지만 경찰을 놈들의 말을 믿지 않는 것 같았다. 저런 놈들을 한두 번 본 것이 아닐 테니 얼마나 뻔할까. 그 즈음 놈들이 갑자기 꼬집히고 물리고 머리털 뜯겼다며 진단서 끊어와 고소를 하겠단다. 저런 드세고 경우없는 년들은 감방에 처넣어야 한다고 쌍소리를 하면서. 어이가 없어서, 사람이 저렇게 악할 수도 있다는 사실에 경악하며 이수와 민경은 놈들을 쳐다만 보고 있었다.

“이년들, 기다려. 진단서 끊어와서 고소할 테니까!”

하고 남자가 소리치는 그때 아버지와 어머니가 파출소로 달려 들어 오셨다.

아버지가 어떻게 된 일인지 자초지종을 묻는 사이 남자들은 아버지와 어머니를 향해 자식 교육 잘 시키라고 저런 년들이 시집가면 시부모고 남편이고 다 잡아먹을 년들이라는 입에 담지도 못할 험한 말을 쏟아냈다.

“다쳤구나. 우리도 맞고소하자.”

아버지가 말씀하셨다. 맞고소하자고.

“고소장을 제출하려면 진단서가 있어야 하겠죠?”

하고 아버지가 파출소장에게 묻자 파출소장이 그렇다고 대답했다.

"고소장을 접수하면 이 건은 경찰서로 넘어가고 다시 진술을 해야 하는 거겠죠?"

"예, 그렇습니다."

"그럼 진단서를 끊어와서 고소장을 정식으로 제출하겠습니다."

아버지는 조금도 망설이지 않으셨고 이수와 민경이를 독려해 병원으로 가자고 하셨다. 그러자 그때부터 놈들의 태도가 조금씩 달라지기 시작했다. 합의를 보자고. 병원비만 해결해 주면 없던 것으로 하겠다고. 하지만 아버지는 단호하게 거절하셨다. 병원비는 우리 쪽에서 받아야 한다고. 상식적으로 장성 셋과 연약한 여자 둘이 붙어서 누가 더 많이 다쳤겠냐고. 보아하니 서로 병원비 내줄 생각이 없는 것 같으니 서로 고소해서 법정에서 해결을 짓도록 하자고.

아버지가 워낙은 과단하게 대응하셨기에 약삭 빠른 놈들은 상대가 녹록하지 않다는 것을 금방 눈치 챘다. 그때 경찰이 중재를 시작했고 세 시간의 릴레이 입씨름 끝에 없던 일로 해결 보고 파출소를 모두 나왔다.

아버지는 민경이 아버지를 부축하고 어머니는 민경이 어머니를 부축해 부서진 리어커라도 되찾기 위해 사고가 있었던 현장으로 가서 못쓰게 된 리어커와 길바닥에 떨어진, 쓸 수 있을지 버리게 될지 모를 물건들을 챙겼다.

"같이 저녁하시죠."

아버지의 제의를 한사코 사양하는 민경이 부모님을 기어이 모시고 모두 설렁탕 집으로 가서 뜨끈뜨끈한 김이 폴폴 피어오르는 설렁탕에 새빨간 깍두기 국물을 들이부어 배부르게 식사를 했다.

이수는, 민경이가 기본적인 숟가락질조차도 버거운 어머니에게 밥을 먹여주는 모습을 매우 충격적인 동시에 가슴을 때리고 지나가는 그 무엇인가를 느끼며 바라보고 있었다. 정상적으로 태어난 것이 그 어느 때보다 감사했다, 라는 교과서적인 감상이 아니라 민경이가, 민경이와 같은 친구가 내 친구라는 것이, 그럼에도 불구하고 항상 웃고 행복한 민경이가 존경스럽다는 것을 느끼고 또 느낀 것이다.

"죄송합니다. 저희들 때문에 이수도 그렇고 이수 부모님까지 피해를 입으시게 해서……."

민경이 아버님과 어머니가 어쩔 줄 몰라 하며 고개를 연신 조아렸다.

"아닙니다. 어떻게 그런 일을 못 본 척할 수 있습니까. 저는 우리 이수가 모른 척하지 않고 정의롭게 행동한 것이 자랑스러울 정돕니다."

아버지가 진심으로 말했다.

"이수가 많이 다쳐서……."

"며칠 쉬고 약 바르면 괜찮습니다."

"……몸 둘 바를 모르겠습니다."

"그러실 필요 없습니다. 얼마나 놀라셨습니까."

"자주 있는 일이라…… 우리 민경이하고 이수가 저희 때문에 학교 다니기 불편해진 것이 아닌가……."

"그렇지 않아요, 아저씨. 절대 그렇지 않아요."

이수가 손을 내저었다.

"고맙고 미안하다, 이수야."

"아니래두요. 저 오늘 착한 일 한 거잖아요."

"고마워, 이수야. 미안해."

민경이가 이수의 손을 잡으며 말했다.

"미안하긴 우리 사이에. 그나저나 다른 애들, 우리가 말도 안 하고 소개팅 장소에 나타나지 않아서 욕하겠다."

"그러게."

"태어나서 처음 파출소 구경도 해보고 재밌네."

이수가 활짝 웃으며 말하자 민경이가 미안하고 고마운 얼굴로 이수에게 미소 지었다.

창고에서 이 년째 놀고 있는 리어커가 하나 있는데 갖다 쓰시면 새로 사지 않아도 되고 좋을 것 같다고 부담 갖지 말고 갖다 쓰시라는 아버지의 말에 민경의 부모님은 너무나 고마워했다. 그 후 민경의 부모님을 민경이네 오래된 미니 트럭까지 배웅해 주고 집으로 돌아오던 이수는 조심스레 입을 열었다.

"죄송해요. 파출소에 오시라 해서."

"아니야, 훌륭했어. 어떻게 그럴 생각을 했어? 무섭지도 않았어?"

"모르겠어요. 그냥 갑자기 뛰어들어서."

"많이 다쳤으면 어쩔 뻔했어."

"아버지한테 치료받으면 되죠 뭐."

이수의 말에 아버지가 부드럽게 미소 지으셨다.

집에 도착하자 어머니는 약통부터 꺼내오셨다.

"그런데 앞으론 그러지 마. 엄마 무서워, 애."

긁히고 멍이 든 이수에게 소독하고 약을 발라주시던 엄마가 말했다.

"알아요."

"앞 토막 중간토막 다 잘라먹고 파출소에 있다는 말만 듣고 달려가는데 대체 무슨 일이길래 우리 이수가 파출소에 갔을까 걱정하고 또 걱정하고 엄마 진땀나 혼났어."

"네."

"정의로운 거 좋지만 엄마 또 맘 졸이게 하지 마."

"알았어요."

"훌륭하시더구나. 그 몸으로 민경이 키우고 대학까지 보내시고."

"그러게 말이야."

아버지와 엄마가 고개를 끄덕이셨다.

"저한테 오시느라 병원 문 닫아서 어떻게 해요? 할머님들 오셨다가 웬일인가 하셨겠어요."

"내일 좀 늦게까지 하지 뭐."

아버지는 경기도 구리 시의 가장 외진 동네 의원의 원장 겸 의사였고, 어머닌 아버지 의원의 간호사셨다.

그날 그 일 때문에 이수와 민경이는 그 후 며칠 동안 끙끙 앓아야 했다. 그날은 흥분 상태라 아픈 줄도 몰랐는데 다음날 자고 일어났더니 맞은 자리가 쑤시고 욱신거려 사방이 안 아픈 데가 없었다. 그리고 그 사건이 있고 시간이 꽤 지난 어느 날, 이수는 오랫동안 생각했던, 마치 오랫동안 사랑니를 앓는 기분으로 생각을 거듭했던 어떤 결심을 부모님께 털어놓았다.

"아버지, 저 일 년만 휴학할까 해요."

이수의 말에 아버지와 엄마가 놀란 얼굴로 쳐다봤다.

"왜?"

"법 공부 해보고 싶어서요. 해보고 싶은 게 아니라…… 자꾸 등이 떠밀리는 기분이에요. 누가 등을 떠미는데 버티고 있는 기분이라 초조하고 불안해요."

"민경이 일 때문에?"

"그 후로 주욱 그래요. 아직 자신은 없는데, 아직이 아니라 지금은 자신이라는 거 완전히 없는데, 그래도 덤벼봐야 할 것 같아요. 지금 하지 않으면 나중에 후회할 것 같아서요."

"일 년으로 되겠어? 법 공부가 일 년으론 힘들어."

"네, 알아요. 일 년 공부해 보구, 자신감 생기면 아예 파묻혀 볼래요. 일 년 했는데 이거 아니구나 싶으면 그땐 포기할게요."

아버지와 엄마는 당장 좋다, 싫다 대답이 없으셨다. 생각할 시간이 필요하신 듯했다. 이수는 기다렸고 일주일 후에 대답을 들었다.

"해보고 안 되면 포기한다는 생각으로 덤벼서는 절대 못하는 일이야."

아버지 말씀은 그것이었다. 포기할 생각이라면 아예 시작을 하지 말라는.

"네, 제가 틀렸어요. 포기하지 않을 거예요. 무조건, 할 거예요 아버지. 하고 싶어요."

"할 수 있겠어?"

"할 수 있겠어요."

이수가 확고한 어조로 말했다.

"할 수 있겠다면 해야지. 하지만 절대 포기는 안 돼. 끝장을 봐야 해."

"네, 알아요. 끝장 볼게요."

아버님 말씀이 맞았다. 시작을 했으면 죽이 되든 밥이 되든 끝장을 봐야 했다. 어설프게 한번 해보고 안 되면 관두자 그건 아주 틀린 생각이었다. 이수는 법 공부를 하는 것은 필연이라고 생각했고 그래서 정말 끝장을 보고 말겠다는 결심으로 덤볐다.

이수는 과감하게 휴학했다. 그리고 일 년 동안 법 공부를 시작했고 일 년 후 포기가 아니라 더욱 용기가 생겼다. 할 수 있겠다는 용기, 그리고 꼭 해야 한다는 용기. 그래서 고시를 목표로 아예 파묻혀 버렸다. 그리고 법 공부를 시작한 지 삼 년 만에 삼 차까지 패스할 수 있었다.

"괜히 주제도 안 되면서……."

니 따위가 무슨 판사냐는 소리 들으려고 법 공부한 것이 아닌데 이수는 푹푹 한숨을 내쉬었다.

"수고하셨습니다."

혜경 씨가 늘 그랬던 것처럼 심리를 끝내고 돌아온 이수에게 인사말을 건넸지만 이수는 혜경 씨에게 고맙다는 대꾸도 못하고 한숨을 푹 내쉬며 자리에 앉았다.

"뭐, 안 좋은 일 있으셨어요?"

"후욱……."

이수는 대답할 기분이 아니라 연신 한숨만 내쉬었다.

집 문제만 아니었더라면 양길호가 무슨 짓을 했어도 법정모독죄를 적용하지 않았을 지도 모른다고 생각하자 후회스럽기까지 했다. 양길호가 파산 신청을 했을 당시부터 몰경위하게 행동하긴 했지만 그는 일흔의 노인이었다. 젊은 사람이라면 몰라도 노인에게 구속을 선고하고나자 마음이 몹시 무거웠다. 이미 구속을 결정했으니 번복했다간 재판의 권위를 떨어뜨릴 수 있기에 물릴 수도 없고 이래저래 몹시 심란했다.

"커피 내릴까요, 판사님?"

"그래요. 한 잔 줘요."

혜경 씨가 얼른 커피메이커로 커피를 뽑는데 정도 씨가 사무실로 돌아왔다.

"괜찮으세요?"

"괜찮지 않아요."

이수가 한숨 섞인 목소리로 대꾸하자 정도 씨가 인심 좋은 아저씨처럼 웃었다.

"잘하신 거예요. 제가 판사였다면 지난 심리에서 구속시켜 버렸을 거예요. 많이 참으셨어요."

"법정모독죄를 적용한 게 오늘이 처음이라 마음이 안 좋네요.

그리고 어쨌거나 노인이잖아요.”

“저렇게 힘 좋은 노인은 오늘 처음 봤습니다.”

갓 뽑은 커피를 한 잔 따라오던 혜경 씨에게서 커피 잔을 받아든 정도 씨가 이수의 책상에 잔을 올려놔 주었다.

“커피 한 잔 드시고 신경 쓰지 마세요.”

“감정적으로 구속을 선고한 건 아닌가 모르겠어요.”

“다른 판사님들 같았으면 초장에 구속시켰을 거예요. 판사님, 많이 배려하셨어요.”

“미안해요, 정도 씨. 위로처럼 들리지 않네요.”

이수가 쓰디쓴 미소를 짓자 정도가 씩 웃었다.

“웃긴 건요, 아버지가 소란 피우다 구속당하게 생겼다는 연락을 받은 아들이 시청 사람에게 전화해서 오늘 중으로 몽땅 세금 낼 테니 아버지 구속은 막아달라 하더랍니다. 현금이 돌지 않아서 못 냈다나 어쨌다나, 시청 현 과장이 그건 판사님께 빌어보라며 전화 끊더라고요.”

“참…… 그렇게 돈이 많으면서 세금 낼 돈은 아까워 죽겠나 봐요? 세상엔 특이한 사람들 정말 많아요.”

“누가 아니랍니까.”

“판사님, 한 시간 전쯤에 판사님 휴대폰으로 전화 왔었어요.”

이수와 정도의 대화를 듣고 있던 혜경 씨가 알려주었다.

“그래요?”

이수가 서랍에서 휴대폰을 꺼내 보자 모르는 번호가 찍혀 있었다.

"누구지?"

부재중 전화가 두 통이었고 모두 같은 번호였다. 누가 두 번이나 전화를 했을까?

통화 버튼을 누른 이수는 신호음을 들으며 커피를 한 모금 들이켰다.

한 번 두 번, 열 번 넘게 신호가 갔지만 받질 않았다.

"누군데 전화해 놓고선 받지도 않는 거야?"

투덜거리며 그만 끊으려는 찰나 저쪽에서 여보세요? 하고 전화를 받았다.

"번호가 찍혀 있어서요. 윤이수라고 합니다. 실례지만 누구십니까?"

[오금봉입니다.]

오금봉? 그럼 이 남자가 두 번이나 전화를 했단 말인가?

"무슨 일로 전화했어요?"

[지금 말 못해요. 사건현장에 나와 있어요. 나중에 내가 할게요.]

금봉이 조금 급한 목소리로 말하고는 일방적으로 전화를 끊어버렸다.

"아니, 무슨 이런 불량스러운!!"

이수는 끊어진 휴대폰을 쳐다보다가 폴더를 접어버렸다. 통화 예의도 없는 인간 같으니라고. 권한만 있다면 오금봉 이 작자에게도 한 달 구류를 먹여 버리고 싶었다.

이수가 혀를 차는데 정도가 쳐다봤다.

"돈 빌려준다는 스팸 전화예요?"

"아니에요. 그냥…… 어제부터 제대로 돌아가는 게 없는 것 같네요. 한숨밖에 안 나오고."

진짜다. 어제부터 정말 한숨밖에 나오지 않았다. 하지만 이 한숨도 오늘로 끝날 것이라 기대했다. 대가리 디밀고 들어가면 오금봉 그 남자도 별수없을 것이다. 오늘로 완전 바이 바이 다시 볼 이유가 없는 남자니까 봐주자.

바이 바이, 다시 볼 이유가 없는 남자. 아 그렇지!

이수가 휴대폰 폴더를 열고 문자를 찍기 시작했다.

〈오늘 짐 들어갑니다. 그전에 확실히 환경 정리해 주세요. 댁의 짐을 빼라는 뜻입니다. 저한테 전화 안 해도 됩니다. 어쨌거나 이번 일은 유감이고 늘 발전하시길~!!〉

하고 문자를 다 찍은 이수는 금봉의 번호로 정확하게 날려주었다. 좋은 말 할 때 당장 내 집에서 짐 빼고 사라지시오. 그리고 잘 먹고 잘 사시오~ 라고 문자를 보내고 싶었지만 그럴 순 없고 이수는 단호하면서도 제법 예의를 갖췄다 할 수 있는 문자를 보냈다. 그리곤 제발 오늘이 얼른 지나가 버렸으면 좋겠다고 생각하며 또 다른 사건의 파일을 펼쳐 들었다. 그때 딩동 하고 문자가 도착한 음이 울렸다.

이수가 얼른 휴대폰을 열고 문자를 확인하자 딱 한 글자만 찍혀 있었다. 발신자는 오금봉.

〈쿵!〉

쿵?

"뭐야, 이거."

이수는 어이가 없어 두 번 세 번 볼 것도 없이 딱 한 글자 쿵! 이라는 문자를 보고 또 봤다.

"이 남자가 장난치나."

세상에, 쿵이 뭔가, 쿵이!

열받은 이수가 당장 금봉에게 전화를 걸어 이게 무슨 행태냐며 따지려다 또 바쁜 척 일방적으로 전화를 끊어버리면 약만 더 오를 것 같아 참았다.

"다시 안 볼 사람이야. 나한테 밀려서 열받은 모양인데 봐주자고."

이수는 너그럽게 생각하기로 했다, 너그럽게. 오늘 밤, 집으로 돌아가면 어떤 기함할 일이 기다리고 있는 줄은 상상도 하지 못하고 말이다.

저녁 아홉 시가 조금 넘어 조심스레 집 안으로 들어선 이수는 저절로 안도의 한숨을 내쉬며 씩 웃었다. 월세 오피스텔에서 쓰던 물건들이 고스란히 새집에 옮겨져 있었고 오금봉의 살림살이는 보이지 않았기 때문이다. 퇴근도 할 수 없고, 그래서 무사히 이사를 했는지 직접 눈으로 확인하지 못해 속만 졸이고 있던 이수에게 이삿짐센터 아저씨로부터 전화가 걸려왔었다.

[판사님, 이사 다 했습니다.]

"끝났어요?"

[예, 말씀하신 대로 배치했습니다.]

"감사합니다. 그런데 아무 일 없었죠?"

이수가 혹시나 오금봉이 난동이나 혹은 때꼬장을 부렸을지도 모른다는 생각에 조심스레 물어봤었다.

[아무 일 없었습니다.]

아무 일 없었다는 말에 안도한 이수가 고맙다는 말을 몇 번이나 한 후에 전화를 끊었었다. 되도록 일찍 들어오고 싶었지만 오늘은 무슨 짓을 해도 정해진 퇴근 시간에 나올 수가 없었다. 때문에 이사하는 것도 못 보고 속만 태우고 있던 참인데 아무 일 없이 무사히 이사를 했다는 전화를 받자 정말 안심이었다.

거실을 둘러보다 소파에 풀썩 주저앉은 이수는 이제야 제대로 자리를 잡았고 이제야 이 집이 정말 내 집이구나 싶은 생각이 들었다. 그리고 부모님께 언제든지 오고 싶을 때 오시라 할 수 있게 되어 정말 다행이다 싶었다.

푹신한 소파에 잠깐 몸을 기댄 이수는 구리고 후지기 짝이 없었던 더러운 오금봉의 소파가 사라진 것이 기뻤다. 어디서 그런 흉물스러운 소파를 끌고 들어왔는지 새집에 그런 낡은 소파를 끌고 오고 싶었을까. 하여튼 남자들이란.

이수는 하루 동안 남의 이삿짐센터 트럭 안에 갇혀 있느라 고생한 자신의 살림살이들을 향해 상냥한 미소를 날려주었다. 텔레비전도 내 텔레비전, 전화기도 내 전화기, 커튼도 내 커튼. 모든 것이 이수의 물건들이었다. 이제야 제자리를 찾아온 것이다.

이수는 얼른 안방으로 가서 문을 활짝 열어젖혔다. 그리고 또 한 번 씩 웃었다.

작년에 큰맘 먹고 산 5㎝ 높은 침대가 우아한 자태를 뽐내며 장롱과 함께 방 안을 차지하고 있었던 것이다. 침대 옆에 세 개의 포장박스가 놓여 있었는데 이수가 직접 정리할 테니 열지 말라고 했던 밀봉된 박스였다. 오늘 밤엔 저 박스나 열어 슬슬 정리하면 될 것 같았다.

"포장이사가 좋긴 좋단 말이야."

포장이사가 좋다고, 무조건 포장이사를 하라던 친구들 말을 듣길 잘했다 싶었다. 좀 비싼 게 흠이라면 흠이지만 이사를 해놓고 보니 포장이사가 비싼 값을 하는 것 같았다. 이건 여기 놔주고 이건 저기 이건 요기 배치해 주세요 했던 그대로 배치가 되어 있으니 말이다. 어젯밤엔 이수에게 그렇게나 인정머리없게 굴던 이삿짐센터 아저씨가 오늘 아침에 통화할 때는 언제 그랬냐는 듯 마음에 들 때까지 원하시는 대로 해드리겠다더니, 그 말 그대로 이수의 마음에 꼭 들게 이삿짐을 옮겨놓은 것이다. 거의 손댈 필요가 없을 정도로 말이다.

침대 위에 까만 가죽가방을 내려놓은 이수는 다음으로 주방으로 가서 싱크대를 열고 살폈다. 역시 이수의 살림살이들이 올망졸망 사이좋게 자리를 차지하고 있었다. 하나라도 깨뜨리면 깨뜨린 값 고대로 배상하겠다고 했더니 얼핏 살펴보기엔 배상하시오 하고 싶은 소리 할 거리가 없어보였다. 만족스럽게 고개를 끄덕이던 이수는 화장실 문을 열어보았다. 화장실이야 아침에 이미 한 번 사용을 했으니 특별하게 체크할 것은 없어 보였다. 단지 세면대 밑에 세면도구들이 담긴 바구니가 놓여 있었는데 바구니째 그대로 놓여 있는 것을 보니 화장실 안은 건드리지 않은 모양이었다. 불만없었다. 세면도구의 자리를 잡아주는 일이야 힘쓸 일도 아니니 직접 하면 된다.

"어?"

그런데 뭔가 이상했다.

"저건…….."

아침에 오금봉에게서 빌려 썼던 샴푸와 비누 따위가 그대로 있었다.

부랴부랴 짐 빼느라 깜빡하고 챙겨가지 않은 모양이었다. 이수도 이번이 세 번째 이사인데 이사하고 나면 꼭 빗자루 같은 사소한 것들을 빼먹을 때가 있었기 때문에 그럴 수 있다 싶었다.

화장실에서 나온 이수는 고개를 돌려 주방 옆에 붙은 제일 작은 방을 쳐다봤다. 다른 살림살이는 없지만 책이 너무 많아 오피스텔에 살 땐 놓아둘 때가 없어 사무실 한켠에 쌓아두었었는데 이 집을 사기로 마음먹었을 때 이 방을 아예 책방으로 만들어 버리자고 계획했었다. 실용적인 책장을 구입한다면 상당히 많은 양의 책을 정리할 수 있을 것이기에, 책장은 몇 개나 사면 책을 다 꽂을 수 있을까 생각하며 문을 열어젖히던 이수는 번개를 맞은 얼굴로 그 자리에 굳어버렸다.

"이게 뭐야?"

세상에, 대체 이게 다 뭐란 말인가!

방 안 가득 천장까지 누군가의 짐들이, 살림들이 엉망으로 아무렇게나 마구 쌓여 있었다. 저, 저 더러운 소파!

"오금봉!"

소파를 보니 누구의 살림들인지 곧바로 알 수 있었다. 빌어먹을 오금봉, 그 작자의 살림이었다.

"이 남자가 정말 미쳤나!"

망연자실한 얼굴로 쓰레기처럼 쌓여 있는 오금봉을 짐들을 쳐다보던 이수는 가슴 저 깊은 곳에서 격렬하게 치밀어 오르는 분노를 느꼈다.

'이런 망할 사내놈 같으니라고!'

누굴 놀리는 것이 아니라면, 사람을 정말 완전히 물로 봤다는 것이 아닌가.

격분한 얼굴로 안방으로 뛰어들어 가 가방에서 휴대폰을 꺼내 들고 나와서는 손가락이 부러져라 통화 버튼을 눌러 오금봉의 번호를 찾아내던 이수의 눈에 현관 한쪽에 가지런히 놓인 남자 신발 한 켤레가 들어왔다. 순간 이수는 살의를 느끼며 저 빌어먹을 신발을 갈기갈기 찢어놓고만 싶었다. 그리고 퍼뜩 이수의 머릿속을 스치는 생각이 있었으니.

이수는 후닥닥 현관 옆에 붙은 방으로 달려갔다. 이 집의 두 번째 방. 이 방에 되어먹지 못한 괴수가 누런 이빨을 드러내고 도사리고 있으리라. 네 이놈 괴수야. 오늘 네놈을 잡아 제물로 쓰리라!

이수는 노크니 뭐니 그딴 거 다 생략하고 부서져라 문을 열어젖혔다.

"야! 오금봉!"

문을 열어젖히자마자 덮어놓고 소리부터 내지른 이수는 괴수의 모습을 보는 순간 화들짝 놀라며 번개처럼 문을 닫았다.

"헉!"

아이고, 놀라라. 콩닥콩닥.

누런 이빨 드러내고 촌스럽게 도사리고 있을 줄 알았더니 알고 보니 음탕하기 짝이 없는 괴수가 아닌가. 괴수 오금봉은 알 가슴을 훤하게 드러내고 사각 빤스 하나만 달랑 입은 채 대 자로 누워 자고 있었던 것이다.

"뭐 저런 변태 같은 인간이……."

놀란 가슴을 진정시키려고 애쓰던 이수는 생각해 보니 괘씸하기 짝이 없었다. 여기가 어디라고 발가벗고 늘어져라 잠을 자고 있단 말인가! 이수는 이를 악물고 방문을 두드리기 시작했다.

"이보세요, 오금봉 씨!!"

이수가 부서져라 문을 두드리며 외쳐 부르기 시작했다.

"오금봉 씨, 당장 나와요!"

이수가 주먹이 아프도록 문을 두드리는데 예고도 없이 벌컥 문이 열렸다.

"뭐요?!"

온통 까치집이 지어진 머리 꼴을 한 오금봉이 잠이 안 깨는지 죽상을 하고 심통스럽게 물었다. 여전히 사각 빤스 한 장 달랑 입은 채로 말이다.

이수는 깜짝 놀라며 얼른 돌아섰다.

"당장 옷 입어요! 희롱죄로 경찰 부르기 전에!"

이수가 빽 소리를 질렀다.

"내가 경찰이니 나한테 신고해요."

금봉이 깐죽거리더니 문을 닫고 들어가 잠시 후 쭈글쭈글 열흘 넘게 침대 밑에 쑤셔 박혀 있었던 듯한 티셔츠에 역시나 쭈글쭈글 굉장히 낡아 보이는 반바지를 껴입고 나왔다. 하여튼 저런 물건들은 어디서 조달하는 것인지.

꼭대기까지 치밀어 오르는 흥분을 가라앉히려고 몇 번이나 심호흡을 한 이수가 냉정한 표정으로 금봉을 올려다봤다. 그 남자 키는 크네.

"어떻게 된 거예요?"

"뭐가요?"

열받아 죽겠는데 대꾸하는 태도하고는. 무슨 일 있냐는, 생판 모르는 얼굴을 하고 있다니. 가까스로 모가지까지 가라앉혔던 흥분이 다시 보글보글 머리 꼭대기를 향해 치밀기 시작했다.

"내가 나가달라고 했잖아요."

이수가 이를 갈듯이 말했다.

"못 나간다고 했잖습니까."

오금봉은 여전히 뭔 일 있냐? 하는 표정이었다.

"못 나간다니요?"

"월드컵이 다음달에 시작하는데 나도 집에서 축구 좀 편하게 봅시다."

"그럼 월드컵 때문에 못 나간다는 거예요? 아니, 월드컵 때문에 그럼 다음달까지 안 나가고 버티겠다는 말이에요? 이게 말이 돼요!"

누구 복장 터뜨리려고 작정을 한 것이 분명했다. 월드컵이라니. 지금 이 마당에 월드컵 따지게 생겼단 말인가. 이수는 머리 뚜껑을 박차고 터져 나올 것 같은 분노를 느끼며 소리쳤다. 그리고 알았다. 이 남자 좋은 말로 해서는 들어먹을 남자가 아니라는 것을. 좋은 말이 안 통하는 등급이라면 등급에 맞게 상대해 주는 수밖에.

"이런 식으로 나오면 법적으로 처리하는 수밖에 없습니다. 마지막으로 권고합니다. 나가주세요!"

이수가 두 눈을 치켜뜨고 나 정말 많이 참고 있다는 듯이 경고했다. 참아주는 데까지 참아줬는데도 들어먹지 않으면 그땐 정말 피 맛을 보게 해주겠다는 듯 매섭게 노려봤다.

금봉이 짙은 눈썹을 실룩거리며 이수를 쳐다보다가 갑자기 정색을 했다.

"법적으로 처리하면 난 더 편합니다. 판사님이라면 법에 대해 저보다 더 잘 아실 것 아닙니까. 이진철과 김명숙이 판사님에게 집을 팔겠다 했지만 난 이중 계약 피해잡니다. 피해보상을 받고 법적으로 처리가 될 때까지 합법적으로 이 집에 머물 권리가 있다 그 얘기입니다."

"오금봉 씨한테 돈을 돌려주겠다 했다면서요. 그래서 받아들였다면서요."

"법적으로 따져 봤자 피곤하고 법원에 들락거릴 시간도 없고 그래서 내가 한발 물러서는 게 좋겠다 싶어 양보한 겁니다. 자꾸 이러시면 그냥 법적으로 처리할 겁니다."

"지금 협박하시는 거예요?"

"협박이 아니라 권리를 주장하는 겁니다."

금봉이 대답했고 잠깐 입을 다물었던 이수가 금봉처럼 정색을 하며 입을 열었다.

"양보하시기로 하셨다면 신사적으로 나가주시는 게 옳지 않겠습니까?"

"아침에도 말했다시피 돈을 받아야 할 것 아닙니까. 당장 준다는 것도 아니고 한 달 내로 준다는데 돈 안 받고 어딜 가란 말입니까? 그 판사님 정말 인정머리없네."

금봉이 인정머리없다고 쏘아붙였다. 이 집에 이사 오면서 인정머리없다는 말을 두 번이나 듣게 되다니.

"당장 어딜 가란 말입니까? 생각을 해보세요, 윤이수 판사님! 당신도 이진철과 김명숙 그 작자들한테 당장 집을 어떻게 구하며 얹혀살 곳도 없다고 하지 않았습니까. 나도 마찬가집니다."

오금봉이 살벌하게 인상을 쓰며 성을 냈다.

"네, 알아요. 하지만 생각을 해보십시오, 오금봉 형사님. 당신하고 나하고 어제 처음 만났을 뿐인데 함께 동거를 한다는 게 상식적으로 말이 된다고 생각합니까?"

"판사님이나 나나 우리가 생각하는 상식과는 완전히 딴 세상에서 사는 사람들을 날마다 만나고 살지 않습니까."

허, 말은 청산유수네.

"오금봉 형사님."

"밤 꼴딱 새고 아침에 들어와 비빔밥 먹다 호출당해 도로 나갔다가 열다섯 번이나 칼을 맞고도 죽지 않은 아줌마 집에서 범인이 떨구고 간 증거없나 이 잡듯 뒤지다 한 시간 반 전에 들어와 죽을 것처럼 피곤해 자고 있었습니다. 일주일에 사나흘은 기본으로 날 밤 새고 삽니다. 내가 짐승도 아니고 왜 이 짓을 하는지 모르겠다는 생각이 하루에도 골백번 드는데, 그래도 왜 하는 줄 아십니까? 민중의 지팡이 되어보겠다고 뛰어들었으니 끝장은 봐야겠어서 합니다. 판사님, 부탁이니까 제발 잠 좀 자게 해주십시오. 죽게 피곤합니다. 살려주십시오!"

차림새하고는 전혀 어울리지 않게 있는 대로 정색을 하고 말한 오금봉이 피곤함을 핑계로 도로 방으로 들어가려고 하자 이대로 가게 놔둘 수가 없어 다급해진 이수가 금봉의 티셔츠를 잡는다는 것이 반바지를 붙들었는데 어머나 세상에 반바지가 쭉 찢어지며 금봉의 반바지와 함께 사각 빤스가 엉덩이 반쯤까지 쭉 내려왔다.

"어머!"

이수가 깜짝 놀라 찢어진 반바지에서 손을 떼는데 금봉 역시 깜짝 놀라며 부리나케 바지를 추켜 입었다. 그런데 너무 추키는 바람에, 바짓가랑이가 쭉 치켜 올려지며 하필이면 엉덩이 사이에 제대로 낑겨 버렸다. 바짓가랑이를 완전히 먹어버린 오금봉의 엉덩이를 보며 웃음이 터지려는 찰나 오금봉이 눈을 부라리며 이수를 보며 돌아서는데 어머나 세상에! 바짓가랑이를 집어삼키기는 앞쪽도 마찬가지였다. 아주 제대로 먹는 바람에 그곳, 거시기한 그곳이 투욱 불거져 나오는 심히 민망스러운 자태가 되어버린 것이다.

이걸 말을 해줘야 하나 모른 척해야 하나. 볼만은 하다만…….

이수는 차마 맨정신으로는 민망스럽게 돌출된 거시기를 볼 수가 없어 얼른 고개를 돌렸다.

"성희롱하는 겁니까!"

성희롱은 누가 하고 있는데.

"내 엉덩이가 보고 싶었다면 그냥 보고 싶었다고 말을 하지 왜 바지를 찢고 그래요. 판사님이라는 분이 음흉하게."

"뭐가 어째요?!"

음흉 운운에 획 고개를 돌렸던 이수는 또다시 얼른 고개를 돌렸다. 금봉의 얼굴을 보며 쏴붙일 생각이었는데 고개를 돌리는 순간 어째서 그곳이 제일 먼저 눈에 들어오느냔 말이다.

"하여튼 당장 짐 빼요."

"못 뺍니다."

"빼라구요!"

"못 나갑니다!"

금봉이 꽥 소리를 지르더니 문을 쾅 닫고 방으로 들어가 버렸다.

"저 남자가 정말! 이봐요!"

이수는 곧장 금봉을 따라 문을 활짝 열어젖혔다.

"당장 내 집에서 나가란 말이에요!"

하고 소리치는데 막 찢어진 바지를 벗던 금봉이 어이쿠 하고 놀라며 다시 바지를 추켰다.

"어머낫!"

화들짝 놀란 이수는 재빨리 문을 닫아버렸다.

"미쳐, 정말……."

이게 아닌데, 이럴려고 한 게 아닌데 대체 왜 모양이란 말인가.

"이보십시오, 판사님!"

금봉이 문을 열더니 대가리만 내놓고 이수에게 눈을 부라렸다.

"오랫동안 노처녀로 사시는 바람에 많이 굶으신 모양인데, 나 그런 남자 아닙니다."

"뭐, 뭐라구요?"

이수가 기가 막혀 입을 쩍 벌리는데 금봉이 이수를 아래위로 훑어보며 입술을 실룩거렸다.

"아무 여자나 막 덤빈다고 다 받아주는 그런 쉬운 남자 아니에요."

"어머 어머, 세상에. 이봐요, 오금봉 씨!"

"나 비싼 남자예요. 아시겠습니까?"

이수는 억이 차서 말도 안 나왔다. 뭐? 막 덤비고, 비싼 남자? 그 말은 자신을 호시탐탐 남자 잡아먹을 기회만 엿보고 있는 탕녀 취급하는 말이 아닌가.

"당장 내 집에서 나가지 않으면 가택침입죄로 고소하겠어요!"

이수가 분함에 가슴을 들썩이며 소리쳤다.

"하십시오. 난 성추행으로 고소할 테니. 외로운 판사님이 성추행했다고 소문나면 볼만하겠습니다."

"야! 오금봉!"

이수가 분해서 빽 소리를 지르는데 금봉이 문을 쾅 닫아버렸다.

"당장 나와! 나오지 않으면 가만 안 둘 거야!"

약이 오를 대로 오른 이수가 바락바락 소리를 지르며 발을 동동 구르는데 갑자기 경비실로 연결된 비디오폰이 울려댔다. 빨간 불빛이 깜빡거리는 비디오폰을 쳐다보던 이수는 얼른 수화기를 집어 들었다.

"여보세요?"

[경비실입니다. 1704호죠?]

"그런데요?"

[이웃집에서 너무 시끄럽다고 해서요.]

"아, 네……."

[부탁드립니다.]

"네, 죄송합니다."

기어들어 가는 소리로 사과를 하고 수화기를 내려놓은 이수는 괴수의 방을 노려봤다. 이것이 모두 저 괴수 오금봉 때문이었다. 이사 온 첫날부터 이웃집으로부터 시끄럽다고 항의를 받다니. 이 판사판 아주 요절을 내버리자 생각하며 주먹을 틀어쥐고 괴수의 방 앞으로 다가와 문을 두드리려던 이수는 주먹 쥔 손을 내려놓고 말았다. 시끄럽다고 경비실에 항의를 했다는데 방문을 또 두들겼다간 이웃집에서 경비실 생략하고 바로 쳐들어올지도 모르겠다는 생각이 들었기 때문이다.

어떻게 걸려도 저런 무지막지한 놈에게 걸렸는지. 이러지도 저러지도 못한 채 방문만 죽어라 노려보던 이수는 속이 터져 나갈 듯한 한숨을 내쉬며 안방으로 들어와 버렸다.

허리를 꼿꼿하게 세우고 침대에 걸터앉은 이수가 좋게 해결하려고 이토록 노력했는데도 소용없으니 정말 법적으로 처리하는 것이 속 편하겠다 생각하며 씩씩 분한 숨을 몰아쉬고 있는데 저만치 장롱 옆에 세워진 알루미늄 야구방망이가 보였다. 부모님 곁을 떠나 혼자 독립하던 첫날, 치한퇴치용으로 구입했던 야구방망이. 세 번의 이사를 하는 동안 단 한 번도 빠뜨리지 않고 챙겼던 물건. 이수는 침대에서 벌떡 일어나 장롱 앞으로 가서는 야구방망이를 번쩍 치켜들었다. 성질 같아서는!

"확 패버려?"

아니지, 패긴 누굴 팬단 말인가. 열받는다고 사람 팼다가 무슨 치도곤을 당하려고.

이수는 야구방망이를 침대 밑에 도로 집어넣어 버렸다.

"이걸 어쩐다?"

좋은 말로 해도 안 통하고 언성을 높이니 법적으로 하면 자긴 더 편하다고 배 째라는 식이고 그럼 어떻게 해야 저 남자를 하루라도 빨리 쫓아낼 수 있을까. 어떤, 긴급조치를 취하긴 취해야 하는데 말이다. 말싸움 하는 걸로 지질거리다간 슬며시 눌러앉을 것이 분명해 보였다. 물론 영원히 눌러앉지는 못하겠지만 떠들어봤자 그 말이 그 말이니, 같은 말을 암만 반복해 봤자 인이 박혀 나중에는 '그래 지껄여라 날랑은 안 들려요~' 할 수도 있고 그렇다고 가만히 노려보고만 있으면 사람 마음이 간사해서 '음, 지도 지친 모양이네 천천히 나가지 뭐' 하고 속 편하게 생각할지도 모를 일이었다. 어쩜, 차라리 '네가 나가시오' 할 수도 있고.

"그럴 수는 없지. 저 남자를 어떻게 괴롭혀줘야 질려서 나갈까?"

만나고 부딪히는 사람 모두에게 창자까지 꺼내줄 듯 잘해주고 살아도 백 년을 못살 인생인데 누가 좋아서 사람 괴롭힐 작전을 짜겠는가. 오죽하면, 오죽하면 괴롭혀 줄 작전을 세우겠는가 말이다.

"때릴 수도 없고, 신고 할 수도 없고, 좋은 말도 안 되고, 신경질을 내도 안 되고…… 그럼 완전히 질려 버리게 말을 못되게 해볼까?"

그래, 그거 괜찮을 것 같았다. 말 한마디로 천 냥 빚도 갚는다는데 그렇다면 못되먹게 내뱉은 말 한마디로 살 떨리도록 정 떨어지게 만들면 속히 내쫓을 수도 있지 않겠는가.

"내일부터 본때를 보여주고 말겠어."

이수는 전의를 불태우며 다짐했다. 기필코 오금봉을 쫓아내고 말겠다고!

이수가 전의를 불태우며 몸을 떨고 있을 때 금봉은 침대에 드러누워 천장을 올려다보며 입술을 실룩거렸다.

"무슨 여자가 저렇게 빡빡해?"

같이 살자는 말에 넙죽 받아들이는 여자도 없겠지만 한 발자국도 뒤로 물러서지 않으려는 이수가 얄밉기까지 했다.

싹 치켜뜰 때 간담이 서늘해지는 냉정한 눈매하며 야무자게 오물거리는 입매하고는. 판사 하기 딱이다. 대바늘로 찔러도 피 한 방울 날 것 같지 않은 표정으로 판결을 내리면 얼마나 살벌할까.

솔직히 이대로 나갈 수 없다는 말은 틀린 말이 아니었다. 나갈 수 없는 이유는 너무나 명백했다. 어떤 바보가 돈도 돌려받지 않고 집을 내주겠는가.

시간만 있다면 정말로 법적으로 처리해 버리고 싶은 심정이었다. 악의는 없었다 하더라도 이진철과 김명숙의 일굴 바꾸기, 정말 괘씸하지 않은가. 맘 같아서는 고소를 해서 정신적 피해 보상까지 싹 긁어 챙겨 버리고 싶었다. 하지만 그렇게 하기엔 시간도 없고 정력 소모가 클 것 같아 골치 아프지 않게 해결하기 위해 양보해 준 것인데 고마워하지는 못할망정 당장 나가라고 몰아붙이기만 하다니. 비빔밥까지 먹여줬는데 말이다!

그러나 정당하게 주장한 권리임에도 불구하고 속이 아주 편치만은 않았다. 누구는 좋아서 생판 모르는 여자 집에 얹혀살겠다고 우기겠는가. 이 짓을 누가 하고 싶어하겠는가 말이다. 못 나간다고 박박 우겼지만 금봉은 자신이 지금 미친 짓을 하고 있다는 것을 누구보다 잘 알고 있었다.

사실, 돈도 돈이지만 약이 오르고 자존심이 상해 홧김에 밀어붙인 면도 없잖아 있었다.

처음 금봉이 형사라는 것을 알고 살짝 겁을 먹은 이진철과 김명숙이 자신 쪽으로 기우는 것을 보고 회심의 미소를 지었었다. 암, 이 집은 내 집이고말고 하면서. 그런데 허걱, 판사라니. 그런 반전이 숨어 있을 줄 누가 생각이나 했겠는가.

커다랗지만 쌍꺼풀이 없어 제법 날카롭게 보이는 눈, 하지만 계속 보다 보면 예쁘장하게 보이는, 체구는 작지만 야무지고 고집세게 생긴 여자가 하고 많은 직업 중에 판사님일 줄 누가 알았겠는가. 형사 소리에 겁먹었던 이진철과 김명숙이 대번에 판사 윤이수에게로 돌아서자 자존심이 엄청 상해 버렸다. 판사면 다란 말인가. 판사면 뭐, 뭐가 그렇게 대단한데! 이것들이 형사를 우습게 보고 말이야!!

판사라…….

이중 계약인 것을 알게 된 것을 알고도 당황하지 않던 모습, 아니, 다소 당황하긴 했지만 곧 침착함을 되찾으며 대응하던 모습을 보며 이 여자 보통이 아니구나 했었다. 보통 여자들 같으면 당황해서 울거나 혹은 부모님을 부르거나 할 텐데 오로지 혼자서 부딪치며 조목조목 따지고 들 때 그 여자 참 뱃심 좋네 싶었지만 판사일 줄은 아예 짐작도 못했었다.

어쨌든, 판사에게 밀려나고 보니 자존심도 상하고 기분도 상하고, 당장 쫓겨나게 생기자 서글픈 생각까지 들었다.

집에서 편하게 월드컵 좀 보자는 소리까지 했지만 그건 순 개똥 같은 헛소리. 이 지경에 월드컵이 문제겠는가. 오늘 당장 집에서 나가라는 말은 오늘 중으로 당장 집을 구하라는 말이나 마찬가지인데 재벌도 아니고 무슨 빼어난 수가 있다고 단 하루만에 집을 구하겠는가. 갈 곳이 없는데 나가라니. 해도 너무 하지 않은가. 하루만에 집을 구한다는 것은 말도 안 되는 소리고 또한 단 며칠이라도 신세를 질 만한 곳이 없었다. 사나이로 태어나 인맥 형성이 그 정도로 형편없냐고 흉을 잡는다면 할 말 없지만 일단, 쓸데없이 신세지고 싶지 않고 남에게 불필요한 피해를 주고 싶지 않은 금봉의 성격도 한몫했다.

얼마 전까지 얹혀살던 형님네는 형님이 서울에서 여수 공장으로 옮겨가면서 모두 여수로 내려갔기 때문에 집을 구할 때까지 신세를 지고 싶어도 그럴 수가 없었다. 부모님은 시골에 계시니 처음부터 불가능했고 장가간 친구 놈들에게는 친구보다도 제수씨들에게 할 짓이 아니라서 싫었고 장가 안 간 친구들은 부탁하면 들어는 주겠지만 금봉이 싫었다. 친구에게도 미안하지만 친구 부모님께 폐를 끼치고 싶지 않았기 때문이다.

아침에 출근해서 저녁에 퇴근하는 직업이라면 얼굴에 철판 몇 장 깔고 신세를 질 수도 있겠지만 이렇게나 불규칙한 생활을 하는데 암만 아들 친구라지만 누가 좋아하겠는가. 아침이든 새벽이든 호출당하면 바로 달려나가야 하고 오밤중이나 새벽에 퇴근하는 일이 다반사였다.

내 아들이나 그렇게 불규칙한 출퇴근을 받아줄지 모르겠지만 아들 친구 놈까지 누가 너그럽게 챙겨주겠는가. 하루 이틀도 아니고 어쩌면 한 달 넘게 끌 수도 있는데 말이다. 아! 촌수로 오촌아제 정도 되는 친척이 서울 답십리에 살고 있긴 한데 몇 년 동안 연락 한 번 제대로 하지 않던 오촌아제 집에 며칠 신세지겠다며 대가리 디밀고 들어가는 짓도 우습긴 마찬가지였다.

또 한 가지. 이사라는 것 자체가 엄두가 나지 않았다. 이 집을 보러 다닌 사람도 형님과 형수님이었고 이사를 도맡아해 준 사람도 형님과 형수님이었다. 금봉은 계약하는 날 잠깐 부동산에 와서 사인만 했을 뿐 손을 댄 부분이 거의 없었다.

사실 금봉은 늦둥이로 태어났고, 그래서 형님과도 띠동갑으로 무려 열두 살 차이가 났다. 전주에 사는 누님과도 열한 살의 나이

차가 있는데 이번에 집을 사게 된 것도 형님과 누님의 충고 때문이었다. 금봉은 대출을 받고 어쩌고 하는 것이 체질에 안 맞고 또 총각인데 뭘 집을 사기까지 해야 하냐며 전세를 얻고자 했다. 하지만 형님과 누님은 가뜩이나 형사라는 직업 때문에 장가가기 힘든데 집마저도 없으면 평생 혼자 살아야 할지도 모른다며 서민 평수의 아파트라도 하나 지니고 있으면 시집오겠다는 여자가 나설지 모르니 군소리 말고 집을 지니라고 했다. 요즘 여자들은 계산이 빨라서 인물이니 뭐니 그런 것보다 얼마나 튼튼한 직장에 다니며 재산은 얼마나 되는지부터 먼저 따진다면서.

누님부터도 사위의 첫 번째 조건이 우리 딸 굶기지 않고 쭈글스럽지 않게 만들 능력이 있나부터 따질 것 같다면서 말이다. 나보다 십 년은 앞서 사시는 분들 충고니 들어서 나쁠 것 없겠다 싶어서 대출까지 받아 집을 샀는데 요 모양 요 꼴이 되다니.

"아, 골이야."

금봉은 뒷골이 당기는 것을 느끼며 눈을 감았다.

"자자, 일단 자자고."

체력은 국력이라는데, 또 언제 호출당해 뛰쳐나가야 할지 모르니 일단은 자고 보자 싶었다. 그리고 이내 잠들었다.

이수는 눈을 뜨자마자 벌떡 일어났다. 그저께 밤에 밤을 새워서인지 오금봉 내쫓기 작전을 짜면서 잠깐 누웠는데 그대로 잠이 들었던 모양이다. 참 곤하게도 잤다 싶었다. 한 번도 깨지 않고 내리 잤으니 말이다. 시계를 보니 아침 여섯 시가 조금 지나 있었다.

이수는 방에서 나와 곧바로 냉장고로 가서 문을 열었다.

"이런."

냉장고 속은 텅텅 비어 있었다. 이사하느라 냉장고 속을 싹 비웠었다는 걸 깜빡했던 것이다. 텅 빈 냉장고 속을 들여다보던 이수는 냉장고 문을 닫다가 금봉을 떠올렸다.

'그렇지, 저 괴수를 쫓아내야지.'

이수의 눈빛이 싸늘해졌다.

'말 한 마디 한 마디 꼭꼭 씹어 내뱉어주마.'

이수는 필승을 다지며 금봉의 방, 아니, 둘째 방으로 걸어가 망설이지 않고 문을 두드렸다.

"오금봉 씨."

제법 크게 두드렸는데도 안에서는 아무런 기척이 없었다.

"아직도 자고 있나? 이봐요, 오금봉 씨!"

이수가 더 크게 두들겼지만 역시나 아무런 대꾸가 없었다.

문을 열었다가 또 반나체로 있으면 비싼 남자 운운할 것이고 이걸 열어나 하나 말아야 하나 고민하던 이수는 큰맘먹고 문을 열어젖혔다.

"뭐야?"

금봉은 방에 없었다. 침대 밑에는 어제 입고 있던 찢어진 반바지와 티셔츠가 돌돌 뭉쳐져 내던져 있을 뿐 사람은 없었다. 그새 나간 모양이었다. 혹시나 해서 화장실 문도 열어봤지만 없었다. 나간 것이 분명했다.

"내가 닦달해 댈 걸 알고 도망을 쳤구만. 오늘 밤에 잡히기만 해봐라."

이수가 단단히 벼르며 중얼거렸다. 하지만 금봉은 밤에도 돌아오지 않았다.

이수는 일이 끝나자마자 부리나케 집으로 돌아와 금봉을 기다렸지만 금봉은 오도가도 않고 소식도 없었다. 하긴 금봉이 소식을 전할 사람이 아니지. 왜 나타나지 않냐고, 나타나야 해결을 볼 것이 아니냐고 이수가 전화를 걸어 따져 볼까도 했지만 바리바리 전화를 해대면 오, 저 판사가 몸이 달았구만, 하고 더욱 느긋하게 나올까 봐 참았다.

오늘이나 내일이나 금봉이 돌아오기만을 기다리고 있는데 금봉은 다음날도 나타나지 않았다. 배짱 좋게 절대 못 나간다며 이유를 조목조목 들이댔으니 일부러 들어오지 않는 것은 아닐 테지만 주방 옆방에 있는 대로 쌓여 있는 짐을 볼 때마다 신경질이 치솟아 참을 수가 없었다.

"내가 팔자에도 없는 도를 닦는구나."

성질 같아서는 짐차 불러 싹 들어내서 내다 버렸으면 좋겠는데 남의 물건 함부로 버렸다가 무슨 보복을 당할지 몰라 버릴 수도 없어 신경질이 치솟아도 참고 있을 수밖에 없었다.

금봉이 외박을 시작한 지 사흘째, 이수는 차라리 이대로 영원히 돌아오지 않았으면 좋겠다고 생각하며 출근했다. 영원히 돌아오지 않는다면 얼굴 붉힐 일도 없고 짜증날 일도 없고 괜히 남에게 못된 소리 해서 상처 줄 일도 테니까. 정말로 이대로 소리 소문 없이 사라져 주면 좋겠는데 말이다.

"홍인규 씨 파산 신청 건 말입니다, 판사님."

정도 씨가 이수의 자리로 다가왔다.

"네. 가보셨어요?"

이수가 홍인규의 사건 파일을 찾아 열며 물었다.

"홍인규 씨 집하고 직장에 가서 현장조사를 하고 왔는데 정말 말이 아닙니다.”

“그래요? 00카드, XX카드 YY카드…… 카드사 네 군데서 동시에 이의 신청한 거죠?”

“예.”

“어때요?”

“홍인규 씨 진술대로입니다. 아버님이 급성신부전증으로 쓰러지셨고 수술비를 마련하기 위해 00카드사에서 대출을 받았네요. 대출도 받고 현금 서비스도 되는 대로 다 받았고요. 00카드와 XX카드는 처음부터 갖고 있던 카드인데 수술비며 입원비를 해결할 수 없어서 나머지 카드 두 개를 추가로 발급받았습니다. 돌려막기죠.”

“그러네요.”

이수가 홍인규의 진술서를 읽으며 고개를 끄덕였다.

“홍인규 씨가 말했던 월급은 맞던가요?”

“예. 규모가 작은 횟집이라 보너스나 그런 것도 없고 연봉제도 아니고 다달이 정해진 금액을 받고 있더라고요. 월급 지급은 그나마 괜찮은데 가게 매출이 떨어지면 언제라도 잘릴 수 있어 안정된 직장이라고 할 수 없었습니다.”

“그렇다면 조건을 제대로 파악하지 않고 무조건 카드를 남발한 카드사 책임도 일부분 있군요.”

“그렇죠.”

“집은 어떻던가요?”

“집은 반지하 다세대 주택인데 십오 평이었습니다.”

"십오 평 반지하요?"

"예. 거기서 홍인규 씨의 부모님과 여동생, 남동생, 홍인규 씨까지 다섯 명이 살더라고요."

"휴……."

이수가 딱하다는 듯이 한숨을 내쉬었다.

"홍인규 씨 아버님은 다행히 빨리 수술을 받으셔서 목숨은 건졌지만 예후가 좋지 않아 여전히 거동이 불편한 상황이었습니다."

"음…… 여동생과 남동생이 있는데, 남동생은 군에 간 걸로 되어 있고 여동생은 나이가 스물세 살인데 그냥 무직이네요? 일 안 한대요?"

"1급 지체장애자였습니다."

"저런."

"뇌성마비더라구요."

"쯧쯧쯧."

이수는 저절로 안쓰러움에 혀를 찼다.

"어머님은 연세가 많으시니 당연히 무직일 테고……."

"어머님도 아버님이 쓰러지기 직전까지 아파트 청소를 하러 다니셨는데 지금은 병든 남편 수발하느라 아무것도 못하시죠. 군에 간 남동생도 고등학교 졸업하고 아르바이트를 했다는데 아르바이트 해서 한 사십만 원 벌었답니다. 번 돈 사십만 원 몽땅 카드사 갖다 바치면서 한 시간씩 걸어서 아르바이트 다니고요. 아무리 해도 밑 빠진 독에 물 붓기라 입 하나라도 줄여보자 싶어 군엘 갔더라고요."

"음…… 그래서 스무 살에 군댈 갔군요. 지체장애자 동생에 십오 평 반지하 주택. 이런 상황에서도 포기하지 않고 아버님을 살리기 위해 노력했네요. 참 효자네요."

"맞습니다."

"나이도 스물다섯밖에 안 되고 학력이 중졸인데…… 돈이 없어서 중학교까지밖에 못 나왔을까요? 요즘은 웬만하면 고등학교는 졸업하잖아요."

"아버님이 홍인규 씨가 중학교 3학년이 됐을 때 풍으로 한 번 쓰러지셨다더군요."

"아."

"중학교도 담임선생님이 공납금을 대주셔서 가까스로 졸업했다고 하더라구요."

"그럼 열일고여덟 살 때부터 돈을 벌러 다녔다는 거네요?"

"그렇죠."

"그 어린 나이에 생활전선에 뛰어들어 온갖 설움을 받으면서도 남동생은 고등학교를 졸업시키고 말이에요."

"답이 나오죠, 얼마나 눈물겨웠을지."

그래, 답이 나온다. 파산 신청까지 해야 할 상황에까지 내몰린 홍인규라는 스물다섯 살 아름다운 청년이 얼마나 눈물겹게 살아왔을지. 악조건 속에서도 포기하지 않고 어떻게든 살아보려고 얼마나 발버둥 쳤을지.

이수는 다시 한 번 처음부터 끝까지 차근차근 홍인규 씨의 사건 파일을 읽어보았다. 정도 씨가 직접 홍인규의 직장과 집으로 가서 확인을 했고 면밀하게 따지고 보니 홍인규는 참으로 안쓰러운 사람이지만 그래도 혹여 놓치거나 속는 부분이 없는지 확인해야 했다.

"홍인규 씨 마지막 심리가 내일인가요?"

"예."

"카드사에서 반발이 심할 테니까 카드사 책임 부분을 따로 정리해서 준비해 주세요. 그리고 홍인규 씨하고 통화해서 면책 신청하라고 하세요."

그래, 이 젊은이는 구제해 주어야 한다. 파산 신청으로 끝나 버리면 홍인규 이 젊은 청년은 은행에 저금도 못할 것이고 나중에 피땀 흘려 번 돈으로 집 한 채, 차 한 대도 홍인규라는 이름으로는 구입하지 못할 것이다. 그렇게 되도록 내버려 둘 수는 없었다.

"꼭 면책 신청하라고 하세요."

"걱정 마세요, 판사님. 어제 만났을 때 애기했습니다. 파산 신청만 하기보다는 면책 신청까지 해야 정상적인 생활이 가능하다고요."

"잘하셨어요. 이런 사람은 구제해 줘야죠. 법이 이런 분 편을 들지 않으면 존재 가치가 없어요."

"맞습니다, 판사님."

"되도록 내일 파산, 면책을 같이 처리하도록 하죠."

"예, 판사님."

"수고하셨습니다."

"별말씀을요."

정도 씨와 이수는 기쁜 얼굴로 환한 미소를 교환했다.

파산 신청을 하는 수많은 사람들 중에 모두 양길호와 같이 속일 수 있을 것이라는 흉한 심보를 가지고 얕은 수를 쓰는 사람만 있는 것이 아니다. 이 홍인규라는 청년처럼 정말 어쩔 수 없는 상황에서 빚을 지고 그 빚을 갚지 못해 고통받는 사람들이 무수히 많다.

카드 빚에 쫓긴 가장이 빚 독촉에 괴로워하다가 가족과 동반 자살했다는 기사가 심심찮게 나오고 있는데 카드 빚이라는 말을 들은 대부분의 빚지지 않은 자들은 카드에서 돈 뺄 쓸 때는 좋았지? 갚지도 못할 거면서 허영에 들떠서는 쓰다가 못 갚으니 죽지, 저런 놈들 때문에 나라가 안 돌아가는 거야, 저런 놈은 죽어도 돼! 라고 인정없는 소리를 쉽게도 내뱉는다.

하지만 매일매일 피치 못할 사정으로 빚을 진 사람들을 만나는 이수의 생각은 완전히 달랐다. 쉬운 말로 적어도 많은 사람들은 빚을 지고 싶어 진 것이 아니라 그렇게 하지 않으면 안 될 사정에서 빚을 지고, 그리고 갚지 못하는 것이다. 법이라는 것은 고의적 채무, 책임회피에도 꼭 필요하지만 유기적 채무, 책임회피에도 반드시 필요하다. 법에도 사정이 있다는 말은 괜히 나온 말이 아니다. 악의적 사정과 순전한 사정 모두를 두루 살펴야 하기 때문에 나온 말이 법에도 사정이 있다는 말이다. 구제해 주어야 할 사람은 꼭 구제해 주는 것이 법의 사정에 합당하다.

"임현희 씨 사건은 시간이 조금 걸릴 것 같습니다. 이재우 씨 건부터 처리를 해야 해서요."

"임현희 씨가…… 여기 있네요."

이수가 임현희 사건 파일을 열었다.

"아, 완구 공장하던 남편 빚 대신 갚다가 파산 신청했군요?"

"예."

"남편은 현재 구속 상태네요. 저런, 폭행이네요?"

"금융기관에서 온 사람들에게 주먹을 휘두르는 바람에 이빨 두 대가 나갔답니다. 애들은 지금 보육원에 맡겨진 모양입니다."

"애들이 무슨 죄라고."

"보육원하고 남편이라는 사람이 안양구치소에 수감되어 있어서 다 돌아다니려면 시간이 좀 걸릴 것 같습니다."

"보육원은 되도록 내가 가보도록 할게요."

"그러시겠어요?"

"네, 내가 갈게요."

정도 씨 혼자 모든 것을 소화할 수 없기 때문에 이수도 파산 신청한 쪽과 이의를 제기한 쪽의 주장을 확인하기 위해 직접 조사를 하러 나갈 때가 많았다.

"판사님, 오늘 저녁 같이 하실래요?"

혜경 씨가 물었다.

"오늘 무슨 날이에요?"

"아뇨. 그냥요."

"그럼 다음 주에 해요. 미안해요. 정리를 못한 게 많아서 오늘은 박스 좀 풀어야 해요. 반찬도 좀 만들어야 하고."

"내일 김치 몇 쪽 드려요?"

"그럼 너무 고맙지."

"알았어요, 판사님."

혜경 씨가 밝게 웃었다.

일을 끝내고 마트에 들러 장을 보고 집으로 돌아온 이수는 먼저 현관부터 확인했다. 역시나 금봉의 신발은 없었다.

"오늘도 안 들어올 모양이군. 잘됐어. 아주 나타나지 말라고."

이수는 가방을 내려놓고 편한 옷으로 갈아입은 후 장바구니를 열고 음식 재료들을 하나씩 꺼내기 시작했다.

처음엔 쇠고기 한 근 끊어다가 무국이나 끓여놓고 몇 날 며칠 먹자 했는데 마트에 가서 보니 맨 먼저 때깔이 매우 좋은 포근포근한 강원도 감자가 눈에 들어왔다.

"카레라이스나 해먹을까?"

감자를 보자 카레라이스가 생각났고 한 냄비 끓여놓으면 다른 반찬 할 필요 없이 김치 한쪽 걸치는 것으로 대여섯 끼는 해결할 수 있을 것 같아 카레라이스로 정했다.

포근포근 때깔 좋은 감자를 몇 알 담고 양파에 피망에 당근을 찾아 담고 육류 코너에 들러 카레용 돼지고기 반 근을 끊어 담았다. 중간 매운맛 카레가루, 부드러운 맛을 낼 때도 쓰고 출출할 때도 마시려고 1,000㎖짜리 우유 한 통도 담고, 파일 들여다볼 때 주전부리로 최고인 조미쥐포도 몇 마리 사고, 생수 두 통과 다음 주면 시작할 월경에 대비해 울트라 오버나이트 날개와 울트라 중형 날개 생리대도 담았다. 몇 가지 더 살게 남아 있었지만 차도 없이 집으로 들고 갈 일이 큰일이라 다음 주에 또 오지 싶어 담은 만큼만 계산했는데 그것만도 비닐쇼핑백 두 개 가득이었다.

무거운 생수에 감자에 당근을 담은 쇼핑 봉지를 양쪽 손에 낑낑거리며 움켜잡은 이수는 아무래도 택시를 타야 할 깃 같다고 생각하며 마트를 나왔다. 하지만 때마침 집으로 가는 버스가 도착하자 택시 타려던 생각은 온데간데없이 얼른 버스에 올라타 버렸다. 이런 날엔 미련을 그만 떨어도 될 텐데.

집에 도착해 재료를 꺼낸 이수는 하나하나 손질을 한 후 냄비에 넣고 올리브유를 살짝 두른 후 달달 볶기 시작했다. 야채와 고기가 얼추 익었을 즈음 물을 부어놓고 물이 끓을 동안에 카레가루를 미리 풀어놓은 후 밥통에 밥을 안쳤다. 그런 후 산만해진 싱크대를 정리해 놓고 나자 물이 끓기 시작했다. 풀어놓은 카레가루를 집어넣고 저어주자 멀겋던 것이 몽글몽글해지며 카레의 독특한 냄새가 솔솔 풍겨 나온다.

"녹말가루를 안 사 왔네."

뭐가 한 가지 빠졌다 싶은데 영 생각이 나지 않아 그냥 왔건만 바로 녹말가루였다.

"할 수 없지 뭐."

끈끈함이 부족해 풀어진 듯 보이긴 하겠지만 녹말가루 없다고 카레 맛이 안 나는 것은 아니니 패스.

카레가 완성되기 전에 우유를 반 컵쯤 부어 고소한 맛에 부드러운 맛을 더한 후에 불을 끄고 밥이 다 되길 기다렸다.

꼬로록.

장을 보고 집에 들어설 때부터 배가 고팠는데 카레가 완성되고 나자 배에서 난리가 났다.

"안 되겠다."

이수는 압력밥솥 뚜껑에 달린 훅을 젖혀 강제로 김을 빼기 시작했다. 뜸이 덜 들어 쫀득거리는 찰기는 많이 날아가겠지만 뜸이 다 들 때까지 기다리다간 눈이 돌아갈 판이었다.

김이 다 빠진 압력솥 뚜껑을 열고 주걱으로 휘휘 휘집은 후 고두밥을 그릇에 담고 카레를 두 국자 밥 위에 끼얹은 이수는 그 먹음직스러움에 침을 꼴깍 삼키며 상을 펴고 앉아 먹기 시작했다. 한 숟갈, 한 숟갈 쓱쓱 비벼 삼키는 맛이 일품이었다. 감자나 당근이 딸려 들어올 땐 담백한 맛을, 양파나 피망이 딸려 들어올 땐 달달하고 상쾌한 맛을, 돼지고기가 딸려 들어올 땐 감칠맛 나는 고소함을 느끼며 이수는 한 그릇을 순식간에 뚝딱했다.

"맛있다."

맛있고 배불렀다.

설거지를 끝낸 이수는 이틀째 걸레질 한 번 못한 것을 기억해 내고 청소기를 돌려 1차로 먼지를 빨아들인 후 걸레로 박박 문질러 닦았다. 거실, 안방, 주방을 걸레질하고 일어나던 이수는 짜증스러운 눈길로 주방 옆에 붙은 방을 째려봤다. 금봉의 짐만 아니라면 책장과 책을 들여놓고 언제든 보고 싶을 때 책을 꺼내 볼 텐데 그렇게 하지 못해서였다. 걸레를 빨러 화장실로 들어가던 이수는 금봉의 방도 째려봤다. 그러고 보니 금봉이 방을 두 개나 차지하고 있었다. 하나는 짐 방, 하나는 잠 방.

"기가 막혀서."

생각할수록 짜증나고 울화가 치밀었다. 남의 집에서 참 당당하게도 방 두 개를 차지하고 앉은 것이다.

금봉 때문에 이사를 해놓고도 부모님을 오라고 하지 못하니 이게 무슨 일인가 싶었다.

"내일까지 오금봉을 만나지 못하면 김명숙한테라도 전화해서 싫은 소릴 해야겠네. 얼른 돈 해주라고."

걸레를 빨은 후 화장실에 들어간 김에 아예 샤워까지 하고 나온 이수는 젖은 머리가 마를 때까지 기다리는 동안에 사건 파일을 들여다봤다. 판사라는 직업이 겉으론 썩 그럴듯해 보일지는 몰라도 알고 보면 판사 일도 막노동이나 마찬가지였다.

3차까지 고시를 패스했던 그날, 이수는 재판 중 휴정한 사이 점심을 먹기 위해 은색 가발에 법복을 그대로 입은 채 법원을 나와 식당을 향해 걸어가는 영국의 판사들처럼 낭만적이면서도 위엄이 있는―물론 우리나라는 영국과 사정이 다르지만―퍽 멋진 그림의 판사를 꿈꾸었었다. 물론 사법연수원에서 이 년간의 수료과정을 거치면서 자신이 꿈꾸었던 판사와 현실의 판사가 판이하게 다르다는 것을 알아차리긴 했지만 그래도 판사의 직업 표를 달기 직전까지는, 자신의 몸에 꼭 맞는 판사복을 맞춤해 입을 때까지만 하더라도 낭만적인 그림을 포기하지 않았었다.

판사가, 판사라는 직업이 낭만적인 것과는 아주 거리가 멀다는 것을 뼈저리게 느끼게 된 것은 이수가 예비판사로 임용된 지 꼭 두 달 만이었다. 우리나라 판사님들은 태초부터 재판장에서 어떻게 보면 우스꽝스러울 수 있는 은색 가발은 쓰지 않았기 때문에 영국 판사의 모습을 보며 낭만을 꿈꿨던 이수는 정말 헛꿈을 꾼 것이다.

예비판사로 지내던 시절, 물론 지금도 마찬가지지만 이수를 가장 힘들게 했던 부분은 바로 균형이었다.

어떤 재판에 참관하는 기회가 주어졌을 때, 그 재판에서 다루어지는 사건의 성격이 무엇인지 파악하고 기록된 판례는 어떤 것이 있는지를 알아보기 위해 법원 도서관에서 아예 살다시피 하며 판례를 뒤지고 또 뒤지는 일 따위는 힘든 일이랄 수도 없었다.

검사와 변호사의 상반되는 주장, 불꽃 튀는 설전 속에서 법이 정한 범위 내에서 얼마나 공정하고 객관적으로 균형을 잡아 법을 집행할 것인가! 하는 바로 그 부분이었다.

법의, 법관의 균형이라는 것! 법관에 대해 헌법엔 이렇게 명시가 되어 있다. '법관은 헌법과 법률에 의하여 그 양심에 따라 독립하여 심판한다' 라고.

이 말은 언뜻 듣기엔 법에 정해진 대로 판결하시오, 라는 매우 쉬운 말 같지만 결코 그렇지 않다. 양심에 따라 독립하여 심판한다, 라는 말은 그 누구보다 법관은 공정해야 하며 균형을 잡을 줄 알아야 한다는 말이다. 법관은 채택된 증거, 증언이 아무리 피해자 혹은 피의자에게 불리하게 반대로 유리하게 몰아간다손 치더라도 그 이면의 무엇까지도 이해하려고 애쓰고 살필 줄 아는 중심과 균형이 있어야 한다.

중심과 균형, 이수는 그것이 가장 어렵고 힘들었고 내가 과연 법관이 될 수 있을까? 내가 법관의 자격이 있을까? 라는 자괴감으로 한동안 몹시도 괴로워했었다. 아마도 이 자괴감은 판사를 그만두는 날까지 계속될 것이다. 경력이 쌓이는 만큼 노련함은 늘겠지만 그렇다고 내가 과연 늘 정확한 법의 심판을 내릴 자격이 있을까 하는 의문은 해소되지 않을 것이다.

자정이 넘어가자 피로가 몰려들었다. 뒷목도 아프고 눈도 아프고. 이수는 파일을 곱게 정리해 한쪽에 놓고 거실 불을 끈 다음 방으로 들어와 누웠다.

"더도 말고 덜도 말고 딱 일주일만 그냥 쉬었으면……."

일주일만 쉬면 일주일 후부터 일 년 동안 펄펄 날아다닐 것 같다고 중얼거리던 이수는 어느새 잠이 들었다.

소리없이 집으로 들어온 금봉은 혹시 보조키 잠그는 소리에도 이수가 깰까 봐 조심조심 문을 걸었다.

며칠 동안 제대로 씻지 못해 찝찝해 죽겠지만 화장실에서 씻다 보면 물소리에 이수가 깰 것이고 이수가 깨면 분명히 붙잡고 언제 나갈 거냐고 닦달을 해댈 것이니 걸리지 않으려면 자는 것이 제일 좋을 것 같았다. 붙잡혀 닦달당할 일도 골치지만 사실 씻고 어쩌고 하기엔 너무 늦은 시간이기도 했다. 눈치 보고 자시고 할 것 없이 찜질방으로 갈 걸 그랬나 살짝 후회가 됐지만 열두 시간 동안 책임지고 재워주겠다는 반장님의 약속을 소란스럽고 어수선한 찜질방에서 날릴 수는 없고 이러니저러니해도 집으로 온 건 잘한 일이다 싶었다.

금봉은 조심스럽게 문을 닫고 방으로 들어와 꼬질꼬질 냄새나는 옷과 양말을 벗어버리고 잠잘 때 입는 옷으로 갈아입은 후 곧 장 침대에 누웠다.

꼬로록…….

뱃속에서 바람 빠지는 소리가 들려왔다.

오후 네 시쯤 늦은 점심을 먹고 지금 이 시간까지 뱃속에 집어 넣은 것이라곤 자판기 커피 네 잔과 물 다섯 잔, 새우깡 부스러기 가 전부였다. 오늘따라 어째 자장면 한 그릇 먹을 시간도 없는지 저녁도 굶고 새벽 세 시에나 가까스로 집에 들어오고 보니 배가 고파 견딜 수가 없었다.

"밥 있을까?"

밥을 남겨놓을 여자가 아니다. 아니, 남겨놨을지도 모르겠다 싶 었다. 한집에서 같이 사는 사람을 위해서가 아니라 내일 아침 끼 니를 위해서 말이다. 엄청 부지런하지 않은 다음에야 끼니마다 새 밥을 해먹을 순 없을 것이고 이왕 하는 길에 다음날 아침까지는 해뒀을 것이다. 아침에 일어나 출근하기도 바빠 죽겠는데 설마 밥 할 시간까지 계산하겠는가.

"밥 훔쳐 먹다 들키면 진짜 쪽팔리는데……."

그래, 엄청 쪽팔릴 것이다. 쪽 당하느니 그냥 자자 싶었다.

우르르 쾅쾅쾅!

하지만 뱃속에선 꼬로록을 지나 아주 천둥번개가 치고 난리였 다.

"안 되겠다."

맨밥이라도 몇 술 집어넣지 않으면 이대로는 잠을 잘 수가 없을 것 같았다.

"라면 있으면 좋은데."

이럴 땐 라면이 최고다. 대충 익힌 라면 면발을 서너 번 만에 후루룩 넘기고 남은 국물에 찬밥 말아먹는 맛을 그 어느 맛에 비할쏘냐. 하지만 판사님 깰까 무서워 씻지도 못하는 판에 라면은 무리고 찬밥덩이라도 몇 술 얻을 수 있다면 그것으로도 대만족이었다.

금봉은 살금살금 방에서 나오다가 바닥에 맨발 들러붙었다 떨어지는 소리에 놀라 얼른 방바닥에 뒹굴어 다니는 양말을 주워 신었다. 며칠 갈아 신지 못해 구린 냄새가 진동을 했지만 냄새 따질 때가 아니었다.

금봉은 이수가 곤하게 자고 있는 안방으로 향했다. 안방 문에 귀를 바짝 붙이고 몸 안의 감각을 청각에 완전하게 집중시킨 금봉은 잠시 후 야릇한 미소를 흘렸다. 이수의 고른 숨소리가 방문을 뚫고 들려왔기 때문이다. 금봉은 뒤꿈치를 들고 주방으로 갔다. 조심조심 불을 켠 금봉은 굶주린 두 눈을 번득이며 싱크대 위를 샅샅이 훑기 시작했다. 밥통이 보였다. 금봉은 얼른 밥통 뚜껑을 열어보았다. 브라보! 밥이 있었다. 윤기가 자르르 흐르는 흰 쌀밥. 쌀밥에서 창자가 뒤틀릴 만큼 유혹적인 단내가 난다는 것을 금봉은 오늘 처음 알았다. 금봉의 눈알이 번개처럼 밥통 옆에 있는 냄비에 꽂혔다. 요 냄비 안에는 무엇에 쓰는 물건이 들어 있을까. 살짝 뚜껑을 열어보자 브라보, 브라보! 카레였다! 인도 커리 전문 주방장이 한국에 커리 팔러 왔다가 쫄딱 망해 울고 가게 만들어다던—사실무근임—바로 그 카레!

꿀꺽꿀꺽 침이 한 바가지씩 목구멍 뒤로 넘어갔다.

금봉은 안방 쪽을 흘낏 쳐다본 후 대접 하나를 꺼낸 다음 대접 가득 밥을 꾹꾹 담았다. 그 위에 카레를 부으면 넘칠 것이 분명하지만 너무 배가 고파 일단은 양껏 퍼 담는 것밖엔 다른 생각을 할 여지가 없었다. 원초적인 시장기엔 원초적으로 먹어주는 것이 가장 인간답다. 꾹꾹 눌러 담은 밥 위에 이번엔 카레를 한 국자 떠서 얹었다. 다 식어빠져서 떡이 되어버린 카레. 뿌리고 어쩌고도 없이 얹는 수밖에 없었다. 숟가락을 찾아든 금봉은 밥 반, 카레 반 한 숟갈 듬뿍 떠서 입으로 가져갔다. 맛있었다! 원래 야심한 밤에 먹는 것은 무엇이든 맛나다는데 야심한 시간도 시간이지만 배가 너무 고파 맛이 없을 수가 없었다.

한 숟갈, 두 숟갈, 세 숟갈. 볼이 터져 나갈 것이 우겨넣고 제대로 씹을 사이도 없이 삼키던 금봉은 카레 한 국자를 더 떠서 밥 위에 얹고 국자를 내려놓는데 너무 급했던 나머지 거의 내던지다시피 하는 바람에 냄비에 부딪쳤던 국자가 기어이 바닥으로 떨어지며 소음을 일으켰다.

"헉!"

금봉이 깜짝 놀라 떨어진 국자와 이수의 방문을 번갈아 쳐다봤다. 잠깐 동안 그대로 정지된 채 사태를 지켜보던 금봉은 이수의 방에서 아무 소리도 들려오지 않자 그제야 몸을 움직였다. 떨어진 국자를 들어 다시 카레 냄비에 쿡 찔러 넣고 국자가 떨어지면서 바닥에 튄 카레는 신고 있던 양말로 대충 닦아냈다.

남의 밥 훔쳐 먹으면서 눈치 안 보는 게 더 웃기지만 내가 이 짓까지 해가며 눈칫밥을 먹어야 하나 싶으면서도 어쩜 이렇게나 꿀처럼 달디단지. 금봉은 비빌 생각도 않고 밥과 카레를 듬뿍 떠 넣기 바빴다.

금봉이 국자를 떨어뜨렸을 그때 이수는 눈을 떴다. 특별하게 잠귀가 밝거나 하지 않은데 그 감이라는 것이 그때따라 유별나게 예민해지더니 이수를 눈뜨게 만들었던 것이다. 분명 무슨 소리가 들렸다. 방문 밖에서 말이다.

'무슨 소리였지?'

이수는 몸을 일으켰다.

잘못 들었을지도 모른다고 생각하면서도 청각을 방문 밖에 집중시켰다. 잘못 들었을지도 모른다는 생각과 함께 어쩜 저 문밖에 누군가가 있을지도 모른다는 생각, 그 누군가가 어쩜 도둑일지도 모른다는 생각이 순간적으로 교차하며 이수를 긴장시켰다. 현관문을 잘 잠갔던가? 베란다 창문은 다 잠갔던가? 현관문은 제대로 잠근 것 같은데 베란다 창문은 기억나지 않았다. 그러고 보니 베란다엔 나가보지도 않은 것 같았다. 여기가 십칠층이니, 미치지 않은 이상 십칠층에 도둑이 들리는 없을 텐데. 아니지, 도둑이 층수 따지고 턴다더냐. 마음만 먹으면 63빌딩이라고 못 털겠나 싶었다. 순간적으로 별의별 생각들이 이수의 머리 속을 스쳤다. 혹시 금봉? 이수는 얼른 시계를 확인했다. 새벽 세 시가 조금 지나고 있었다. 설마 지금 들어왔을까. 양심이 있다면 말이다. 눈치 보여서라도 이 시간에 들어올 생각은 안 하겠지. 그래도 들어올 수 있다

치자. 열쇠 있겠다, 비밀번호 알겠다 금봉이 아니라는 법도 없다. 차라리 도둑보다는 금봉인 편이 훨씬 낫다. 하지만 만약 금봉이 아니라면?

이수는 침대에서 조용히 빠져나와 방문에 귀를 댔다.

'어머!'

분명히 인기척이었다. 사부작사부작, 인기척이었다.

이수는 온몸이 긴장되는 것을 느끼며 주먹을 틀어쥐었다. 만에 하나 도둑이라면, 그렇다면 어떻게 하는 것이 좋을까. 이수는 퍼뜩 침대 밑에 넣어둔 알루미늄 야구방망이를 기억해 내고 침대 밑을 더듬어 조심스레 야구방망이를 꺼내 움켜잡았다. 정말로 도둑이라면, 때려잡는 수밖엔 없었다.

이수는 천천히 조용히 방문을 열었다. 방문에서 오른쪽으로 틀기만 하면 주방이었다.

'걸리기만 해라. 넌 나한테 죽었다.'

야구방망이를 치켜든 이수는 주방으로 튀어나가기 직전 정말로 금봉일지도 모르니 방망이를 휘두르기 전에 확인부터 하자 싶었다. 괜한 사람 두들겨 잡았다가 무슨 소리를 들을지 모르니 말이다.

"누구세요?"

하고 이수가 물었을 그때 이수가 방에서 나왔다는 것을 꿈에도 생각지 못하고 있던 금봉은 볼이 터져 나가도록 한입 가득 밥을 문 채 로봇처럼 정지했다.

"……!"

"오금봉 씨?"

다시 이수가 물었다.

그 여자 귀도 밝지! 라고 속으로 투덜거리며 씹지도 않은 밥을 꿀꺽 삼키는 찰나 괴성과 함께 야구방망이를 치켜든 이수가 달려들었다.

"야아아아아!"

고함을 치며 달려드는 이수, 눈앞으로 휘잉 하고 바람 소리를 일으키며 날아드는 알루미늄 야구방망이. 저 방망이에 한 대 맞으면 완전 골로 갈 것 같았다. 금봉이 머리통을 향해 날아오는 야구방망이를 가까스로 피해내며 안도하는 순간 야구방망이는 금봉이 들고 있던 대접을 후려치고 지나갔다.

"내 밥!"

쨍그랑 하는 소리와 함께 산산이 부서지는 대접, 카레와 뒤엉킨 밥이 파편처럼 사방에 튀기는 찰나 금봉이 처절하게 내 밥! 하고 외쳤다.

금봉이 고함을 치기 전에 이수는 도둑놈이 금봉이라는 것을 알아봤다. 하지만 그땐 이미 야구방망이를 휘두른 후였고 멈추기엔 늦어버린 것이다. 다행히 금봉의 머리통은 무사했지만 대접을 후려치고 말았고 그 최후는, 그야말로 청소였다.

"방망이는 왜 휘두르는 겁니까!"

금봉이 못 먹게 된 밥을 안타깝게 쳐다보다가 버럭 소리를 질렀다.

"왜 대답을 안 해요! 내가 두 번이나 불렀잖아요."

지고 있을 이수가 아니었다.

"입에 밥이 있어서요!"

금봉이 밥 파편을 사정없이 튀겨가며 소리쳤다.

진짜 억울했다. 밥 훔쳐 먹다 들키게 된 것도 쪽팔려 죽겠는데, 그래서 입에 있는 것 한 번에 삼키느라 대답 못했는데 야구방망이에 남은 밥 홀랑 도둑맞고 나자 억울해 죽을 지경이었다.

"밥을 먹을 거면 불이나 제대로 켜고 상에서 먹든지 하지 왜 도둑고양이처럼 서서 훔쳐 먹는 거예요!"

이수는 이수대로 생각할수록 열받았다. 남자가 추잡스럽게 이게 무슨 짓인가 그 말이다.

"밥 훔쳐 먹는다고 뭐라고 할까 봐……."

금봉이 갑자기 약한 모습을 보이며 사방에 튀어버린 밥을 다시 한 번 안타깝게 쳐다봤다.

"자다 말고 오밤중에 이게 무슨 짓이냐구요, 정말."

이수가 신경질적으로 내뱉으며 행주를 집어 들었다.

'옳지. 이참에 아주 질리게 만들어줘야지.'

상종 못할 여자네 싶을 만큼 이 갈리도록 못된 소리 팍팍 내질러 도망치도록 만들자 했던 계획이 생각났다.

"어거지로 남의 집에 들어앉아 있으면서 오밤중에 들어오는 건 무슨 예의며 남의 밥은 왜 훔쳐 먹는 거예요? 정말 뻔뻔함이 하늘에 치솟네요."

이수가 일부러 더 밉살맞아 보이려고 애쓰며 깐죽거렸다. 쳐다보지 않아도 금봉의 안색이 울긋불긋해지며 울화가 치밀고 있는 것이 느껴졌다.

"오금봉 씨 때문에 이 집에 들어와서 단 하루도 편할 날이 없네요. 내 집에서 왜 내가 이렇게 불편해야 하는 거예요? 잠도 편히 못 자고 말이에요."

이수는 멈추지 않고 더욱 강한 어조로 불만을 토로하자 쉭쉭 금봉이 뿜어내는 뜨거운 콧김이 이수의 어깨까지 날아와 부딪쳤다. 열받은 모양이었다. 이수는 신경질적인 동작으로 쭈그리고 앉아 바닥에 튄 밥풀부터 치우려고 하는데 금봉이 이수에게서 획 하고 행주를 빼앗아 들었다.

"이리 줘요."

"놔두십시오! 내가 할 테니."

"이리 달라구요."

"가만있어요. 내가 한다고요. 유리 있잖아요!"

금봉이 화가 난 목소리로 소리치더니 먼저 깨진 대접 조각들을 쓸어 모으기 시작했다.

"차라리 기척이나 내면서 밥을 먹든지 하……."

"나 보면 또 방 빼라고 닦달했을 것 아닙니까!"

이수가 잔소리를 이어가려는데 금봉이 빽 하고 소리쳤다. 금봉의 고함에 깜짝 놀라 이수가 쳐다보자 금봉이 얼굴 근육을 실룩거리며 이수를 노려봤다.

"방 빼라는 소리도 듣기 싫고 배는 고파 죽겠는데 먹을 밥이라곤 판사님 밥밖에 없고. 그래서 좀 훔쳐 먹었습니다. 훔쳐 먹는 놈이 소문내며 먹을 일 있습니까?"

“아니, 완전범죄하려다 들통난 사람이 누군데 누군한테 성질이에요?”

뭘 잘했다고 말이야, 듣다 보니 상황이 역전된 것 같아 이수가 발끈해서 쏘아붙이자 금봉이 입술을 실룩거리며 깨진 대접 조각을 쓰레기통에 집어넣었다. 어이가 없어진 이수가 씩씩거리는 금봉을 째려보다가 티슈를 뽑아와 밥풀을 닦아내기 시작했다.

“놔두십쇼. 내가 훔쳐 먹다 이 꼴 됐으니 내가 치우겠습니다. 들어가서 주무십시오.”

“이죽거리지 말아요.”

“이죽거린 게 누군데 그래요?”

“잘한 것 없잖아요.”

톡 쏘아붙인 이수는 금봉에게 치우라며 티슈를 던지듯 건네주고는 일어나 카레 냄비로 다가가 뚜껑을 열었다.

“많이도 먹었네.”

이수의 말에 금봉이 당장 한 대 후려칠 얼굴을 하고 이수를 노려봤다.

‘지가 노려보면 어쩔 거야. 그런데 가만……’

냄비에 손을 대보자 냄비는 싸늘하게 식어 있었다.

“찬 걸 먹었어요?”

“그럼 훔쳐 먹는 놈이 데워먹게 생겼습니까?”

금봉이 심통맞게 대꾸했다.

“찬 밥에 찬 카레를 먹은 거예요?”

“……”

"이왕 훔쳐 먹는 거 제대로 훔쳐 먹지."

일부러 한 짓이지만 실컷 몰아붙이고 싫은 소리 내뱉은 끝에 금봉이 찬 밥에 찬 카레를 먹은 것을 알자 미안해졌다. 뜨신 밥 뜨신 카레도 아니고 배는 고파 죽겠는데 정말로 얼마나 눈치가 보였으면 찬밥에다 식어빠진 카레를 비벼 먹었을까. 뻔뻔하기가 말도 못할 지경인 안하무인인 줄 알았는데 알고 보니 나름대로 눈치 많이 보며 속을 썩고 있었던 모양이다. 그래서 미안하고 너무한 것 같아 후회됐다. 지금 이수 자신에겐 성가시기만 한 사람일지라도 저 남자를 키워 사회에 내보내기 위해 저 남자의 부모님은 지극한 정성을 쏟았을 것이 아닌가. 이수의 부모님이 이수에게 그랬듯이 끼니마다 뜨신 밥 해먹이며 많이 먹어라, 많이 먹고 건강하거라 날마다 기도했을 것 아닌가. 재수없게 이진철에게 걸려, 아니, 재수없게 윤이수 같은 싸가지에게 걸려 식은 밥 한 덩이 훔쳐 먹은 것 가지고 구박받은 걸 아시면 금봉 씨의 부모님은 얼마나 속이 상하실까.

'잘못했어. 내가 잘못한 거야. 누가 이럴 줄 알았냐고. 그래도 먹는 것 가지고 그러면 안 되는 거였는데……'

미안하고 후회스러워 금봉을 쳐다볼 생각도 못하고 이수는 냄비에 불을 붙였다. 미안하니까 편하게 먹으라고 한 끼 차려주자 싶었다. 이대로 방에 들어가 누워버리면 미안함과 후회가 가슴에 남아 잠도 잘 안 올 것 같고 며칠은 찝찝해할 테니 찝찝한 마음 끌어안고 신경 쓰여하느니 한 끼 차려주고 미안함과 후회를 덜자 싶었다.

이수는 싱크대 옆에 붙어 있는 간이식탁을 끄집어내 놓고 냉장고에서 퇴근길에 마트에서 사 온 봉지김치를 꺼내 접시에 덜어 담아 식탁에 올렸다. 또 밥통에서 밥 한 그릇을 퍼 전자레인지에 넣고 데웠다. 밥풀을 치우던 금봉은 저 여자 지금 뭐 하는 거야? 하는 얼굴로 계속 흘낏거리다가 이수가 자신에게 줄 밥상을 차리고 있다는 것을 눈치 채고는 슬그머니 자리에서 일어났다.

"뭐 하는 거예요?"

뭐 하는지 눈치 챘으면서 묻기는.

이수는 대꾸없이 데워진 밥을 전자레인지에서 꺼내와 식탁에 놓고 수저 한 벌을 놓은 다음 잠깐 기다렸다가 따뜻해진 카레를 따로 한 대접 퍼서 밥 옆에 내려놓았다.

"밥 먹어요."

이수의 말에 금봉은 조금 얼떨떨한 얼굴로 이수를 쳐다봤다.

"우리 아버지 엄마가 그러시는데, 먹는 거 가지고 인색하게 구는 사람 제일 치졸한 사람이래요. 아까…… 미안해요. 내가 잘못한 거예요. 사과할 테니 먹어요."

이수는 사과할 것은 빨리 하자 싶었다.

"……."

금봉은 아무 말도 못하고 이수의 얼굴만 쳐다보고 있었다. 꽤 의외라는 얼굴로, 또 조금 감동받은 얼굴로.

"오금봉 씨, 감동받았어요?"

"감동은 무슨…… 하여튼 고맙습니다, 판사님."

"괜찮습니다, 형사님. 대신에 밥풀은 싹 치우시구요, 설거지해

놓고 주무세요. 오금봉 씨 설거지는 절대 해줄 생각 없으니까."

"바라지도 않습니다."

"다행이네요."

방으로 들어가려던 이수가 갑자기 생각난 듯 돌아서서 금봉을 쳐다봤다.

"그런데 내가 보낸 문자에 콩이라고 보낸 답장은 뭘 뜻하는 거예요?"

"예? 뭐요?"

금봉이 영 못 알아듣겠다는 얼굴로 되물었다.

"콩 말이에요, 콩!"

"콩? 내가 언제요?"

"이사 온 다음날, 전화했더니 바쁘다고 오금봉 씨가 하겠다며 일방적으로 끊었던 그날 말이에요. 정중하게 보낸 문자에 콩이라는 답장을 보냈잖아요!"

"콩? 콩으로 갔어요? 난 흥! 이라고 보냈는데."

"뭐, 뭐예요? 흥! 으로 보냈다구요?"

콩도 기막히지만 흥은 더 기막혔다.

"어떻게 그게 콩으로 갔지?"

"기가 막혀서, 정말. 어떻게 답장을 흥! 으로 보낼 생각을 해요?"

이수가 새파래진 얼굴로 쏴붙였다.

"밥을 먹으라는 겁니까, 말라는 겁니까, 판사님?"

식탁에 막 앉으려던 금봉이 삐딱한 얼굴로 물었다.

그러고 보니 밥 먹으라고 너그럽게 밥상 차려줘 놓고선 숟가락도 들기 전에 쌀쌀맞게 따지고 있었던 것이다.

"드세요. 이 얘긴 나중에 하죠."

이수는 금봉에게 눈을 흘긴 후 방으로 들어왔다.

"뭐, 흥을 쿵으로 보냈다고? 허, 기막혀서, 정말."

이수는 생각할수록 웃긴 남자라고 생각하며 침대에 누웠다.

"한글도 모르는 거 아니야?"

밖에서 들려오는 꽤나 시끄러운 쩝쩝 짭짭 소리를 들으며 투덜거리던 이수는 어느새 잠이 들었다.

다음날 아침, 잠에서 깬 이수는 금봉이 돌아왔다는 것을 기억해내고 얼른 밖으로 나왔다. 현관에 신발이 있는 걸 보니 아직 집에 있는 모양인데 너무 조용한 것으로 봐선 자고 있는 듯했다.

'깨울까? 깨워서 담판을 지어?'

밥 훔쳐 먹는 금봉을 발견한 시간이 새벽 세 시. 지금이 일곱 시가 조금 못 된 시간이니까 금봉은 몇 시간 자지도 못했을 것이다. 피곤해서 자는 사람 기어이 깨워 담판을 짓자니, 진짜 인정머리없는 인간처럼 느껴져 사람이 이래서야 되겠나 싶었지만 그렇다고 차일피일 미루다 보면 언제 끝이 날지 알 수가 없었다.

이수는 결심을 하고 금봉의 방문을 두드렸다. 응답이 없었다. 다시 한 번 두드렸지만 역시나 무응답이었다. 이수는 조심스럽게 방문을 열어보았다. 방문을 열자마자 시금털털한 냄새가 풍풍 풍겨 나오는 것이 저절로 얼굴이 찌푸려졌다. 찌푸린 얼굴로 방 안을 보니 금봉은 침대에서 대자로 누워 형광등이 흔들릴 정도로 코를 골아재끼며 자고 있었다.

과연, 저렇게 피곤한 사람을 꼭 깨워야 옳은가. 이수는 잠깐 갈등을 하다가 문을 닫아버렸다.

"오늘 밤에 하자. 들어올지 안 들어올지 모르지만."

씻고 아침을 챙겨 먹고 출근하기 위해 현관으로 내려서던 이수는 도로 들어가 솥에 남은 밥과 냄비에 있던 카레를 각각의 밀폐 용기에 담아 냉장고에 집어넣었다. 날이 제법 더워졌기 때문에 아차 하는 순간에 밥이고 찌개고 국이고 쉬기 일쑤였기 때문이다. 집을 항상 비우기 때문에 문까지 꼭꼭 걸어 잠가서 다른 집에선 이틀 걸려 쉴 음식이 이수네 집에선 반나절이면 상해 버렸다. 음식 썩혀 버리는 걸 질색 팔색하시는 부모님 밑에서 자란 탓인지 고의가 아니라 어쩔 수 없이 버리게 되더라도—야근으로 집에 못 돌아왔을 때와 같은—부모님 아시면 얼마나 언짢아하실까 걱정해, 실수하지 않으려고 이만저만 조심하는 게 아니었다. 오늘도 깜빡하고 출근했다면 오늘 저녁엔 상해서 못 먹게 됐을 것이다. 생각나 준 것이 다행이었다.

금봉의 방을 지나쳐 현관으로 가던 이수는 잠깐 금봉의 방문을 쳐다보다가 가방에서 메모지와 펜을 꺼내 몇 자 끄적거렸다.

〈냉장고에 밥하고 카레 있습니다. 전자레인지에 데워 먹으세요. 오늘 저녁엔 만나서 얘기 좀 했으면 합니다. 그리고, 웬만하면 환기 좀 시킵시다. 방에서 시금치 삶는 냄새 나요. 윤이수.〉

이수는 메모지를 금봉의 방문에 붙이며 내가 꼭 이 남자 아침까지 챙겨줘야 하는 건가 싶어 괜히 심술이 났다. 이수는 심술난 얼굴로 금봉의 방문을 노려보다가 법원으로 향했다.

"좋은 아침입니다, 판사님."

"네, 좋은 아침이에요, 혜경 씨."

이수는 혜경 씨의 상쾌한 아침 인사에 화답하며 자리에 앉았다.

"조금 늦었습니다."

이수가 자리에 앉자마자 정도 씨가 사무실로 들어왔다.

"오늘도 엄청나게 더울 것 같아요. 버스정류장에 서 있는데 숨이 턱턱 막히더라구요."

"오늘이 올해 들어 제일 더울 거라던데요?"

정도 씨의 말에 혜경 씨와 이수가 질린 얼굴로 쳐다봤다.

"어제가 제일 더운 날이라 하지 않았어요?"

"어제보다 1도 더 높다네요."

"이렇게 더워서 어떻게 살아. 그래도 이런 날은 이불 빨래해서 널면 좋은데."

이수의 말에 혜경 씨가 웃음을 터뜨렸다.

"판사님, 그런 말씀 하실 때 보면 꼭 주부 같아요."

"결혼도 안 했는데 주부 소리를 듣다니."

이수가 슬픈 표정을 지어 보였다.

"기분 상하신 거예요?"

"에이, 내가 그렇게 옹졸한 사람이에요?"

이수가 웃자 혜경 씨도 웃었다.

"판사님, 휴가 언제로 잡으실 거예요?"

"글쎄, 이렇게 일이 밀려서야 휴가나 가겠어요?"

"작년에도 못 가셨잖아요."

"내가 쉬는 닷새가 이 사람들에게는 피 마르는 오십 년이잖아요."

이수가 책상 위에 두툼하게 쌓인 사건 파일을 두드리며 말하자 정도 씨와 혜경 씨가 아쉬운 얼굴로 이수를 쳐다봤다.

"판사님 휴가 안 내시면 저희도 못 가잖아요."

"이틀이라도 빼볼게요."

"겨우 이틀요? 작년에도 못 갔는데……."

혜경 씨가 징징거리며 정도 씨에게 눈을 찡긋거렸다. 가만있지 말고 동참하라는 듯이. 그런데 그 찡긋거림이 어쩐지 예사롭게 보이지가 않았다. 얼마 전부터 저 두 사람 뭔가 수상한 냄새를 풍긴다 싶었는데 지금도 찡긋거리며 주고받는 시선이 단순히 직장 동료끼리의 동조가 아니라 그 이상의 무엇이 있는 눈치였다. 가만, 어제도 이수가 잠깐 나갔다가 들어왔을 때 나란히 앉아 뭔가 은밀한 표정으로 쑥덕거리고 있던 혜경 씨와 정도 씨가 이수가 들어오자 깜짝 놀라며 얼른 떨어져 앉았었다. 동료끼리 붙어 앉아 있는 게 뭐 어떻다고. 어젠 그냥 그러려니 했는데 오늘 생각해 보니 정말 뭔가 있는 것 같았다.

"혹시 정도 씨."

"예, 판사님."

"두 사람 사귀어요?"

이수가 단도직입적으로 묻자 혜경 씨의 얼굴을 금세 빨개졌고, 정도 씨 역시 당황하는 기색이 역력했다. 정말인 모양이다. 두 사람 다 못 말릴 정도로 순진하다. 사귀냐는 물음에 홍조를 띤 혜경 씨 얼굴 하며 당황해 어쩔 줄 몰라 하는 정도 씨. 두 사람 다 숫기가 없는 건 알고 있었지만 연애하고 결혼을 하고도 남을 나이의 남녀가 저렇게 숫기가 없어 연애는 어떻게 할까.

"저…… 만나고 있어요."

정도 씨의 말에 이수가 웃음을 터뜨렸다.

"너무하네, 정말. 나한테 왜 말 안 해줬어요?"

"쑥스러워서……."

정말로 쑥스러워하는 정도 씨를 보며 이수는 다시 웃음을 터뜨렸다.

"나이들이 있으니 결혼까지 생각하는 거죠?"

이수의 물음에 혜경 씨가 고개를 저었다.

"결혼은요. 이제 겨우 두 달 만났는데……."

결혼이라는 단어가 나오자 혜경 씨의 얼굴이 더 붉어졌다.

"두 달이나 만나는 동안에 나한테 말을 안 했다는 거예요?"

이수가 눈을 크게 뜨고 따지는 듯 말하자 혜경 씨와 정도 씨가 미안한 표정으로 웃었다.

"부탁인데 결혼 날짜는 미리 알려줘요."

"어머, 판사님도……."

요즘 아가씨들답지 않게 수줍음 많은 혜경 씨가 얼굴을 붉히더니 시원한 음료수를 뽑아오겠다며 얼른 사무실을 나갔다.

"혜경 씨 꼭 잡아요, 흔하지 않은 여자니까."

"예. 압니다, 판사님. 아는데…… 혜경 씨가 저를 썩 마음에 들어하는 눈치가 아니에요."

"설마요. 혜경 씨가 정도 씨 참 좋은 사람이라는 말 자주 했는데."

"좋은 사람이지 좋은 남자라고 생각하는 것 같지 않아요. 좋은 사람보다는 좋은 남자였으면 좋겠는데."

정도가 조금 서운한 표정으로 말했다.

"겨우 두 달이라면서요."

"겨우 두 달은요. 요즘은 두 달이면 진도 다 나간다는데."

정도의 말에 이수가 웃음을 터뜨렸다.

"정도 씬 그런 말 못하는 줄 알았어요."

"저도 남잡니다, 판사님."

"네, 알아요. 그리고 멋져요."

멋지다는 이수의 말에 정도 씨가 씩 웃는데 이수의 휴대폰이 울렸다.

"여보세요?"

[나.]

김 변호사, 김현성이었다.

김현성. 이수와 같은 해 사시를 패스한 연수원 동기이자 꽤 잘생긴 이수의 친구. 변호사를 선택한 동기들 중에 현재 제일 잘나가는, 그 때문에 제일로 미움 받는 친구. 연수원 때부터 친구였으니…… 육 년지기 친구다. 아주 오래됐다고도, 그렇다고 오래되지 않았다고도 할 수 없는 애매한 세월의 친구다.

[저녁 같이 먹자.]

"왜?"

[이사한 기념으로.]

"이사는 내가 했는데 현성 씨가 왜?"

[이사한 기념으로 밥 사라고.]

"싫어."

[알았어, 내가 살게. 됐냐?]

"어."

이수가 픽 웃었다.

[이사는 잘했어?]

"잘했지."

참, 잘했지. 어이구.

[집들이 언제 해?]

"집들이는 무슨."

오금봉이 나가야 집들이를 하지!

[집들이 해. 선물 사갈게. 뭐 사줄까?]

"됐습니다. 저녁에 만나면 밥이나 사세요."

하고 이수가 대답하는데 혜경 씨가 시원한 음료수를 들고 들어와 하나씩 돌렸다. 이수가 입모양으로 땡큐 하고 말하자 혜경 씨가 미소 지어 보였다.

[남편 필요하지 않나? 남편 필요하지? 비싸긴 하지만 윤 판사를 위해서라면 그 정도는 준비할 수 있지.]

“나 까다로운데.”

[까다로운 네 입맛에 꼭 맞는 놈으로 데려갈게.]

“몇 시에 어디서 볼까?”

받아주다 보면 끝이 없을 것 같아 이수가 재빨리 잘랐다.

[끝나면 법원으로 갈게.]

“알았어. 끊어.”

이수는 싱겁긴 하고 중얼거리며 통화를 끝냈다.

“김 변호사님이죠?”

정도가 물었다.

“네. 저녁 하자구요.”

“김 변호사님이 판사님 좋아하죠?”

정도 씨의 물음에 이수가 곰곰이 생각하는 척하는 표정을 지어
보였다.

“아닐 거예요.”

이수가 고개를 저었다.

“제가 보기엔 좋아하시는 것 같은데요. 그것도 아주 많이요. 김
변호사님 참 괜찮은 분 같던데 판사님은 아무 감정 없으세요?”

“없어요. 그리고 김 변호사도 나한테 다른 감정 없어요. 그 친군
요즘 한참 선보러 다녀요.”

“그래요? 전 김 변호사님이 판사님께 너무 잘하시는 것 같아서
어쩌면 사귀는지도 모르겠다고 생각했거든요.”

정도 씨의 말에 이수가 픽 웃었다. 현성이가 워낙은 친절하게
굴기 때문에 정도 씨가 오해할 만도 하다. 그런데 현성이는 이수

에게만 친절한 것이 아니라 모든 여자에게 일단 친절하고 보는 젠틀맨 기질이 다분한 사람이라서 혹시 김 변호사가 날 좋아하는 것이 아닐까 설레어했던 여자들이 참 많았다. 연수원 안에서도 현성이가 자신에게 마음이 있는 모양이라고 착각했던 여자 동기들이 꽤 있었으니까. 친절해서 나쁠 것은 없지만 지나친 친절도 오해를 불러오기 십상이었다. 현성이의 젠틀맨 기질을 이수는 진즉이 알아차렸으니 괜한 오해를 하지 않은 것이고. 어쨌거나 현성이는 정도 씨 말대로 이수에게 매우 친절했다. 요즘 들어 부쩍. 무슨 꿍꿍이인지.

"여기 어떠니?"
"갑자기 무슨 오리집이야?"
뭘 얼마나 기발한 음식을 먹여주려고 파주까지 가나 했는데 도착하고 보니 오리 진흙구이 집이었다. 오리를 손질해서 속에 갖은 재료들을 채워 넣고 가마에 집어넣어 기름 쪽 빠지게 익혀내는데 두 시간이 걸리기 때문에 미리 예약하지 않으면 먹을 수 없다는 오리집에 도착하자마자 아직 오리는 구경도 못했건만 여기 어떠냐고 묻는 현성에게 이수가 조금 퉁명스럽게 대꾸했다.
"먹어봐, 먹어보면 알아."
"그래, 먹어보면 알겠지."
요즘은 제법 흔해진 음식이긴 하지만 이수에게는 오리 요리가 오늘 처음이었다.
냉동실에 넣어뒀다 막 꺼냈는지 차가우면서도 얼음처럼 뻣뻣한

물수건으로 손을 닦던 이수는 픽 웃고 말았다. 아저씨도 아니고 어째 현성이는 맨 이런 음식들만 먹고 다니는지. 가만 보니 슌 보양식만 찾아다니고 있었다.

생각해 보니 겨울이 채 끝나지 않았던 이른 봄에 무슨 계곡에 놀러가자며 차를 몰더니 이름도 없고, 간판 비슷한 것도 없고 산골짜기에 요새처럼 숨어 있는 식당으로 데려갔다. 거긴 사슴 요리 전문점이었는데 식당 바로 옆에 사슴을 직접 키우고 있었다. 사슴샤브샤브에 사슴육회를 시켜놓고 먹으며 이수는 별다르게 맛있다는 느낌이 없었는데 현성이는 참 맛있게도 먹었다. 음식을 먹으면서도 입맛을 양껏 다셨으니까. 장어집에도 갔었고, 단호박찜밥 잘하는 데가 있다며 다른 도시에까지 갔다 온 적도 있고 하여튼 현성이는 몸에 좋은 음식을 만드는 맛 집을 잘도 찾아다녔다. 것도 혼자가 아니라 꼭 이수를 대동해서. 그러고 보니 현성이와 만나 식사하는 일이 꽤 잦았는데 그때부터였던 것 같다. 처음 사슴고기를 먹으러 갔을 때 그때부터. 만나게 되면 만나고 만날 일 없으면 그만인 보통 친구들처럼 지내다가 언젠가부터 현성이가 좀 자주 전화한다 싶더니 식사도 자주 하게 됐다. 친구끼리 같이 밥 한 끼 먹는 일이니까 굳이 특별하다 할 것은 없지만 요새 현성이가 나를 자주 찾네? 하는 생각이 부쩍 들고 있었다. 어쨌거나 현성이의 보양식의 끝은 어디일까 늘 궁금했는데 오늘은 오리였다.

"우리 만두 한 접시 먼저 주세요. 오리로 만든 만두인데 담백하고 맛 좋아."

"너 라면이나 수제비 같은 거 잘 안 먹지?"

"밀가루가 안 받아서. 우리 어머니 그러시는데 뭐라더라? 소양인이라나 소음인이라나. 하여튼 그런 거 있잖냐, 체질. 나한테 밀가루가 안 받는대. 먹지 말라시더라고."

"밥 없을 땐?"

"밥 없을 때가 어딨어. 우리 어머닌 밥 떨어뜨린 적 없어."

"일하다 보면 끼니 거를 때 있잖아. 급하면 자장면이라도 먹지 않니?"

"난 자장면 안 먹어. 원래 기름기 많아 중국 음식 별로인데 정 먹어야 되면 볶음밥이나 잡채밥 먹어."

어련하시겠니.

"너도 아무리 급해도 밀가루 먹지 말고 밥 먹어."

"난 체질 안 따지니까 그냥 먹을게."

"밀가루 안 좋다니깐. 밀가루가 말이야, 원래 찬 성질을 갖고 있기 때문에……."

현성이가 밀가루 체질에 대해 열변을 토하려는 찰나 오리 만두가 나왔다. 참 다행스럽게도.

"먹어봐."

"만두피 밀가루인데?"

이수가 일부러 비꼬려는 듯 말하자 현성이가 아무렇지도 않은 듯 만두 하나를 입에 쏙 집어넣었다.

"밀가루에 찹쌀 섞어 빚은 피라 괜찮아."

현성의 대꾸에 이수는 어이가 없어 웃고 말았다.

"일은 어때?"

"늘 똑같지 뭐."

이수가 대답한 후 만두를 하나 먹어봤다. 현성이 말대로 담백하면서도 고소했다.

"휴가는 언제니?"

"글쎄, 아직 모르겠어."

"작년에 그냥 넘어갔지?"

"너무 바빴잖아. 그래도 겨울에 삼 일 쉬었어."

"겨울에 무슨 휴가야. 올 휴가 때 묵밥 먹으러 가자."

"묵밥?"

"메밀꽃 필 무렵 소설 알지?"

"알지. 이효석."

"거기가 강원도 봉평이 배경인데 거기서 메밀국수랑 메밀묵밥이 맛있댄다. 먹으러 가자."

"일 안 하고 맨 먹을 생각이니?"

"일도 먹어가면서 해야잖아."

그래, 그 말은 맞다. 먹어가면서 일을 해야 한다. 그래도 현성이는 먹는 걸 너무 밝히고 따진다. 노인네처럼.

"이사하니까 좋아?"

"뭐, 그냥 그렇지."

그래, 아직은 그냥 그랬다. 좋고 어쩌고 할 게 요만큼도 없으니까.

"그냥 그렇다니, 좋아야지. 새집인데."

"새집이라도 여전히 잠자는 기능밖엔 못해서."

"잠자는 기능이라…… 남편이 있으면 여러 가지 기능을 할 수 있을 텐데."

현성이의 대꾸가 어째 좀 음흉하다 싶어 쳐다보자 현성이가 키득거리고 웃고 있었다.

"그 징그러운 웃음은 뭐니?"

"징그럽다니."

현성이가 눈을 부라리는데 김이 폴폴 나는 오리 요리가 상 위에 올려졌다. 요리를 가져온 아줌마가 상에 올리기 전에 먹기 좋게 오리 배를 갈라줬는데 그 안엔 온갖 것이 다 들어 있었다. 찹쌀밥에, 대추에, 은행에, 콩에, 인삼에 도대체 몇 가지를 우겨넣었는지 터지지 않고 버틴 것이 용하다 싶었다. 오리구이와 함께 상에 올려진 오리탕도 냄새가 아주 구수했는데 들깨가루를 한 국자 집어넣어 냄새가 아주 진했다. 한 숟갈 떠먹어보니 담백하면서도 칼칼한 맛이 상당히 괜찮았다.

"고기 먹자."

"응."

먼저 찹쌀밥을 한 숟갈 먹어봤다. 간을 좀 했는지 짭조름하면서도 구수했다. 꽤 맛있네 생각하며 밥을 한 숟갈 더 떠먹는데 현성이가 오리 살을 발라 이수의 접시에 놓아주었다.

"내가 알아서 먹을게. 너 먹어."

"남자가 해주면 다른 말 말고 그냥 고맙다 해야 예뻐."

"내가 너한테 예쁘게 보여야 하니?"

"따지긴."

"고맙다. 됐니?"

"됐다, 그래."

이수가 먹을 만큼 오리고기를 발라준 현성이가 본격적으로 오리를 뜯기 시작했다.

"어떻게 됐니?"

"뭐가?"

"선봤다며."

이수의 말에 막 오리 다리를 붙잡고 뜯으려던 현성이가 깜짝 놀라며 쳐다봤다.

"어떻게 알았냐?"

"들었어."

"누구? 형광이?"

"형광이한테 말하면 다 아는 거 아니야?"

형광이가 아니라 필원이에게서 들었지만 이수는 필원이라고 말하지 않았다. 필원이와 현성이는 서로 좀 껄끄러운 관계였기 때문이다.

"형광이 그 새끼."

"어떻게 됐냐고."

"뭘 어떻게 돼. 그냥 한번 본 거지."

현성이가 길게 말하고 싶지 않다는 투로 말했다.

필원이한테서 듣기로 현성이가 꽤 괜찮은 집안의 여자와 선을 봤는데 현성이 쪽에서 생각하던 것보다는 만족스럽지 못해 퇴자를 놓았단다. 현성이 놈은 정말 재벌 집 여자가 아닌 이상은 절대

만족하지 못할 거라고, 재벌 집에서 현성이를 사위로 삼아줄 리도 없지만 암만 봐도 결혼을 재산 축적의 도구로 이용하려는 것 같다며 필원이가 이죽거렸었다. 필원이와 현성이는, 현성이가 우리나라에서 제일 알아주는 로펌 회사에 들어가면서부터 괜히 안 좋아졌는데 그건 아마도 필원이 자신이 들어가고 싶어했던 로펌 회사에 현성이만 취직이 됐기 때문일 것이다. 그때부터 지금까지 서로를 향해 좋은 소리 하는 걸 들어본 적이 없다. 필원이는 시기심이나 부러움 때문에 그럴 수 있다 쳐도 현성이는 한발 앞서가면서도 왜 그렇게 필원일 못마땅해하는지.

"결혼할 생각은 있는 거야?"

"건 왜 묻냐?"

"선을 제법 자주 보면서도 매번 퇴자를 놓는다 해서."

"대충 해치울 일이 아니잖아."

"건 그렇지만."

"결혼이라는 게 내 맘에만 든다고 되는 것도 아니고 부모님 마음에도 들어야 할 것 아니야."

"너무 부모님 기준에 맞추는 것도 위험해. 평생 같이 살 사람은 부모님이 아니라 너잖아."

"물론 그렇지. 근데 지금까지 만난 여자들 내 기준에도 안 맞았어."

현성이의 대답에 이수는 필원이의 말대로 현성이가 정말로 재벌 집 여자를 원하는 것인지도 모르겠다 생각했다.

"맛있지?"

“맛있어.”

오리를 먹는 동안에 ‘맛있지’ 란 물음을 여섯 번도 넘게 물은 것 같다. 별로다, 라고 대답하면 사주는 사람 시운해할 테고 실제로 맛도 괜찮아서 맛있다고 맞장구쳐 주긴 했는데 하도 물어싸니 나중엔 맛없다 하고 싶을 정도였다.

“여전히 일 많은 것 같더라. 능력 좋아.”

이수의 말에 현성이가 약간 거만함이 섞인 미소를 지어 보였다.

“처지지 않으려면 별수있냐?”

“한 달에 얼마나 버니? 너희 회사 돈 쓸어 모은다던데.”

“그래 봤자 월급쟁이 변호사야.”

“월급쟁이도 너 정도면 단순히 월급쟁이라 할 수는 없잖니?”

“왜? 부러워? 우리 회사 들어올래? 내가 추천할게.”

“됐어.”

“농담 아니야. 안 그래도 판사 출신들 접촉하고 있단 말이야.”

“나도 농담 아니야. 기운 떨어질 때까지 판사 할 거야.”

이수가 잘라 말했다.

“너 오면 좋은데.”

“내가 가면 왜 좋은데?”

“내가 있으니까.”

현성이의 엉뚱한 대답에 이수는 픽 웃고 말았다.

“필원이나 소개하지 그러니.”

“걘 안 돼.”

현성이가 미간을 찌푸리며 단정적으로 말했다. 어디 우리 로펌에 필원이를 들이대냐는 듯이.

"왜?"

"한 달에 돈 되는 일은 겨우 한두 개 맡는데 승소율도 50%고 나머지 일의 80%가 국선변호란다. 그래 가지고선 무슨 변호사를 하겠다고."

현성이의 신랄한 대꾸에 이수는 어쩐지 뾰족한 기분이 됐다. 꼭 필원이 편을 들고 싶어서가 아니라 정말 버스 값도 되지 않을 만큼 짜디짠 수임료에도 발바닥에 불이 나도록 억울한 사람을 위해 뛰어다니는 수많은 국선변호사들을 우습게 보는 발언처럼 느껴졌기 때문이다.

"국선변호하는 사람은 변호사도 아니니?"

"그 말이 아니라, 승소율도 낮고 변호사가 개업을 했으면 작든 크든 한 달에 대여섯 개씩은 일을 맡아서 90% 이상 승소해야 하는데 지금 필원이 상태를 봐라, 사무실 월세 내는 것도 힘들단다. 월세 내는 것도 힘든 판에 지가 무슨 정의의 사도라고 국선변호나 하고 앉았냐고. 그게 다 능력의 부재를 나타내는 거야."

들어보니 국선변호사 전체를 깎아내린다기보다는 필원이 한 사람을 바보 멍청이로 만든 것인데 그래도 이수는 필원이 한 사람이 아니라 국선변호사 전체를 바보 멍청이로 만드는 것 같아 슬슬 부아가 치밀었다. 국선변호사들 대변인도 아니면서 말이다.

"정의의 사도가 되고 싶어서가 아니라 사명감이야."

이수가 부아기 치민 티를 내지 않으려고 노력하며 정정해 주었다.

"그럼 난 사명감이 없다는 말이니?"

"넌 국선변호 안 하니?"

"그거 할 시간이 어딨냐? 돈도 안 되는 거. 힘은 또 좀 드냐. 국선변호 안 하면 사명감 없다는 말인 거야?"

"건 네가 판단할 일이지."

이수가 냉정한 어조로 말하자 현성이가 잘 통할 줄 알았는데 오늘 보니 영 말이 안 통하는 친구였네 하는 얼굴로 이수를 쳐다봤다.

"사명감이 없든 혹은 속물이라 욕을 해도 할 수 없어. 남자는 결국 능력으로 말하는 거니까. 월세보다는 전세가 낫고 전세보다는 내 집이 낫고 이왕이면 내 집도 24평보다는 54평이 좋은 법이잖아."

"그 말은 꼭, 겨우 24평짜리 아파트 대출 받아 산 나를 까는 말 같다."

"까긴…… 넌 여잔데."

"건 남녀차별 발언 같고."

"따지지 말자. 말 한끝 가지고 그렇게 물고 늘어지니."

현성이가 아까보다 더 많이 미간을 찌푸렸다.

"알았어. 닥치고 귀한 오리나 먹을게."

"비꼬지 좀 마라. 넌 다 좋은데 말 비트는 걸로 매력을 까먹어."

"넌 다 좋은데 꼭 사람이 말 비틀어 내뱉게 만들어."

"알았어, 관두자. 더하다간 싸움 나겠다."

"쌈은 무슨."

기분이 조금 상해 버리긴 했지만 이수는 픽 웃는 것으로 현성이와의 언쟁을 끝내고 다시 오리요리 먹기에 열중했다. 상해 버린 기분 때문인지 꽤 괜찮던 오리요리가 갑자기 비위 상하는 냄새가 풍기며 맛이 없어져 버렸지만 말이다.

오리요리를 먹고 식당을 나온 이수와 현성은 자판기 커피 한 잔씩을 뽑아 들고 차에 올랐다.

"난 원두가 좋아. 인스턴트는 너무 세."

현성이가 딱 한 모금 마시더니 차 문을 열고 바닥에 버려 버렸다. 기껏 뽑을 땐 언제고, 버릴 걸 뭐 하러 달라 했을까.

"버릴 걸 왜 뽑니?"

"마실 만할 줄 알았지."

"유별나, 하여튼."

"너무 독해. 요 앞에 라이브 카페 있어. 원두커피 한 잔 마시자. 그건 버려."

"됐어. 난 그냥 마실 거야. 멀쩡한 걸 왜 버리니?"

이수가 잔소리하는데 현성이가 팔을 쭉 뻗더니 이수에게 안전띠를 매줬다.

"왜 이러니?"

"뭐가?"

"과잉친절 불편하다."

"너, 나한테서 남자를 느끼는구나?"

현성이의 말에 이수가 황당해서 쳐다보자 현성이가 이수의 볼을 살짝 꼬집었다.

"오, 아직까지 탱탱한데?"

"그만 해라."

"내가 남자로 느껴지니까 좀 불편하냐?"

현성이가 느물거리며 물었다.

"김 변호사처럼 남자로 느껴지지 않는 남자도 없을 거야."

이수의 대꾸에 현성이가 이수에게 눈을 흘기더니 여자는 원래 반대로 말하는 경향이 있지 하고 중얼거렸다.

하여튼 저주받은 눈치하고는.

어쨌거나 현성이는 아까 오리를 먹으며 예상치 못하게 벌인 언쟁 때문에 일부러 분위기를 바꾸려고 그러는 것 같았다. 뭐, 이런 언쟁이 한두 번 있었던 것도 아니고 현성이나 이수나 그렇게 꽁한 성격들이 아니라서 싸울 땐 싸우더라도 돌아서면 그만이었다. 사실 오늘 언쟁은 싸움이라 할 수도 없었다. 재작년 겨울이던가 작년 봄이던가, 필원이가 없는 자리에서 필원이를 씹기 시작하는 현성이가 하도 꼴불견이라 몇 마디 쥐어박아 준다는 것이 하다 보니 필원이 편을 드는 형국이 됐는데 그 때문에 현성이와 두 번 다시 꼴 보지 않을 것처럼 대판 싸우고 헤어졌었다. 두 달쯤 연락을 끊었던 것 같다.

현성이와 싸웠던 자리에 함께 있었던 연수원 동기들이 앞 다투어 필원이에게 어떤 사정이었는지를 일러바치는 바람에 편들어줘서 고맙다며 필원이가 뻔질나게 전화를 해대는 동안 현성이는 아예 연락을 딱 끊었었다. 이수도 마찬가지였고. 편들어줘 고맙다는 전화도 한두 번이지 심심할 만하면 전화를 걸어 고맙다는 인사와 함께 현성이 욕을 해대는 필원이도 밉상 바가지고, 화해했냐 물으며 원하면 화해할 수 있도록 다리를 놔주겠다며 쓸데없이 오지랖 넓게 구는 동기 놈들도 지랄맞고, 이놈이고 저놈이고 아예 보지 말고 살아야겠다 작정했을 때 현성이가 법원 앞이라며 전화를 걸어왔었다.

그날 화해의 의미라며 현성이가 그 밤에 시외까지 차를 몰아 단호박찜 밥을 먹여주었었고. 몸에 좋은 것은 씨 빼낸 단호박 안에 몽땅 다 들었다는 단호박찜밥을 먹으며 자연스럽게 화해를 했다. 솔직히 화해의 의미로 사준 밥이니 군소리없이 그 멀리까지 가서 먹었지 차 오래 타는 거 질색하는지라 다른 날 같았음 분명 한소리 했을 것이다. 하여튼 현성이는 이수보다 나았다. 이수는 정말로 다시는 안 볼 작정이었는데 현성이는 그래도 또 보겠다며 화해의 밥을 사줬으니까 이수보다 속이 넓은 건 분명했다. 오늘도 먼저 농담을 건네며 분위기를 풀려고 노력하니 말이다.

"커피 마시러 가자."

현성이가 차를 몰아 라이브 카페로 향하는데 현성이의 휴대폰이 울렸다.

"여보세요? 예, 납니다. 뭐?"

현성이가 통화하는 동안 홀짝홀짝 커피를 마시며 창밖을 쳐다보고 있던 이수는 오금봉이 메모를 읽었을까 생각했다. 메모에 적힌 대로 밥을 찾아 먹었을까, 냉장고에 있던 거 꺼내 또 데우지도 않고 그냥 먹은 건 아닐까, 제대로 설거지를 해두고 출근했을까, 시금치 삶는 냄새 나는 방은 환기를 시켰을까 하는 생각을 하다가 문득 내가 왜 오금봉을 걱정하고 생각하나 싶어 깜짝 놀랐다. 걱정이 아니라 어찌 됐든 한집에 살다 보니 쓸데없이 신경이 쓰여서 그런 거라고 억지로 머릿속에서 털어내려는데 별안간에 현성이 소리를 빽 지르더니 한쪽에 차를 세웠다.

"출국금지라니, 왜? 뭣 때문예요!! 아, 미치겠네, 정말."

현성이가 답답해 죽겠다는 얼굴로 차에서 내렸다.

"소변검사 문제없었잖아요. 언제요?"

도대체 무슨 통화인지는 몰라도 현성이의 얼굴이 하얗게 질렸다가 곧 제 피부색으로 돌아왔다.

"누가 가 있습니까? 알았어요. 내가 직접 통화하죠."

현성이가 전화를 끊자마자 곧 어디론가 다시 전화를 걸었다.

"예, 접니다. 예, 방금 전화 받았습니다."

골치 아픈 일이 생긴 모양이다, 어쩜 지금 당장 사무실로 들어가야 할지도 모르겠다 생각하는데 의외로 현성이의 표정도, 목소리도 차츰차츰 좋아졌다.

"예, 그렇게 하겠습니다. 고맙습니다. 예. 예. 내일 뵙겠습니다."

전화를 끊은 현성이가 안도하는 표정으로 다시 차에 올랐다.

"무슨 일인지 묻지 말까?"

"물어도 돼."

"뭔데?"

"누군지는 말해줄 수 없고 이름만 대면 다 알만한 어느 재벌 집 손자께서 엑스터시 중독인데 유학 중에 잠깐 한국 나들이 나온 사이 딱 걸렸거든. 이번 말고도 한국 나올 때마다 대마니 뽕이니 해서 몇 번 틀어막았었고."

"중독인데 소변에서 이상 무로 나온 경위는?"

"깊은 건 알려고 하지 마."

현성이가 차를 출발시키며 말했다.

"그래서?"

"다음 주 미국 가셔야 하는데 출국금지 당하셨단다."

"어쩌시다가?"

"클럽에서 재미나게 노시다가 나오는 길에 지키고 섰던 마약전 담팀한테 딱 걸렸는데 주머니에서 네 알이나 나왔단다."

"풀어주면서 이를 갈았던 모양이네."

"그런 거지."

"음, 재수없어."

"……그 재수없는 놈 변호사가 나다."

"알고 있어."

이수가 톡 쏘듯이 대꾸하자 입을 닫고 있던 현성이가 한참 만에 입을 열었다.

"커피 마시러 가자."

"얻어먹은 오리 값 하기 위해서라도 커피 한 잔 사주고 싶은데 커피 마시는 내내 너하고 입씨름할 것 같다. 오늘은 그냥 가자."

"일 얘기 안 하면 되잖아."

"자기 전에 봐야 할 심리서류도 많아. 그냥 가자."

"그래, 가자. 쏴붙이기만 하는 여자랑 커피 마시다 보면 입 써서 커피도 안 넘어갈 것 같다.”

현성은 서울로 차를 몰았다.

“이수야.”

“왜?”

현성이가 이수야 하고 부르니 느낌이 달랐다. 늘 성을 붙여 윤 이수 하고 부르든지 윤 판사 하고 불렀는데 성 떼어내고 직업 떼어내고 이수야 하고 이름만 부르자 퍽 친근하게 느껴졌다. 그런데 어째 그 친근함이 썩 반갑지 않은 이유는 뭘까.

“토고전 같이 보러 갈까?”

“월드컵 말이야?”

“어.”

“어디, 시청 말이니?”

“상암에서도 하고 시청에서도 하고 장소는 많아. 붉은 악마 티셔츠 하나씩 사입고 나가서 볼래?”

“난 좀 음흉해서 혼자서 은밀하게 보는 걸 좋아해.”

이수의 대꾸에 현성이가 웃음을 터뜨리며 나하고 비슷한 취향이네 하고 말했다.

“그럼 네 집에서 같이 볼까? 둘이서 조용히.”

“난 혼자서 은밀하게 보는 걸 좋아한다고.”

“하여튼 그 여자 정말 눈치없네.”

현성이가 불만스러운 어조로 중얼거렸지만 이수는 못 들은 척 해 버렸다.

집 앞에까지 데려다 준다는 현성이에게 편의점에서 사야 할 게

있다며 아파트 단지로 들어가기 전에 차를 세우게 한 이수는 편의
점에 같이 들어가려는 현성이를 여성용품 사려니까 눈치없이 굴
지 말고 제발 가라고 떠밀었다.

"생리대 사냐?"

현성이의 물음에 이수가 눈을 흘겼다.

"나이가 몇인데 그걸 모르겠냐? 생리대가 뭐 어때서?"

"가줄래?"

"못 간다."

현성이가 먼저 편의점으로 들어가 버렸다.

"하여튼 느물거리기는."

이수가 편의점으로 들어와 현성이가 어딨나 찾는데 현성이가
생리대 진열대에서 뚫어져라 생리대를 쳐다보고 있다가 이수가
다가오자 생리대 하나를 집어 들었다.

"날개란다."

"미쳤어, 정말."

이수가 생리대를 빼앗아 진열대에 도로 내려놓고 냉장고로 걸
어가자 현성이가 졸졸 따라왔다.

"생리대 산다며."

"조용히 해."

"뭐 어때서 그래."

"남자가 너무 아무렇지도 않아하는 거 날라리 같아 별로야."

"날라리는 무슨."

"날라리처럼 보여."

이수가 눈을 흘기자 현성이가 키득거리며 알았다는 듯 손을 들었다.

이수는 냉장고 문을 열고 마실 물과 주스 한 봉을 꺼냈다.

"생리대가 아니라 물이었군. 생리대 어쩌고 한 건 집 구경시켜 주기 싫어서 한 소리지?"

현성이가 작은 목소리로 물었다.

"눈치 챘으면 그만 가주라."

"여기까지 와서 그냥 가라는 거 너무하지 않냐?"

"집 구경시켜 줄 상황이 못 돼."

이수가 계산대에 물과 주스를 올려놓으며 말했다.

생수통에 붙은 바코드가 바코드 인식기를 지날 때 들리는 삑 소리를 들으며 사다 마시다 보면 끝이 없을 테고 요즘은 정수기도 임대해 쓴다는데, 싸고 괜찮다는데 정수기나 임대해 쓸까 생각하며 옆에 붙어 서 있는 현성이가 오늘따라 정말 성가시다고 생각하는 그 순간 편의점으로 오금봉이 들어왔다.

금봉과 눈이 딱 마주친 이수가 눈을 반짝 뜨고 쳐다보자 금봉도 우뚝 멈춰 서서 이수를 쳐다봤다. 이런 데서 또 이렇게 만나니 괜히 멋쩍었다. 더구나 현성이가 있는 데서 말이다. 아는 척하기도 그렇고, 아예 모른 척하자니 그것도 좀 그렇고. 하지만 모른 척하기보다 아는 척하는 게 더 이상한 것 같아 이수가 먼저 고개를 돌리자 금봉도 외면하며 몸을 움직였다.

"왜? 왜 집 구경시켜 줄 상황이 못 되는데?"

현성이가 묻는 순간 금봉이 주춤하더니 현성이를 잠깐 쳐다보다가 안쪽으로 들어갔다.

"짐 제대로 못 풀었어."

"그럼 어때, 우리 사이에."

"무슨 우리 사이?"

하고 이수가 얘가 지금 무슨 소리야? 하는 듯한 얼굴로 되물으며 어딨는지 모를 금봉을 의식해 그가 사라진 쪽으로 고개를 돌리는데 진열대 위로 쑥 올라와 있던 금봉과 또다시 눈이 마주쳤다.

"3520원입니다."

직원이 말했고 이수가 지갑을 꺼내는데 현성이 먼저 오천 원짜리 지폐를 건넸다.

"왜 현성 씨가 내?"

"내가 내면 어떠냐? 우리 사이에."

"쓸데없는 소리 좀 그만 해."

"뭐가 쓸데없는 소리야."

현성이 실실 웃으며 잔돈을 받는데 금봉이 라면을 들고 오더니 계산대에 올려놨다.

"담배 한 갑 주세요."

"네."

이수가 물과 주스가 담긴 비닐봉투를 들고 금봉을 흘낏 쳐다보자 금봉도 이수를 쳐다보다가 눈이 마주치자 얼른 고개를 돌렸다. 이 멋쩍은 상황에서 먼저 간다고 인사를 해야 하나 모른 척해야 하나 어떻게 하는 것이 좋을까 재빨리 머리를 굴리던 이수는 우습게 간다는 인사는 무슨 하고 생각하며 현성이와 함께 편의점을 나왔다.

“커피나 한 잔 주라.”

“미안해. 집에 커피 없어, 정말로. 안 사다 놨어.”

그건 정말이었다.

“다음에 내가 정식으로 초대할 테니까 오늘은 그냥 가라. 늦었어. 열한 시 다 됐거든. 시간이 좀 그렇다.”

“너 정말 나한테서 남자를 느끼는 거냐? 어째 경계하는 것 같다.”

무슨 신소린지.

“그래, 느껴. 안 데려간다는데 악착같이 따라붙으려고 해서 불편함 엄청 느끼고 있어. 그만 가줘.”

“에이, 진짜……”

현성이가 투덜거리는데 금봉이 편의점에서 나오더니 마주 보고 서 있는 이수와 현성을 한번 쓱 쳐다보고는 현성이 차 바로 뒤에 세워진 차로 다가갔다.

“가.”

“알았다. 오늘은 그냥 간다만 다음엔 어림없다.”

“잘 가.”

“그래.”

현성이는 차에 올라 시동을 건 다음 이수에게 손을 흔들어 보인 후 차를 몰고 떠났다. 현성이가 떠난 후 현성이 차 뒤에 있던 금봉의 차를 흘낏 쳐다본 이수는 저 남자만 아니었으면 현성이를 집에 데려갔을지도 모른다고, 하필 이런 데서 마주칠 게 뭐람 하고 생각하며 집으로 향했다.

"판사님, 같이 갑시다."

고개를 돌려보자 금봉이 차 문을 열고 서 있었다.

"됐어요. 그냥 걸어갈게요."

집 문제 때문에 어쩔 수 없이 버성긴 사이가 되어 있었고 그 때문에 금봉의 차에 타는 것이 퍽 내키지 않았다. 이수가 돌아서는데 언제 다가왔는지 금봉이 이수의 손에 들려 있던 봉지를 빼앗아 갔다.

"타요. 한집 살면서 누군 걸어가고 누군 차 타고 가고 웃기잖아요."

"난 그냥……."

이수가 불편하다고 말하려는데 금봉이 봉지를 들고 차로 가버렸다.

"아니 뭐, 저런……."

투덜거려 봤자 소용도 없었다. 금봉은 이미 차에 타버렸으니까.

이수가 덜 좋은 얼굴을 하고 차로 다가가자 금봉이 안에서 이수가 탈 자리의 차 문을 열어주었다. 단지 차 문을 열었을 뿐인데 찌들 대로 찌든 담배 냄새가 확 끼쳐 왔다.

'윽, 냄새.'

이수가 정말 타기 싫다는 듯 찡그린 얼굴로 차에 올라 문을 닫자마자 금봉이 단지 안으로 차를 몰았다. 이수는 얼른 문에 붙은 버튼을 조작해 창문을 내렸다.

"후욱……."

이수가 참고 참았던 숨을 한 번에 토해내는 것처럼 후욱 내뱉자 금봉이 이수를 쳐다봤다.

"더워요? 에어컨 켜줘요?"

"담배 찌든 냄새 지독해서요."

이수의 말에 담뱃갑 비닐을 벗기던 금봉이 도로 내려놓았다.

"나 때문에 집에 못 데려가는 겁니까?"

"그런 셈이죠."

"미안합니다."

"……."

미안하다는 말에 괜찮다고 대답하면 정말 괜찮은 줄 알 것 같아 이수는 아무 대답도 하지 않았다.

"남자 친굽니까?"

"……."

이수는 그 물음에도 대답하지 않았다. 남자 친구가 아니라 하면 그 나이에 아직 남자 친구도 없냐고 흉볼 것 같았기 때문이다. 금봉에게 남자 친구네 아니네 확실히 말할 이유도 없고.

'그런데 참…… 아까 현성이 농담할 때 내가 왜 괜히 신경 쓰여 했지?'

그러게 말이다. 왜 그랬을까. 현성의 농담이 하루 이틀 된 농담도 아니고. 우리 사이에 어쩌고 하던 현성이의 농담을 왜 금봉이 들을까 봐 신경 쓰여 했을까. 무슨 시어머니나 시누이 눈치 보는 것도 아니고. 이 남자 이래저래 불편한 존재다 싶었다.

"아침에 밥 잘 먹었습니다."

“네.”

“밥은 내가 해뒀어요.”

“그래요?”

이수가 웬일이냐 하는 얼굴로 금봉을 쳐다보다가 어머, 이 남자 옆모습 꽤 멋지네 하는 생각을 했다. 어쩌면 콧날이 그리도 시원스럽게도 쭉 뻗어 있는지. 쌍꺼풀이 없는데도 꽤 큼지막한 눈에 짧은 속눈썹. 적당히 발달한 광대뼈에 꽤 두툼한 입술. 제일 마음에 드는 부분은 이마였다. 너무 넓어도 만주벌판 같아 보기 싫겠지만 생기다 만 것처럼 좁은 이마도 보기 싫은데 쭉 뻗은 콧날만큼이나 이마도 시원스레 넓었다.

‘이마가 좁든 말든 내 마음에 들 필요는 없지. 그나저나 이름은 어쩌자고 금봉이라 지었을까. 훤한 인물에 정말 안 어울리는 이름이다.’

이수가 금봉을 쳐다보고 있는데 금봉이 고개를 획 돌리더니 이수를 쳐다보자 이수는 도둑질하다가 들킨 것처럼 얼른 고개를 돌렸다.

“왜 훔쳐봐요?”

“훔쳐본 것 아니에요. 그냥 쳐다본 거지.”

“그러니까 왜 쳐다보냐고요. 지난번에도 말했지만 나 비싼 남자예요. 훔쳐보지 말아요.”

기가 막혀서, 정말!

“얼만데요?”

비싼 남자 어쩌고 하는 말에 욱해 버리는 바람에 얼마냐는 물음이 튀어나와 버렸다. 말해놓고 보니 질문이 영 이상했다. 금봉도 그걸 질문이라고 하냐는 듯이 쳐다봤다.

"언제 나갈 거냐고 물어보려던 참이에요. 비싼 남자 훔쳐본 게 아니구요. 오금봉 씬 자신이 엄청 매력있는 줄 아나 봐요?"

이수가 한껏 비아냥거리자 금봉이 입술을 샐룩거렸다.

"나름대로 집 알아보고 있는 중이니까 재촉하지 말고 기다려 주십시오."

"돈은 받았어요?"

"아직요."

"줄 생각이 있긴 있대요?"

"안 주고 베기겠습니까?"

"그렇죠, 그렇긴."

주려면 얼른 주든지. 남의 생돈 받아놓고 시간 끄는 건 무슨 짓 인지.

지상에 주차할 곳이 없어 지하주차장에까지 내려가 몇 바퀴를 돌다가 겨우 빈자리를 찾아 차를 대고 내리는데 금봉이 물과 주스 가 든 비밀봉지를 당연하다는 듯이 들고 내렸다.

"이리 주세요. 내가 들게요."

"놔두십시오. 밥 얻어먹었는데 이거라도 들어서 갚게."

"밥해뒀다면서요."

"판사님네 쌀로 했습니다."

"누구 쌀이든 밥했으면 갚은 거예요. 주세요."

이수가 달라는데도 금봉은 들은 척도 하지 않고 봉지를 들고 엘리베이터로 향했다.

멀뚱히 서서 엘리베이터가 도착하길 기다리는 것도 그렇고, 나란히 서서 아무 말 없이 엘리베이터에 올라 십칠층까지 올라가는 시간도 그렇고 왜 이렇게 민망하고 거시기스러운지.

한 마디도 하지 않고 십칠층에 도착해 내려선 두 사람은 서로 열쇠를 꺼냈다가 이수가 열쇠구멍에 열쇠를 먼저 넣자 금봉이 뒤로 물러섰다. 보조키를 열고 번호를 눌러 전자키까지 해제하고 안으로 들어선 두 사람은 조금 전에 엘리베이터를 같이 타고 온 사람들 같지 않게 각자 방으로 들어가 옷을 갈아입었다.

"얼마나 더 이러고 지내야 하는 거야?"

불만스럽게 고시랑거리며 옷을 갈아입고 씻기 위해 밖으로 나오자 그새 금봉이 화장실을 먼저 차지하고 있었다.

"빠르네."

금봉이 씻는 동안 편의점에서 사 온 생수와 주스를 냉장고에 넣어두고 금봉이 해뒀다는 밥을 얼마나 잘했나 보기 위해 압력솥 밥뚜껑을 열었던 이수는 어이구 하는 탄식을 토해내며 떡이 된 밥을 쳐다봤다. 밥만 해두었을 뿐, 휘집어주지 않아 완전 떡이 되어 있었다. 게다가 탄내까지 났다. 아무래도 밑이 좀 눌은 것 같았다. 주걱을 들고 휘집어보려던 이수는 포기하고 말았다. 주걱질도 되지 않았기 때문이다.

"이걸 어쩌지……."

냄새를 맡아보니 쉬진 않아 다행이지만 떡이 된 밥을 어쩌면 좋을까 생각하는데 금봉이 화장실에서 나왔다.

"밥을 휘집어놓지 않아 떡이 됐어요. 그리고 밥 태웠어요?"

"깜빡했네요. 그런데 밥 탔어요?"

"네, 탔나 봐요."

"압력밥솥을 써본 적이 없어서. 대단히 요란하게 울어대길래 이때쯤 끄면 되려나 하고 껐거든요."

금봉이 이수에게 다가오더니 밥솥 안을 들여다봤다.

"정말 탔나 보네."

"주걱이 먹히지도 않아요. 웬 밥을 이렇게 많이 했어요?"

"끼니마다 해먹으면 귀찮을 것 같아서."

"휴, 사흘도 넘게 먹겠어요. 이렇게 많으면 냉동실에 넣기도 그런데……."

"전기밥통 있는데 거기 넣죠."

금봉이 주방 옆에 붙은 방에 들어가 한참 부스럭거리더니 밥통을 들고 나왔다.

'밥통은 있네.'

"내가 퍼 담아놓을 테니 씻으십시오, 판사님."

"네, 그러죠."

화장실로 들어가려던 이수가 걸음을 멈추고 금봉을 쳐다봤다.

"말끝마다 판사님, 판사님 하는 거 이죽거리는 거예요?"

"아닙니다."

"아니더라도 듣기 좀 그래요."

"그럼 뭐라고 불러요?"

"그냥 이름 부르세요. 나도 이름 부를 테니깐요, 오금봉 씨."

“예, 알았습니다, 윤이수 씨.”

이수가 화장실로 들어가 문을 닫는데 그 판사님 되게 딱딱거리네 하는 금봉의 중얼거림이 들려 도끼눈을 뜨고 금봉을 노려보자 금봉이 딴청을 피우며 주걱을 밥솥에 찔러 넣었다. 이수는 양껏 눈을 흘겨주고는 문을 닫아걸고 이를 닦기 시작했다.

이를 닦으며 무심코 변기를 쳐다보던 이수의 눈살이 순식간에 일그러졌다. 변기가 온통 물 천지였기 때문이다.

“아, 정말!”

부리나케 이를 닦은 이수가 문을 열어젖히고 금봉을 노려봤다.

“오금봉 씨.”

“예?”

밥을 푸던 금봉이 이수를 쳐다봤다.

“변기에 이렇게 물을 튀겨놓으면 어떻게 해요?”

이건 정말 작전상 의도적으로 쏴붙이려는 게 아니라 참을 수가 없는 행태였다.

“예?”

“물 튀기지 말고 씻으세요.”

이수의 말에 그 여자 정말 눈치 더럽게 주네 하는 얼굴로 쳐다보던 금봉이 참는다는 듯 고개를 돌리는데 이수가 거기서 멈추지 않고 한마디 더 했다.

“분명 물이죠?”

“뭐가요?”

“변기에 물 말고 다른 것도 튀기지 마세요.”

"다른 거 뭐…… 아, 진짜…… 아니, 그럼 내가 오줌 싸다가 튀기기라도 한단 말입니까?"

"거야 모르는 일이잖아요."

이수가 더럽다는 듯이 인상을 쓰는데 금봉이 심술난 얼굴로 화장실에 척 들어오더니 샤워기를 틀고 변기에 마구 뿌려댔다. 한참을 변기에 대고 물을 쏘아대더니만 수건으로 변기에 묻는 물기를 박박 닦아냈다.

"됐습니까?"

"됐어요. 앞으로도 튀기지 말아주세요."

이수의 야무진 말에 금봉이 이수를 노려보다가 수건을 도로 수건걸이에 거는데 이수가 기겁을 하며 빽 소리를 질렀다.

"빨아야지 더럽게 그걸 어디다 걸어요!"

이수의 외침에 금봉이 움찔하더니 좀 대충 삽시다 하고는 수건을 들고 밖으로 나갔다.

"어우 정말, 내 취향 아니야."

저렇게 청결하지 못한 남자와 언제까지 한집에서 살아야 하나 맞갖잖음에 짜증이 밀려들었다.

"환기도 안 시켰을 거야. 저러고 어떻게 사나 몰라."

이수가 일그러진 얼굴로 샤워를 하고 밖으로 나오는데 금봉의 신경질적인 목소리가 베란다 쪽에서 들려왔다. 이수가 요렇게 쳐다보자 금봉이 베란다에서 담배를 태우며 통화를 하고 있었다.

"저 남자가 어디서 담배를 피우는 거야?"

이수가 황당해하는 줄도 모르고 금봉은 연신 담배 연기를 내뿜으며 휴대폰에 대고 짜증을 내고 있었다.

"밉다 밉다 하니까 정말 미운 짓만 골라 하고 앉았네."

"오라고 해. 누가 겁난대?"

이수가 허리에 손을 척하니 대고 노려보고 있다는 것도 모른 채 금봉은 열이 오르기 시작한 얼굴로 씩씩거리고 있었다.

"오기만 해보라 해. 확 받아버릴 테니까. 몇 살이나 처먹었대?"

한참 휴대폰에 대고 성질을 부리던 금봉이 거실 창문 앞에서 전설의 고향에 나오는 귀신처럼 쪽 찢어진 눈을 하고 노려보는 이수를 발견하고는 움찔 놀라며 대충 전화를 끊었다. 금봉이 또 뭣 때문에 그렇게 노려보냐는 얼굴로 문을 열고 들어오려는데 이수가 얼른 문을 걸어버렸다.

"왜 이래요?"

금봉이 밖에서 소리쳤다.

"바닥에 담뱃재 떨어진 거 말끔하게 치우고 담배 연기 다 뽑아내면 들어와요."

"이보세요, 판사님."

"판사님 찾을 것 없어요. 난 내 집에서 담배 피우는 꼴은 못 봐줘요."

"아, 진짜!"

금봉이 뭐라고 항의를 하는데 이수는 휙 돌아서서는 방으로 들어와 화장대 앞에 앉았다.

"어디서 담배를 피우는 거야, 정말."

괘씸해하며 스킨 뚜껑을 여는데 갑자기 안방 창문이 확 열렸다.

"너무하는 거 아닙니까?"

금봉이 창문 안으로 튀어들어 올 듯한 얼굴을 하고 소리쳤다.

"어머 어머, 누구 맘대로 창문을 여는 거에요!"

이수가 펄쩍 뛰며 소리쳤다.

"창문 좀 연 것 가지고 뭐가 누구 맘대로예요?"

"당장 닫아요!"

이수가 침대 위로 뛰어올라 가 창문을 확 닫아버렸다.

"문 열어요, 들어가게!"

"담뱃재 다 치우라구요!"

"치웠어요, 치웠어!"

"기다려요!"

이수가 거실로 나가자 금봉이 곧 튀어나올 듯이 눈을 부릅뜨고 이수를 노려보고 있었다. 이수가 쌀쌀맞은 표정으로 걸쇠를 푸는 순간 획 하고 문이 열리더니 금봉이 뛰어들듯 안으로 들어와 이수를 덮칠 듯 다가왔다. 이수가 깜짝 놀라 주춤주춤 뒤로 물러서는데 금봉이 더욱 가까이 다가오며 이수를 구석으로 몰기 시작했다.

"왜, 왜 이래요?"

더 몰릴 데도 없이 벽에 가로막힌 이수가 약간 겁먹은 얼굴로 금봉을 올려다보는데 금봉이 무슨 팬티 광고도 아니고 한 손을 벽에 짚으며 이수를 압박했다.

"판사님이 사람 제대로 약 올릴 줄 아시네."

"약 올리는 게 아니라……."

"안 그래도 열받아 죽겠는데 뒤집히는 꼴 보고 싶어요?"

금봉이 눈에 양껏 힘을 주고 낮지만 무서울 정도로 차가운 어조로 물었다.

"비켜요, 어따 대고 협박이에요?"

이수가 지지 않고 쏘아붙인 후 빠져나오려고 하는데 금봉이 남은 팔마저 쭉 뻗어 벽을 짚어 이수를 가둬 버렸다. 그리고 아까보다 더욱 강렬한 눈으로 이수를 노려봤다.

콩닥, 콩닥.

'왜 이러지?'

이 상황에 가슴이 떨리다니. 이 떨림은, 금봉의 위협에 두려워 떨리는 것이 아니라 다른 무엇, 야릇한 무엇이었다.

'미쳤나 봐.'

어떻게 이런 상황에서 야릇한 떨림을 느낄 수 있단 말인가.

"비켜요."

이수가 평정심을 되찾으려고 노력하며 경고하는데 금봉은 꿈쩍도 하지 않았다.

"판사님이 눈치 주지 않아도 충분히 눈치 보고 살고 있으니까 적당히 합시다."

"눈치 주는 게 아니라, 담배는 안 돼요."

"베란다에서 피우잖아요."

"베란다도 안 돼요."

이수가 고집스럽게 말했다.

"그럼 어디서 피우란 말입니까?"

"공동구역에선 안 된다구요."

"좋아요, 그럼 내 방에서 피울게요."

"그것도 안 돼요. 이 집에선 절대 안 돼요."

이수가 강경한 어조로 말하며 고개를 반쯤 들고 금봉을 쏘아보는데 한 대 칠 것 같은 얼굴로 이수를 노려보던 금봉이 획 돌아서더니 방으로 들어가 버렸다. 열을 많이 받은 모양이었다. 하지만 열받아도 할 수 없었다. 집에서 담배라니, 것도 남의 집에서 말이다!

안 되는 건 안 되는 거라고 잘라 말하긴 했지만 어쩐지 너무했나 하는 생각에 금봉의 방문을 흘깃대다 이수는 방으로 들어왔다.

"휴……."

방문을 닫아걸고 나니 저절로 한숨이 터져 나왔다.

콩닥콩닥.

어쩌자고 가슴은 푼수처럼 계속 뛰어대는지. 이유없이 얼굴도 화끈거리는 것이 참 별꼴이다.

"왜 이러는 거야, 정말?"

이수는 가슴을 지그시 누르며 침대에 걸터앉았다.

덮칠 듯이 다가오던 금봉의 커다랗던 몸, 노려보던 눈, 아니, 이글거리던 눈. 늘 피곤하고 추레해서 그냥 그렇게만 보였는데 깨끗하게 씻은 얼굴을 가까이에서, 바로 코앞에서 보자 꽤 매력있었다. 만져 보진 않았지만 상당히 탄탄해 뵈던 몸뚱어리.

"몸뚱어리는 무슨."

이수는 고개를 저으며 이십 년 동안 남자에 굶은 과부처럼 갑자기 왜 몸이 달아 이러나 창피해 달아오른 얼굴에 손부채질을 하며 가방에서 서류를 꺼냈다.

"현성 씨 말대로 오금봉한테서 남자를 느끼나?"

남자? 그래, 남자지. 오금봉이 남자지 여자겠는가. 하지만 이건 너무 뜬금없다. 겁주려고 덤벼드는 남자에게서 매력을 느끼다니. 무슨 새디스트도 아니고.

"무슨 냄새였지? 비누? 스킨? 향수는 아닌데……."

금봉이 벽에 손을 짚으며 몰아붙였을 때 분명히 냄새가 났었다. 금봉의 방에서 나는 시큼털털한 냄새가 아닌 싱그럽고 깨끗한 냄새가.

"냄새는 무슨 냄새야."

이수가 꺼내놓은 서류 보다 말고 무슨 냄새 타령인가 싶어 억지로 서류에 집중하려고 애쓰는 그때 금봉은 금봉대로 묘한 기분에 사로잡혀 열을 식히고 있었다.

바짝 치켜뜨고 쳐다보던 윤이수 판사의 눈. 여물고 오달지게 내 집에서 안 된다고 잘라 말하던 입술. 콧잔등 위에 살짝 보이는 주근깨. 이수의 젖은 머리에서 풍겨 나오던 상쾌한 샴푸 냄새. 거실 문을 잠가 버렸을 때 저거 나한테 잡히면 죽었다 이를 갈며 문이 열리는 순간 정말 제대로 겁을 줄 작정으로 밀어붙였는데 겁은커녕 윤이수의 눈, 입, 주근깨, 향기에 도취돼 멍해지고 있는 자신을 발견했다. 이런 요기스러운 여자를 보았나. 고렇게 눈을 치켜뜨고 남자를 올려다보면 백이면 백 홀랑 넘어가는 것을 정말 모르고 고런 눈을 하고 쳐다봤을까? 파들거리며 떨리던 속눈썹. 새까만 눈동자에 티라고는 찾아볼 수 없는, 실핏줄 하나도 보이지 않는 깨끗한 흰자위. 어떻게 그런 도발적인 눈매를 하고 올려다볼 수 있단 말인가. 머리 깎고 이십 년 염불 외운 스님인들 흔들리지 않겠는가 말이다.

"미치겠다."

정말 미칠 것 같았다. 쌀쌀맞고, 딱딱거리고, 말랑거림이라곤 찾아볼 수 없을 만큼 뻣뻣하기만 한 여자에게서 흥분을 느끼다니. 발가벗은 채 작정하고 유혹한 것도 아닌데, 고작 눈을 치켜뜨고 쳐다본 것으로 흥분을 하다니, 껴안고 싶다는 욕망을 느끼다니, 확 끌어당겨 입 맞추고 싶은 유혹에 시달리다니.

"확 끌어안으면 가슴에 쏙 들어오겠던데……."

가슴께에 다다를 듯 작달막하던 이수의 키와 정말로 끌어안으면 가슴속에 쏙 들어올 것 같던 몸매를 생각하던 금봉은 이게 무슨 음행한 상상인가 싶어 얼른 고개를 저으며 침대에 드러누웠다.

"너무 외로웠어."

금봉이 가슴을 꾹 누르며 중얼거렸다.

그래 너무 외로웠다. 태어나서 지금까지 너무 오랫동안 여자 없이 혼자 외로웠다. 그래서 바짝 말린 작대기 같은 여자한테서 감정을 느끼는 것일 테다.

"고문이다, 고문."

정말 고문이었다. 한집에 여자와 산다는 것은 고문이었다. 그것도 아주 처절한 고문.

"그래도 참아라. 상대는 판사다. 걸리면 죽는다."

혼자서 중얼거리던 금봉은 결국 픽 실없는 웃음을 터뜨리고 말았다. 판사 아니면 괜찮다는 것도 아니고 무슨 신소리인가 싶어서.

이대로 잠이 들면 좋겠다고 생각하며 한참을 누워 있었는데 출출함이 느껴졌다. 저녁을 시원찮게 먹어서 출출해질 것을 알고 라면을 사들고 들어왔으니 배고픈 거 참느라 뒤척거리지 말고 한 개 끓여 먹고 자자 싶어 밖으로 나온 금봉은 슬쩍 이수의 방문을 쳐다봤다. 자는지 어쩌는지 조용했다.

가스레인지에 물이 담긴 냄비를 올려놓고 불을 지핀 금봉은 라면 봉지를 뜯고 스프를 꺼내 미리 뜯어놓았다. 물이 끓는 동안에 잠깐 텔레비전이나 볼까 싶어 거실로 와서 텔레비전을 틀어보니 월드컵이 코앞이라 돌리는 채널마다 월드컵 얘기였다.

"토고전이 며칠이라 했지?"

채널을 돌리다 보니 물 끓는 소리가 들렸다. 얼른 주방으로 가서 끓는 물에 라면과 스프를 넣고 잘 풀리도록 몇 번 휘저어주자 뻣뻣하던 면이 슬슬 풀리기 시작했다. 젓가락으로 면을 들어올렸다 내려놓았다를 반복해 면발에 쫀득함을 더해주며 바글바글 끓여 익기를 기다리던 금봉은 절묘한 타이밍에 불을 껐다.

"죽인다."

냄새며 때깔이며 아주 그만이었다.

쟁반에 라면 냄비를 담고 냉장고에서 봉지김치를 꺼내 담아들고는 조용히 거실로 와 소파에 앉은 금봉은 냄비 뚜껑에 라면을 덜어서 후루룩후루룩 먹기 시작했다. 꼬들쫀득하게 씹히는 면발이 정말 끝내줬다.

라면은 도대체 어떤 천재가 만든 음식인지, 라면 많이 먹어봐야 몸에 좋을 것 하나 없다지만 요렇게 맛난 것을 어떻게 안 먹고 살 수 있겠는가.

냄비 뚜껑에 또 한 번 면을 덜어놓고 김치 한 조각을 척 걸친 금봉이 한 번에 후루룩 빨아 당기는데 예고도 없이 이수가 밖으로 나왔다. 금봉이 움찔하며 쳐다보자 이수도 움찔하며 금봉을 쳐다봤다.

"라면 먹어요."

누가 물어봤나? 라면을 먹든지 말든지.

이수는 괜히 뾰족한 표정을 지어 보이고는 냉장고로 가서 생수를 꺼내 컵에 따르다가 온 집 안에 살인적으로 퍼져 있는 라면 냄새에 흘낏 금봉을 쳐다봤다. 금봉의 입속으로 꼬들꼬들한 면발이 사정없이 빨려 들어가고 있었다.

'맛있겠다.'

꼬들꼬들 면발도 면발이지만, 이 냄새. 정말 살인적인 라면 냄새에 이수는 침을 삼키며 싱크대 위에 놓여 있는 라면 봉지를 쳐다봤다. 짬뽕라면. 한 번도 먹어보지 못한 라면이었다.

"후루룩, 후루룩."

또다시 꼬들거리는 면발들이 뭉텅이로 금봉의 입속으로 빨려 들어갔다.

'맛있게도 먹네.'

저 남자는 어쩜 이렇게나 먹을 것으로 사람을 추하게 만들까. 지난번에 몇 끼 굶은 사람 앞에 양푼이 비빔밥을 디밀더니 오늘은 또 라면이었다. 현성이와 푸지게 먹은 오리요리는 그새 다 꺼져 버렸는지 뱃속이 허전한 것이 나도 라면이나 하나 먹었으면 싶었다. 침만 삼키기 뭐해서, 침 삼키는 거 들키기 싫어 생수를 벌컥벌컥 마시면서도 이수는 금봉에게서, 아니, 금봉이 들고 있는 라면 냄비에서 눈을 떼지 못하고 있었다.

'자야지.'

그래, 방으로 들어가 문 닫아버리면 냄새도, 소리도 들리지 않을 것이다. 그런데 어쩌자고 이놈의 다리는 거실로 향하고 있었다. 남 먹는 것 쳐다보는 것만큼 구접스러운 것도 없다는데 도대체 뭘 하자는 것인지…….

이수는 기어이 금봉이 앉아 있는 소파에 걸터앉았다. 이수가 소파 끄트머리에 걸터앉자 라면 국물을 마시려고 냄비를 들던 금봉이 고개를 돌려 이수를 쳐다봤다.

"라면 먹는다고 잔소리하려는 겁니까?"

"내가 뭐라고 했어요?"

"갑자기 나와서는 옆에 앉으니까 불안하잖아요."

"이건 내 소파예요."

이수의 말에 금봉이 뜨악하다는 얼굴로 쳐다보다가 라면 국물을 한 모금 마셨다.

"카."

칼칼한 라면 국물을 마신 금봉이 카~ 하는 소리를 내는데, 그래 그 맛 내가 알지, 이수가 자신도 모르게 꼴깍 침을 삼켰다.

금봉이 다시 이수를 쳐다봤고 이수는 얼른 리모콘을 집어 들고 이리저리 채널을 돌리는데 금봉이 남은 라면을 먹기 시작했다.

"후루룩, 후루룩. 사각사각."

라면에 김치 씹히는 저 소리.

냄새도 맡지 말고 소리도 듣지 말고 방에 들어가면 될 것 아닌가. 뭘 어쩌자고 옆에 붙어 앉아서는 사서 고문을 당하는지.

이수의 고개가 저절로 돌아가 금봉의 입속으로 들어가는 라면을 쳐다봤다.

'얼마 안 남았을 건데……'

쉬지 않고 먹었으니 정말로 얼마 남았을 것이다. 얼마 남지 않은 금봉의 라면이 얄뚱하게도 이수를 조급증에 시달리게 만들었다.

"저기요."

부르고야 말았다. 구차스럽게.

"두 젓가락이면 다 먹어요. 좀 참아주십시오."

이수가 잔소리하려는 줄 알고 금봉이 허겁지겁 젓가락으로 라면 면발을 건져 올렸다.

"저, 저기요."

"먹을 땐 구박 좀 하지 말아요."

"그게 아니라…… 한 입만 먹을게요!"

이수가 제발 다 먹지 말아요! 라고 하듯 소리쳤다. 너무나 불쌍한 목소리로.

금봉이 어이없다는 얼굴로 이수를 쳐다보다가 갑자기 웃음을 터뜨렸다.

“푸하하하하하!”

금봉이 큰 소리로 웃어 젖히는 동안 이수는 새빨개진 얼굴로 금봉을 노려보고 있었다.

“계속 웃을 거예요? 웃지 않아도 쪽팔리거든요?”

쪽팔릴 줄 모르고 한입 먹자는 말을 했나, 쪽팔리면 방에 들어가든지. 어떻게 하든 한입 얻어먹어 보겠다며 기어이 옆에 앉아 기다리면서 쪽팔리니 그만 웃으라고 윽박지르는 건 뭔지. 윤이수, 이래저래 참 우스운 짓 한다.

금봉이 라면 냄비가 놓인 쟁반을 이수의 무릎에 올려놔 주었다.

“먹어요.”

“정말 먹어요?”

“한 입만 달라면서요.”

“저기 젓가락 좀 갖다줘요.”

“옙, 판사님!”

금봉이 아직도 웃음을 멈추지 못하며 젓가락을 갖다주었고 이수는 젓가락을 받아 들고 면발을 감아 올려 한입 먹었다. 세상에, 꿀맛이었다. 아니, 꿀보다 더 맛났다. 얼마 남지도 않은 것, 한입 더 먹어도 되냐고 묻기 전에 금봉 쪽에서 더 먹으라고 말해주면 좋겠다고 생각하며 눈치를 보는데,

“다 먹어요.”

하고 금봉이 너무나 반가운 소리를 해주었다. 친절한 금봉 씨.

“정말요?”

“먹어요.”

“고마워요.”

이수는 사양하지 않고 남은 면발을 모두 먹어치웠다. 그래 봤자 다 합쳐 세 젓가락밖에 못 먹었지만.

“저기…… 국물 한 번만 먹어도 돼요?”

이수가 냄비를 꼭 붙든 채 묻자 금봉이 다시 웃음을 터뜨렸다.

“아하하하하. 아, 미치겠다, 정말.”

“안 되면 말구요.”

“밥 말아줘요?”

금봉이 물었고 이수가 눈을 반짝이며 쳐다보자 금봉은 정말 못 살겠다는 듯이 웃으며 일어나더니 냄비를 들고 밥통으로 가서 두 주걱 정도 밥을 퍼 넣고는 이수에게 가져다주었다. 숟가락을 챙겨 오는 센스도 잊지 않고.

남의 라면이라 특별하게 더 맛있는 걸까? 현성이 덕에 오리고 기도 맛보았건만 금봉이 끓인 라면을 먹어보자 오리는 댈 것도 아니다 싶었다. 어쩜 이렇게 감칠맛 나게 끓였는지.

“맛있어요?”

떡밥이라 제대로 말아지지도 않은 밥을 움푹움푹 퍼먹는 이수에게 금봉이 물었다.

“네.”

어떻게 맛이 없을 수 있겠는가.

말은 밥 다 먹고 국물까지 홀랑 다 마셔 버린 후에야 이수는 냄비를 내려놓았다.

“잘 먹네요.”

“내가 좀 먹어요. 잘 먹었어요.”

“잘 드셨다니 다행입니다.”

“정말 잘 먹었어요. 고마워요.”

배불리 먹고 나자 살짝 민망해진 이수가 얼른 쟁반을 들고 주방으로 가서 냄비를 닦기 시작했다.

“담배 말입니다. 방에서 좀 피웁시다.”

“그건 안 돼요.”

“방에서요.”

“절대 안 되구요, 제발 방 환기 좀 시키세요. 냄새가 지독해요.”

라면 얻어먹었다고 해서 집 안에서 담배 피우는 걸 허락할 수는 없었다.

“라면 줬잖아요.”

“내일 라면 끓여서 갚아줄게요. 담배는 밖에서 피우세요.”

“라면 한입 먹자 할 때하고 밥까지 말아 국물까지 홀랑 다 들이마시고 난 후의 얼굴이 이렇게 다른가?”

금봉이 완전히 당했다는 얼굴로 이수를 노려봤다.

“집에서 담배 피우려고 라면 한입 준 거예요?”

이수가 발끈하며 노려보자 금봉이 입술을 실룩거리더니 휙 돌아섰다.

“밖에서 피우고 올 테니 문 잠그지 말아요.”

“알았어요.”

금봉이 담배를 들고 밖으로 나간 사이 이를 닦은 이수는 방으로 들어와 포만감에 행복함을 느끼며 침대에 누웠다.

“맛있게 잘 먹었네.”

배가 부르니 기분도 좋고, 기분 좋으니 살살 졸음이 몰려왔다.

“그나저나 저렇게 눌러앉혀 놔도 되는지 모르겠네…… 이러다 정들면 어쩌려고.”

그러게 말이다. 이러다 정들면 어쩌려고.

“그런 일은 절대 없어, 절대.”

이수는 가물가물 잠 속으로 빠져들며 중얼거렸다, 절대 그런 일은 없다고.

기록이었다, 기록. 집에 들어가지 못한 것이 보름째였다. 중간에 들어갈 기회가 아주 없었던 것은 아니지만 결혼해서 아내 있고 아기 있는 동료들, 혹은 선배들에게 양보하다 보니 보름 꽉 채워 집 구경을 못하고 있었다. 집 구경과 더불어 윤이수 판사까지도. 사나흘 안 들어간 적은 있어도 보름이나 감감무소식이자 오늘 아침 윤 판사는 집을 구해 나간 줄 알고 전화를 걸어왔었다. 다짜고짜 집 구한 거예요? 라고 물으며. 집 구했냐는 물음이 어찌나 기대에 부풀어 있는지 아니라고 대답하기 민망할 정도였다.

"아닙니다."

[아니에요?]

금세 실망한 목소리로 변했다.

[열흘 넘은 것 같은데 들어오지도 않고 연락도 없고 해서요.]

"보름째입니다. 집 구할 시간도 없습니다."

집 구할 시간도 없다는 말에 윤이수가 잠깐 아무 말도 않고 숨만 몰아 쉬고 있었다. 무슨 말을 해야 할까 생각중이거나 혹은 치밀어 오르는 화를 가라앉히려고 노력하는 것일 테다.

[집은 구해야 하지 않을까요?]

이수가 착 가라앉은 목소리로 말했다.

"구해야죠. 구해야 하는데 일 년 전부터 혼자 사는 여자만 골라 못된 짓하고 다니던 놈이 보름 전에 기어이 사람을 죽여놨습니다. 죽여서 다리 밑에 버리고 숨었어요. 네 명이나 되는 여자한테 몹쓸 짓 할 동안 경찰들은 처자빠져 잤냐고 차라리 뒈지라는 욕을 보름째 듣고 있습니다. 그 망할 놈 잡기 전엔 집도 못 구하고 집에도 못 갑니다."

금봉 역시 더 가라앉을 밑이 없을 만큼 착 가라앉은 목소리로 말했다. 기운도 의욕도 1%도 안 남은 듯한 목소리로.

[신문 기사 읽었어요. 그 사건이 금봉 씨 관할구역이에요?]

"예."

[세 사람의 피해자와 한 사람의 희생자가 생기고 일 년이 지나도록 범인을 못 잡았으니 무능력하다고 질타를 받는 것은 당연하고……]

달래줘도 모자를 판에 한술 더 뜨는 소리를 듣자 성질이 치받쳐 버럭 소리를 질러 버릴 찰나였다.

[집에도 못 들어오고 집 구할 겨를도 없이 밤낮으로 뛰고 있는

사정도 모르고 대체 어떤 푼수들이 처자빠져 잤냐느니 뒈지라느
니 하는 소릴 함부로 하는 거예요?]

이수가 정색을 하고 따지는 듯한 어조로 물었다. 순간 금봉의
입가에 미소가 걸렸다. 아주 잠깐, '윤이수는 내 편'이라는 생각
과 함께 고마움과 든든함까지 느껴졌기 때문이다.

[끼니는 제때 챙기는 거예요?]

"운 좋으면 두 끼 먹습니다."

그건 맞았다. 운 좋으면 두 끼, 진짜 운발 받는 날은 두 끼와 함
께 소주 한 병이었다.

[고생이네요.]

"고생을 하더라도 놈만 잡으면 좋겠습니다."

[잡으세요, 꼭.]

"예, 잡아야죠. 그런데 어디십니까?"

[사무실이에요.]

"내가 안 들어가니 좋으셨겠습니다, 판사님."

[그건 사실이에요.]

그냥 한번 물어본 말인데 이수가 망설임도 없이 그렇다고 대답
하자 금봉은 조금 실망했다.

[오늘도 안 들어오죠?]

"그럴 겁니다."

[금봉 씨 방, 환기 좀 시켜도 돼요? 진작 확 열어젖히고 싶었는
데 남의 방 함부로 들어왔다고 비싼 남자 어쩌고 할까 봐 참았거
든요.]

"맘대로 해요."

[기왕 환기시키는 길에 손대도 돼요?]

"손을 대다니요?"

[일요일에 대청소 한번 할까 싶은데 금봉 씨 방에서 악취가 풍겨 나오는 것에는 분명 이유가 있다 싶거든요.]

"단어 좀 골라 씁시다. 악취가 뭡니까. 내 방에 시궁창도 아니고."

금봉이 불쾌한 어조로 항의했다.

[미안해요. 정정하죠. 금봉 씨 방에서 도저히 맡아줄 수 없는 냄새가 풍겨 나오는 것에는 분명 이유가 있다 싶어요. 조사 좀 해도 될까요?]

"악취나 그 말이나 하여튼 말하는 폼은……."

[안 돼요?]

"조사하십시오. 얼마든지."

[알았어요. 수고하세요, 그럼.]

이수가 전화를 끊으려고 하는데 금봉이 급하게 불렀다.

"잠깐만요."

[왜요?]

"문 잘 잠그고 자라고요. 베란다, 창문, 현관문 다 걸어 잠그고 자요. 세상이 험하니까."

[걱정 말아요. 늘 하던 일이니까. 끊을게요.]

뚝 하더니 전화가 끊어졌다.

"뭐? 걱정 말아요? 늘 하던 일이니까? 신경 써주면 고맙다고는

말을 해야지 무슨 여자가 뻣뻣해서는. 하긴 라면 한입 달라 할 때
도 뻣뻣하더라.”

금봉은 입술을 실룩거리며 폴더를 내려 버렸다.

“여자 혼자 사는 게 알려져서 좋을 거 없는데…….”

세상이 흉흉해져서, 게다가 혼자 사는 여자만 골라 못된 짓 한
놈을 잡으러 다니다 보니 이수 혼자 집에 있는 것이 신경 쓰였다.
이틀에 한 번이라도 집에 들어가서 이 집에 남자도 산다는 보여줘
야 하는데…… 이럴 게 아니라 내일은 잠깐이라도 들렀다 올까 하
고 생각하던 금봉은 깜짝 놀랐다. 아니, 윤이수가 뭐라고, 마치 여
동생을 걱정하듯, 아니, 여동생이 아니라 외롭고 쓸쓸하게 남편을
기다리고 있을 아내를 걱정하듯 이수를 걱정하고 있는 자신을 발
견했기 때문이다.

“씌웠나 보다. 걱정할 사람이 따로 있지 윤이수를 왜? 도둑이
맞아죽지 않음 다행이지.”

금봉이 실성한 사람처럼 혼자 중얼거리는데 과장님에게 불려
올라갔던 반장님이 독을 품을 표정을 하고 사무실로 들어왔다.

“제보 들어왔다는 거 뭐야?”

반장님이 자리에 앉으며 신경질적으로 물었다.

“예, 여기 이 동네에서만 비슷한 사람을 봤다는 제보가 여섯 건
입니다.”

금봉이 반장님의 자리로 가서 사건 파일을 건네주며 말했다. 나
머지 형사들 모두 반장님의 자리로 모여들었다.

“제보자들이 말해준 인상착의와 은행 CCTV에 찍힌 영상을 토

대로 만든 몽타주가 흡사합니다.”

“지도 좀 가져와 봐.”

반장의 말에 박 형사가 지도를 책상에 펼치자 강력3반 형사들의 시선이 일제히 지도로 향했다.

“첫 번째 사건이 여기, 두 번째가 여기, 세 번째, 네~번째가 여기…….”

반장이 빨간 사인펜으로 표시가 된 부분을 손가락으로 짚었다.

“우리 구 안에 거주지가 있을 확률이 높습니다.”

“이놈이 일 년 동안 사람을 갖고 노네.”

첫 번째 성폭행 사건이 터지고 네 번째 피해자가 생길 동안 범인은 잡히지 않고 있었다. 놈이 첫 번째 사건을 저지를 때만 하더라도 성폭행에서 그쳤는데 두 번째 사건 때부터 잔인해지기 시작하더니 네 번째에 이르러선 기어이 사람을 죽여놨다. 스물세 살의 꽃처럼 아름다운 처녀의 몸을 유린한 것으로도 모자라 죽여놓기까지 한 것이다. 동일범이라는 것은 피해자들의 몸에서 채취한 정액으로 한 DNA 검사 결과로 확인할 수 있었는데 놈은 일 년째 수사망을 피해 다니고 있었다. 여론은 물론이고 피해자 가족들과 언론으로부터 무능한 경찰이라는 질타를 수도 없이 받고 있었다. 잡고 싶지 않아 놔두는 것이 아니라 악에 받쳐서라도 잡고 싶어 환장할 지경인데 어쨌거나 일 년이 지나도록 잡지 못했기 때문에 한마디 변명도 못하고 욕을 먹고 있어야 했다.

오늘 아침 과장님이 위에 불려 올라가 있는 대로 싫은 소리를 듣고 내려와서 기분이 최악이라는 소문을 듣고 사무실 분위기는 그야말로 천근만근이었다. 조금 전엔 반장님이 과장님에게 불려 갔다 왔는데 반장님은 과장님이 위에서 들은 싫은 소리를 고스란히, 어쩌면 몇 배는 더 강력하게 얻어 잡숫고 오는 길일 것이다. 그러니 표정이 누구든 건드리기만 하면 쏴버리겠다는 얼굴을 하고 있지. 반장님만큼이나 무능한 인간 취급받는 형사들 역시 똥씹은 얼굴이긴 마찬가지였다. 일이고 뭐고 다 집어치우고 어디 선술집에나 가서 대포나 퍼마셨으면 싶은 기분으로 침묵 속에서 쓰디쓴 자판기 커피만 연신 들이키며 이 새끼, 잡히기만 하면 관절관절을 다 꺾어놔 버리겠다 벼르고 있는 참이었다. 우락부락하게 생긴 것과는 딴판으로 참는 데는 도가 트신 우리 하 반장님이야말로 이놈 잡히면 시청 네거리에 매달아놓고 오고 가며 죽을 때까지 짱돌 하나씩 던져 주리라 단단히 벼르면서도 겉으론 빈정 상한 속을 내보이지 않고 좋아, 잡아보자! 하며 기운을 불어넣었다.

"작정하고 숨는 놈이라면 우린 작정하고 잡으면 돼. 탐문 시작해. 투명인간이 아닌 이상 영원히 숨어다닐 순 없어."

"예, 반장님."

"기운들 내라고. 남이야 뭐라고 욕을 하든, 건 속 모르는 놈들이 지껄이는 거고, 기운들 내."

"예, 반장님."

반장님이 기운내란다고 쪽 빠진 기운이 하루아침에 펄펄 치솟는 것은 아니지만 그나마도 반장님의 기운내라는 한마디가 처져 있던 어깨를 끌어올려 주었다.

"어이, 남 형사."

"예, 반장님."

"아버님 기일이라고 했지?"

"예? 아 예……."

"남 형사 밤에 네 시간만 빼줘라."

"아닙니다, 반장님."

남 형사가 미안한 얼굴로 손을 내저었다.

"자고 오라는 거 아니야. 갔다가 도로 와. 아버님 제삿상에 술은 한잔 따라드려야지."

"……고맙습니다, 반장님."

"나한테 고맙다 하지 말고 금봉이한테 고맙다 해. 장가 못 간 죄로 보름째 금봉이만 죽어난다."

반장님이 금봉을 흘끔 쳐다보며 피식 웃었다.

"죄송합니다, 선배님."

"죄송하다는 소리도 듣기 싫어 자식아."

금봉이 일부러 험악한 얼굴로 쏘아붙이자 남 형사와 다른 형사들이 킬킬거리고 웃었다.

"금봉아, 집들이는 이놈 잡고 해라."

"예."

"나가들 봐."

"다녀오겠습니다."

사무실을 나와 주차장으로 걸어가던 금봉은 놈이 언제 잡히든 이진철 부부에게 돈을 다 돌려받고 집을 구해 나가기 전에 윤이수의 집에서 집들이를 하게 된다면 과연 윤이수가 뭐라고 할까 생각하며 픽 웃었다. 아마 난리가 날 것이다. 잡아먹을 기세로 몰아붙일 것이다. 잡아먹히든 어쩌든 어서 이 흉악한 놈을 잡아야 다리 쭉 뻗고 잠 좀 잘 텐데 말이다. 놈을 잡으면 맹세코! 관절 관절을 똑똑 부러뜨려 놓고 말겠다고 맹세하며 금봉은 동료들과 차에 올라 놈이 숨어 있는 곳을 찾아 출발했다.

오랜만에 모여 술이나 한잔하자는 필원이의 연락을 받고 약속 장소로 나가보니 필원이를 비롯해 연수원 동기들 중에 가깝게 지내는 몇몇이 먼저 자리를 잡고 술을 마시고 있었다.

"늦었네."

이수가 모임 자리로 다가가자 다들 손을 내밀었고 이수는 일일이 악수를 한 다음 필원이 옆 빈자리에 앉았다.

"연 검사, 오랜만이야."

"어. 오랜만이야."

연현정이 이수에게 손을 흔들었다.

가깝게 지내는 몇몇 동기들 중에 여자 친구는 연현정이 유일했다. 현정이와 이수 말고도 여자 동기들이 둘 더 있었는데 두 사람은 지금 지방에 내려가 있기 때문에 연락이 소원해졌다.

"현정 씨 날 잡았대."

필원이가 말했다.

"어머, 그래? 언제?"

"다음 달. 올 거지?"

"가야지, 그럼. 신랑 될 사람도 검사라고 했었지?"

"검사 관두고 변호사 사무실 개업했어. 개업한 지 반년인데 파리 날리고 있어."

현정의 말에 필원이가 요즘 파리 안 날리고 잘나가는 변호사가 누가 있나고 말하는데 형광이가 '현성이' 하고 받아치자 필원이의 얼굴이 구겨졌다.

"그러고 보니 현성 씨가 안 왔네?"

현정이의 말에 필원이가 오든지 말든지 하고 혼잣말로 중얼거렸다.

"오늘 현성이도 불렀냐?"

호태가 형광에게 물었다.

"연락은 했어. 일 끝나봐야 올지 말지 한다더라고. 지금까지 안 오는 것 보면 안 올 모양이지 뭐."

"말라고 해. 안 오면 더 좋아."

누가 천적 아니랄까 봐 필원이는 현성이가 미워 죽겠는 모양이었다.

"현성이 얘기는 하지도 마라."

그렇게 말한 사람은 필원이가 아니라 호태였다.

"꼴 보기 싫다."

호태가 영 덜 좋은 얼굴로 중얼거렸다. 호태하고 현성이는 사이가 꽤 괜찮았는데, 그럴 줄 알고 있었는데 호태까지 왜 저럴까.

"오지 말라고 해, 그 새끼. 쯧, 술맛 떨어져."

호태는 정말 웬만해서는 누구 욕하는 사람이 아닌데. 두루두루 참 둥글게 사는 친군데 말이다. 현성이는 어쩌다가 친구들 사이에서 이렇게 점수를 잃었을까.

"호태 씬 왜? 현성 씨하고 안 좋았어?"

현정이의 물음에 친구들의 시선이 모두 호태에게 쏠렸다.

"이런 얘기 해봤자 나만 쩨쩨한 놈 되는 거지만…… 지난번에 사무관이 갑자기 그만두는 바람에 급해서 현성이한테 전화를 했었거든."

"사무관이 왜?"

"심장에 문제가 생겨서 수술을 받게 된 거야. 갑자기 자다가 넘어간 사람이니 안 죽은 게 다행이지."

"그러네."

"도와주던 사람이 없으니 갑갑하더라고. 그래서 아는 사람들한테 다 부탁을 하면서 현성이한테도 전화를 했지. 사무관 좋은 사람 있으면 좀 알아봐 달라 했더니 이놈이 대뜸 사무관은 네가 찾아야지 왜 나한테 알아봐 달라고 하냐는 거야."

호태의 말에 필원이가 그 새끼 원래 그래 하며 호태를 거들었다.

"그래도 네가 큰 회사에 있으니까 사람을 많이 알 것 아니냐고, 기분이 나쁜데도 급하니까 부탁을 했거든. 그랬더니 월급을 얼마나 생각하냐는 거야. 그래서 다른 데 주는 만큼 생각한다 했더니 자기가 아는 사람은 워낙 고급이라 보통 수준에 맞추면 안 된다고, 한 30%는 더 얹어줘야 하는데 능력 되냐는 거야. 아 씨발, 기분 좆 같아서. 말하는 투가 딱 네 능력으론 고급 인력 쓸 생각 하지 마라 이런 말투더라고."

쯧쯧. 현성이도 참 딱하다. 한국말이라는 게 조사 하나로도 뜻
이 완전히 달라지는데 어쩌면 저따구로 말했을까. 호태 같은 친구
가 욕을 섞어가며 말하는 걸 보니 정말 몹시도 기분 상하게 군 모
양이다.

"그래서 가만있었냐?"

필원이가 물었다.

"잘났다고 한마디 해주려고 하는데 바쁘다면서 딱 끊어버리는
거야."

"그래서? 사무관 알아봐 줬어?"

현정이가 물었다.

"알아봐 주길 뭘 알아봐 줘. 그 후로 전화 한 통 없더라. 기철이
형님이 알아봐 줘서 구했다."

호태가 투덜거리더니 그때 생각하면 또 울화통이 터지는지 맥
주를 벌컥벌컥 들이켰다.

"그 새끼 오지 말라고 해. 재수없어."

호태가 씩씩거렸다.

"이상하게 현성 씨는 좋은 소리를 못 듣네."

현정이의 말에 필원이가 누가 그놈을 좋아하겠냐며 거들었다.

"현성 씬 자기한테 이익이 될 만한 사람한테는 엄청 잘하고 별
볼일 없는 사람한테는 안면 깐다더라고. 선배들 중에서도 현성 씨
욕하는 사람 엄청 많아."

현정이의 말에 필원이와 호태가 그 새끼는 욕먹을 짓만 하고 다
닌다며 현성이에게 물질적으로든 정신적으로든 요만큼이라도 피

해를 입은 선배들의 사례들까지 들춰내며 현성이를 성토하기 시작했다.

"나하고는 괜찮은데……."

필원이와 호태의 긴 성토를 말없이 들어주던 형광이가 고개를 갸웃거리며 말했다.

"넌 재벌 집 자제 분이어서 현성이가 함부로 못하는 거야."

"재벌은 무슨."

"야, 빌딩이 세 채인데 재벌이지 아니냐?"

"재벌은 현정 씨가 진짜 재벌이지. 난 재벌 꼬랑지도 아니야."

"난 또 왜 걸고 들어가?"

현정이가 형광이에게 눈을 흘기다가 픽 하고 웃었다. 현정이네가 진짜 재벌이지 한 형광이의 말은 틀린 말이 아니었다. 현정이의 아버님은 우리나라 50대 기업에 속하는 제법 크고 알찬 기업의 CEO였다.

"그래서 현성 씨가 갑자기 안 하던 짓을 하고 그랬나?"

현정이의 말에 이수가 이건 또 무슨 소릴까 싶어 쳐다봤다.

"안 하던 짓이라니?"

"작년에, 결혼할 그 사람 막 만나기 시작할 때인데 갑자기 뻔질나게 전화를 하면서 같이 밥 먹자 그러더라고. 현성 씨 보양식 엄청 밝히더라."

"둘이서 보양식 먹으러 다녔어?"

이수는 갑자기 웃음이 터지려고 했다. 뭔가 슬슬 수상해지기 시작했기 때문이다.

"말도 마. 사슴부터 시작해서 곰 발바닥 빼놓고는 다 먹은 것 같다."

"그 새끼는 하여튼 그래요. 돈도 많이 번다는 놈이 술값 한번 내는 꼴을 못 봤으니까. 월급생이 변호사가 벌면 얼마나 벌겠냐면서 계산할 때 되면 구두끈 매고 있잖아. 그래 놓고는 연 검사한테는 보양식 사 먹인 모양이네. 치사한 새끼."

필원이가 같잖아 죽겠다는 투로 투덜거렸다.

"그래서? 그래서 어떻게 됐는데?"

이수가 솔깃한 표정으로 물었다.

"처음엔 별생각없었지. 우리 자주 어울릴 때고 또 일 때문에라도 얼마든지 만날 수 있고 그러니까. 전화 통화하고 밥 먹고, 연락도 없이 검찰청에 찾아오기도 했지? 그러다가 몇 달 지났는데 갑자기 연애 한번 해보자는 거야."

"작업 걸었네."

필원이의 말에 나머지 친구들이 키득거리고 웃었다.

"그래서 뭐라고 했어?"

"나 만나는 사람 있다고, 이미 연애하고 있다고 했지."

"그랬더니?"

"결혼까지 생각하냐고 해서 그렇다고 했더니…… 조금 말하기 껄적지근한 부분이 있긴 한데 생략하고 어쨌거나 그걸로 끝이었어."

"하여튼 새끼가 궁하게 살았나, 부잣집 여자 엄청 밝혀. 지는 수준도 안 되는 게 짝은 왕족만 골라요."

필원이의 말에 친구들이 웃음을 터뜨렸다. 친구들이 웃는 동안에 이수는 재빨리 생각을 정리하고 있었다. 요즘 들어 부쩍 현성이가 자주 연락을 하고 밥을 먹자 했기 때문이다. 김현성식 여자 꼬시기 코스가 정해져 있는 모양인데 일 번은 보양식 퍼먹이기, 이 번은 연락없이 불쑥 직장에 찾아오기, 삼 번은 연애하자 였다. 현재까지는 일 번에 맴돌고 있었는데 과연 현성이가 이 번과 삼 번까지 진행시킬지 매우 궁금해졌다. 진행시킨다 하더라도 돌아가는 통박을 이미 다 알아버렸으니 그래 봤자지만. 게다가 처음부터 현성이를 친구 이상으로 생각한 적도 없고.

"내가 김현성이 어떤 여자하고 결혼을 하는지 두 눈 크게 뜨고 지켜볼 거다."

필원이가 큰 소리로 떠드는데 형광이가 필원이를 툭 쳤다.

"야, 그만 해라. 현성이 왔다."

현성이 왔다 소리에 고개를 돌려보니 현성이가 막 호프집으로 들어와 친구들이 있는 자리로 오고 있었다. 필원이가 들으면 들으라지 하고 틱틱거렸지만 막상 현성이가 도착했을 땐 급히 입단속 들을 하는 바람에 갑자기 분위기가 어색해져 버렸다.

"야, 오랜만이다."

어색한 분위기를 눈치 채지 못했는지 현성이가 무척 반가운 듯이 손까지 들어 보이며 인사를 했다.

"그래, 오랜만이다."

"오랜만이야, 김 변호사."

하고 한 마디씩 답 인사를 건네고 현성이가 자리에 앉았는데 호태가 불쑥 일어났다.

"난 먼저 가야겠다."

"야, 나 지금 왔는데 오자마자 가면 어떻게 하나?"

"미안하다. 우리 와이프 만삭이다. 언제 나올지 몰라 스탠바이 해야 해. 나 먼저 간다."

"같이 가자. 나도 일어나야 해. 내일 재판 있어."

가방을 챙겨 드는 호태를 따라 필원이도 일어났다.

"너무하는 거 아니냐? 나 오니까 일부러 가는 것 같다."

그게 사실이라는 것을 알면 현성이는 얼마나 큰 모멸감을 느낄까.

"나도 슬슬 일어나야 할 것 같은데."

현정이까지 일어나자 남은 사람은 형광이와 이수밖에 없었다.

"늦긴 늦었다. 열한 시가 넘었어."

현성이의 표정이 불쾌한 듯 싸해지자 형광이가 늦은 시간이라는 것을 상기시키며 오해하지 않게끔 했지만 더 이상은 자리를 보존하는 것이 무의미해지고 말았다. 호태가 일어나고 필원이와 현정이가 일어나자 얼렁뚱땅 휩쓸려 이수와 형광이도 일어났고 그래서 현성이는 앉은 지 오 분 만에 일어나 호프집을 나와야 했다.

현정이는 결혼할 사람이 데리러 와서 그 차를 타고 가고 필원이는 대리운전 값이라도 아껴야 한다며 그냥 택시를 타고 들어가고 호태는 새벽에 아내가 진통 느끼면 병원으로 내달려야 한다며 대리를 불러 떠나고 나자 형광이와 이수, 그리고 현성이만 길에 남았다.

“윤 판사, 내가 데려다 줄게. 차 가져올게 여기서 기다려.”

형광이가 주머니에서 차 열쇠를 꺼내며 주차장으로 가려는데 현성이가 붙잡았다.

“한잔 안 할래?”

“다음에 하자. 술집에서 나와 버렸는데 뭐.”

“다른 데 가지.”

“됐어. 다음에 만날 땐 일찍 와.”

“그럼 윤 판사는 내가 데려다 줄 테니까 그냥 가.”

“그럴래? 윤 판사 그럴래?”

“형광 씨도 현성 씨도 안 데려다 줘도 되는데 서로 데려다 주겠다니 누구든 상관없어.”

이수의 말에 형광이 픽 웃더니 다음에 보자며 손을 흔들고 가버렸다. 그래서 현성이 차를 얻어 타고 집으로 향하는데 아무래도 친구들의 태도가 마음에 걸렸는지 현성이가 질문을 가장한 심문을 시작했다.

“무슨 얘기 했어?”

너 무지하게 씹혔는데 삭신 쑤시지 않냐?

“무슨 얘기는, 일 얘기지 뭐.”

“일 얘기만 했어?”

그럴 리가 있겠니.

“현정이 결혼 날짜 잡은 거 얘기하고.”

“날짜 잡았대? 검사 하다가 개업했다는 사람?”

“응, 그 사람.”

"사무실은 잘된대?"

"글쎄, 육 개월밖에 안 돼서……."

파리 날린댄다.

"현정이 또 무슨 얘기 해?"

네가 껄떡거렸다더라.

"일 얘기지 뭐."

"그것뿐이야?"

알면 쪽팔릴 것이다.

"별 얘기 없었어."

"호태는 아무 말 안 해?"

찔리는 게 있긴 있구나. 찔릴 짓 하지 말고 사무관 좀 알아봐 주지.

"무슨 말? 호태 씨하고 무슨 일 있었어?"

"아니, 그냥 묻는 거야. 필원이는 혹시 내 얘기 안 하더냐고. 필원이 내 욕하는 게 취미잖아."

그건 알고 있구나.

"욕은 무슨. 일 얘기하느라 정신없었어."

이수는 친구들과 나눈 얘기를 현성이에게 전해주지 말아야 한다는 것쯤은 상식으로 알고 있었기에 입을 꼭 다물었다.

"애들이 나한테 자격지심을 갖고 있는 것 같더라고. 내가 한 마디만 하면 왜들 그렇게 예민해지는지."

현성이의 말에 이수는 아무런 대꾸도 하지 않았다. 그러게 말이야, 하며 현성이 말에 동의하는 듯 맞장구치기엔 들은 말이 너무 많고 네가 예민해지게끔 말을 잘못했겠지, 하고 이죽거리다 보면 결국 현성이와 싸우게 될 것이 뻔했기 때문이다. 물론 잘나가는 현성이에게 다른 동기들이 자격지심을 갖는 것은 사실이지만 들어보니, 현성이가 동기들에게 잘못하는 부분도 분명 있었다. 잘나갈 때 좀 못 나가는 친구들 챙겨주면 좋을 텐데 말이다.

"음주측정하나? 금요일도 아닌데 무슨 음주측정이야?"

왜 갑자기 차가 속력을 못 내나 싶었다. 막힐 시간도 아니고 말이다. 현성이 말대로 음주측정을 하는지 저 앞에서 경광등이 번쩍거리는 경찰차 몇 대가 세워져 있고 경찰들도 보였다. 사복 경찰로 보이는 사람도 몇몇 보였는데 일일이 차를 세워 뭔가를 하고 있었다.

"술 안 마시고 일어나길 잘했네."

"술 마시고 그냥 몰고 갈 생각이었니?"

"말이 그렇다는 거지."

한 대씩 한 대씩 거북이처럼 기어서 바리게이트까지 도달했을 때였다. 바로 앞에 차 한 대가 있고 그 다음이 현성이의 차례인데 저기 앞에 있는 어떤 사람이의 실루엣이 굉장히 눈에 익다 싶어 유심히 쳐다보니 바로 금봉이었다.

'어?

이런 곳에서 오금봉을 만나다니! 갑자기 왜 이렇게 반갑게 느껴지는 걸까. 반가울 게 뭐가 있다고. 저 사람이 나하고 무슨 관계라고. 그러면서도 이수는 금봉이 정말 반가웠다. 암만 별 관계 아니라고 해도, 그래도 한집서 며칠 살았다고 아주 소 닭 보듯 그렇진 않은 모양이었다.

그런데 교통경찰도 아니고 형사라면서 무슨 음주측정일까 싶은데 음주측정치고는 너무 엄중했다. 차 트렁크까지 샅샅이 뒤지는 것을 보니 말이다. 앞차 드링크를 수색하는 금봉을 쳐다보고 있는데 현성이가 음주측정이 아닌 모양이네 하고 중얼거렸다.

앞차가 빠져나가고 그 다음이 현성의 차례가 되자 현성이 재빨리 차 유리를 내렸다.

"죄송합니다. 잠깐 검문하겠습니다."

경찰이 경례를 부치며 말했다.

"무슨 일입니까?"

"뉴스 보셨죠? 연쇄강간범이 여자를 납치해 도주 중이라는 제보가 들어와서……."

제복 차림의 경찰이 현성이에게 설명하는 사이 무전을 주고받던 금봉이 천천히 현성이 차로 다가오는데 그 순간 이수와 눈이 마주쳤다. 금봉이 놀란 얼굴로 우뚝 걸음을 멈추고 이수를 쳐다봤다. 그리고 금봉의 입가에 살짝 미소가 감돌기 시작했다. 금봉도 이런 곳에서 이수와 마주친 것이 의외고, 또 꽤 반가운 모양이었다. 이수 역시 금봉을 쳐다보며 씨익 웃으려는 찰나인데 금봉이 현성이를 발견하더니 그 즉시 입가에 걸려 있던 미소가 온데간데없이 사라지고 얼굴 근육이 균형이 안 맞을 정도로 굳어버렸다. 뭐랄까, 그러니까 마치 저 여자는 내 여자다, 하고 꼭 찍어놓은 여자가 다른 남자와 외도하는 장면을 봤을 때의 그런 표정이랄까? 아님 말고.

“아, 그렇군요.”

“수색할 수 있도록 협조해 주시기 바랍니다.”

“예, 물론이죠.”

현성이 버튼을 조작해 트렁크 문을 여는 사이 금봉은 차 밖에서 계속 이수와 현성을 주시하고 있었다. 제복 경찰이 트렁크를 수색하는 동안에 금봉을 흘끔거리던 이수가 아는 척을 해야 하나 말아야 하나 갈등하고 있는데 금봉이 뒤쪽으로 몸을 움직이더니 차 뒷문을 벌컥 열어젖혔다.

“죄송합니다. 잠시 검문하겠습니다.”

“예.”

금봉의 말에 현성이가 유쾌하게 대꾸하고 이수가 룸미러로 뒤쪽을 살피는데 금봉과 또 눈이 딱 마주쳤다.

금봉의 눈빛은, 금방이라도 레이저 빔이 뿜어져 나올 듯한 그런 눈빛이었다. 금봉의 센 눈빛에 아는 척 안 하는 게 좋겠다 싶어진 이수가 룸미러에서 천천히 시선을 거두는데 뒤에서 쓸데없이 좌석을 팍팍 쳐대는 소리가 들렸다. 이수도 고개를 돌리고 현성도 고개를 돌려 금봉을 쳐다보자 뒷좌석에 놓여 있던 방석을 거칠게 들었다 놓았다 하던 금봉이 고개를 획 돌려 도사견처럼 이수와 현성을 노려봤다.

“설마 범인이 방석 밑에 숨었겠습니까?”

현성이 우스갯소리처럼 말하는데 금봉의 표정은 도사견의 그것에서 조금도 변하지 않았다.

“안녕하세요, 오 형사님.”

더는 모른 척할 수 없었다. 이수가 인사를 하자 금봉이 이수를 쳐다봤다. 아는 척해도 되냐는 듯한 눈을 하고.

"안녕하십니까, 윤 판사님."

금봉과 이수가 서로 인사를 주고받자 현성이가 조금 놀란 얼굴로 이수와 금봉을 쳐다봤다.

"고생 많으시네요."

"예."

"아는 분이야?"

현성이가 물었다.

"응."

이수가 대답하는데 금봉이 차에서 몸을 빼고 차 문을 닫았다.

"어떻게 알아?"

"일 때문에 알지."

"협조해 주셔서 감사합니다."

어느새 제복 경찰이 운전석으로 다가와 경례를 붙이며 인사했다.

"수고하십시오."

현성이가 인사말을 건네고 차를 출발시키려는데 금봉이 앞에서 차를 세우더니 이수 쪽 차 문을 획 열었다.

"왜 그러세요?"

현성이가 물었다.

"집에 빨리 들어가십시오, 윤 판사님."

금봉이 이수를 똑바로 쳐다보며 경고하듯이 말했다. 지금 당장 집에 들어가지 않으면 가만두지 않겠다는 말투로.

그러더니 쾅, 하고 부서져라 문을 닫아버렸다.

"야, 뭐냐. 저 사람."

현성이가 황당해 죽겠다는 듯이 혹은 불쾌하기도 하다는 듯이 중얼거렸다.

"뭐긴 형사지."

황당하고 불쾌하기는 이수도 마찬가지인지라 말도 안 되는 대구를 하며 괜히 아는 척했다 후회하는데 현성이가 차를 출발시켰다. 진짜 생각할수록 괴상한 사람이네 싶어 이수가 사이드 미러로 금봉을 쳐다보자 금봉이 몹시 험상궂은 얼굴로 현성이의 차를 노려보고 있었다. 당장 달려와서 와드득 깨부술 듯한 눈초리로.

'하여튼 성질 하고는…… 저 드러운 인상 하며.'

무슨 인상을 저렇게나 쓰는지. 그리고 자기가 뭔데 집에 빨리 들어가라 마라 명령인지.

'좋게 생각하자.'

다른 이유는 없을 것이다. 흉악범이 여자를 납치해 돌아다닌다고 하니 위험하니까 일찍 들어가라 했을 것이다—옆에 보호자가 있는데도 일찍 들어가라고 윽박지른 것은 많이 오바한 것이지만. 혹시 현성이를 흉악범 취급한 건 아닐까?—또 보름 동안 집에도 못 들어올 만큼 일을 했으니 피곤에 찌들었을 것이고 누가 건드리기만 해도 깨부수고 싶은 심정일 것이다. 그렇게 이해하자 싶었다. 그게 아니라 어쩐지 이수가 남자와 함께 있는 것 때문에 질투에 불타는 것처럼 보이긴 하지만 말이다. 설마 그럴 리는 없을 것이고.

'밤에 고생이네.'

밤이고 낮이고 정말 고생이었다.

그런데 참, 보름 동안 집에 오지 않아 볼래야 볼 수가 없던 사람인데 또 이렇게도 만나지는구나 싶은 것이 한편으론 재밌기도 했다.

이수는 지난번처럼 또 집에 밀고 들어오려는 현성이를 딱 떼어내고 혼자 집으로 올라왔다. 현정이에게 들은 말이 있어서일까? 오늘은 지난번보다 더 매몰차게 안 돼! 라는 대답이 나왔고 현성이를 집 앞에서 돌려보낸 것이 요만큼도 미안하지 않았다. 다만, 현성이가 과연 이 번, 삼 번 코스를 진행시킬 것인지 그것이 궁금할 뿐이었다.

다음날 아침, 일찍 눈을 뜬 이수는 아침 일찍부터 집 안을 가득 채우며 쏟아져 들어오는 볕을 보고 이때다 싶어 이불부터 세탁기에 넣어 돌려놓고 대청소를 시작했다. 앞뒤로 베란다 문을 활짝 열어젖히고 청소기를 돌려 먼지를 빨아들인 후 박박 문질러 걸레질을 하던 이수는 금봉의 방을 환기시켜도 된다고 허락받은 것을 기억해 내고 얼른 금봉의 방문을 열고 들어갔다.

크, 역시나, 사람이 사는 집에서 어떻게 이런 냄새가 날까 싶을 만큼 칙칙한 냄새가 진동을 했다. 금봉의 방에 붙은 쪽 베란다 문도 열고 창문을 활짝 열어젖히자 맞바람이 치며 새로운 공기가 마구 몰려 들어왔다.

"이런 데서 잠이 올까."

별다른 것도 없어 보이는데 대체 어디서 이렇게 냄새가 나는 걸까 이상해하며 두리번거리던 이수의 눈에 세탁한 지 일 년은 더 되어 보이는 꾸질꾸질한 침대보와 이불, 누렇다 못해 저걸 어떻게 베고 잘까 싶을 만큼 묵은 때가 켜켜이 낀 베개가 보였다. 심했다 정말. 이걸 어쩌면 좋을까 하는 얼굴로 쳐다보고 있던 이수는 계속 저렇게 뒀다간 백날 환기시켜도 소용없을 것이다 싶어 과감하게 손을 댔다. 침대보를 벗겨내고 베개 껍데기도 홀랑 벗겨냈는데 허이고 베개 솜 꼬라지 하고는. 베개 껍데기만큼이나 베개 솜도 썩어가고 있었다.

"아무리 남자 혼자 산다고 해도 이게 뭐니."

손도 대기 싫은 베개 솜은 아예 쓰레기봉투 속에 넣어버리고 거진 다 돌아간 이불 세탁이 끝나면 이것들도 집어넣고 뜨거운 물에 빨아야겠다 생각하며 침대보와 이불과 베개 껍데기를 돌돌 말아들고 나오던 이수는 이깟 것 빨아봤자 티도 안 나겠다 싶어 같이 쓰레기봉투 속에 처넣어 버렸다. 진작 쓰레기봉투 속에 들어가야 될 물건들이었다 하더라도 남이 쓰던 물건인데 막상 버리고 나자 조금 걱정스러웠다. 누구 맘대로 버렸냐고 따질 것이 분명했기 때문이다.

"누구 맘대로는, 집주인 맘대로지."

뻔뻔스럽게 나가지도 않고 남의 집에서 버티고 있으려면 나가는 날까지 집주인 취향에 맞춰야지 지가 별수있는가. 또 조사해도 된다고 했으니 나중에 딴소리해도 받아칠 명분은 있었다.

한 쪽짜리 장롱이 보였고 갈아입힐 침대보가 있겠지 싶은 마음에 장롱 문을 열어젖혔는데 한심하기는 장롱도 마찬가지였다. 속옷부터 겉옷까지 온갖 옷들이 무잡하게 쑤셔 박혀 있고 이불이라고 부를 수 있는 것은 겨울에 쓰는 담요밖엔 없었다.

"형님 집에서 살았다더니, 형님하고 형수님도 너무하네. 어째 이렇게 해서 그냥 내보내냐."

이수가 남의 집 일에 상관할 일은 아니지만 지켜보고 있자니 할 말이 없을 지경이었다.

이수는 장롱 속에 꽉 들어찬 것들을 싹 끌어내 놓고 안방으로 건너와 자신의 열한 자 반짜리 장롱 문을 열어젖히고 그냥 줘도 아깝지 않을 침대보와 이불을 골라 꺼냈다. 삼 년 넘게 쓴 침구인데 오래 쓰다 보니 약간 싫증도 났고, 싫증나다 보니 잘 꺼내지지가 않아 오랫동안 장롱에서 자고 있던 침대보였다. 싫증나서 쓰지 않았다더라도 아주 형편없지는 않았다. 삼 년 넘게 썼으니 새것이나 다름없다고 우길 수는 없지만 적어도 쓰레기통에 쑤셔 넣은 오금봉의 침대보보다는 천배 양반이었다. 침구세트와 쌍인 베개까지 챙겨 금봉의 방으로 온 이수는 침대보를 씌운 후 만족스럽게 미소 지었다.

"그래, 이 정도는 되어야지."

남의 방이 아니라 내 방 새로 꾸민 것처럼 즐거워진 기분으로 금봉의 장롱 속에서 끄집어낸 것들 중에 세탁해야 할 것과 하지 않아도 될 것들을 분류하던 이수는 문득 침대 밑이 궁금해졌다. 침대 밑은 양호할까?

이수는 침대로 다가가 너풀거리는 침대보를 걷어올리며 침대 밑을 들여다봤다.

"이럴 줄 알았지."

하나씩, 하나씩 꺼내보니.

구겨진 담뱃갑이 무려 다섯 개, 재떨이로 변한 우유 곽에 세탁기로 직행해야 할 뒤집혀진 양말 여러 짝과 속옷들! 것도 모자라 과자봉지까지. 아주 추저분은 혼자 다 떠는구나 싶었다. 그런데 이건 뭐지? 머리맡 밑에 은밀하게 숨겨진 것을 꺼내고 보니 플레이보이 잡지였다. 볼링공만한 유방을 사정없이 노출시킨 금발의 미녀가 야릇므훗한 미소를 흘리고 있는, 표지가 아주 인상적인, 창간 역사가 무려 오십 년이나 되는 플레이보이 잡지.

"허."

이수는 웃고 말았다. 한편은 오금봉 너도 어쩔 수 없구나 싶어서 또 한편으론 장가를 못 가서 밤마다 어떻게 견디니 측은해서.

이수는 일부러 플레이보이 잡지를 베개 위에 곱게 올려놓았다. 금봉이 방에 들어왔을 때 볼링공만큼의 풍만함을 자랑하는 금발 미녀의 유방에 아뜩하라고.

맨손으로 남의 더러운 빨래감을 집어 들긴 싫고 고무장갑을 끼고 까만 비닐봉지를 들고 온 온 이수는 양말과 속옷을 비밀봉지에 집어넣고 꽁꽁 묶은 다음 침대 옆에 던져 놓고 재떨이로 변한 우유 곽을 시작으로 버려야 할 것들을 과감하게 싹 버리고 청소를 시작했다.

"내가 왜 오금봉 이 작자 방까지 청소를 해야 하냐고!"

청소를 하다 보니 열이 받쳤다.

무슨 남자가 아무리 바쁘고 피곤해도 그렇지 기본적인 것은 해놓고 살아야 할 것 아닌가. 기본도 모르는 인간 같으니라고.

금봉의 살림이 들어차 있는 방만 빼놓고 방방이 돌아가며 청소를 하고 거실, 주방까지 밀고 닦은 다음 마지막으로 화장실까지 락스를 풀어 닦고 나자 세 시간이 훌쩍 지나 있었다.

"집안일 우습게 보는 남자들은 다 쓸어버려야 해."

농담 아니라 정말 그랬다. 집안일이 날마다 한다고 그게 쉬운 줄 아는 남자들 각성해야 한다. 이수도 하는 일이 있어서 날마다 쓸고 닦진 못하지만 이렇게 날 잡아 해치우는 날엔 집안일이라는 게 얼마나 고된 일인지 실감했다. 날 잡아 닦을 때도 이렇게 힘든데 날마다 쓸고 닦고 세탁하고 끼니 차리고 설거지하는 여자들은 얼마나 삭신이 쑤실까. 그러면서 애를 하나 혹은 둘, 많으면 셋도 거뜬히 키워내는 여자들은 나라에서 상 줘야 한다. 상을 줘도 백 번은 줘야 한다. 그것들을 모두 해내면서 직장까지 다니는 여자들은…… 진짜 독한 거다.

세 시간 청소하고 났더니 배가 고팠다. 점심때는 한참 지났고 지금 먹으면 저녁이 맛이 없을 텐데 그렇다고 굶을 수는 없고, 마땅한 반찬은 없지만 입을 다시긴 해야겠고, 해먹지 말고 편리한 것 뭐 없을까 게으름이 올라오는데 문득 금봉에게서 얻어먹은 라면이 생각났다. 얼큰한 국물에 꼬들거리던 면발.

"라면 먹어야지."

금봉에게 얻어먹었던 라면 맛을 떠올리며 신나게 물을 끓이고 라면을 넣고 바글바글 끓여 상 위에 받쳐 놓고 훅훅 불어 한번 식혀준 후 한 젓가락 건져 먹었는데 웬걸, 얻어먹었던 그 맛이 아니었다.

"물이 너무 들어갔나? 너무 익혔나?"

또 한 번 한 젓가락 건져 먹었는데 역시나 그 맛이 아니었다. 금봉이 먹던 것처럼 냄비 뚜껑에다 먹으면 맛이 살아나려나 싶어 뚜껑까지 동원해 봤건만 그날 그 야심한 밤에 불쌍하게 한입 얻어먹었던 그 맛은 절대로 나지 않았다. 그렇다고 맛이 없는 것은 아닌데 어째 김이 세는 기분이었다.

"내가 끓이면 왜 맛이 없지?"

이 맛이 아닌데, 아닌데 하면서도 라면 냄비를 비우고 설거지를 끝내자 졸음이 몰려왔다. 지금 낮잠을 자면 밤잠은 포기해야 할 것이고 밤잠을 못 자면 내일이 피곤하니 참아야 했다.

"커피 마셔야겠네."

커피를 마셔야겠는데 생각해 보니 커피가 없었다. 잘됐다 싶었다. 커피 사는 핑계로 졸음도 쫓을 겸, 그리고 이참에 아파트엔 상가가 어디에 있고 상가에는 어떤 상점들이 있는지 알아볼 겸 지갑을 들고 밖으로 나갔다.

상가는 단지 맨 앞쪽과 맨 끝에 그렇게 두 군데 있었는데 지나가던 사람에게 물어보니 슈퍼는 끝에 있는 상가에 있다고 해서 이수는 앞쪽 상가는 다음에 가보기로 하고 끝에 있는 상가로 갔다. 상가는 삼층 건물이었는데 세탁소, 의원, 약국, 피아노 학원, 태권도 체육관, 분식집, 정육점, 떡집, 부동산, 슈퍼까지 웬만한 가게들은 다 있었다. 뿐만 아니라 미용실에 반찬가게에 통닭집까지. 어쩜 이사 온 지 한 달 가까이 됐건만 이제야 여길 왔을까 생각하며 슈퍼로 간 이수는 커피뿐이 아니라 사야겠다고 생각했던 생필품 몇 가지를 구입한 후 일부러 일층에 있는 상점들을 주욱 구경한 후에야 빵집에 들러 토스트용 식빵 한 줄을 사서 집으로 돌아왔다.

커피 한 잔을 만들어 옆에 놓고 심리파일도 읽었다가 텔레비전도 잠깐 보다 보니 어느새 밤이 됐다. 저녁으로 토스트를 만들어 먹고 열어두었던 앞뒤 창문을 모두 걸어 잠근 후 오랜만에 거품 목욕이나 할까 하고 욕조에 물을 받아 호주 다녀오는 길에 사 왔다며 은정이가 선물한 아로마 향 거품을 확 풀어놓은 후 들어앉았다.

"아, 좋다."

뜨거운 물에 은은한 향기를 맡으며 지극히 편안하게 몸을 담그고 내일 심리는 어떻게 진행할까, 아참, 파산 신청자인 임현희 씨의 아이들이 있다는 보육원에 가봐야 하는데 언제 갈까 하는 생각을 하다가 까무룩 잠이 들어버렸다. 나른하고 달콤했다.

이수가 욕조 안에서 천국처럼 행복한 단잠에 푹 빠져 있을 그때 금봉은 아랫배를 싸쥐고 똥꼬를 틀어막은 채 엘리베이터를 타고 올라오고 있었다. 아무래도 다섯 시쯤 먹은 포장마차 김밥이 잘못된 것 같았다. 점심을 놓치는 바람에 오후 다섯 시가 되자 너무 배가 고팠고 차를 몰고 이동하던 중에 분식 포장마차가 눈에 띈 것이다. 어묵이라도 몇 개 집어먹지 않으면 울화통이 터질 것 같아 길가에 차를 세워두고 남 형사와 서서 닥치는 대로 먹어치웠다. 그런데 먹을 땐 몰랐는데 날이 갑자기 너무 더워져서 김밥이 좀 쉬었던 모양이다. 한 시간 후부터 속이 좀 안 좋다 싶더니 매스껍기 시작했고 매스꺼움이 심해지더니 토악질도 치밀었다. 참다못해 두 번이나 토하고 토하면서부터 온몸이 근질거리기 시작하더니 오돌도돌 반점이 돋기 시작했다. 오한도 느껴지고 식은땀도 나고 배는 점점 더 아프고 안색이 급격히 나빠지자 오늘도 금봉이 못 쉬게 했다간 사람 잡겠다며 열엿새 만에 귀가 허락을 받았는데 주차장에 차를 대고 내리는 순간 쏟아질 것 같은 배뇨기가 시작된 것이다. 다년간의 경험으로 보아 이것은 분명 설사였다. 인간의 의지로는 도저히 틀어막을 수 없는 무시무시한 설사.

초인적인 의지로 틀어막고 집에 도착한 금봉은 어금니를 틀어 문 채 비밀번호를 누르기 시작했다.

"헙!"

비밀번호를 세 개째 누르려는데 창자가 뒤틀리는 듯한 통증과 함께 또다시 살인적인 배뇨기가 느껴졌다. 대문에 손을 짚은 채 요만큼이라도 힘을 뺐다간 사단이 날 것 같아 몸의 근육, 특히 항문 괄약근에 온 신경을 집중시킨 금봉이 한 차례 통증의 해일이 지나간 후 번개처럼 나머지 비밀번호를 누르고 열쇠로 보조키를 푼 후 안으로 들어갔다. 들어가자마자 신발을 벗어 던지고 들고 있던 자동차 키도 집어 던지고 화장실을 향해 내달렸는데 화장실에 도달한 직후 또다시 통증이 몰려왔다. 금봉은 화장실 손잡이를 잡은 채 산모의 진통과도 같은 통증에 몸을 떨어야 했다.

"으으······."

금봉은 머리를 화장실 문에 비벼대며 어금니를 틀어 문 채 낮은 신음을 토해냈다.

"죽겠다……."

통증이 차츰 가라앉자 금봉은 때는 이때다 재빨리 문을 활짝 열어젖혔다.

갑자기 확 끼쳐 오는 찬 기운에 선잠이 깬 이수, 곧 숨이 넘어갈 듯한 얼굴로 변기 뚜껑을 들어올리던 오금봉의 눈이 딱 마주쳤다.

"허억!"

이수와 금봉이 누가 먼저랄 것도 없이 질겁을 하는 순간 찢어질 듯한 이수의 비명 소리가 화장실에 울려 퍼졌다.

"아악! 미쳤어요!!"

귀청이 찢어질 듯한 비명 소리에 후닥닥 화장실 문을 닫고 나온 금봉이 돌아서는 순간 몰려오는 진통. 요상한 자세로 몸을 비틀며 휩쓸려 나오려는 그것을 필사적으로 참는 그때 화장실 안에서는 물소리와 함께 고함 소리가 계속해서 터져 나왔다.

"가만두지 않을 거야! 내 손에 잡히면 죽을 줄 알아!"

금봉의 피 말리는 사정을 알 리 없는 이수가 욕을 욕을 해대는 동안에 금봉은 쓰러질 것 같은 고통 속에서 몸을 떨고 있었다.

"살려줘, 빨리, 빨리 나와."

주먹을 틀어쥐고 어금니를 앙다물고 금봉은 마치 하나님께 기도하듯 화장실 문을 향해 애원했다.

"빨, 빨리 빨리. 제발 빨리 나와…… 으…… 살려, 살려……."

사람 죽겠는데 저 여자는 어쩌자고 저렇게나 꾸물거리는지.

"아이고, 아이고 아버지……."

일 초만 더 지나면, 정말로 막 쏟아져 흐를 찰나 화장실 문이 열리더니 급히 옷을 껴입고 수건을 머리에 두른 이수가 튀어나왔다. 그리고 튀어나오자마자 금봉을 두들겨 패기 시작했다.

“미쳤어! 미쳤어, 이 늑대 같은 놈!”

이수가 금봉의 얼굴을 등짝을 팔을 때리고 꼬집는데 지금 두들겨 맞는 게 문제가 아니었다. 노랗다 못해 시커멓게 타 들어간 금봉은 이수가 두들겨 패는 와중에도 필사적으로 화장실로 향했고 보거나 말거나 허리띠를 풀기 시작했다.

“어머어머, 뭐 이런 되어먹지 못한 늑대 같은 놈이!!”

이수가 새파랗게 질린 얼굴로 소리를 질러대는데 금봉은 이수를 밀어내는 동시에 바지를 내리고 문을 닫으며 변기에 앉았다. 변기에 앉는 순간 빠지지직, 뿌지지직 난리가 났다.

“으…….”

고통에 찬 신음 소리가 저절로 터져 나왔다.

“으…….”

분명, 그것이 쏟아져 나오는 소리와 함께 처절하게 새어나오는 금봉의 신음 소리에 문밖에 있던 이수의 얼굴을 일그러졌다.

“어우, 뭐야…….”

발가벗고 목욕하던 중인데 다짜고짜 화장실 문을 열어젖히고 들어오자 순간적으로 오금봉이 드디어 늑대의 실체를 드러내는구나 하는 생각이 들었다. 그래서 금봉이 어떤 사정에 처했는지 살필 겨를이 없었다. 일단 비명부터 질러놓고 후닥닥 문을 잠근 후 거품을 씻어내면서 내가 저놈에게 당하지 않으려면 저놈을 응징

하는 수밖에 없다 그렇게 생각했다. 그래서 나오자마자 두들겨 패기 시작한 것이고. 저렇게 급한 사정인 줄 알았다면 패지는 않았을 텐데, 하지만 뭐 누구라도 이런 상황이라면 죽지 않을 만큼 패주는 것이 정상 아니겠는가.

"뭘 먹었길래……."

조금 미안한 기분이 든 이수가 냉장고에서 생수를 꺼내는데 변기 물 내려가는 소리와 함께 잠시 후 화장실 문이 슬 열리며 금봉이 나왔다. 이수에게 맞고 꼬집히는 바람에 얼굴 여기저기 팔 여기저기가 벌겋게 된 채로.

이수가 좀 딱하다는 얼굴로 금봉을 쳐다보는데 금봉이 눈썹을 치켜뜨며 이수를 노려봤다.

"아니, 무슨 여자가 그렇게 손때가 매워요? 내가 뭘 어쨌다고! 안에 있는 줄 모르고 문 열었을 뿐인데, 문을 잠그고 목욕을 하든지. 윽!"

이수를 향해 험상궂게 몰아붙이던 금봉의 얼굴이 석고상처럼 질리더니만 또다시 화장실로 직행했다. 또다시 차마 맨정신으로는 비위 상해 들어줄 수 없는 소음과 함께 신음이 새어나오기 시작했다.

"욕보네, 욕봐."

정말 비위 상해 들어줄 수가 없어진 이수는 거실로 와서 텔레비전을 켰다. 그리고 일부러 볼륨을 높였다. 더 듣다간 아까 아까 먹은 토스트가 올라올 것만 같았기 때문이다.

한참 만에 획 풀린 눈에 핼쑥해진 몰골로 나온 금봉이 소파에 앉아 있는 이수를 사납게 노려봤다.

"사람을 왜 팹니까?"

"미안해요. 난 갑자기 문 열고 들어와서 놀라는 바람에……."

"말했잖아요. 판사님, 내 취향 아니라고."

금봉의 말에 이수가 아이고, 누가 지 취향 해달라 했냐는 듯한 얼굴로 금봉을 꼬나봤다.

"알았습니다, 비싼 남자 씨."

"오늘은 내가 참아주는데, 다음엔…… 아……."

금봉이 배가 아픈지 인상을 썼다.

"하여튼 관둡시다."

돌아서는 금봉을 노려보던 이수가 깜짝 놀라며 일어났다.

"잠깐만요."

이수가 부르자 금봉이 걸음을 멈추며 이수를 쳐다봤다.

"왜요?"

"피부가…… 왜 그래요?"

가까이 다가와서 보니 금봉의 목이며, 귀며, 팔이며, 얼굴이며 성한 곳이 한 군데도 없었다. 처음엔 이수가 때려서 벌게진 줄 알 았는데 그 때문이 아니라 이건 그러니까…… 두드러기였다. 두드러기, 도저히 눈 뜨고 볼 수가 없을 정도로 흉하게 부풀어 오른 두드러기.

"어머, 왜 이런 거예요?"

이수는 너무 놀라고 또, 또 너무 징그러워서 자신도 모르게 한 발짝 뒤로 물러서고 말았다. 아픈 사람한테는 정말 미안하지만 무서울 정도로 징그러워서 쳐다보고 있기 곤혹스러울 지경이었다.

"어? 이거 왜 이러지?"

금봉도 놀란 듯했다. 아니, 놀란 정도가 겁먹은 얼굴이었다. 이런 엄청난 두드러기는 금봉도 처음 보는 모양이었다. 사람의 몸에 이런 것이 생길 수 있다니, 태어나서 이런 지독한 두드러기는 처음이었다.

"어? 이거 뭐야."

금봉이 화장실로 뛰어들어 갔다가 잠시 후 노랗게 뜬 얼굴로 나왔다.

"온몸이 다 그래요?"

이수가 걱정스러운 얼굴로 물었다.

"예……."

금봉은 아까보다 더 겁먹은 듯했다.

"저…… 좀 봐요."

너무 징그러워 가까이 다가갈 생각도 나지 않았지만 저대로 놔두면 큰일날 것 같았다.

이수는 용기를 내서 금봉의 팔을 붙잡고 이리저리 살피기 시작했다.

"어우."

저절로 신음이 터져 나왔다. 이건, 심해도 너무 심했다. 쳐다보고 만지기만 해도 두드러기가 옮을 것 같아 겁이 날 정도로.

"뭐 먹었어요?"

"포장마차에서 김밥이랑 오뎅이랑……."

“오뎅이 아니라 어묵이에요. 어묵은 뜨거운 거라 상했을 리 없고 김밥이 의심스럽네요. 또 뭐 먹었어요?”

“그것뿐이에요.”

“아무래도 식중독 같아요. 병원에 가야 하는데…… 상가에 병원이 있긴 있던데 일요일이라 문 닫았을 테고, 응급실 가 봐요.”

“응급실은 뭐…….”

“식중독 무서운 거예요. 우습게 볼 거 아니에요. 온몸에 두드러기도 퍼졌고 설사에…… 옷 좀 걷어봐요.”

“예?”

“걷어봐요, 좀 보게.”

“판사님이 무슨 의삽니까? 보면 알아요?”

“아버지가 의사세요. 처방은 못 내리지만 대충 증상은 알아요. 비싼 아저씨 좀 봅시다. 지금 상태론 완전 싸구려지만.”

이수의 비아냥에 금봉이 입술을 실룩거리다가 옷을 걷어 보였다.

“으…….”

이수가 얼굴을 찌푸리며 한숨을 내쉬었다.

아마 처음엔 반점으로 시작됐을 두드러기가 시간이 지날수록 모기 물린 자리 긁었을 때처럼 도톰하게 부풀어 오르기 시작해 증상이 심해지자 결국은 지금처럼 한데 뒤엉켜 거대한 두드러기 대륙을 형성하고 있었다.

“다른 데는 어때요? 다리하고 하체 말이에요.”

“똑같아요.”

팔과 배만 봐도 겁나는데 온몸이 다 그렇다면? 어휴…… 겁난
다.

계속되는 설사와 두드러기 상태로 봐선 아주 위중해 보였다. 이
수는 금봉더러 고개를 좀 숙이라고 손짓한 후 금봉이 고개를 숙이
자 귀 구멍과 얼굴 상태를 면밀하게 살폈다. 아직 귓구멍이 막힐
정도는 아니었지만 상당히 좁아졌고 전체적으로 퉁퉁 부어 있었
다. 얼굴은 마치 밀가루 반죽을 뚝뚝 떼어 붙여놓은 것처럼 울퉁
불퉁했고. 지금 상태로도 그냥 나둬서는 될 일이 아닌 것이 분명
했다.

"잠깐만요."

이수는 방에 들어가 휴대폰으로 아버지께 전화를 걸었다.

"아버지, 저예요."

[그래, 별일없니?]

"그럼요. 거기도 별일없으시죠?"

[우리도 괜찮아.]

"네, 아버지. 저기, 아버지 식중독 같은데요……."

[누구? 너?]

아버지가 깜짝 놀라며 되물으셨다.

"아뇨, 저 말고 친구요."

그 친구라는 인사가 한집에 살고 있는 오금봉이라는 걸 아시면
우리 아버지 어떤 표정을 지으실까.

[어, 증상이 어떠니?]

"설사가 심하고 두드러기가 온몸에 퍼졌어요. 뭉텅이진 두드러

기 있죠? 귀에 구멍이 좁아질 정도로 두드러기가 심해요.”

[정말 심하구나. 속에서 부어서 기도가 막히면 호흡에 문제가 생길 수도 있다. 굉장히 위험해. 당장 응급실로 가야 해.]

“그렇죠?”

이수가 통화를 하며 거실로 나오는데 금봉이 번개처럼 화장실로 뛰어들어 갔다. 또 설사가 온 모양이었다.

[얼른 응급실로 데려가서 진료 받게 해.]

“네, 그럴게요.”

[어떻게 할까? 다음 주에 갈까?]

“다, 다음 주 주말에 제가 갈게요. 근처에 갈 일이 있어요.”

이수가 급하게 얼버무렸다. 다음 주에 근처에 갈 일이 있다는 말은 거짓말이었다. 아버지가 못 오시게 하기 위한 거짓말.

[그러니? 그래, 그건 나중에 다시 통화하도록 하자.]

“네, 아버지. 전화 드릴게요.”

통화를 끝내고 거실에서 서성거리고 있는데 축 처져 버린 금봉이 화장실에서 나왔다.

“얼른 응급실 가요. 검사 받고 수액 맞고 약 먹어야 한대요.”

“쉬면 괜찮을 거예요.”

금봉이 병원 갈 기운도 없는데 하고 중얼거리며 느릿느릿 방으로 갔다.

“안 돼요, 병원 가야 한다구요.”

이수가 붙잡자 금봉이 귀찮다는 듯 인상을 썼다.

“신경 써드릴 때 어서 병원 가요.”

"나 지금 기운 없어요. 어지럽고…… 운전 못하겠어요. 그냥 좀
잘게요."

방으로 들어가던 금봉이 갑자기 휘청했고 이수가 깜짝 놀라 금
봉을 붙잡았다.

"왜 휘청거리고 그래요, 겁나게!"

"기운없고 어지러워서 그래요. 좀 잘게요."

"오 분 간격으로 설사하면서 자긴 뭘 자요! 그럼 키 줘요."

"무슨 키요?"

"차 키요. 운전 못하겠다면서요. 내가 할게요. 같이 가줄게요."

"아니, 나는……."

"여기 있네."

이수가 현관에 떨어져 있던 키를 집어 들었다.

"가요."

"기운없어요."

"기어서라도 가요. 식중독으로 죽는 사람도 있어요. 내 집에서
시체 치우기 싫으니까 따라와요."

"하여튼 무슨 여자가 말을 저렇게 험하게……."

금봉이 뭐라고 하든 이수는 방에서 지갑이 든 가방을 들고 나와
신발을 신었다.

"아니, 저기 내가 지금 언제 또 쏟아질지도 모르고……."

"당신 차니까 쏟아져도 상관없지 않아요?"

이수의 말에 금봉이 일그러진 얼굴로 이수를 노려봤다.

"안 되면 참아요."

이수가 문을 열고 나가자 금봉이 복날 도살장에 끌려가는 개처럼 죽을상을 하고 이수를 따라나섰다.

엘리베이터 타고 주차장을 내려가 차까지 걸어가는 동안 한 고비 넘기고 병원으로 달려가는 차 안에서 세 번의 고비를 넘기고 병원에 도착해 로비에 들어섰을 때 가까스로 또 한 고비를 넘긴 금봉은 이수가 접수하는 동안에 병원 화장실에서 참고 참았던 배설물을 쏟아냈다. 이젠 더 쏟을 것도 없을 만큼 쏟아내고 나자 금봉은 아까보다 더 심한 현기증을 느꼈다. 도저히 서 있을 수 없을 정도였다. 그냥 주저앉아 버릴 것처럼 온몸에 기운이 없었다. 금봉이 벽을 짚은 채 핼쑥한 얼굴로 꼼짝 못하고 서 있는데 로비 접수대 앞에 있던 이수가 금봉을 발견하고는 얼른 달려와 금봉을 부축했다.

"걷는 것도 힘들어요?"

"좀 어지러워서 그래요."

"나한테 기대요."

이수의 부축을 받은 금봉은 응급실 안으로 들어가자마자 착 까라져서 드러누워 버렸다. 이수 말대로 식중독 진단이 내려졌고 소변검사와 함께 대변검사, 피검사 또 무슨 검사를 하더니 팔에 수액 바늘이 꽂혔다.

"입원하셔야 하거든요?"

검사 결과가 나왔다며 응급실 의사가 입원을 권했다. 아니, 권유가 아니라 이수가 봐도 무조건 입원을 해야 할 상황이었다.

"입원요?"

금봉이 깜짝 놀라며 의사를 쳐다봤다.

"당연히 입원하셔야죠. 상태가 위중해서 통원치료로는 안 돼요."

"입원할 사정이 못 됩니다."

"통원치료로 될 사정도 아니에요."

"저기, 내가 너무 바빠서……."

"입원수속 어디서 해요?"

금봉의 말을 중간에서 잘라낸 이수가 의사에게 물었다.

"보호자세요?"

"어…… 그런 셈이에요."

"이쪽으로 오세요."

"네."

이수가 의사를 따라가려고 하자 금봉이 이수의 팔을 붙잡았다.

"나 입원 못해요. 알잖아요."

"그 몸으로 범인이나 잡겠어요? 얼굴이며 팔이며 상태를 봐요. 걸어다니는 비호감이에요."

이수가 냉정한 어조로 말하자 금봉이 살다 살다 이렇게 말하는 여자는 처음 봤다는 얼굴로 노려봤다.

"이보십시오, 윤이수 판사님!"

"금봉 씨, 얼굴이나 봐요."

금봉이 더 못 참겠다는 듯이 한마디 하려는 찰나 이수가 가방에서 꺼낸 콤팩트를 얼굴이 들이댔다.

거울 속에 비친 자신의 얼굴을 본 금봉은 흠칫 놀랐다. 걸어다니는 비호감이라는 이수의 말이 전혀 틀린 게 아니었기 때문이다.
단 몇 시간 만에 완전 괴물이 되어 있었다.

"사람이 아니구만."

"수속 밟고 올게요."

"그런데 이 얼굴을 하고도 나가야 해요."

"그래요 그 얼굴을 하고도 나가야 한다고 쳐요. 설사는 어떻게
할래요?"

"설사는……."

"성인용 기저귀 차고 다닐래요?"

"아이, 진짜……."

"설사 멎을 때까지만이라도 치료 받아요. 싸면서 다닐 수는 없
잖아요."

"에이, 진짜!"

"갔다 올게요."

이수는 금봉이 뭐라고 하든 들은 척도 하지 않고 간호사가 시키
는 대로 입원 수속을 밟았다. 다행히 빈 입원실이 있어서─하필이
면 일 인실이었다. 의료보험 전혀 안 되는 비싼 일 인실─즉시 입원실
로 올라갈 수 있었다.

병실로 올라가자 간호사가 환자복을 가져다주었다.

"갈아입으세요."

"예."

환자가 됐으니 환자복으로 갈아입어야 하는 것은 당연한데 문
제가 생겼다. 요즘은 주삿바늘도 혈관과 함께 움직이는 재질로 되

어 있어서 주삿바늘이 빠질 걱정없이 바지는 혼자 해결할 수 있다 손치더라도 팔에 연결된 수액 때문에 윗옷은 무슨 짓을 해도 금봉 혼자서는 갈아입을 수 없는 상황이었다.

이수도 난감하고 금봉은 더 난감하고. 이걸 어째야 하나 하는 얼굴로 두 사람은 침대 위에 올려진 환자복만 쳐다보고 있었다. 금봉 쪽에선 차마 갈아입혀 달라는 말이 나오지 않고 이수 쪽에선 갈아입혀 주겠다는 말이 나오지 않았다. 암만 한집에 산다 해도 철저하게 남남인데 여자에게 맨몸 보여주는 일이 쉬운 일이겠으 며 이수 역시 남자 맨몸 보는 일이 쉬운 일이 아니었다. 하지만 언 제까지나 눈치만 보고 있을 수는 없었다.

"벗어요."

벗으라는 말에 금봉이 화들짝 놀라며 이수를 쳐다봤다.

"놀랄 것 뭐 있어요. 벗어요. 갈아입어야 할 것 아니에요."

"예, 그런데 저기……."

두드러기 때문에 안 그래도 울긋불긋 단풍진 금봉의 얼굴이 더 울긋불긋해졌다.

"부끄러워요?"

"아니, 뭐……."

"두드러기 때문에 별로 볼 것도 없을 텐데요 뭘."

이수가 괜히 샐쭉거리며 말하자 금봉이 입술을 실룩거렸다.

"이렇게 해봐요."

이수가 금봉의 티셔츠에 손을 대자 금봉이 움찔 몸을 움츠렸다.

"비싼 남자 몸 좀 봅시다."

“농담하지 말아요.”

“농담 아님, 정색하고 찢어서 벗겨요?”

이수가 금봉의 얼굴을 빤히 올려다보며 묻자 금봉이 눈을 희번득였다.

“벗어요!”

이수는 명령조로 말하고 다짜고짜 티셔츠 자락을 잡고 쑥 추켜올렸다. 가슴팍에도 배에도 온통 두드러기였다. 진짜 별로 볼 것도 없을 정도로. 아니 눈뜨고 못 볼 정도로. 아니, 사실 볼 것은 좀 있었다.

‘운동 좀 했나 보네.’

싶을 만큼 가슴팍 근육도 적절하게 잘 잡혀 있고 명치부터 배까지 이어진 근육도 제법 탄탄해 보였다. 왕 자가 새겨질 정도는 아니지만 매끈한 것이 제법 볼만했다. 특히 제법 섹시하게 자리잡고 있는 젖꼭지가 볼만했다. 두드러기만 아니었더라면!

이수는 안 보는 척하면서 재빨리 금봉의 몸을 훑어 내렸다. 소매에서 팔을 빼내기 위해 팔을 들었다 내렸을 때 가슴 근육이 팔과 함께 덩달아 실룩거렸을 때는 저절로 오~ 제법인데! 하는 말이 튀어나올 뻔했다. 변태도 아니고 두드러기 난 몸뚱이를 보고 제법은 무슨, 하여튼.

한쪽 소매를 먼저 벗기고 수액바늘이 꽂혀진 소매까지 조심스레 벗겨내고 티셔츠를 금봉에게서 완전히 분리해 내자 금봉의 벗은 상체가 고스란히 드러났다. 금봉이 집을 구해 나가는 날까지 금봉의 맨살을 구경하게 될 줄은 몰랐는데 생각해 보니 이수는 퍽

재밌었다. 횡재까지는 아니더라도 공짜로 남자 맨살을 보게 됐으
니 말이다. 제대로 된 맨살이었으면 더 좋았겠지만.

티셔츠를 분리한 후 다시 조심스레 환자복 상의를 갈아입혀 준
이수는 직접 단추를 채워주는 친절은 생략했다. 단추 채우는 것쯤
이야 금봉 혼자서도 얼마든지 가능하니까.

"나가 있을게요. 바지 갈아입어요."

바지까지 갈아입혀 준다면 이쯤 되면 횡재 쪽에 가깝긴 하겠지
만 수액은 수액걸이에 걸면 되니 굳이 이수가 갈아입혀 줄 필요는
없었다.

금봉이 바지를 갈아입을 동안 병실 밖으로 나온 이수는 문 앞에
가만히 서 있는 것도 좀 우습다 싶어 복도를 서성거리는데 마침
간호사가 금봉의 병실을 찾았기 때문에 간호사와 함께 자연스럽
게 병실로 들어갔다.

"피 뽑아야 하거든요?"

응급실에서 내과로 진료과가 정해지자 검사를 해야 한다며 또
피를 뽑았다. 응급실에서 뽑은 피는 뭐 하는데 썼는지는 몰라도
제법 많은 피를 뽑아갔다. 피를 뽑아가는 거야 내 피 뽑아가는 것
이 아니니 상관없지만 피를 뽑아간 직후에 엑스선 촬영을 해야
한다 해서 금봉을 데리고 촬영실에 다녀오고 화장실에 들락거리
는 금봉을 치다꺼리해 주느라 이수는 어느새 간병인이 되어 있었
다. 간병인. 사실 이수에게 간병 일은 그렇게 낯선 일이 아니었
다. 이수의 아버지는 의사셨고 이수는 법관이 되기 전 시간이 날
때마다 병원에서 아버지 일을 도왔다. 요즘은 너무 바쁘다 보

니 도와드리고 싶어도 도와드릴 수가 없었지만—물론 핑계일 수도 있지만—어떻게 보면 간병하는 일이 꽤 능숙하다고도 할 수 있었다.

아버지 병원에서 도왔다고 해서 의사나 간호사만이 할 수 있는 전문적인 일을 하는 건 아니었다. 하지만 접수를 본다든지 간단한 소독을 한다든지 혹은 한달에 두 번 나가시는 의료봉사에 여러 번 참여해 거들었었다. 아버지는 주로 양로원이나 의료 혜택을 제대로 받지 못하는 시골마을로 의료봉사를 가셨는데 양로원도 그렇고 시골 마을도 그렇고 진료를 받으러 오는 환자가 주로 노인들이었다. 치료는 아버지나 동행한 의사 분들과 간호사인 어머니가 하셨는데 나머지 소소한 간병은 이수 책임이었다.

간병이라고 해서 그렇게 대단한 것은 아니었다. 가령 거동이 불편하신 노인 분들을 진료 의자에 앉혔다가 일으키는 일에서부터 간단한 검사를 위해—당뇨 검사와 같은—소변을 받아야 하는 노인 분들을 부축해 화장실에 모셔다 드린다든지 하는, 또 눈이 어두운 분들의 손톱을 깎아드리거나 글자를 아예 모르시거나 혹은 눈이 어두워 글자를 알아도 잘 못 보는 분들에게 약은 언제, 언제 먹어야 하며 어떻게 먹어야 하는지 설명하는 정도의 일이었는데 그런 일들을 많이 해봤기 때문인지는 몰라도 갑자기 금봉을 돌보게 된 것이 아주 귀찮다거나 당황스럽지는 않았다.

수시로 따뜻한 물을 먹여줄 것을 지시한 간호사가 금봉의 겨드랑이에 체온계를 꽂더니 체온이 몇 도인지 체크해서 알려달라고는 나가 버렸다. 아픈 사람 앞에 두고 거기다 병원으로 억지로 끌

고 온 사람이 이수 자신이니 이걸 왜 내가 해야 하냐고 항의할 수
도 없고 하라는 대로 다 해주다 보니 자정이 훨씬 넘어 새벽 한 시
에 가까웠다. 집에 가서 자야 내일 출근을 할 텐데, 이럴 줄 알았
으면 낮에 청소해 놓고 졸음 쏟아질 때 좀 잘 걸 하며 후회하는데
누워 있던 금봉이 자리에서 일어났다.

"또 화장실이요?"

"아뇨, 목이 말라서……."

금봉이 미안한 얼굴로 중얼거리듯 말했다.

집에서부터 병원에 와서까지 엄청나게 쏟아댔으니 몸에서 수분
이 빠져나가 목이 마를 것이다. 좀 귀찮긴 하지만 그래도 어쩌겠
는가. 목 말라하는 사람 물은 먹여야지. 이수는 되도록 귀찮은 내
색을 하지 않으려고 애쓰며 기다리라 말하고는 자리에서 일어났
다.

마실 물은 병원 한쪽에 준비가 되어 있는데 컵도 없고 물통도
없고 아무것도 없었다. 하는 수없이 병원을 나와 병원 근처에 있
는 편의점에 들러 종이컵을 한 줄 사고 생각해 보니 휴지도 필요
할 것 같았고 온 길에 다 사자 싶어 티슈도 한 곽 사고 졸릴 때를
대비해 커피도 사서 병원으로 돌아온 이수는 종이컵 가득 물을 받
아 금봉에게 가져다주었다.

"미안해요."

"괜찮아요."

"그만 들어가요."

"화장실은 어쩌려구요?"

“어차피 뭐 화장실엔 혼자 들어가는데요.”

“누구, 올 사람 없어요?”

“다 시골에 계세요.”

“그렇구나…….”

“신경 쓰지 말고 들어가요.”

“아니에요. 내가 있어줄게요. 수액 때문에 움직이기 불편하잖아요.”

“혼자 어떻게 해볼 테니 들어가서 자요. 내일 출근해야 되잖아요.”

“그건 그런데…….”

그럼 이쯤 했으니 그만 가볼까 하고 못 이긴 척 일어나는데 간호사가 들어왔다.

“주사 맞으셔야 하거든요?”

간호사가 이상한 기계에 장착된 항생제 주사를 가져오더니 수액바늘이 꽂힌 자리에 연결했다.

“시간 맞춰서 약이 들어갈 거예요. 다 들어가면 벨이 울리니까 여기 눌러서 꺼주시구요, 여기 버튼 눌러서 알려주세요. 심하게 움직이면 빠지니까 보호자가 옆에서 잘 지켜보셔야 해요.”

간호사가 주사 기계에 붙은 버튼과 금봉의 머리맡에 붙은 호출 버튼을 가리키며 설명했다.

“예…….”

집에 가긴 글렀다.

이수가 도로 자리에 앉자 금봉이 흘낏 이수를 쳐다봤다.

"내가 볼 테니 들어가요."

"됐어요. 그냥 있을게요. 물 더 갖다줘요?"

"괜찮아요. 많이 마시면 화장실만 갈 텐데요 뭘……."

괜찮다면서 이째 뉘앙스가 더 먹었으면 하는 것 같았다.

"그래도 물을 많이 마셔야 한다잖아요. 갖고 올게요."

암만 해도 물통을 하나 사는 게 좋겠다고 생각하며 종이컵 두 개에 물을 가득 받아와서 금봉의 머리맡에 놓아주었다.

"거기 좀 누워요."

불편한 의자에 앉아 있는 이수가 좀 안되어 보이고 혼자 누워 있기 미안했는지 금봉이 간이침대를 가리키며 말했다.

"주사 지키라잖아요."

"안 움직일게요."

"신경 쓰지 말아요. 내가 알아서 할게요."

이수가 아무렇지도 않은 듯 대답하자 금봉이 이수를 가만히 쳐다봤다.

"왜 쳐다봐요?"

"예? 아, 아니에요."

금봉은 고개를 흔들며 얼른 자리에 누웠다.

"배 안 아파요?"

"조금 괜찮아요."

"다행이네요."

"예."

이수와 금봉은 한참 동안 말이 없었다. 딱히 할 말이 없었기 때문에 서로 입을 다물고 있었는데 아무 말도 않고 각자 먼 산을 바라보고 있자니 어색했다. 이렇게 어색할 땐 얼른 주사라도 다 들어가서 신호음이 울려줬으면 좋겠는데 주사기를 보니 약은 아직 반이나 남아 있었다. 조금 지루하고 졸립기도 하고 내일 아침이 되려면 몇 시간이나 더 기다려야 하나 시계를 들여다보며 한참은 있었나 보다. 드디어 약이 다 들어갔다는 신호가 울렸다.

이수가 몸을 일으키자 금봉도 고개를 돌려 주사 기계를 쳐다봤다.

이수는 간호사가 시키던 대로 기계에 달린 버튼을 누른 후 금봉의 머리맡에 달려 있는 호출 버튼도 눌렀다.

[네.]

"약 다 들어갔어요."

[네, 갈게요.]

잠시 후 간호사가 들어와 수액바늘에 연결되어 있던 기계를 철거해 가지고 나가자 병실에 또다시 침묵이 흘렀다.

"피곤할 텐데 이제 그만 가봐요."

"가도 되겠어요?"

"가도 돼요. 가서 몇 시간이라도 자요. 나도 잘게요."

"음…… 그럼 갈게요."

가도 될 것 같았다. 아무 짓도 안 하고 옆에 있는 것도 사실 좀 뭣하고.

"물은 여기 있으니까 목마르면 마셔요."

"알았어요."

"그만 갈게요."

"고마워요."

금봉이 진심 어린 표정으로 말했다.

"괜찮아요."

"차 가지고 가요. 어차피 난 못 쓰니까."

"그래도 돼요?"

"가지고 가요. 들이받지만 말고."

"알았어요. 갈게요."

이수가 서랍장 위에 올려져 있던 차 열쇠를 집어 들고 돌아서는데 갑자기 금봉이 윽 소리와 함께 몸을 일으켰다. 이수가 몸을 돌려 쳐다보자 금봉이 배를 싸쥐고 쩔쩔매고 있었다. 또 화장실이었다.

"일어나요."

이수가 얼른 달려가 부축해 주자 금봉이 배를 싸쥐고 침대에서 내려서서 슬리퍼를 신자마자 급히 병실 밖에 있는 화장실로 향했다. 수액병을 들고 따라가며 뒤에서 보니, 걸음걸이가 정말 가관이었다. 말 그대로 뭐 마려운 강아지 같은 자세 하고는.

금봉이 화장실에서 볼일을 보는 동안 화장실 앞에서 멍청한 얼굴로 서 있던 이수는 집으로 가는 일을 깨끗하게 포기했다. 집에만 가려고 하면 간호사가 들어오질 않나, 금봉이 똥 마렵다고 하질 않나 차라리 아예 포기하고 있다가 정말로 가게 되면 암 소리 하지 말고 가자 싶었다.

몇 분 사이에 아까보다 더 핼쑥해진 금봉이 화장실에서 나왔다.

눈은 퀭하고 볼도 쏙 들어가고 몇 시간 만에 굉장히 안쓰럽게 되어버렸다.

"이제 가요."

"가란 소리 하지도 말아요. 가려고 할 때마다 못 가게 되니까 약 올라요."

병실로 돌아와서 또 화장실 가게 될까 봐 겁난다며 안 먹으려는 금봉에게 억지로 물 한 잔을 먹인 이수는 아예 보호자 침대에 드러누워 버렸다.

"안 갈 거예요?"

"차라리 여기서 잠깐 눕는 게 낫겠어요. 괜히 왔다 갔다 시간만 버리고. 금봉 씨가 화장실만 들락거리지 않는다면 네 시간 정도는 잘 수 있을 것 같아요."

"되도록 안 갈게요."

"밀고 나오는 걸 어떻게 막으려구요."

대꾸를 하고 보니 웃겨서 픽 웃음이 나왔다. 금봉도 웃긴지 실웃었다.

"안 춥겠어요?"

"여름인데요 뭘."

이수가 눈을 감으며 대꾸했다.

"추우면 내 이불 가져가요."

"환자나 덮으세요."

"난 괜찮아요, 가져가서 덮어요."

"그만 말하고 자요. 그래야 나도 좀 자니까."

이수가 퉁명스럽게 대꾸하자 금봉은 더 이상 아무 말도 하지 않았다.

내 집이 아니고 병원이라서 그런지 영 불편했다. 불을 켜놓으니 피곤하지만 잠노 잘 오지 않았다. 또 금봉은 잠이 들었는지 어쨌는지 또 화장실 간다고 일어나면 정말 성가시겠다고 생각하던 이수가 어느새 깜빡 잠이 들었다가 아침 식사가 배달되면서 일어났다.

금봉의 아침은 죽이었다. 죽에 간장 요만큼. 식중독 환자니까 죽을 먹어야 하는 것은 당연하지만 금봉은 밥 뚜껑을 여는 순간 죽이 나오자 인상부터 썼다.

"죽이네요."

"죽이죠, 그럼."

"난 죽 싫어하는데. 죽을 무슨 맛으로 먹어요?"

"누군 죽을 맛으로 먹어요?"

"그냥 판사님 드세요."

"내가 설사해요?"

이수가 눈을 흘기며 숟가락을 집어주자 금봉이 인상을 쓴 채로 숟가락을 받아 들었다.

"혼자 먹을 수 있죠? 나 집에 가서 씻고 출근해야 해요."

"혼자 먹을게요."

"누구 부를 사람 있으면 좋을 텐데…… 하여튼 잘 견뎌봐요."

"알았어요."

이번엔 아무리 잡아도 집에 간다는 의지로 병실을 나서던 이수는 고개를 돌려 금봉을 쳐다봤다. 금봉은 숟가락을 든 채 먹을 생각도 하지 않고 께적께적 죽 그릇만 휘젓고 있었다. 이대로 가버리면 한두 숟갈 떠먹다 그만둘 것이 분명했다. 모든 병이 그렇듯 의사가 금식하랄 땐 칼같이 금식하고 먹으라고 할 땐 무조건 먹어야 금방 낫는 법이었다. 입맛이 없네 맛이 없네 하며 까탈스럽게 굴다보면 병만 더 키우고 회복을 지연시킬 뿐이었다.

이수는 침대로 다가와 금봉의 맞은편 자리에 앉은 후 숟가락을 뺏어 들었다.

“왜요?”

“왜긴 왜예요. 벌려요.”

“뭐, 뭘 벌려요?”

“입이요!”

이수가 죽 한 숟갈을 떠서 디밀었다.

“내가 먹을게요.”

“내가 가면 반도 안 먹고 내놓을 것 아니에요.”

“입에 안 맞아서…….”

“여긴 병원이에요. 환자가 병원 밥에 입을 맞춰야지 병원이 환자 입맛을 맞춰주진 않아요. 병원이 얼마나 냉정한 동넨데. 벌려요.”

이수가 더 가까이 디밀자 금봉이 조금 쑥스러워하다가 입을 벌렸다. 그때부터 이수는 금봉이 숨을 쉴 틈이 없이 죽을 퍼 넣기 시작했다. 출근 시간 때문에 약간 바쁘기도 했지만 씹을 것도 없이 그냥 삼키는 그만인 음식이라 어린애한테 하듯 한 숟갈만 더 한 숟갈만 더 달랠 일도 없으니 말이다. 삼 분의 이쯤 먹었을 때 금봉이 더는 못 먹겠다는 듯이 인상을 썼지만 이수는 냉정한 얼굴로 계속해서 퍼 넣었고 나중에 금봉이 정말 토할 듯한 표정을 지었을 때아 네 숟갈쯤 남겨두고 퍼 넣기를 멈추었다.

"죽 먹고 죽은 사람은 없대요?"

금봉이 심통난 얼굴로 물었다.

"글쎄, 한번 알아봐야겠네요."

이수는 아랑곳하지 않은 얼굴로 대꾸하고는 식판을 들고 일어났다.

"이거 내놓으면서 갈게요. 쉬어요."

"알았어요."

이수는 식판을 들고 나와 식판 통에 올려놓고는 서둘러 병원을 나왔다.

"늦겠네."

서두르지 않으면 지각할 것 같았다.

금봉의 차를 몰고 집으로 온 이수는 부리나케 씻고 아침도 거른 채 법원으로 향했다. 금봉의 차를 몰고.

이수가 법원에서 바쁘게 일하는 동안 금봉은 경찰서에 전화를 걸어 식중독으로 입원했다는 사실을 알렸다. 들어보니 남 형사도 약간 상태가 안 좋은데 그래도 어제 금봉보다는 김밥을 덜 먹었기 때문인지 식중독까지는 아닌 모양이었다. 이렇게 바쁠 때 자리를 비우게 돼서 죄송하다는 말을 몇 번이나 하고 전화를 끊은 금봉은 기운도 없고 할 일도 없어서 자다 깨다를 반복했다. 화장실 몇 번 다녀오고 어쩌고 하다 보니 어느새 점심시간이 됐는데 점심으로 또 죽이 나오자 저절로 한숨이 새어나왔다.

밥알이 거의 안 보이는 멀건 죽에 간장 요만큼. 아침과 달라진 것이 전혀 없었다. 아침에도 이수가 쑤셔 넣는 바람에 억지로 먹었는데 점심까지 죽이라니. 아무리 그래도 그렇지 반찬이 간장이 뭐냐고, 하다못해 감치라도 한쪽 줄 것이지 하고 투덜거리며 죽을 한 숟갈 떠먹던 금봉은 자신에게 죽을 떠먹여주던 이수를 떠올렸다. 한 숟갈 한 숟갈 친절하게 떠먹여준 것이 아니라 거의 들이붓다시피 했지만 이수가 죽을 먹여주던 모습을 생각하자 갑자기 가슴이 떨렸다. 죽을 먹여주던 모습을 떠올리자 이수가 병실에서 했던 행동 하나하나가 떠오르며 이상하게 가슴을 설레게 했다. 환자복으로 갈아입혀 주기 위해 티셔츠를 벗기던 손길. 결코 부드럽지 않았지만, 잠깐잠깐 피부에 닿았던 이수의 손길을 생각하자 몸이 간질거리며 화끈거리기 시작했다.

"아니야, 두드러기 때문이야."

설마, 이수 손길 때문이 아닐 것이다. 이 간질거림과 화끈거림 말이다. 두드러기 때문일 것이다. 식중독 때문에 온몸에 퍼진 두드러기 말이다. 피부는 두드러기 때문이라 우긴다 치자, 그럼 가슴은 왜 두근거릴까. 가슴 속에도 두드러기가 돋았나? 그냥 옷을 갈아입혀 주고 죽을 떠먹여줬을 뿐인데 심장은 왜 두드러기가 번진 것처럼 이렇게 간질거리고 설렌단 말인가.

"여자를 너무 못 만나서 그래. 아무리 그래도 그렇지 어떻게 윤

이수 판사 같은 여자한테……."

그래 아무리 여자를 못 만났다고, 쉽게 말해 아무리 여자에게 굶주렸다고 윤이수 판사처럼 집에서 내쫓지 못해 안달인 여자에게서 실렘을 느낀단 말인가. 말 한마디를 해도 염장만 질러대는 여잔데 말이다.

"에이~ 아무리 여자가 없어도 그렇지."

서른둘 될 동안 여자 친구도 없는 박복한 오금봉. 못생기길 했나 그렇다고 괴팍하길 하나 여자만 생겨나 준다면 그 어떤 사나이보다 알뜰살뜰 잘해주고 사랑해 줄 자신이 있는데 이놈의 여자들이 죄 눈이 삐었지 어째서 이 멋진 사나이를 못 알아보는지. 하긴 여자들에게 오금봉이라는 남자 알고 보면 퍽 괜찮은 남자라는 것을 알려줄 기회도 없었다. 여자를 아예 만나질 못했으니까 말이다. 소개시켜 주겠다는 사람은 숱하게 많았는데 실제로 소개를 시켜준 사람은 한 사람도 없었다. 그건 아마도 반장님 말씀대로 오금봉이라는 이름 때문인 것 같았다. 반장 사모님이 책임지고 소개하겠다 하고선 번번이 없던 일이 됐는데 알고 보니 사모님이 다리를 놓았던 여자 쪽에서 이름이 너무 웃긴다며 고개를 젓더란다.

오금봉, 금봉이 생각해도 참 우스운 이름. 당사자인 금봉도 탁 내놓고 밝히기 쑥스러운 이름인데 다른 사람은 오죽할까. 하지만 아무리 그래도 그렇지 이름만 조금 촌스럽고 우습다 뿐이지 사람이 그런 것은 아닌데 어떻게 만나보지도 않고 싫다 할 수 있단 말인가. 그 바람에 여자도 못 사귀어보고 데이트도 못해보고 허구한 날 범인이나 잡으러 쫓아다니니 시간이 갈수록 이름만큼이나 사람도 촌스러워지고 있었다.

여자 친구가 있으면 어떤 옷을 입고, 헤어스타일은 어떻게 하고, 신발은 어떤 걸 신어야 멋스러운지 알려줄 텐데 형님 댁에서 살 때 형수님이 사다 주는 옷 군말없이 받아 입고 하다 보니 한참 멋을 부려야 할 총각이 아저씨처럼 맨 비슷비슷한 청바지에 비슷비슷한 티셔츠 차림이었다. 이러니 여자가 안 붙지. 요즘은 옷 잘 입는 남자가 매력적인 남자로 꼽힌다는데 이래서야 어떤 여자가 좋아하겠는가. 그런 사정으로 너무 오랫동안 여자의 향기를 맡지 못해서일까? 이수의 작은 친절이 금봉을 설레게 만들었다. 작은 친절이랄 수 없었다. 남이사 식중독에 걸려 죽든지 말든지 신경 안 쓸 수도 있는데 병원 가자고 우겨서 데리고 오고 입원을 시켜 주고 치다꺼리를 해주었으니 말이다. 가족 아니면, 돈 주고 부르는 간병 도우미 외에 누가 그렇게 해주겠는가.

이러면 안 되는데 어쩌자고 시간이 갈수록 윤이수라는 여자가 자꾸 괜찮게만 느껴지는 것인지.

"침 흘리지 말자. 쪽팔릴라."

금봉은 절대로 자신과 어떻게 될 사람이 아니라는 것을 단단히 각인시키며 보기만 해도 맛과는 거리가 먼 죽을 한 숟갈씩 떠먹기 시작했다.

아침도 죽, 점심도 죽, 저녁도 죽. 이놈의 죽을 언제까지 먹어야 하는 것인지. 저녁에 회진을 온 주치의에게 밥 좀 주면 안 되겠냐고 물었다가 면박만 당했다. 며칠씩 밤샘을 해야 할 때 제발 하루 꼬박 이십사 시간 잠 좀 자게 해줬으면 싶더니 막상 몸이 아파 누워 있어보니 차라리 일을 하는 게 낫지 아파서 누워 있는 것이 더 할 짓이 아니었다.

아무도 찾아오는 사람도 없고 할 짓도 없고 가라앉을 만하면 화장실에 달려가야 하고 혼사 물 떠다 마시는 것도 갑자기 서럽고 시무룩해져 잠이나 깊이 들었으면 좋겠다며 금봉이 이불을 뒤집 어쓰고 누울 때 이수는 씩씩하게 금봉의 병실을 향해 걸어오고 있었다. 어제 시원찮게 잠을 자는 바람에 피곤해서 그냥 집에서 쉴 생각이었는데 아무래도 병원에 혼자 있을 금봉이 마음에 걸렸다. 퇴근시간 땡 하자마자 집으로 달려가 보리차를 끓인 이수는 보온병 가득 물을 담아들고 곧장 금봉의 차를 몰고 병원으로 향했다. 오늘 밤까지 병실을 지킬 수는 없겠지만 마실 물이라도 마련해 주는 것이 좋겠다 싶었기 때문이다.

이수가 노크를 하고 대답을 기다리지 않고 병실로 들어가자 누워 있던 금봉이 깜짝 놀라며 이수를 쳐다봤다.

"왜 또 왔어요?"

그렇게 묻는 금봉의 목소리와 표정이 어쩐지 몹시 기다리고 있었던 것 같았다.

"물 가져왔어요."

이수가 보온병을 서랍장 위에 올려놓으며 말했다.

"좀 어때요?"

"많이 좋아졌어요."

"그래요?"

이수가 환자복 밖으로 드러난 금봉의 몸을 살펴보자 금봉의 말대로 많이 좋아졌는지 두드러기가 한결 가라앉아 있었다.

"피곤할 텐데 쉬지 뭐 하러 왔어요."

"그래요, 피곤해요. 오늘은 들어가 쉴 거예요."

"안 왔어도 되는데."

그러면서도 금봉이 싫지 않은 듯 슬쩍 웃었다.

"저녁은 먹었어요?"

"죽만 줘요."

"앞으로 며칠은 죽만 먹어야 할 거예요."

"그런가 봐요."

"화장실은요?"

"많이 줄었어요."

"다행이에요."

그때 노크 소리가 들리며 간호사가 들어왔다. 체온계를 가지고.

"열 재주세요."

"네."

"그런데 다른 보호자 분은 없으세요?"

간호사가 물었다.

"네. 왜 그러세요?"

"선생님 회진 돌 때 보호자 분도 설명 들으셔야 하거든요. 환자 분 혼자 계시다가 아무거나 막 드실 수도 있어서요. 아내께서 직장 다니시나 봐요."

아내? 웬 아내? 간호사는 이수와 금봉이 부부인 줄 안 모양이 었다.

이수와 금봉은 황망한 표정으로 대답도 못하고 쳐다만 보고 있었다.

"회진 때만이라도 계셔야 하는데."

간호사가 이수를 쳐다보며 물었다. 무조건 회진 때 환자 옆에 있으라는 듯이.

"우리 판사님 바쁘세요. 내 옆에 있을 시간 없어요."

이수가 아무 말도 못하고 있는데 금봉이 불쑥 말했다. 판사라는 말에 간호사가 흘낏 이수를 쳐다봤다.

"회진이 몇 시죠?"

"아침 여덟 시쯤, 그리고 저녁 다섯 시쯤요."

"불가능한 시간이네요."

이수의 말에 간호사가 어쩔 수 없다는 표정을 짓더니 체온을 재 달라고 말하고는 나갔다.

간호사의 아내 어쩌고 한 말 때문에 이수와 금봉이 머쓱한 표정으로 서로 시선을 피하고 있었다.

"미안해요."

"뭐요?"

"간호사가 오해하게 해서."

"오해인데요 뭘."

"그만 가요. 나 혼자 있어도 되니까."

금봉이 미안한 얼굴로 말하면서 움직이는 바람에 겨드랑이에 꽂혀 있던 체온계가 빠져 버렸다. 체온계가 꽂혀 있는 걸 깜빡한 것이다.

“아이고, 빠져버렸네.”

금봉이 옷 속에서 체온계를 꺼내자 이수가 눈을 흘겼다.

“움직이지 말아요.”

이수가 야단치듯이 말하고 체온계를 빼앗았다.

“똑바로 누워요. 비스듬하게 누워 있으니까 그렇잖아요.”

이수가 꾸짖자 금봉이 몸을 움직여 똑바로 눕는데 환자복도 밀려 올라가고 베개도 제대로 못 베고 굼떴다.

“내가 해줄게요.”

베개를 제대로 베어주고 밀려 올라간 환자복도 추슬러 주기 위해 금봉에게로 몸을 숙이는데 허걱! 이수가 몸을 숙이자 입고 있는 V넥 블라우스 앞섶이 앞으로 늘어졌고 그 안쪽으로 살짝 드러나는 이수의 양가슴에 금봉의 시선이 내리꽂혔다.

두근두근. 콩닥콩닥.

금봉의 가슴이 뛰기 시작했다. 틈날 때마다 들여다보는 플레이보이 잡지. 그 잡지에 등장하는 숱한 누드모델들의 풍만하다 못해 거대한 사이즈의 압박을 느끼는 유방에 비하면 실로 빈약한 가슴임에도 불구하고 금봉은 자신도 모르게 침을 꿀꺽 삼키는 동시에 이수의 가슴에서 시선을 떼지 못하는 과오를 저지르고 말았다.

베개를 바로 고쳐 주고 밀려 올라간 환자복을 정리해 주던 이수가 심상치 않은 기운을 느낀 것은 그때였고 금봉과 눈이 딱 마주친 것이다. 금봉의 시선을 따라 고개를 숙여보니, 이런 망할 놈의 굶주린 늑대가 남의 속살을 속속들이 훔쳐보고 있는 것이 아닌가!

“야!”

이수가 바락 고함을 지르며 주먹으로 금봉의 배를 내려쳤다.

"억!"

금봉이 몸을 웅크리며 죽는 소리를 냈다.

"은혜를 원수로 갚는다더니!"

"아니, 그게 아니라……."

"아니긴 뭐가 아니야!"

이수는 금봉의 면상에 획 주먹을 날려 버렸다.

"억!"

금봉의 턱이 획 돌아가더니 베개에 쿵 떨어졌다.

씩씩거리며 금봉을 노려보던 이수는 금봉의 옆구리를 양껏 꼬집어주고는 병실을 나와 버렸다.

"괘씸한 놈."

괘씸이 아니라 엉큼하기가 이를 데 없었다.

사내는 늙어도 엉큼 젊어도 엉큼하다더니, 세상에 아파서 누워 있는 주제에도 그런 엉큼스러운 짓을 하다니.

"퇴원만 해봐라, 내가 당장 내쫓을 테니."

이수는 퇴원하는 날까지 다시는 오지 않을 것이라고 결심하고 병원을 빠져나갔다.

'엉큼한 놈! 늑대 같은 놈! 늑대!'

이수가 법원을 빠져나오는데 어디선가 경적 울리는 소리가 들려 고개를 돌려보니 현성이가 차 밖에 선 채로 몸을 구부려 경적을 울리고 있었다.

"웬일이야?"

현성이가 연락도 없이 불쑥 나타났다? 드디어 현성이의 여자 꼬시기 코스 중 두 번째가 시작된 건가? 현성아, 애쓰지 마라. 너에게선 남자의 냄새가 맡아지지 않는단다.

"저녁 먹고 칵테일이나 한 잔 하자."

"약속있으면 어쩌려고 연락도 없이 왔어?"

"약속있으면 그 약속 깨뜨리면 되지."

현성이의 대꾸에 이수가 조금 어이없어하며 웃는데 왜 웃는지 알 리가 없는 현성이는 매너 좋게 차 문을 열어주었다. 그 좋은 매너가 모조리 가식처럼 느껴지는 것이 대단히 큰 문제지만.

"무슨 일 있어? 표정이 좀 그렇다."

"피곤히고 김샜어……. 재판에서 깨졌어."

"웬일이야, 무패행진 김현성 변호사가?"

"짜증난다, 정말."

이수가 차에 타자 현성이가 차 문을 닫아주고 운전석으로 와서 앉았다.

"제대로 김샜고, 그래서 한잔하고 싶어."

"짜증은 무슨. 어떻게 붙을 때마다 이기니? 깨질 때도 있지."

"난 이길 싸움만 한단 말이야. 그래서 이번에도 이길 줄 알았어."

현성이의 말에 이수가 현성이를 쳐다봤다.

"그 말은…… 억울한 사람이 도와달라고 하더라도 질 것 같으면 손 안 댄다는 거야?"

"부탁인데, 오늘은 꼬투리 물지 마. 흔쾌하게 받아칠 기분 아니야. 질 것 뻔히 눈에 보이면서도 덤비는 변호사 없어."

"그래, 꼬투리 물지 않을게. 그런데 실속없이 날 만나서 되겠니?"

이수가 차에 올라 안전띠를 매며 말했다.

"실속?"

"결혼할 여자를 만나야지, 나하고 놀면 되겠냐고."

"그 말은 청혼해 달라는 말이냐?"

현성이가 물었고 이수가 무슨 엉뚱한 말이냐는 듯 현성이에게 눈을 흘겼다.

"말해봐. 너 내가 청혼해 주길 기다리지?"

현성이가 조금 전 일그러져 있던 표정과는 다르게 씩 웃기까지 하며 물었다.

"참 나……."

할 말이 없었다, 정말.

"너 하루 이틀 본 것도 아니고 내가 눈치가 없는 놈도 아니고 부끄러워하지 말고 말해봐."

"그래, 청혼하길 기다려. 물론 나 말고 다른 여자한테."

"에이, 아닌 척하기는."

현성이가 또 실 웃었다. 저렇게 실실거리고 웃는 게 오늘따라 더 얄미워 보였다. 현정이하고 차별하는 것도 아니고, 현정이한테는 바짝 기면서 연애하자고 했던 것 같은데 나한테는 왜 장난질이나 슬슬 쳐가며 청혼이 어쩌고 하는지 이수는 비교당하는 것 같아 기분이 별로였다. 하지만 괜히 현성이 말에 휘둘려 발끈해서 쏴붙이면 현성이가 점점 더 오해할 것 같아 느긋하게 대응하기로 했다.

"그런데 어떡하니. 난 너나 네 부모님 기준에 안 맞는데. 내가 청혼해 달라고 하면 청혼할 거니?"

"너 결혼 상대로 나쁘지 않아. 직업 좋지, 부모님 의사시니 집안도 좋지. 부모님도 만족해하실 거야."

"다행이네. 그럼 언제 청혼할래?"

"언제 할까?"

"음…… 네가 국선변호 스무 건 하고 나면 청혼해 줘. 기꺼이 받아들이고 고대하고 있을게."

이수의 말에 현성이의 표정이 구겨졌다.

"국선변호는 무슨……."

그럴 줄 알았다. 이미 돈 맛을 본 현성이가 국선변호를 할 사람이 아니지.

"뭐 먹을까?"

"간단히 먹자. 대단한 요리 그만 먹여줘도 돼. 오늘은 내가 살게."

"내가 살 땐 요리 먹고 네가 살 땐 간단히 먹냐?"

"난 가난한 판사니까."

"알았다."

부쩍 더워지는 바람에 시원한 것 좀 먹었으면 했는데 마침 냉면 집이 보였다.

차가운 물냉면과 평양식 왕만두를 시켜 먹고 식당을 나온 두 사람은 현성이가 말한 대로 칵테일 카페로 자리를 옮겼는데 칵테일 카페치고는 굉장히 조용하고 소담한 곳이었다. 전문 바텐더들이 쇼를 보여주는 칵테일 카페와는 아주 다른 분위기라 조용하게 칵테일을 즐기고 싶은 중년들이 손님의 대부분이었다.

이수는 술을 그렇게 즐기는 편이 아니었기 때문에 술이라고 해봤자 맥주 한 병, 혹은 소주 반 병 정도의 주량이었는데 즐기지 않기 때문인지 칵테일에 대해서도 아는 바가 별로 없었다. 마티니나

하와이안펀치 같은 흔하게 듣던 이름 외에는 알고 있는 칵테일 종류도 거의 없었기 때문에 현성이가 이수의 취향에 맞게 알코올이 약하고 달짝지근한 맛이 나는 칵테일을 대신 주문해 줬는데 이름이 뭐라더라? 스트로우베리 다이키리라 했던가? 하여튼 듣긴 들었는데 흘려들어서인지 금방 잊어버렸다.

현성이가 시켜준 칵테일을 홀짝거리며—예상했던 것보다 훨씬 맛도 좋고 굉장히 아름다운 칵테일이었다—이길 확률이 90% 이상이라 생각하며 자신만만했는데 막상 결과가 반대로 나오자 의욕도 꺾이고, 자존심도 상하고, 자신을 믿고 사건을 맡겨준 사장님부터 시작해 윗사람들을 만날 생각을 하니 갑갑증이 생긴다는 현성이의 넋두리를 들어주며 '승'도 좋지만 '패'도 중요하다는 식의 교과서적인 위로를 해주고 있는데 이수의 휴대폰이 울렸다. 금봉이었다.

'이 남자가 왜 전화를 했을까?

"여보세요?"

[납니다.]

"네."

그저께 병원에서 주먹을 날려주고 나왔으니까 이틀만이었다. 그 후로 병원에 가지도 않았다. 꼴 보기 싫어서.

[병원 나왔어요, 오후에. 혹시 병원에 갈까 봐요.]

"벌써요? 나가도 된대요?"

이틀 정도는 더 쉬어야 할 거라고 생각했는데 너무 빨리 나온 듯했다. 분명 의사는 붙잡았을 텐데 금봉이 우겼을 것이다. 의사가 시키는 대로 하지 꼭 지 맘대로 하는 환자들이 문제다. 그래 놓고 나중에 더 안 좋아지면 의사 탓해서 복장 터뜨리고.

"정말 나와도 괜찮은 거예요?"

오금봉 일이니 자기가 알아서 하겠지 하고 신경 끊으면 그만인데 이상하게 신경이 쓰였다. 당장 잡아다 도로 병원에 집어넣고 싶을 만큼.

[나오던 거 멎었고 더 쉴 수가 없어서요.]

"어디예요? 집에 갔어요?"

[아뇨, 서예요. 일합니다. 병원에 갈지도 모른다 싶어서 알려주려고 전화했어요.]

벌써 사무실 가서 일한다는데 어쩌겠는가.

"네…… 알았어요. 근데 오늘 밤새요?"

[그럴 것 같아요. 그런데 집 아닌가 봐요?]

"밖에서 저녁 먹고 있어요."

[언제 들어가요?]

"건 왜 물어요?"

[그냥 뭐, 세상이 험하니까 너무 늦게 들어가지 말라고요.]

"내가 알아서 해요."

[어련히 알아서 하시겠습니까. 알겠습니다!]

금봉이 전화를 툭 끊었다. 삐친 것처럼. 남자가 삐치기는.

이수가 전화를 끊자 현성이 쳐다봤다.

"남자 목소린데. 누구?"

"어, 그냥 아는 사람."

“어떻게 아는 사람?”

“그냥 아는 사람. 뭘 묻니.”

“만나는 사람?”

“만나긴 뭘.”

하긴 만나는 사람이지. 것도 집에서. 그런데 이 남자는 어쩌자고 그렇게 빨리 병원을 나와 버린 것일까. 가만 생각해 보니 화가 났다. 병원에 데려다 준 사람 성의를 봐서라도 회복될 때까지 있어야 하는 것이 예의가 아닌가 말이다. 하루 속히 잡아야 할 범인이 있다는 것도 알고, 범인이 흉악범이란 것도 알지만 그것도 건강할 때 말이지 건강 버리고 나면 범인이고 뭐고 그게 다 무슨 소용인가. 진짜 마음에 안 든다.

“무슨 생각 해?”

“어?”

“사람이 물어도 대답도 안 하고 무슨 생각 하냐고.”

“뭐 물었는데?”

“누군데 그래? 누군데 옆에 있는 난 안중에도 없고 딴생각이야?”

“사람 생각한 것 아니야.”

이수가 가볍게 손을 저었다.

“수상하네.”

“뭐가?”

“꼭 만나는 사람 있는 것처럼, 만나는 사람 있는데 숨기는 것처럼 보이잖아.”

"남자는. 남자가 있다고 쳐도 숨길 이유 있어?"

"없지."

"그래서 기분은 아직도 별로야?"

"녀칠 갈 것 같아."

며칠 갈 것이다. 붙을 때마다 이기기만 하다가 처음으로 패했다니 며칠이 아니라 꽤 오래갈 것이다.

"휴가 언제야?"

"아직 정하지 않았어."

"대충 나오잖아. 말해, 네 휴가 맞춰 날짜 잡게."

"내 휴가에 왜 네 날짜를 잡아?"

"묵밥 먹으러 가자고 했잖아."

"휴가 없을 수도 있어. 겨울에 잡을 수도 있고. 내 휴가에 맞추지 마."

"에이, 진짜 김새게. 남자가 어떻게 좀 하려고 하면 알면서도 모르는 척 그냥 따라오면 안 되냐?"

현성이의 말에 이수가 빤한 수작이 보이는데 모른 척하는 것도 힘들다고 생각하며 현성이를 쳐다봤다. 그러면서 생각했다. 정말로 이게, 지금 현성이 하는 짓이 여자 꼬시기 코스 중의 하나인지 슬쩍 떠보고 싶다고.

"현성 씨, 혹시 내가 여자로 보여?"

이수가 묻자 현성이가 웃음을 터뜨렸다.

"그럼 언제는 윤 판사가 남자였어?"

"언제였지? 재작년엔가, 작년엔가 필원이 편들었다고 대판 싸우고 나서 화해할 때 우리는 영원히 친구라고 그러면서 무슨 말 끝에 친구는 친구지 여자가 될 수 없다고 하지 않았었어?”

“내가 그런 말을 했다고?”

현성이가 잡아뗄 듯한 표정으로 되물었다.

“내 기억력에 문제있다는 말은 하지 마. 현성 씨 입으로 내 뇌를 드러내 버리고 싶을 정도라 했으니까.”

“그렇다면 내가 그 말을 하긴 했나 보네. 내가 왜 그런 말을 했지?”

“그거야 내가 알 수 없지.”

“지금은 내가 그때 왜 그런 말을 했는지 기억이 안 나고 내가 아는 건 윤 판사가 여자라는 것과 여자 중에서도 썩 괜찮은 여자라는 거.”

“으쓱해해야 하니?”

“윤 판사 마음대로 해.”

“그래서 말해봐. 내가 여자로 보인다는 거야? 남자 여자가 아니라 감정이 섞였냐고.”

“그렇다면?”

현성이가 씩 웃으며 되물었다. 저 되바라진 표정 하고는. 손에 새총이 있다면 탕 하고 마빡에다 퉁겨주고 싶었다.

“안 믿어. 현성 씨 오늘 재판에서 지는 바람에 평정심을 잃었어. 그래서 현성 씨 진심이 뭔지도 모르면서 막 내뱉는 말일 확률이 높아.”

“아무리, 그런 말을 막 내뱉겠니?”

"하여튼 난 믿지 않아."

"사람 감정이라는 건 변하기 마련이야."

변해서 현정이었다가 이젠 나냐?

"감정이 안 변하는 사람도 있겠지만 내 경우엔 윤 판사를 오래

지켜봤고……."

현성이가 설명을 하려는데 이수의 휴대폰이 다시 울렸다.

"좀 끄면 안 되겠냐?"

"미안."

발신자를 보자 또 금봉이었다.

"여보세요?"

[납니다.]

"네, 알아요. 무슨 일이에요?"

[집에 가고 있냐고요.]

"아뇨. 그런데 건 왜요?"

[일찍 들어가라고요. 되도록 택시는 타지 말고.]

"내가 알아서 할 거예요. 무슨 참견이에요?"

"누군데 그래?"

금봉이 주제넘게 구는 것 같아 이수의 억양이 조금 거칠어지자

곁에 있던 현성이 끼어들었다.

[남자하고…… 같이 있어요?]

현성이의 목소리를 들었는지 금봉이 물었다. 이유는 알 수 없지

만 갑자기 싸늘해진 목소리로.

"네."

[미안합니다, 쓸데없이 참견해서.]

뚝. 또 지 말만 하고는 끊어버렸다.

"아니 뭐, 이런……."

"왜? 누군데?"

"아니야. 그냥 아는 사람."

금봉의 전화 때문에 기분이 꿀꿀해져 버린 이수는 남아 있는 칵테일을 서둘러 들이키고는 한 잔 더 마시겠다는 현성이를 말리며 칵테일 카페를 나왔다. 칵테일은 술도 아니라고 혹시 걸려서 불게 되더라도 수치가 나오지도 않는다며 차로 집에까지 데려다 주겠다는 현성이에게 참 잘하는 짓이라고, 그러다가 사고가 나는 법이라고, 걸리고 보니 변호사고 판사면 볼만하겠다며 물리치고는 늦은 시간이라 택시를 타고 집으로 향했다.

집까지 거진 반쯤 갔을 때인데 또다시 금봉에게 전화가 걸려왔다.

"정말 왜 자꾸 전화하는 거예요?"

이수가 신경질적으로 물었다.

[남자 분이 집에 데려다 준다죠?]

"아뇨. 택시 타고 가고 있어요. 왜요?"

[택시? 택시 타지 말라고 했잖아요.]

"아니, 남이야 뭘 타든. 오금봉 씨, 정말 왜 그래요?"

[어디쯤이에요?]

"그건 왜요?"

[말해요! 어디쯤이냐고!]

금붕이 갑자기 버럭 고함을 질렀다.

"한 십오 분? 이십 분쯤 더 가야 해요."

[집에 도착하면 전화해요.]

"전화는 왜 하라구요?"

[하라면 해요! 꼭 해요!]

금붕이 격앙된 목소리로 명령하고는 전화를 끊어버렸다.

"이런 불퉁스러운 남자 같으니라고."

자기가 뭐라고, 대체 자기가 뭔데 택시를 타지 말라느니 전화를 하라느니, 생각할수록 괘씸했다.

"별꼴이야, 정말."

집 앞에 도착해 택시비를 치르고 택시에서 내린 이수가 아파트로 들어가려고 하는데 경비 아저씨가 이수를 불렀다.

"1704호죠?"

"네."

"택배 왔습니다."

"그래요?"

경비 아저씨를 따라 경비실로 들어가자 경비 아저씨가 수령란에 사인을 부탁했고 사인을 하려고 보니 이수의 것이 아니라 금붕의 것이었다. 홧김에 이 남자 우리 집에 안 산다고, 잘못 왔다고 말해 버리려다 사인을 해주고 택배를 건네받았는데 꽤 묵직했다.

택배를 들고 집으로 들어온 이수는 뭔지 궁금해서 열어볼까 어쩔까 하다가 나이가 몇인데 남의 물건을 궁금해하나 자신을 나무라며 금붕의 방에 넣어두고 곧장 화장실로 들어가 샤워를 했다.

오늘 꽤 더웠다. 6월 초순을 막 지났는데 벌써 이렇게 덥다니.

깨끗하게 씻고 나와 시원한 물 한 잔을 컵에 부어 이제 슬슬 얼음을 좀 얼려야겠다고 생각하며 막 거실로 걸어나오는데 비밀번호 누르는 소리와 함께 문이 벌컥 열리더니 금봉이 튀어 들어왔다. 씩씩거리는 얼굴로. 며칠 앓았기 때문인지 얼굴은 여전히 핼쑥했지만 그래도 낯빛은 괜찮아 보였다. 그나저나 바빠서 퇴원했다던 사람이 집에는 갑자기 왜 왔을까 싶어 쳐다보는데 금봉이 열이 치받쳐 죽겠다는 얼굴로 이수를 노려봤다.

"왜 왔어요?"

"내가 전화하라고 했잖아요!"

금봉이 화를 냈다.

"씻느라고, 아니, 그런데 왜 화를 내요? 안 하면 그만이지."

"전화는 왜 안 받은 겁니까?!"

"전화했어요? 못 들었어요, 씻느라고."

"아, 진짜 열받네."

금봉이 치밀어 오르는 울화통을 삭이려고 애를 쓰며 씩씩거렸다.

"하라는 전화 안 했으면 받기라도 해야 할 것 아닙니까!"

"오금봉 씨! 정말 왜 이러는 거예요? 내가 한두 살 먹은 어린애도 아니고 집 못 찾아올까 봐 그래요? 갑자기 어울리지 않게 왜 걱정해 주는 척이에요?"

"이동팔 그 개새끼가 택시 훔쳐 끌고 다닌다잖아요!"

금봉이 거의 악을 쓰다시피 소리쳤다. 아니, 정말 왜 저러는 거야?

"이동팔이 누군데요?"

"연쇄강간살인범 말입니다!"

금봉이 또나시 버럭 소리를 질렀고, 이수는 말문이 막혀 금봉의 얼굴만 쳐다보고 있었다. 그러니까 금봉은 정말 순수하게, 참견질이 아니라 이수를 걱정했기 때문에, 정말 진심으로 이수를 걱정했기 때문에 택시를 타지 말라고 말했던 것이다. 이미 택시를 탔다고 하자 집에 도착하면 꼭 전화하라고 한 것이고. 무사한지 확인하기 위해. 도착했다는 연락도 하지 않고, 도착했을 시간이 지났는데 전화도 받지 않자 아차 놀랐나 보다. 그래서 달려온 모양이었다.

"그럼 택시 탔을 때 말하지 그랬어요."

이수가 고맙기도 하고 미안하기도 해서 조금 기가 죽은 목소리로 말했다.

"택시를 벌써 탔다는데 어쩝니까. 택시 탔다는 사람한테 오동팔이가 그냥 자가용이 아니라 택시 몰고 다니며 강간하고 죽인답니다 하면 사람 겁주는 것밖에 더 됩니까?"

듣고 보니 그 말이 맞았다. 택시 타고 집에 오는 동안 강간범 어쩌고 하는 소릴 들었다면 아마 도착할 때까지 신경을 곤두세운 채 공포에 떨었을 것이다.

"……미안해요. 난 그냥……."

"됐어요. 집에 무사히 왔으니까."

이수가 미안한 얼굴로 우물거리자 금봉이 화를 가라앉히며 말했다.

"그것 때문에 뛰어온 거예요?"

"전화를 안 받아서…… 불길하고 찝찝해서."

"무사히 왔어요. 난 괜찮아요."

"됐어요, 그럼."

금봉이 돌아섰다.

"몸은 괜찮아요?"

"괜찮아요."

"그래도 먹는 거 조심해야 해요."

"알아요. 나가볼게요."

금봉이 현관문 손잡이를 잡다가 뒤돌아봤다.

"그 새끼 잡히기 전까진, 되도록 일찍 다니고 택시는 절대 타지 말아요."

"네, 그럴게요."

"같이 있던 남자는 집에 데려다 주는 매너도 없답디까?"

금봉이 미간을 일그러뜨리며 물었다.

"네? 데려다 준다는 거 내가 싫어서 혼자 온 거예요."

"누군데요?"

"친구요."

"친구요?"

친구라는 말에 금봉의 표정이 조금 누그러졌다.

"네."

"친구가 뭐 그래요? 알았으니까 문 잘 잠그고 자요."

"알았어요…… 고마워요."

고맙다는 이수의 말에 금봉이 이수의 얼굴을 잠깐 쳐다보다가 나갔다.

현관문을 꼭꼭 걸어 잠그던 이수는 묘한 기분에 사로잡혔다. 이게 어떤 기분인지 도저히 설명이 되지 않는데 하여튼 평상시에는 느껴보지 못하는 아주 묘한 기분이었다. 약간 울렁거리는 것도 같고 피부가 따끔거리는 것도 같고 명치 끝 저 깊은 곳에서 아주 뜨겁지도 차갑지도 않은, 아 포근하다, 하고 느껴지는 정도의 따스함이 샘솟는 그런 기분. 이수는 오랫동안 그 묘한 기분에 사로잡혀 생각하고 곱씹고, 그리고 만끽하고 있었다.

"아, 택배!"

묘한 기분인 채로, 이 기분을 놓치고 싶지 않다고 생각하며 꼭 쥔 채로 잠자리에 들던 이수의 머리에 금봉에게 배달된 택배가 생각났다.

이수는 안 그래도 전화를 걸어 고맙고, 미안하다는 말을 하고 싶었는데 잘됐다고 생각하며 금봉에게 전화를 걸었다.

[안 잤어요?]

금봉이 전화를 받자마자 여보세요를 생략하고 안 잤냐고부터 물었다. 그런데 안 잤어요? 하고 묻는 그 목소리가 어찌나 부드러운지 집에 뛰어들어 와 고함을 질러대던 그때와는 완전히 다른 사람처럼 느껴졌다. 이자가 오금봉이 맞는지 의심스러울 만큼. 참 별일이지.

"자려고 했는데, 잊은 게 있어서요. 택배 왔어요, 금봉 씨한테."

[아, 어머니가 보내셨을 거예요. 뭐 왔어요?]

"열어보지 않았어요."

[열어봐요.]

"내가 봐도 돼요?"

[보고 냉장고에 넣을 것 있으면 넣어줘요.]

"그럴게요. 뭐 왔나 열어보고 전화해요?"

이상하게 괜히 계속 전화가 하고 싶었다. 안 해도 되는데 말이다. 그러면서 걱정이 됐다, 금봉이 안 해도 된다고 할까 봐.

[그래요, 해줘요.]

다행이었다.

"알았어요. 열어보고 전화할게요."

전화를 끊은 이수는 재깍 택배를 열어보았다. 아이스박스 상자 안에는 덜 말린 오징어 스무 마리와 말린 문어 조각 한 보따리, 그 외에 해물탕 끓일 때 쓰면 좋을 재료들이 들어 있었다.

"반건조 오징어 맥반석 구이해서 고추장 찍어 먹으면 정말 맛있는데."

이수는 입맛을 다시며 말린 문어 조각을 하나 꺼내 입에 물고는 건어물들을 몽땅 냉동실에 집어넣고 금봉에게 다시 전화를 걸었다.

[뭐 왔어요?]

이번에도 금봉은 여보세요를 생략했다.

"덜 말린 오징어, 문어 말린 거, 조갯살 이런 거요. 해물탕 끓이면 좋을 재료들이에요. 냉동실에 넣었는데 냉장실에 넣어야 해요?"

　[냉동실에 넣어도 돼요. 먹고 싶은 거 꺼내 먹어요.]

　"문어 말린 거 하나 먹고 있어요. 맛있네요."

　[다른 것도 먹어요.]

　"그래도 돼요?"

　[돼요. 먹으라고 보내준 건데 뭐.]

　"알았어요, 그럼 몇 개만…… 어머!"

　[왜 그래요?!]

　갑자기 부엌 형광들이 나가는 바람에 이수가 깜짝 놀라 소리치자 금봉도 소리쳤다.

　"부엌 형광등이 나갔어요. 등을 갈아 끼워야겠어요."

　[놔둬요. 내가 들어가서 갈아줄게요.]

　"언제 들어올지 알구요."

　[내일 잠깐이라도 들어갈 거예요. 놔둬요.]

　"……알았어요."

　이수는 웬일로 됐다고, 알아서 하겠다고 하지 않고 못 이긴 척 알았다고 했다.

　"잠깐이라도 잘 수 있으면 자요. 피곤하면, 빨리 회복 안 돼요."

　[알았어요. 잘 자요.]

　"네. 끊을게요."

　[예.]

　전화를 끊은 이수는 아쉬운 얼굴로 휴대폰을 쳐다봤다. 아쉽다니, 아쉬울 이유가 뭐가 있다고 아쉬운지. 이수는 불 꺼진 형광등을 올려다보며 얕은 한숨을 내쉬었다. 그리고 생각했다, 어쩐지 오늘따라 금봉이 없는 집이 너무 허전하다고.

형광등을 갈아 끼워주겠다고 내버려 두라던 금봉은 다음날, 그 다음날도 집에 돌아오지 않았다. 기다리다 못해 이수가 전등을 사다가 갈아 끼운 날, 택시를 몰고 다니며 강간 살인을 저지르던 흉악범이 잡혔다는 소식을 뉴스를 통해 알게 됐고, 그리고 금봉은 며칠 후 집에 돌아왔다. 토고전이 열리던 날이었다.

토고를 이겨야 한다는데, 토고전에는 어떤 선수들이 나올까, 박지성은 물론 나오겠지? 궁금해하며 거실에 자리를 잡고 앉았는데 경기 시작 십 분 전에 문이 열리더니 금봉이 집으로 들어섰다. 형광등과 맥주를 사들고.

"왔어요?"

이수가 소파에서 일어나자 금봉이 씩 웃으며 축구 봐야죠 하고 말하더니 부엌으로 갔다.

"어? 갈아 끼웠어요?"

"갈았어요. 그때가 언젠데."

"에이, 내가 갈려고 했는데……."

"잡았다면서요? 뉴스에서 현장검증하는 거 봤어요."

"예, 잡았어요."

"잘됐어요. 이제 택시 타고 다녀도 되죠?"

이수의 물음에 금봉이 픽 웃더니 방으로 들어갔다. 그런데 방으로 들어간 지 오 초도 되지 않아 도로 나왔다.

"방이…… 깨끗해졌네요."

금봉이 조금 놀란 얼굴로 말했다.

"아, 건드려도 된다고 해서…… 방 치운 지가 언젠데 이제 봤어요?"

그러고 보니 방 치웠던 날 식중독 때문에 방에 들어가 보지도 못하고 병원에 갔었다. 그 후로 퇴원해서 바로 경찰서로 달려갔고.

"침대보도 그렇고 이불도 그렇고 도저히 봐줄 수가 없어서 내가 버렸어요. 지금 깔아놓은 시트는 내가 쓰던 거예요. 기분 나빠요?"

"아니에요. 고마워요."

"세탁할 옷들 한쪽에 모아뒀는데 빨지는 않았어요. 세탁기 빌려줄 테니까 금봉 씨가 빨아요."

"알았어요."

금봉이 슬쩍 미소 지어 보이고는 다시 방으로 들어갔는데 또 오 초도 안 되어서 도로 나왔다.

"잡지는 베개 위에 왜 올려놓은 거예요?"

이번엔 퉁명스러운 표정이 됐다.

"그냥요. 마땅히 둘 곳이 없어서."

이수가 어깨를 으쓱하며 대수롭지 않은 듯 대꾸하자 금봉이 심통스러운 얼굴로 이수를 쳐다보고는 방으로 들어가 옷을 갈아입고 나왔다. 분명 잡지를 어디다 숨겼을 텐데 숨겨봤자 침대 밑 아니면 장롱 안일 것이다. 더 기발한 장소는 금봉의 방 안에서는 더 이상 없으니까.

“아직 시작 안 했죠?”

“선수들 입장하고 있어요. 애국가 부르고 어쩌고 하면 오 분 정도 시간 있어요.”

“알았어요.”

부리나케 화장실로 들어가 정말 대충 씻었는지 이 분도 되지 않아 밖으로 나왔을 때 막 토고와의 경기가 시작됐다.

“시작했어요?”

“네.”

금봉이 이수와 조금 떨어진 자리에 앉더니 들고 들어왔던 비닐봉지를 부스럭거리더니 머리띠를 꺼냈다. 붉은 악마 뿔이었다.

“받아요.”

“나 주는 거예요?”

“월드컵 기분 내봐요.”

“어린애도 아니고…….”

이수가 좋으면서도 괜히 쑥스러운 척하는데 금봉이 해봐요 하더니 머리띠에 달린 스위치를 만져 불을 켠 다음 직접 이수의 머리에 걸어주었다.

“예쁘네요.”

금봉의 말에 이수가 픽 웃자 금봉도 씩 웃었다.

“마실래요?”

“난 됐구요. 금봉 씨도 마시지 말아요.”

“난 왜요?”

“아직 회복된 거 아니잖아요.”

"괜찮아요, 이제."

"안 마시는 게 좋을 것이라고 충고하고 싶네요."

"어떻게 축구 보면서 맥주를 안 마셔요."

금봉이 기어이 맥주를 따려고 하자 이수는 맥주 캔을 빼앗아버렸다.

"범인 잡고 나서 진술 받고, 조서 꾸미고, 현장검증하고, 쉴 틈도 없었을 것 아니에요. 식중독 치료도 제대로 못 받고 며칠 시달려서 몸 상태 안 좋은데 괜히 맥주 마셔서 덧나지 말고 참아요."

"입가심이에요. 이리 줘요."

"내 집에서 음주는 금지예요."

이수가 금봉을 똑바로 쳐다보며 딱 부러지게 말하자 금봉의 얼굴이 일그러졌다.

"담배도 안 된다, 술도 안 된다 그럼 난 뭘 할 수 있습니까?"

금봉의 목소리도 사나워졌다.

"잠자고, 씻고, 먹게 해주는데 뭘 더 바라요?"

이수의 반박에 금봉이 저놈의 머리띠 괜히 사다 줬네 하는 얼굴로 이수와 이수 머리에 걸린 머리띠를 번갈아 쳐다보다가 고개를 획 돌리더니 텔레비전에 집중했다. 그런데!

휴, 정말 혼자 은밀하게 봐야 귀가 시끄럽지 않을 텐데, 해설자가 따로 없었다. 제발 좀 조용히 봤으면 좋겠는데, 옆에서 떠들지 않아도 우리 선수들이 몸이 무거워 보이고, 답답해 보이고, 좀 더 공격적일 수 없을까 나름 불만스러운데 옆에서 잠시도 쉬지 않고 선수 하나하나를 지적하며 성토하자 정말 속이 시끄러워 살 수가 없었다. 차라리 맥주를 마시게 할 걸, 제발 저 입 좀 닥치게.

"아, 진짜 패스가 저게 뭐야, 또 뺏겨요 또! 이쪽으로 돌아야지 아, 진짜 답답하네."

경기 시작하고 삼십 분이 거진 지날 때까지 목도 안 아픈지 잠시도 쉬지 않고 침을 튀겨가며 떠드는 금봉의 옆에 앉아 있자니 열받아서 채널을 돌리고 싶은 심정이었다. 돌려봤자 토고전이겠지만.

"좀 조용히 봐요."

참다못해 이수가 한마디 했지만 금봉은 들은 척도 하지 않았다.

"없어, 없어. 선수가 없잖아. 공을 잡아도 누가 있어야 패스를 해주지. 아, 진짜!"

"조용히 좀 보자구요."

"어, 어······."

"시끄러워, 정말. 조용히 좀 봐요!"

이수가 신경질을 부리는데 금봉의 입에서 터져 나오는 효과음이 심상치 않다고 생각하는 순간 한 골 먹히고 말았다.

"어! 어! 에이 씨!!"

금봉이 벌떡 일어나더니 주먹을 움켜쥐고 씩씩거렸다.

"아 진짜, 당신 때문에 한 골 먹혔잖아요!"

금봉이 다짜고짜 이수에게 성질을 피웠다.

"어머머, 내가 뭘 어쨌다구요? 내가 뭐 수비하는 우리 선수 발을 걸길 했어요, 이운재 선수 똥구멍을 찌르길 했어요, 내가 뭘 어쨌다고 이래요?"

"옆에서 자꾸 잔소리를 해대니까 그렇잖아요!"

"별꼴이야, 정말."

"에이 썅, 신경질나서!"

"지금 나한테 욕한 거예요?"

이수가 기가 막힌 얼굴로 금봉을 쳐다봤다.

"욕이 아니라…… 그냥 판사님한테 한 게 아니라…….."

"보지 말아요!"

이수가 빽 소리를 지르고는 텔레비전을 꺼버렸다.

"왜 꺼요!"

"텔레비전 내 거예요!"

이수가 빽 소리를 지르고는 벌떡 일어나 머리띠를 소파에 집어 던지고는 리모컨을 들고 방으로 들어와 버렸다.

"어따 대고 욕이야? 별꼴이야, 정말!"

이수가 씩씩거리며 침대에 걸터앉아 있는데 노크 소리가 들렸다.

"뭐예요!"

"미안해요."

"필요없어요!"

"아니, 저기…….."

슬며시 문이 열렸다.

"어딜 들어와요!"

이수가 벌떡 일어나 문을 닫고는 걸어버렸다.

"아니, 너무하는 거 아닙니까? 치사하게, 정말…….."

문밖에서 금봉이 항의했다.

"너무하다니요? 치사하다니요! 욕한 사람이 누군데!"

"판사님한테 한 게 아니라……."

"필요없어요!"

이수가 빽 소리를 지르고는 밖에서 무슨 말을 하든 들은 척도 하지 않자 잠시 후 조용해졌다. 딴에도 열이 받아 월드컵이고 뭐고 다 집어치우고 방에 들어갔을지도 몰랐다.

"흥! 열이 받거나 말거나. 어디서 욕이야. 텔레비전 보여주나 봐라."

밖에서 뭐 하는지 궁금할 정도로 조용하다 싶은 그때 갑자기 창문이 벌컥 열렸다.

"어머!"

"이제 후반전 시작해요. 좀 봅시다."

금봉이 울상인 얼굴로 사정조로 말했다.

"내가 잘못했으니까, 미안해요. 그러니까 텔레비전 좀 보여줘요."

무슨 말을 하든 절대 보여주지 않을 생각이었는데 금봉이 불쌍해 보일 정도로 사정을 하자 웃음이 터질 것만 같았다.

"부탁 좀 합시다. 내가 잘못했어요. 후반전 시작해요."

금봉이 똥줄이 타는 얼굴로 이수의 손에 들린 리모컨을 쳐다보며 사정했다. 이수는 금봉을 쳐다보다가 아무 말도 없이 일어나 밖으로 나갔다. 베란다에서 얼른 거실로 들어오는 금봉을 보며 이수가 텔레비전을 켜자 금봉이 말 잘 듣는 어린아이처럼 소파에 앉았다. 후반전은 막 시작한 듯했다.

이수가 소파에 리모컨을 내려놓고 방으로 들어가려고 하자 금봉이 이수의 팔을 움켜잡았다.

"같이 봐요."

"됐어요."

"시끄럽게 안 할게요. 같이 봐요."

금봉이 이수를 끌어당기더니 자신의 옆 자리에 앉혔다. 그리고 아까 이수가 홧김에 집어 던진 머리띠를 집어 들고 다시 이수의 머리에 걸어주었다.

이수는 금봉이 이렇게까지 하는데 계속 툴툴거리면 소가지 좁은 인간밖에 더 되겠나 싶어 그냥 눌러앉아 있었다. 그리고 몇 분 뒤 박지성 선수가 파울을 유도해 프리킥이 선언됐고 이천수 선수가 나섰다.

"자리 좋은데……."

금봉이 약간 긴장한 얼굴로 중얼거렸다.

이천수 선수가 걷어찬 볼이 슝 날아가더니만 그대로 골대 그물을 뒤흔들었다. 그 순간.

"와, 와, 와!!"

벌떡 일어나 함성을 내지른 사람은 금봉이 아니라 이수였다. 시끄러워서 같이 못 보겠다며 금봉을 구박해 대던 이수가 자신도 모르게 벌떡 일어나 함성을 내지르며 팔짝팔짝 뛰어댄 것이다. 같이 좋아서 박수를 쳐대던 금봉이 어린애처럼 신이 나서 소리 지르는 이수를 보며 웃음을 터뜨렸다.

“안 볼 것처럼 그러더니 뭐예요.”

금봉의 말에 민망해진 이수가 얼른 소파에 앉자 금봉이 킬킬거리며 웃었다.

조용한 관전 태도를 되찾은 이수가 또다시 경악할 정도로 함성을 내지른 것은 후반 이십육 분 안정환 선수의 역전골이 터지면서였다.

“아악! 골!”

이수가 함성을 내지른 순간 금봉과 이수는 서로를 부둥켜 안았다. 누가 먼저랄 것도 없었다. 서로를 끌어안은 채 화면 속에서 골의 기쁨을 누리고 있는 선수들만큼이나 이수와 금봉도 역전골의 황홀한 기쁨을 누리고 있었다. 기쁨을 맘껏 누렸는데, 서로를 꼭 껴안고 양껏 좋아했는데 어느 순간 너무 지나치게 좋아했다는 것을 깨달은 두 사람이 멋쩍어하며 서로를 쳐다봤다. 고개를 바짝 들고 금봉을 올려다보는 이수, 고개 숙여 이수를 내려다보는 금봉. 두 사람의 눈동자와 표정에 머쓱함이 가득했다.

이수가 먼저 헛기침을 하며 슬그머니 금봉의 등을 꽉 틀어 안은 팔에 힘을 풀며 떨어지고 이수를 가슴에 꼭 끌어안았던 금봉 역시 팔에서 힘을 풀며 한 걸음씩 뒤로 물러났다.

“흠, 흠…… 그만 들어가서 잘게요.”

화끈거리는 얼굴을 쓰다듬으며 이수가 방 쪽으로 걸음을 옮기는 그 순간, 금봉이 이수의 팔을 낚아채더니 확 끌어당겨 안았다. 그리고 준비하거나 대비하거나 물리칠 겨를도 없이 금봉의 입술이 이수의 입술을 뒤덮었다. 그리고 뒤덮자마자 놀랄 틈도 없이 이번엔 금봉의 혀가 이수의 입속으로 쑥 밀려들어 왔다.

'허억!'

너무 갑작스럽고, 또 놀라서 이수가 자신도 모르게 팔을 들어 금봉을 밀어내려는데 금봉이 이수의 손을 틀어잡더니 등 뒤로 돌려 허리쯤에 꽉 고정시켰다. 그러더니 이수의 혀를 자신의 입속으로 확 빨아 당겼다. 너무 거칠었다. 뭐, 처음부터 부드럽다고 할 수는 없었지만 얼마나 간절했으면, 아니면 얼마나 급했으면 이건 키스가 아니라 거의 덮치는 수준이었다. 혀뿌리가 뽑힐 정도로 말이다.

"아야……."

이수가 움찔하며 몸을 비틀자 금봉이 더욱 강하게 이수의 허리를 끌어당겨 안으며 몸을 밀착시켰다. 아프다는 신호를 금봉은 도망치려는 줄로 안 모양이었다. 금봉은 더욱 강하고 거칠게 이수의 혀를 빨아 당겼고 이수는 너무 아파서 등 뒤로 포박된 손을 풀기 위해 팔을 비틀었지만 금봉은 놓아주지 않았다. 이러다가 정말 혀가 뽑혀 나가고 말겠다고 생각하는 순간 잠깐 금봉의 입심이 약해졌고 그제야 이수가 재빨리 웅얼거렸다.

"아아, 살살……."

이수가 웅얼거리자 금봉이 조금 놀란 듯하더니 빨아 당겼던 이수의 혀를 느슨하게 풀어주었다. 그리고 다시 혀 엉킴.

이수는 눈을 꼭 감고 있었기 때문에 금봉의 표정이 어떤지는 알 수 없었지만 등 뒤로 돌려 이수의 손목을 틀어잡은 손과 목 뒷덜미를 단단히 받치고 있는 손의 악력으로 봐서 금봉이 매우 긴장하고 있다는 것은 느낄 수 있었다.

금봉이 틀어 물고 있던 이수의 혀를 놓아주자 이수는 얼른 자신의 혀를 원위치시켰다. 이쯤에서 그를 밀어내고 키스를 중단해야 하지 않을까 생각하며, 중단해야 한다는 것을 알면서도 어쩐지 영원히 지속시키고 싶다는 유혹에 몸을 떨고 있을 때 금봉의 혀가 또다시 이수의 입속으로 침입했다.

"음……."

이수는 자신도 모르게 신음을 내뱉고 말았다.

영화를 보면서, 혹은 소설을 보면서 왜 키스를 하면서 신음을 내뱉을까 궁금했었다. 키스가 뭐라고, 뭐 얼마나 대단한 스킨십이라고 야릇한 신음을 내지르는 것일까 늘 궁금했는데 이수는 이제 알 것 같았다. 금봉의 혀가 침입하던 그 순간, 명치끝이 꽉 조여오며 순식간에 퍼져 나가던 흥분, 또 흥분. 전혀 예상치 못한 흥분이었고 전혀 예상치 못하게 저절로 터져 나오는 신음.

서로의 진한 타액이 뒤섞이며 이수의 목구멍 뒤로 금봉의 타액이 꼴깍 넘어갔다. 이수가 금봉의 타액을 삼킬 때 금봉 역시 이수의 타액을 삼켰다. 쉴 새 없이 서로의 입속을 오가며 뒤엉키는 혓바닥과 타액. 등 뒤로 돌려져 포박된 이수의 손이 금봉의 손에서 풀려난 것은 바로 그때였다. 금봉이 이수의 손을 놓아주며 들어올리더니 자신의 목 뒤로 감았다. 어느새 이수는 금봉의 목을 단단히 끌어안고 있었고, 금봉은 이수의 허리를 바짝 끌어당겨 안고 있었다. 완전하게 밀착된 두 사람의 몸. 바로 그때였다.

"허억!"

아랫배를 강하게 눌러오는 그 무엇의 힘에 이수가 눈을 번쩍 뜨며 몸을 움츠리자 금봉 역시 몹시 당황스러운 듯 눈을 번쩍 뜨며 이수를 쳐다봤다. 그것은, 이수의 아랫배를 사정없이 짓누르던 그것은 흥분이 최고조에 다다른, 바로 금봉의 화난 남성이었다.

여전히 서로의 입술을 깨물 듯 탐하고 있던 두 사람은 눈을 동그랗게 치켜뜬 채 서로를 쳐다보다가 누가 먼저랄 것도 없이 불에 덴 듯이 입술을 떼고 물러났다.

이수의 얼굴이 새빨갛게 물들고 있을 때 금봉의 얼굴 역시 안쓰러울 만큼 새빨개졌다. 이수가 얼굴을 싸쥐고 방으로 향하자 금봉 역시 어쩔 줄 몰라 하다가 부리나케 방으로 들어가 버렸다. 문을 꼭 닫고.

방으로 들어온 이수는 화끈거리는 얼굴을 쓰다듬으며 침대에 누워 이불을 뒤집어썼다. 아직도 입 안에 풍부하게 남아 있는 금봉의 타액, 그리고 아랫배를 강하게 눌러오던 금봉의…… 그곳.

"휴우……."

이수는 자신도 모르게 탄식을 토해내며 슬며시 아랫배를 쓰다듬어 보았다.

"강했어……."

그래, 강했다. 정말 뚫고 나올 듯이.

아랫배를 찔러오던 금봉의 아랫도리를 생각하자 찔린 자리에서 열이 나기 시작하더니 온몸으로 열기가 퍼지며 야릇한 느낌이 이수의 온몸을 뒤흔들었다.

"못 잘 것 같아."

이대로는 못 잘 것 같았다. 뜨끈뜨끈한 몸을 어찌하라고, 뜨끈뜨끈한 몸으로 이 긴긴 밤을 어찌하라고 저 남자는 불만 붙여놓고 내뺐을까.

자신의 입술을 덮치던 금봉의 입술, 혀뿌리를 뽑아갈 듯이 빨아당기던 금봉의 입심.

"흔하지 않은 입심이야……."

이수는 자신의 입술을 덮었던 금봉의 입술을 생각하며 꿀꺽 침을 삼켰다.

"정말, 이런 기분 처음이야……."

처음이었다. 베개가 뭉개지도록 껴안고 침대를 굴러보긴 정말 처음이었다.

"그만둬."

이수가 베개를 집어 던지며 독기가 서린 눈을 하고 중얼거렸다.

"얼음물이 필요해……."

이수가 집어 던진 베개를 다시 껴안고 뒹굴며 중얼거렸다.

한 시간이 넘게 지나서야 겨우겨우 달아오른 몸을 식힌 이수는 이제 금봉의 얼굴을 어떻게 멀쩡히 쳐다볼까 걱정하기 시작했다.

"아고, 창피해."

창피하긴 피차 마찬가지지만 그렇더라도 금봉의 얼굴을 볼 자신이 없었다.

"어쩌면 좋지? 목마른데 나갈 수가 없잖아."

걱정스러운 얼굴로 중얼거리던 이수는 조심스럽게 침대에서 내려서서 한참을 고민하다가 조용히 방문을 열었다. 거실 불은 그대로 켜져 있고 텔레비전도 켜져 있었다.

일단 물 한 잔을 가지고 텔레비전도 끄고 거실 불도 끄자 생각한 이수가 조심조심 밖으로 나와 냉장고에서 생수 통을 꺼내 컵에 따른 후 컵을 들고 거실로 와서 리모컨으로 델레비전을 끄고 거실 불도 껐다. 살금살금 다시 방으로 들어오려는데 금봉의 방에서 이상한 소리가 새어나왔다.

"무슨 소리지?"

무시하기엔 암만 해도 예사로운 소리가 아니었다.

이수는 유혹에 못 이겨 금봉의 방으로 다가가 문에 귀를 댔다.

"윽, 어억! 윽, 윽, 으으윽!"

'이게 무슨 소리야? 혹시? 허억!'

깜짝 놀라며 문에서 물러난 이수는 쏜살같이 안방으로 들어와 문을 닫아걸었다.

"미쳤어, 미쳤어. 아우, 정말 드러운 놈 같으니라고."

물을 벌컥벌컥 들이킨 이수는 신경질적으로 컵을 내려놓고 불을 끈 다음 침대로 들어가 이불을 뒤집어썼다. 분명 금봉은, 그 신음을 토해내고 있었다. 그거 말이다. 일명 셀프서비스. 플레이보이 잡지에 나와 있는 볼링공 유방을 가진 여자를 보며 음탕한 짓을 하고 있으리라.

"아주 자해를 해라, 자해를."

이수가 세상에 어쩜 저렇게 지저분한, 무식음탕한 남자가 있을 수 있을까 분개했다.

이불을 획 걷고 일어난 이수가 이를 갈며 안방 문을 노려봤다.

"나를 두고 혼자 그 짓을 하다니!"

이수는 이를 바득바득 갈며 안방 문을 노려보다가 이게 지금 무슨 짓인가 깜짝 놀라며 다시 누웠다.

"밤이 너무 길어……."

이수가 처량하게 중얼거리고 있을 때 금봉은 플레이보이 잡지에 나오는 볼링공 유방의 금발 여인네를 보며 셀프서비스 중인 것이 아니라 팔굽혀펴기를 하며 흥분을 가라앉히고 있었다. 벌써 백만 스무 번째를 돌파하고 있었지만 몸은 여전히 펄펄 끓고 있었다. 팔굽혀펴기를 당장 때려치우고 이수의 방으로 뛰어들고 싶은 것을 참느라 죽을 지경이었다.

"백만 스물둘, 백만 스물셋, 어억, 으윽, 어어억!"

팔이 떨어져 나갈 것 같았다. 뼈가 부서져 버릴 것 같은 통증이 일었지만 멈출 수가 없었다. 여기서 멈추면 필시 이수를 덮치고 말 테니까.

"오 주여, 나를 악에서 구하옵시고, 차라리 날 죽여주옵소서. 어어억, 으으윽! 백만 스물다섯……."

금봉의 팔굽혀펴기는 밤이 새도록 끝나지 않았다.

"이재우 씨 건입니다."

정도 씨가 선고에 쓸 프린트한 서류를 이수에게 건네며 말했다.

"아, 이재우 씨."

"보증채권자 쪽에서 재산 은닉을 주장했었죠? 자녀들 모두 유학 가 있고 아내도 아이들과 같이 있고. 알아보셨어요?"

"예, 조사했습니다."

"재산 은닉 맞아요?"

이수가 서류를 훑어보기 시작했다.

"재산 은닉은 아니있습니다. 이재우 씨가 말해봤자 성상참작이 안 될 거라고 생각했는지 자녀들 유학 부분은 밝히지 않았더라고요."

"그래요?"

이수가 정도 씨가 짚어준 부분을 차근차근 읽기 시작했다.

"장학생으로 갔군요?"

"예."

"처음부터 말을 했으면 좋았을 텐데."

"괜히 말했다가 더 불이익을 당할까 걱정했다더라고요."

"그렇죠. 자녀들이 유학 가 있는데 파산 신청을 하면 누가 망했다고 생각하겠어요."

이수는 이재우의 파산 신청 서류를 꼼꼼하게 읽기 시작했다.

"형제들에게서는 도움을 받을 처지가 아닌 모양이군요."

"예. 워낙 액수가 커서 도움을 받는다 하더라도 미미합니다."

정도 씨의 말에 이수가 고개를 끄덕였다.

심리 시간까지 몇 차례 반복해서 읽은 이수는 결심을 한 후에 심리실로 향했다.

이수가 심리실로 들어가자 앉아 있던 사람들이 모두 일어서서 이수에게 인사를 했다.

채권자인 금융기관 쪽 사람들은 제법 당당한 표정인 반면 채무자이자 파산 신청을 한 이재우 씨는 몹시 어두운 얼굴을 하고 있었다. 이수는 기가 완전히 죽은 이재우 씨를 흘낏 쳐다본 후 상석으로 가서 앉았고, 정도 씨가 이수의 오른쪽이자 이재우 씨의 왼쪽 자리에 앉았다.

"이재우 씨의 파산 및 면책 신청에 대해 채권 보증인인 00은행이 이재우 씨 면책에 이의 제기 사건 심리를 시작하겠습니다. 채권 보증인께선 이재우 씨의 재산 은닉을 주장하시면서 면책에 이의를 제기하셨죠?"

이수가 금융기관 쪽 사람들에게 묻자 금융기관에서 나온 진 과장이 그렇다고 대답했다.

파산 신청을 한 이재우는 중소기업을 운영하던 오너였는데 연쇄부도로 인해 하루아침에 알거지가 된 사람이었다. 공장을 중국으로 이전하기 위해 금융권에서 많은 돈을 빌렸는데 중국 공장을 완공하기 전에 부도가 나버린 것이다. 빌린 돈은 고스란히 빚으로 남아버렸고 빚을 갚아보려고 그토록 애를 썼지만 방법이 없어 결국 파산, 면책 신청을 했는데 이재우에게 돈을 빌려주었던 금융권에서 재산 은닉을 주장하며 이재우의 파산 면책 신청에 이의를 제기한 사건이었다.

"이재우 씨?"

"예."

"주민등록지가 삼성동으로 되어 있더군요."

"예, 아우 놈 집입니다."

"실거주지는 어디십니까?"

"실거주지는…… 며칠씩 친척집에도 가고 친구들 집에서도 신세를 지고…… 휴우…… 밤이고 낮이고 새벽이고 시도 때도 없이 전화를 걸어 협박을 하는 바람에……."

"이보세요! 우리가 언제 협박을 했다는 겁니까! 협박이 아니라 빌려간 돈 달라고 사정을 하지 않았습니까!"

진 과장이 버럭 고함을 치자 기세에 눌려 이재우가 몸을 움츠렸다.

"진 과장님, 진정하시구요. 이재우 씨, 계속하세요."

"아우, 놈하고 제수씨도 노이로제에 걸리고 도저히 아우 놈 집에 얼굴을 들고 있을 수가 없어서 친척들이나 친구들 집에 하루씩 돌아가며 신세를 지고, 것도 안 될 땐 서울역에서 잘 때도 있고…… 아버님은…… 뇌출혈로 쓰러지셨다가 두 달 만에 돌아가셨습니다. 제가 죽일 놈입니다."

이재우가 서글픈 얼굴로 말했다.

"부인과 두 자녀는 지금 영국에서 유학 중이라고 하셨죠?"

"예……."

"판사님, 상식적으로 무슨 돈으로 유학을 할 수 있겠습니까."

진 과장이 얼른 끼어들며 언성을 높였다.

"사업은 망했어도 사업가는 쓸 돈을 다 빼돌려 놓는다는 말이 괜히 나오는 말이 아닙니다. 아이들과 부인을 영국에 보내놓은 것만 봐도 뻔하지 않습니까. 그러면서 파산과 면책을 신청하다니요. 양심도 없지 정말. 이건 정말 우리를 물 먹이려는 술책입니다."

진 과장이 이재우를 노려보며 몹시도 공격적인 목소리로 말했

다. 이재우는 진 과장과 눈도 마주치지 못하고 고개를 푹 숙이고
있었다.

"이재우 씨."

이수가 부르자 이재우가 주눅이 든 목소리로 예 하고 대답했다.

"두 명의 아드님들이 바이올린 영재라는 사실은 왜 밝히지 않
으셨습니까?"

이수의 물음에 이재우가 조금 놀란 얼굴로 이수를 쳐다봤다.

"그, 그건……."

"진 과장님."

"예."

"이재우 씨의 두 자녀들은 세계적인 콩쿨에서 상을 받은 바이
올린 영재들입니다. 그래서 영국 정부로부터 학비는 물론이고 기
본 생활비를 지원받고 있습니다. 부인께서는 어린 자녀들을 돌보
기 위해 함께 영국에 머무는 것이고 뒷바라지를 위해 슈퍼마켓에
서 우리 돈으로 주급 이십만 원을 받고 일하고 있어요. 한 달에 팔
십만 원 정도 되는 수입이죠. 조사해 본 결과 재산 은닉의 흔적은
찾아볼 수가 없었습니다."

"판사님……."

"끝까지 들으세요."

이의를 제기하려는 진 과장을 이수가 중간에서 막았다.

"이재우 씨는 처음부터 어떻게든지 갚겠다는 의지를 나타냈습
니다. 증거로 부도가 난 후 거래처를 쫓아다니며 단 몇 푼이라도
받아내게 되면 영국에 있는 자녀들에게가 아니라 금융기관에 진

빚을 갚지 않았습니까.”

“원금이 아니라 이자에 삼십 분의 일 도 안 되는 금액이었습니다. 그렇게 받다 보면 몇십 년이 지나도 원금조차 찾을 수가 없습니다.”

진 과장이 열을 내며 말했다.

“물론 압니다. 그렇지만 갚지 않겠다는 것이 아니라 갚겠다는 의지를 보여준 것이 아닙니까. 갚을 의지가 있는데, 당장 갚지 않는다고 밤낮으로 전화를 걸어 공격하고 이재우 씨의 친척들 집에까지 전화를 걸고 찾아가니 오죽했으면 파산을 신청했겠습니까.”

“모르시는 게 있습니다. 이재우 씨 명의의 통장 두 개에는 합쳐서 평균 잔액이 오십만 원 정도 됩니다. 우리 은행에 한 달에 많아야 한 육칠십 정도 갚으면서 오십만 원은 뒤로 빼돌렸다는 것이 아닙니까.”

“빚쟁이는 먹지도 말고 입지도 말고 돈도 갖지 말라는 법은 없습니다, 진 과장님.”

“판사님 제 얘기는…….”

“이재우 씨도 친척집에 얹혀살면서 하다못해 쌀 한 푸대라도 내놔야 하고 거래처에 쫓아다니려면 차비라도 있어야 하지 않겠습니까. 한 달에 육칠십밖에 갚지 못하는 사람에게 원금이며 이자까지 한 번에 다 내놓으라고 몰아붙이니 오죽하면 자살기도까지 했겠으며 오죽하면 파산 신청을 했겠습니까.”

이재우는 일 년 전 쫓기다, 쫓기다 마지막 방법으로 음독자살을 시도했는데 다행히 죽지 않고 살아남았고 자살기도까지 했음에도 빚 독촉이 끝이 없자 결국 파산 신청을 했다.

"3차 심리가 진행된 오늘까지 이재우 씨가 몇 년이 걸리더라도 갚겠다는 의사를 표했음에도 금융권에서는 합의점을 찾으려고 노력하지 않았습니다. 오로지 원금과 이자를 당장 내놓으라고만 닦달하셨죠. 채권자 쪽에서는 합의를 하려는 의지도 강자로서 약자를 배려할 최소한의 너그러움도 없어 보입니다."

"그렇지 않습니다! 우리 은행이 자선단체가 아니지 않습니까. 이자를 받아야 우리도 먹고 살지 않습니까. 빌려갈 땐 좋아라 빌려가고선 갚을 때가 되어서 파산 신청을 해버리면 우리는 어떻게 하란 말씀입니까."

진 과장이 얼굴을 붉혀가며 불쾌한 어조로 항의했다.

"압니다. 하지만!"

이수가 잠깐 숨을 고르며 진 과장과 이재우를 쳐다봤다.

"길게 보셨더라면 하는 아쉬움이 있습니다. 당장은 이재우 씨가 재기불능으로 보여 어떻게 하든지 쥐어짜서라도 한 푼이라도 더 받아내야지 하는 생각이겠지만, 보세요, 이재우 씨의 자녀들이 세계적인 음악가로 성장한다면 몇십 년이 아니라 몇 년 만에라도 상황은 역전될 수 있습니다. 우리나라 음악가가 세계무대에서 연주회를 가지고 대한민국을 빛낸다고 생각해 보세요. 이재우 씨에게만 영광이겠습니까? 저는 생각만 해도 벅찹니다. 그렇지 않으세요?"

이수가 진 과장에게 그렇게 되물을 때 이재우는 격하게 몸을 떨며 흐느끼기 시작했다.

"판사님, 그건 꼭 그렇게 된다는 보장이 없을 뿐만 아니라……."

"더 이상의 심리는 무의미합니다. 재산 은닉을 주장한 채권자의 이의 제기를 기각합니다."

진 과장이 걱렬한 이의 세기를 하려는 찰나 이수가 근엄한 어조로 기각 결정을 내렸다.

"판결합니다. 이재우 씨의 파산 신청이 적법하고 파산 원인 사실이 존재하며 파산장애 사유가 없습니다. 또한 파산재단이 파산절차비용 충당에도 부족하다고 인정되며 본 파산법원은 채무자 이재우 씨에 대하여 파산선고를 함과 동시에 파산 폐지를 결정합니다. 본 파산법원은 파산자 이재우 씨에 대하여 파산선고 파산폐지 결정정본을 교부 송달할 겁니다. 또한 이재우 씨의 면책 신청을 받아들입니다."

이수는 단호한 어조로 판결을 내리며 의사봉을 두드렸다.

이수의 판정에 금융기관에서 나온 진 과장과 또 다른 한 사람의 얼굴이 일그러졌다. 하지만 자신의 파산과 면책 신청이 받아들여졌음에도 이재우의 표정은 여전히 어둡기만 했다.

"이재우 씨의 파산 및 면책 신청이 받아들여졌음으로 판결 순간부터 빚을 상환하지 않으셔도 됩니다. 세금을 제외한 모든 부채에서 자유로워집니다."

이수가 확고한 어조로 말했을 때 채권자 쪽은 예상하고 있었던 듯 불쾌한 표정임에도 담담하게 받아들였지만 정작 이재우는 뜻밖이었는지 믿을 수 없다는 표정으로 이수를 쳐다봤다.

"파, 판사님……."

이수에게 아버지뻘이나 되는 이재우가 떨리는 음성으로 이수를
불렀다.

"저, 정말로…… 제가 자유로워진 겁니까?"

"네."

이재우가 죄인의 표정으로 채권자 쪽을 흘낏 쳐다보다가 다시
이수를 바라봤다.

"가, 감사합니다, 판사님."

"이 년 넘게 영국에 있는 가족들을 만나지 못하셨다고 하셨죠?"

"다음 달이면 삼 년째입니다."

"이제 마음 놓고 가족을 만나셔도 됩니다."

"감사합니다, 판사님."

이재우가 이수의 손을 덥석 잡았다.

"감사합니다. 감사합니다, 판사님."

이재우의 주름진 눈에서 하염없이 눈물이 흘러내리고 있었다.

"아드님들 훌륭하게 키우셔서 나중에 우리나라에서 연주회 갖
게 되면 꼭 알려주세요."

"예, 예!"

이수는 눈물로 얼룩진 이재우의 얼굴을 바라보며 따뜻한 미소
를 지어 보였다.

아무렇지도 않은 얼굴로 이수를 만나려고 하니 자신이 없었다.

어제 이수와 키스를 나누고 열을 식히느라 밤새도록 팔굽혀펴
기를 하고 아령을 들고 그 난리를 치고 나서 겨우 잠이 들었는데

여섯 시도 안 되어서 깨버렸다. 문을 꼭 닫고 자느라 더워서 일찍 깨기도 했지만 아무래도 어제 이수와 나눈 키스가 신경을 긴장시킨 것 같았다. 숙면을 취하지 못하고 선잠을 잤는데 그마저도 일찍 깨었다.

잠에서 깨어나 밖으로 나가려고 보니 이 일을 어쩌면 좋을지 걱정스러웠다. 도저히 맨정신으로는 이수의 얼굴을 볼 수가 없었기 때문이다. 남자가 키스 한 번 했다고 뭐가 무서워 이수 얼굴을 못 보겠어서 이러나 한번 부딪혀 보자며 용기를 회복했다가도 도저히 뻔뻔해질 수가 없어 고민하다가 씻는 둥 마는 둥 물만 묻히고 서둘러 집을 나서고 말았다. 그런데 집에 들어가려고 하자 또 자신이 없어졌다. 이걸 어떻게 할까. 술을 한잔 마시고 갈까, 아니면 이수가 잠들었을 때 들어갈까 고민하며 운전을 하던 금봉의 눈에 문득 꽃집이 들어왔다.

'꽃?'

꽃집을 지나치며 금봉은 픽 웃고 말았다.

'꽃은 무슨……'

우습지도 않게 갑자기 무슨 꽃인가 하며 고개를 가로젓던 금봉은 갑자기 차를 돌려 꽃집으로 향했다. 꽃은 무슨 꽃이냐고 하면서도 이수에게 꼭 꽃을 사주고 싶었기 때문이다. 꽃을 사준다는 것은 어쩌면 참 뜬금없는 짓이었지만 꼭, 반드시 사주고 싶었다.

길가에 차를 세워두고 꽃집으로 들어간 금봉은 화려한 꽃들을 바라보며 이수에게 제일 어울릴 꽃이 무엇일까, 이수가 좋아하는 꽃이 무엇일까 생각했다.

“꽃 사시게요?”

“예…….”

“어떤 꽃 드릴까요?”

“글쎄…… 어떤 꽃이 좋을까요?”

여자에게 꽃을 선물하기는 이번이 처음이라 무슨 꽃이 좋을지도 알 수가 없었다. 이수가 좋아하는 꽃이 어떤 꽃인지 전혀 모른다는 것도 좀 난감했고.

“여자 친구 분한테 선물하시게요?”

“예? 아, 예…….”

금봉은 여자 친구라고 말하는 꽃집 아줌마의 말에 씩 웃었다.

“장미가 제일 무난하고 제일 예뻐요.”

“장미요? 예, 장미 주세요.”

“어떻게 드릴까요?”

“그냥, 알아서 예쁘게 해주세요.”

“네.”

금봉은 꽃집 아줌마가 장미를 포장하는 동안에 이수가 꽃을 받았을 때 어떤 표정을 지을까 상상하며 미소 지었다. 분명히, 처음엔 놀랄 것이다. 그리고 조금 후엔 기뻐서 웃을 것이다. 좋으면서도 별로 안 좋은 척하면서. 따지기 좋아하고 쌀쌀맞은 윤이수 판사가 장미꽃을 선물 받으면 어떤 표정을 지을지 궁금해하는 금봉의 입가엔 그 어느 때보다도 행복한 미소가 걸려 있었다.

말 그대로 굉장히 화려한 장미꽃 다발을 만들어 보조석에 내려놓고 집으로 달려가며, 금봉은 자신도 모르게 휘파람을 불었다.

'귀여운 여자.'

보통 때 보면 귀여운 것과는 전혀 거리가 먼 여자지만, 금봉은 알고 있었다. 이수가 상당히 귀여운 여자라는 것을. 베란다에서 담배 피운다고 창문 길어 잠그고 쏘아붙이던 때나 라면 한번 얻어 먹어 보겠다며 쳐다보던 얼굴이나 욕 한마디 했다고 자기 텔레비전이라며 꺼버리고 리모컨을 들고 들어가던 모습이나 심통이 나서 씩씩거리던 모습. 그리고 키스할 때 놀라서 쳐다보던 그 눈.

금봉은 알고 있었다, 이수가 참 귀여운 여자라는 것을. 귀여운 여자, 귀여운 판사.

금봉은 또 한 가지를 알고 있었다. 자신이 이수를 생각하고 있다는 것을, 이수를 걱정하고 있다는 것을, 그리고 이수를 좋아하고 있다는 것을.

그때였던 것 같다. 베란다 창문을 잠가 버려서 열받았을 때, 겁을 주기 위해 벽에 밀어붙였을 그때 말이다. 울렁증 걸린 사람처럼 가슴이 뛰고 속이 이상했었다. 또 그때도 느꼈었다. 라면 한번 얻어먹겠다고 옆에 붙어 앉았을 때. 한 입만 먹으면 안 돼요? 라고 물었던 그때 너무 귀엽고 사랑스러워서 와락 껴안고 싶을 정도였다. 그리고 그때도 느꼈었다. 무조건 병원으로 끌고 가 입원을 시켜놓고 불편한 의자에서 새우잠을 자면서도 금봉의 보호자 노릇을 해주었던 그때. 결정적으로 흉악범이 택시를 몰고 다니며 혼자 타는 여자들만 골라 못된 짓을 한다는 것을 알았을 때, 이수가 택시를 타고 집으로 가고 있다고 했을 때 속이 타서 견딜 수가 없었다. 집에 도착할 시간이 지났는데도 도착했다는 연락이 오지 않고 전화도 받지 않았을 때 금봉은 누가 뭐라고 하든 만사를 제쳐 두고 집으로 달렸었다. 만약에 이수가 집에 돌아오지 않았다면 어떻게 할까. 집에 돌아오지 않았다면, 만에 하나 놈에게 이수가 잡혔다면 그땐 어떻게 할까. 짧은 순간 수만 가지의 생각과 걱정을 하며 집에 뛰어들었을 때 이수에게 화를 내긴 했지만 이수가 집에 있다는 사실에, 무사하다는 사실에 얼마나 안도하고 안심했는지 저절로 하나님 감사합니다 하고 외치고 싶은 심정이었다. 그때 정확하게 알았다. 이수를 몹시 생각하고 있다는 것을. 이수를 좋아한다는 것을. 이수를 좋아한다는 것을 정확하게 안 것은 이수와 키스했을 때였다. 이수의 입술을 맛보았을 때 이수의 입술을 맛보고 입속을 맛보고 혀를 맛보았을 때 이 여자는 내 여자라는 것을 절절하게 깨달은 것이다. 이 여자는 내 여자고, 이 여자를 아주 많이 좋아하고 있다는 것을. 그냥 알아졌다. 그냥 알게 된 것이다. 윤이수 판사는 그 누구의 여자도 아니고 바로 오금봉의 여자라는 것을.

"난 윤이수를 좋아해. 그리고 말해야 해."

얼렁뚱땅 준비되지 않은 상황에서 고백해서는 안 될 일이지만 금봉은 오늘 조금이라도 자신의 마음을 표현하는 것이 좋겠다고 생각했다. 이수와의 키스가, 안정환 선수가 역전골을 넣는 바람에 너무 흥분해서 너무 좋아서 어쩌다 보니 하게 된 것은 절대 아니니까 말이다. 내가 이쯤에서는 꼭 키스를 해야지 기회를 엿보고 있었던 것은 아니지만 이수를 끌어안았을 때 금봉은 깨달았었다. 그녀와 키스해야겠다는 것을, 키스해야 한다는 것을.

"말하지 않으면 놓칠지도 몰라."

그래, 그럴지도 몰랐다. 가만히 멍청하게 놓칠 수는 없었다. 절대.

주차장에 차를 세워둔 후 엘리베이터를 타고 십칠층을 향해 올라가던 금봉은 긴장되는 것을 느끼며 심호흡을 내뱉었다. 갑자기, 어쩌면 이수가 꽃다발을 거절할지도 모른다는 생각이 들었고 또 좋아하고 있다는 내색을 했을 때 이수가 전혀 다른 반응을 내보일지도 모른다는 생각이 들었기 때문이다. 가령, 난 당신 안 좋아해요, 꿈 깨요, 라고.

'그럼 어쩌지……'

그럼 정말 곤란한데, 만약에 그렇게 나오면 그땐 어떻게 해야 할까 걱정하는데 십칠층에서 엘리베이터가 멈췄다. 금봉이 숨을 깊이 들이마시는 순간 문이 활짝 열렸다. 속으로 파이팅을 외치며 엘리베이터에서 내리는 순간, 금봉의 눈에 문 앞에 서 있는 윤이수가 들어왔다. 그리고 그 곁에 있는 남자도.

'저 새끼……'

편의점에서 본 그 남자였다. 이수에게 우리 사이에 어쩌고 했던 바로 그 새끼.

이수와 남자도 금봉을 쳐다봤다. 금봉의 얼굴이 뻣뻣하게 굳었고 이수의 표정 역시 굳었다. 이수는 몹시 당황한 것 같았다. 금봉이 이렇게 갑자기 나타날 줄 몰랐을 것이다. 아니면 금봉이 나타나는 바람에 오붓하게 즐기려던 계획이 깨져서 불쾌했을지도 모르고. 하여튼 금봉과 이수가 당황한 얼굴로 서로 빤히 쳐다보기만 하는데 이수도, 금봉도 아닌 그 남자가 입을 열었다.

"누구세요?"

현성의 물음에 금봉이 이수를 쳐다봤다. 이수가 어쩔 줄 몰라 하는 표정을 감추지 못하고 금봉을 쳐다봤다.

'이걸 어떻게 해야 할까…….'

그냥 돌아서 가는 것은 이상하고 그렇다고 집으로 들어가는 것은 더 이상하고.

"꽃 배달 왔습니다, 윤이수 판사님께."

불쑥 말이 나와 버렸다, 꽃 배달 왔다고. 천만다행이었다, 꽃 배달이라는 말이 나와주어서. 뭐가 천만다행이라는 것인지는 모르겠지만.

금봉이 일부러 시선을 피하며 꽃을 내밀자 이수가 아닌 현성이 꽃다발을 받았다. 아니, 지가 왜 꽃을 받아?

"이리 줘."

이수는 거의 빼앗다시피 현성이에게서 꽃을 건네받았다. 꽃을 든 이수는 순간 속에서 울컥하고 따뜻한 것이 치솟는 것을 느꼈다. 꽃을 처음 받아본 것도 아닌데 왜 울컥하는 것인지. 이 꽃을 가져온 사람이 금봉이라는 것을 알기 때문일까? 아니면 꽃을 사오고도 현성이 때문에 택배 왔다고 거짓말할 수밖에 없었던 금봉이 측은해서? 어쨌거나 울컥했고, 그 울컥거림은 슬픔과는 다른 따뜻한 설렘과 기쁨 때문인 것은 분명했다.

"누가…… 보낸 거예요?"

이수가 긴장된 목소리로 물었다. 알면서도, 모른 척해야 하니까.

“글쎄요, 잘 모르겠습니다.”

금봉은 역시 알면서도 모른 척하며 긴장된 목소리로 대답한 후 돌아서서 다시 엘리베이터 버튼을 눌렀고 곧 문이 열렸다.

“누가 보냈는지 몰라?”

현성이 물었다.

“글쎄…… 누군지…….”

이수가 가라앉은 목소리로 말했다. 누군지 이미 알고 있으면서도 모른 척하는 것은 참 힘들다고 생각하며.

“이 밤에 꽃 배달을 보낸 사람이 누굴까?”

현성이가 느물거리는 목소리로 중얼거렸다.

금봉이 엘리베이터에 올라 일층 버튼을 누르고 신경질적으로 굳어버린 얼굴을 하고 있는데 금봉의 뒤통수를 후려치는 현성의 한마디가 들려왔다.

“내가 보낸 거야. 윤 판사 깜짝 놀래켜 주려고.”

금봉이 어이가 없어서 번쩍 고개를 드는데 이수와 눈이 마주쳤다.

이수도 어처구니없는 표정으로 현성이를 쳐다보다가 막 금봉을 쳐다보는데 금봉을 쳐다보는데 문이 닫혀 버렸다.

“허, 씨발…….”

문이 닫히자 저절로 욕이 터져 나왔다. 지가 보냈다고? 아니 뭐, 저런 개자식이!

엘리베이터를 타고 일층으로 내려온 금봉은 당장 쫓아 올라가서 뭐 하는 빌어먹을 놈인지는 몰라도 모가지를 비틀어 버릴까 하다가 이 무슨 멍청한 촌극인지, 쓸데없이 거금을 들여 비싼 꽃다발을 산 자신에게 저주를 퍼부으며 터덕터덕 단지 밖으로 나갔다. 단지 근처에 포장마차를 본 기억이 났기 때문이다. 단지에서 조금 벗어난 곳에 포장마차가 있었고 금봉은 소주를 주문해 마시기 시작했다.

"돌겠다."

허탈하고 화나고 속상했다. 그리고 서운했다.

불청객이긴 하지만 집에 같이 사는 사람이 있는데, 여자도 아니고 같이 사는 남! 자! 가 있는데 어쩌자고 애인을 끌어들인단 말인가. 얹혀사는 사람은 어쩌라고. 집에 남자 친구 오는 날엔 그럼 만날 이렇게 포장마차에서 혼자 쓴 소주 마시며 갈 때까지 기다리라고? 아무리 나가라고 해도 버티며 얹혀사는 사람이라지만 너무하지 않은가. 그리고 왜 애인이 있다고 밝히지 않았느냔 말이다. 말했다면, 키스하지 않았을 것 아닌가. 나도 사람인데 정신 멀쩡한 남잔데 미쳤다고, 뭐가 아쉬워서 임자 있는 여자를 탐하겠는가 말이다.

"내 잘못이야."

씩씩 분해서 소주를 들이키다 보니 이수의 잘못이 아니고 자신이 바보라는 것을 깨달았다. 편의점에서 마주쳤던 날, 애인이냐는 물음에 긍정도 부정도 하지 않았던 이수가 생각났기 때문이다. 그때도 그 남자, 오늘도 그 남자라면 애인이 분명한데 왜 둔하게 알아차리지 못했을까. 멍청이, 멍청이, 천하의 멍청이!

"대답하지 않은 건 애인이 아니라고도 할 수 없지만 애인이라고도 할 수 없는 거잖아!"

생각해 보니 부아가 치밀었다. 애인 있는 여자가 왜 키스를 받아주었느냔 말이다. 사귀는 건 그놈하고 하고 키스는 아무든 걸리면 다 하겠다는 것도 아니고!

금봉은 자신이 왜 화가 났는지 알고 있었다. 이수가 애인이 있으면서도 키스를 받아주었기 때문이 아니라, 애인이 있으면서도 있다고 정확하게 말하지 않았기 때문이 아니라 이수에게, 윤 판사에게 애인이 있다는 사실이 그것이 너무 화가 나고 속상했던 것이다. 윤이수에게 남자가 있다는 것, 애인이 있다는 것. 그 사실이 금봉을 참을 수 없이 화나게 만들고 슬프게 만들었다.

"양복 차려입은 것 보니 잘나가는 놈 같던데…… 그래, 나보다 낫더라. 백배는."

금봉의 입가에 쓰디쓴 미소가 걸렸다.

편의점 앞에서 봤을 때 그 남자의 차는 외제 차였다. 입고 있는 양복도 비싸 보였고. 아침 저녁으로 온천물에 몸을 담그는 것마냥 번지르르 반짝반짝 때깔도 좋고. 외제 차에, 양복에, 인물도 그만하면 훤하고 뭐 하는 양반인지는 몰라도 금봉보다는 훨씬 더 조건이 좋은 사람 같았다.

"씨발……."

자괴감에 연신 욕설이 터져 나왔다.

"끼리끼리 잘 놀아라."

잔에 마지막 한 잔을 따르고 빈병을 내려놓던 금봉이 큰 소리로 외쳤다.

“아줌마, 소주 한 병 더 줘요!”

금봉이 포장마차에서 혼자 소주를 마시고 있을 때 이수는 소파 위에 올려져 있는 장미꽃 다발을 쳐다보고 있었다.

“허……”

이수가 기가 막힌 듯 웃었다.

“김 변호사 지가 보냈다고?”

현성이가 보낸 택배를 어떻게 금봉이 들고 올 수 있단 말인가. 어떻게 그런 새빨간 거짓말을.

“현성 씨가 보냈다고?”

엘리베이터 문이 닫히고 금봉의 모습이 사라진 직후 이수가 현성에게 물었었다.

“응.”

현성이 천연덕스럽게 대꾸했다.

“언제? 언제 주문했는데?”

“법원으로 가기 전에.”

현성이 표정 하나 바꾸지 않고 거짓말을 술술 했다.

“이게 어디서 뻔한 거짓말을!!”

하고 소리치고 싶은 것을 가까스로 참은 이수가 되도록 한심하다는 눈으로 보지 않으려고 노력하며 입을 열었다.

“그렇군. 알았어. 그만 가줘.”

“야, 여기까지 와서 그냥 가라는 게 말 되냐? 차 한 잔 줘.”

“다음에 밖에서 사줄게.”

“윤이수, 장미꽃까지 받아놓고 그냥 내치기야? 이 꽃 너 주려고 내가 얼마 쓴 줄이나 알아?”

‘아니, 진짜 이 자식이!’

아주 정이 똑 떨어져 버렸다. 거짓말도 통할 거짓말을 해야지 어디서 되어먹지 못하게 뻔히 눈에 보이는 거짓말을 하는 것인지.

“얼마 썼는데?”

“이 정도면 십만 원은 족히 넘어.”

“네가 샀다면서 정확한 금액도 모르니?”

“어, 그거…….”

현성이가 버벅거리는데 그냥 이쯤에서 됐다고 하면 될 걸 어찌나 괘씸한지 끝까지 대답을 들으려고 이수는 현성이의 얼굴을 뚫어져라 쳐다보고 있었다.

“꽃 사주면서 얼마 주고 샀다고 말하는 사람이 어딨냐? 생색낼 게 따로 있지.”

임기응변 좋은 김현성, 잘도 피해갔다.

“알았어. 그만 가.”

“야, 윤이수.”

“오늘은 하여튼 안 돼. 청소도 안 했고 아직은 남자 데리고 집에 들어가는 거 싫어.”

“날 남자로 생각하는 거야?”

현성이가 이수의 얼굴에 자신의 얼굴을 바짝 들이대며 물었다.

“그런 거야?”

“김 변호사…… 면상 좀 치워줘.”

이수의 차가운 어조에 현성이 김샌 얼굴로 이수를 노려보다가 얼굴을 치웠다.

"커피 한 잔만……."

"가줘."

이수가 딱 잘라 말하자 현성이가 거 더럽게 튕기고 있네 하는 얼굴로 이수를 노려보다가 한걸음 물러났다.

"막 성질나려고 한다."

현성이의 표정이 사나워졌다.

"나 역시 막 화가 나려고 해. 그러니까 이쯤 하고 가라."

"이럴 거면 뭐 하러 여기까지 같이 올라와?"

"일층에서 극구 가라는데 억지로 타고 올라온 거 바로 너야. 나한테 씌우지 마. 억지로 올라오면 못 이긴 척 내가 문 열어줄 거라고 계산했을 것 아니야. 그리고 한 가지 더 분명하게 해둘 것은, 난 오늘 볼 시간 없다는데 악착같이 법원까지 찾아왔고, 일 안 끝나서 내려갈 수 없다는데도 기어이 두 시간 반 기다리며 삼십 분 간격으로 전화해서 신경 쓰이게 한 사람도 김 변호사야. 피곤해 죽겠어서 집에 와서 쓰러져 잔다는 사람 두 시간 반이나 기다렸는데 이럴 수 있냐 어쩌냐 하는 바람에 할 수 없이 커피 마셔준 거고 제발 그러지 말라고 부탁하는데도 끝끝내 데려다 준 사람도 김 변호사야. 그 부분은 분명히 하자."

"듣고 보니 빈정 상하네. 그 말은 마치 내가 윤 판사한테 매달린다는 건데, 아직 그건 아니거든? 그리고 이럴 때마다 매력 딱 떨어져 버리는 거 알아? 여자가 이렇게 나오면 남자가 애간장 타는 줄 아는 모양인데 완전 반대야. 그거 착각이야. 남자는 여자가 적당히……."

"김현성!"

이수의 언성이 높아지자 현성이 발을 멈추고 이수를 쳐다봤다.

"현성 씨 나한테 매달리는 거 아니라는 거 알거든? 그리고 현성 씨가 보낸 꽃이 아니라는 것도 알거든? 그만 해."

"그, 그건……."

"나 기분 나빴어. 가줘."

이수가 차가운 어조로 말하고는 엘리베이터 버튼을 꾹 눌러주었다. 일층에 있던 엘리베이터가 십칠층을 향해 올라오기 시작했다.

"그냥 장난친 거야. 그래, 내가 보낸 거 아닌데 그냥 장난으로 그런 거야. 뭘 그런 걸 가지고 발끈해서 그러냐."

현성이가 얼렁뚱땅 넘어갈 심보로 말했다. 어색하게 실실 웃으며.

"내가 아는 척하지 않았으면 끝까지 현성 씨가 보낸 걸로 우겼을 거야. 그리고 계속해서 날 공격했을 거고."

"공격은, 아니야. 우리 사이에 그런 장난도 못 치냐."

"안타깝게도 난 김 변호사를 너무 잘 알거든."

이수가 현성이의 얼렁뚱땅을 받아주지 않겠다는 듯 정색을 하고 말하자 현성이의 표정이 굳었다. 십칠층에서 멈춰 선 엘리베이터 문이 열리자 현성이는 무안한 얼굴로 엘리베이터에 올랐고, 이수는 문이 닫힐 때까지 잘 가라는 인사를 하지 않았다.

집으로 들어온 이수는 찌푸린 얼굴로 장미꽃 다발을 내려놓고 그 곁에 앉았다. 얼마든지 웃어넘길 수 있었던 해프닝이었지만 그렇게 넘기지 않은 것에는 그만한 이유가 있었다. 현정이에게도 이미 들은 얘기가 있고 현성이가 현정이에게 했듯이 그 코스대로 똑같이 진행하고 있다는 것을 이미 눈치 채기도 했지만 이수만 알고 있는 또 다른 일도 있기 때문이었다.

몇 해 전에 외국에 나갔다 올 일이 있어서 다녀오던 길에 비행기 안에서 선크림을 사서 민경이에게 선물한 적이 있었다. 민경이와 만나 저녁을 먹기로 한 날 현성이에게서 자료를 받을 일이 있었기 때문에 민경이에게 양해를 구하고 합석을 했었다. 힘들게 사는 민경이에게 외국에 다녀오는 길에 샀다는 말을 하기가 뭐해서 곁에 앉은 현성이를 가리키며 이 친구가 외국 다녀온다기에 부탁해서 사 온 거라고 둘러댔었다. 서로의 부모님에 대해, 생활에 대해 얘기를 나누다 이수가 전화 받을 일이 있어서 잠깐 자리를 비웠었는데 그때 현성이와 민경이 사이에 어떤 대화들이 오갔었는지 한참이 지난 후에야 알았다. 그때 알았다, 현성이는 친구 이상은 절대 발전할 수 없는 남자라는 것을. 민경이와 통화할 때마다 이상하게 민경이가 현성이에 대해 많이 궁금해한다 생각했었는데 다 이유가 있었던 것이다.

원래는 귀찮아서 사 올 생각이 없었는데 이수가 민경이와 함께 찍은 사진을 보여주었고 너무 마음에 들어서 사 왔다고 하더란다. 이수가 선크림 값을 주려고 했지만 민경이가 마음에 들어서 일부러 받지 않았다면서 민경이를 꼬셨던 것이다. 그날 후로 두 사람은 세 번인가 네 번을 만났는데 영화도 보고 식사도 하고 드라이브도 하면서 꽤 관계 진전을 보고 있었는데 어느 날 갑자기 현성이에게서 연락이 딱 끊어졌단다. 민경이의 얘기를 듣고 추리해 생각해 보니 현성이에게서 연락이 끊어진 것은 이수가 민경이의 부모님이 장애인이라는 것을 말한 직후였다.

"민경 씨 부모님은 뭐 하시는 분들이야?"

현성이가 물었었다. 민경이와 만나는 중이라는 것을 일절 내색하지 않은 채.

"그건 왜?"

"아니, 민경 씨를 보니까 부모님이 아주 훌륭하신 것 같아서."

"훌륭하시지. 불편한 몸으로 대학까지 졸업시키셨으니까. 정말 훌륭한 분들이셔."

"불편한 몸이라니?"

"아, 두 분 다 장애인이거든."

이수는 현성이의 의도도 모르고 무심히 말했었다. 민경이의 부모님이 장애인이라는 것을. 장애인이라는 말에 현성이의 표정이 변했다는 것도 눈치 채지 못했을 정도로 이수는 대수롭지 않게 생각했던 것이다.

민경이는 잘 정리했다고 했지만 이수가 봤을 때 민경이에게는 그때의 상처가 꽤 컸던 것 같았다. 시간이 지나면서 당사자인 민경이는 현성이와의 관계를—관계랄 것도 없지만—정리했지만 이수는 달랐다. 그 일 후로 한동안 현성이가 미워 죽을 뻔했으니까. 하여튼 지나간 일이라지만 그때 일을 지금도 생생하게 기억하고 있는데 얄팍한 수작을 또 부리다니. 민경이 일에, 현경이에게 들은 애기까지 진짜 생각 같아서는 친구 관계까지도 청산해 버리고 싶었다. 같은 계통에서 일하는 친구만 아니라면 말이다.

미운 현성이를 성토하다 보니 금봉은 지금 어디서 뭘 하고 있을지, 금봉이 생각났다. 얼마나 황당하고 얼마나 욕을 해댈까. 이수는 뭐라고 말해야 할지 고민하다가 금봉에게 전화를 걸었다. 일단 집으로 들어오게는 해야 하니까.

[왜요?]

전화를 받자마자 왜요 하고 물었다. 하여튼 여보세요 생략하는 데는 뭐 있다.

“어디예요?”

[어디면요?]

“들어와요.”

[…….]

“갔어요.”

[…….]

뚝.

들어오라고 해도 말 없고 갔다고 해도 말이 없더니 그냥 끊어버렸다.

“뭐야.”

금봉이 뻣뻣하게 나오자 슬며시 화가 났다. 내가 뭘 잘못했는데 싶어서. 못 데려올 사람 데려온 것도 아니고 남의 집에 데려온 것도 아니고 자기가 왜 심통이 나서 저러나 이수도 화가 났다.

"웃겨, 정말."

청소기 돌리기엔 너무 늦은 시간이고 걸레를 빨아 거실을 닦고 있는데 금봉이 집으로 들어왔다. 한잔 마셨는지 벌게진 얼굴을 하고. 금봉은 소피 위에 올려져 있는 꽃다발을 한번 쳐다본 후 허, 하고 비웃더니 이수를 본척만척 방으로 들어가 버렸다.

정말 뭣 때문에 틱틱거리며 심통인지 모르겠다고 생각하며 걸레질을 끝낸 후에 아침에 그냥 두고 나간 설거지를 하기 위해 싱크대 앞에 서는데 소파 위에 있는 꽃다발이 눈에 들어왔다. 꽃을 저대로 말려 죽일 수는 없고 생명이 다하는 날까지 보살펴 줘야 할 것 같았다.

이수는 싱크대를 뒤져 꽃병을 찾아낸 다음 소파 위에 버려져 있다시피 한 꽃다발을 가져왔다. 너무 근사하게 포장돼서 풀어버리기 아깝지만 포장이 된 상태로는 꽃병에 꽂을 수가 없어 포장을 푼 다음에 꽃병에 꽃을 꽂고 물을 채웠다.

"아스피린을 한 알 넣어두면 꽃이 오래간다고 했던 것 같은데."

이수는 꽃병을 조심스럽게 들고 거실로 와서 텔레비전 옆 빈자리에 꽃병을 올려놓고 몇 걸음 물러나서 꽃병에 꽂힌 장미를 바라봤다. 빨간 장미 수십 송이가 꽃병에 꽂히자 정말 그 어느 꽃보다 화려하고 아름다웠다. 순식간에 집 분위기가 바뀔 정도로 아름다웠다.

이수가 꽃을 바라보며 흐뭇한 미소를 짓는데 금봉이 방에서 나와 화장실로 가려다 꽃병을 발견하곤 걸음을 멈췄다. 그러나 이내 꽃병을 깨부술 듯한 얼굴로 노려보다가 화장실로 들어가 버렸다.

“진짜 별꼴이야.”

이수가 툴툴거리며 싱크대로 와서 포장지를 치우고 설거지를 시작하는데 잠시 후 금봉이 화장실에서 나왔다. 여전히 뚱해 빠진 얼굴로.

“꽃 고마워요.”

방으로 가려는 금봉에게 이수가 말하자 금봉이 걸음을 멈추며 이수를 쳐다봤다.

“꽃 고맙다구요.”

“……”

고맙다는 말에 금봉은 아무 대꾸도 하지 않은 채 이수를 쳐다만 보고 있었다.

“왜 노려봐요? 꽃 고맙다는데. 나 주려고 사 온 거 아니에요?”

“그 사람 뭐 하는 사람입니까?”

금봉이 삐딱한 표정으로 물었다.

“뭐 하는 사람? 변호사예요.”

“어허, 변호사……”

금봉의 입가에 쓴 미소가 걸렸다.

“변호사한테 데인 적 있어요? 왜 이죽거려요?”

“애인입니까?”

“친구예요.”

“친구요?”

“네! 내 친구한테 불만있어요?”

금봉의 삐딱하던 표정이 서서히 달라지기 시작했다.

“내가 사 온 꽃을 왜 자기가 사 왔다고 합니까? 그 변호사 친구
는 거짓말쟁이랍니까?”
“충분히 훈계해 줬어요, 쪽팔릴 정도로.”
“정말요?”
“정말이에요. 다른 거 물을 거 없으면 심통 부리지 말고 들어가
잠이나 자요.”
“정말 친굽니까?”
“정말 친구예요.”
정말 친구라는 말에 금봉의 표정이 완전히 달라지더니 갑자기
어린애처럼 천진하게 웃으며 슬그머니 이수의 곁으로 다가왔다.
서른도 넘은 남자가 어쩌면 저렇게나 속을 숨길 줄 모를까. 금봉
은 여전히 천진난만하게 웃는 낯으로 싱크대에 손을 넣고 이수가
거품을 묻혀둔 그릇들을 헹구기 시작했다.
“뭐 해요?”
“도와줄게요.”
“몇 개나 된다고, 놔둬요.”
“도와줄게요. 나 원래 자상한 남자예요.”
금봉의 말에 이수는 하도 기가 막혀 웃고 말았다.
“내가 라면 끓여줄까요?”
금봉이 물었고 이수는 또다시 웃고 말았다.
“그 남자 집에 안 들어왔죠?”
“안 들어왔어요.”
안 들어왔다는 이수의 대답에 금봉이 아주 활짝 웃었다. 막 울

다가도 사탕 하나 쥐어주면 금방 웃는 36개월짜리 애도 아니고.
금봉의 활짝 웃는 얼굴을 보며 이수는 어쩌면 참 순진한 남자일지
도 모르겠다고 생각했다.

“술 마셨어요?”

“예.”

“왜요?”

“그냥 열받아서요.”

“뭐가 열받아요? 내가 남자 데려와서 열받았다는 거예요?”

“그런 거죠 뭐.”

“내가 내 집에 남자를 데려오는데 금봉 씨가 열받을 게 뭐가 있
어요? 내가 친구가 아니라 정말 애인을 데려왔다고 해도 금봉 씨
가 열받아서 씩씩거릴 일은 아니죠.”

“그래도 싫어요.”

“그러니까 금봉 씨가 싫어할 권리는 없다 그 말이에요. 여긴 엄
연히 내 집이고 금봉 씨가 나가지 않고 버티고 있는 거니까……”

이수가 야무지게 따져 묻고 있는데 금봉이 갑자기 이수의 얼굴
을 양손으로 싸쥐더니 입술을 부딪쳐 왔다.

“음, 음!!”

이수가 거품 잔뜩 묻은 고무장갑 낀 손으로 금봉을 밀어냈으나
금봉은 이수의 얼굴을 놓아주지 않았다. 아주 강력하게 입술을 부
딪친 채 이수의 얼굴을 부여잡고 있었다. 키스하는 게 완전 버릇
되겠네 싶어 금봉을 때리며 발버둥 치는데 금봉이 이수의 얼굴을
놓아주더니 허리가 꺾이도록 와락 끌어당겨 안았다. 끌어 안기자

금봉이 토해내는 뜨거운 숨이 화락 끼쳐 왔다. 술만 마시지 않았더라도 제법 맡아줄 만할 텐데 술 냄새와 치약 냄새와 뒤섞여 가히 껄쩍지근했다.

“무슨 짓이에요!”

“윤 판사님!”

“왜요! 이거 놔요!”

“나 윤 판사님 좋아해요!”

금봉이 떨리는 목소리로 소리쳤다. 이수가 깜짝 놀라 동그랗게 눈을 뜨고 올려다보자 금봉이 침을 꿀꺽 삼켰다.

“좋아해요. 좋아하고 있어요. 좋아요.”

금봉이 잔뜩 긴장된 목소리로 연거푸 좋아하고 있다고 말했다. 금봉은 순진한 사람일지도 모르겠는 것이 아니라 순진한 남자가 분명했다. 순진해도 너무 순진한 사람. 아니면 술 때문에 눈에 뵈는 게 없어서 자기가 무슨 말을 하는지 모르든지.

“금봉 씨가 술을 마셔서 이성을 잃은 모양인데요……”

“마셨어요. 술 안 마시면 내가 무슨 용기로 이러겠어요. 술기운에라도 밀어붙여야지.”

금봉이 허둥지둥 말하고 나서 말을 하고 보니 좀 민망했던지 얼굴을 붉혔다.

“그러니까 내 말은, 판사님 좋아한다고요.”

“아니, 그러니까요…… 그게…….”

이수가 허겁지겁 달려들려는 남자에게 어떻게 해야 할지 몰라 더듬거리는데 금봉이 이수를 더욱 강하게 끌어당기더니 입술을 부딪쳐 왔다.

"잠깐, 잠깐만요."

"좋아해요."

"아니, 잠깐만, 놔봐요!"

"윤 판사님, 좋아해요. 좋아한다고요."

이런 멋대가리없는 남자 하고는. 좋아한다면서 윤 판사님은 무엇이며 오십 살 먹은 아저씨처럼 좋아해요, 좋아한다고요는 또 뭔지. 고백을 하려면 무드있게 할 것이지 사랑해요도 아니고 느낌 안 오게 좋아한다고 외치며 허겁지겁 키스부터 하고 보자는 듯이 덤비는 꼴이란 정말.

"취향 아니라면서요."

"내가 언제요?"

금봉이 딱 잡아뗐다. 잡아뗄 것이 따로 있지!

"취향 아니고 비싼 남자라면서요."

"싼 남자예요."

엥? 이건 또 무슨 괴변이야?

"아니, 싼 게 아니라 비싼 남자라서 윤 판사님이 좋아요. 윤 판사님!"

"그놈의 윤 판사님이란 소리 좀 그만둬요!"

이수가 빽 소리를 지르자 금봉이 흠칫 놀라는 듯하더니 모기만한 목소리로 이수 씨 하고 불렀다.

"나 좀 비싸게 사주시면 안 될까요?"

이 남자가 정말.

"거저 드릴 수도 있는데."

"지금 장난치는 거예요?"

"장난치려고 좋아한다고 말하는 사람이 어딨어요? 사람이 얼마나 급히면, 내 맘 좀 알아달라고."

금봉이 갑자기 정색을 하며 말했다.

"좋아한다는 말은 들었거든요. 그런데 일단 이것 좀 놔요. 좋아한다고 했지 키스한다고는 하지 않았잖아요."

"키스하고 싶어요."

금봉이 천하장사 같은 기운으로 이수를 꼭 끌어안은 채 기다렸다는 듯이 입술을 들이대며 말했다. 진짜 무드도 없고 센스도 없고. 저 둔한 센스로 꽃은 어떻게 사가지고 왔을까. 생긴 건 무드 좀 챙길 줄 알게 생겼는데 하는 짓은 어쩜 이렇게 촌놈일까.

"술 냄새 난단 말이에요!"

"이빨 닦았어요."

"그래도 난다구요!"

"좋아해요, 이수 씨."

"두 번 좋아했다간 입술이 남아나겠어요?"

"난 이수 씨가 너무 좋으니까, 너무 좋아서……."

이 촌스런 남자를 어쩌면 좋을까. 어떻게 요만큼도 숨길 줄 모르고 좋아한다는 이유 하나로 창자까지 다 내보일 태세인지.

"좋아한다고 무조건 키스하는 사람이 어딨어요, 나한테 물어보지도 않고."

"키스해도 돼요?"

아이고, 정말 촌스러움의 극치를 달린다. 순진한 게 아니라 이건 완전 밥통 수준이다.

"이수 씨! 이수 씨!"

금봉이 계속해서 두툼한 입술을 들이대며 마치 이대근 아저씨가 마님, 마님! 하듯 이수의 이름을 부르는데 그 순간, 그날 밤이 생각났다. 그날 밤 금봉의 방에서 새어나오던 음침하고 오시록허게 들려오던 신음 소리.

"멈춰요!"

이수가 손으로 금봉의 입술을 틀어막았다.

"어딜 들이대요, 들이대길!"

능글 찬 남정네 같으니라고! 밥통!

"이수 씨."

"내가 너무 좋아서 그날 밤 혼자서 그 짓 했어요?"

이수가 금봉을 밀쳐 냈다.

"그 짓? 뭔 짓?"

"누가 모를 줄 알아요? 혼자서 헐떡거리던 거!"

이수가 고무장갑을 얼른 벗어 던졌다. 방으로 도망갈 준비를 위해.

"내가 언제 헐떡거렸다고…… 아! 그날 그건…….."

"아, 됐어요. 말하지 말아요. 지금 하는 걸로 봐서 본능대로 행했을 것 같으니."

"본능대로가 아니라…….."

금봉의 얼굴이 벌게졌다.

“됐다니깐요.”

“아니라니깐요.”

“흥!”

이수는 잽싸게 방으로 뛰었다.

“이수 씨!”

“오늘도 어디 한번 본능적으로 행하시지요!”

“그게 아니라니깐요! 윤 판사님!”

금봉이 방을 향해 달려오는데 이수는 어딜 감히! 하고 외치며 문을 닫아걸어 버렸다.

“해명할게요. 오해예요, 오해!”

금봉이 방문에 매달려 소리쳤다.

“해명 필요없어요.”

“저기요, 이수 씨, 윤 판사님!”

금봉이 처절하게 이수를 외쳐 불렀다.

“흥!!”

이수는 혹시 금봉이 창문을 열까 봐 창문도 걸어 잠그고 귀를 틀어막아 버렸다.

음흉한 남자 같으니라고. 그날 들었던 신음 소리가 생각나지 않았더라면 금봉의 수작에 깜빡 넘어갈 뻔했다.

“어우, 낯 뜨거.”

이수는 얼른 이불을 뒤집어쓰고 침대에 누웠다.

“이수 씨…… 내 얘기 좀 들어줘요. 문 좀 열어줘요.”

아직도 방문에 매달려 애절하게 간청하는 금봉의 목소리를 들으며 이수는 가슴을 지그시 눌렀다.

콩닥콩닥콩닥.

용감하게 괴수를 물리치고 안전한 곳으로 대피를 했는데 가슴은 왜 이렇게 뛰는 것인지. 저 문을 열어주면 금봉이 대번에 달려들어 쓰러뜨릴 것만 같은데, 기필코 사단이 나고야 말 것 같은데 왜 자꾸 저 문을 열어주고만 싶은 유혹에 시달리는 것인지.

콩닥콩닥콩닥. 꿀꺽.

이수는 입술을 쓰다듬으며 자신의 입술을 덮었던 금봉의 두툼한 입술을 생각했다. 입은 어찌나 두툼한지 한입에 삼켜질 것만 같았다.

"이수 씨."

금봉은 끈질기게 이수를 부르고 있었다.

'확 열어줘?'

이수는 손잡이를 잡으려다 그만두고 벌렁거리는 가슴을 눌렀다.

이수는 가슴이 왜 뛰는지 알고 있었다. 다른 사람은 다 속일 수 있어도 이수 자신은 속일 수 없는 그 이유를 뚜렷하게 알고 있었다. 놀란 가슴이라, 하마터면 괴수에게 잡혀 몹쓸 짓을 당할 뻔했는데 무사히 몸을 피신해 다행이어서 가슴이 뛰는 것이 아니라 그것은 쾌감과 흥분, 그리고 짜릿함 때문이었다. 금봉이 허리가 꺾이도록 와락 끌어안았을 때 짜릿하게 뻗쳐 오르던 쾌감, 머슴처럼 이름을 부르며 들이대던 입술에서 발산되던 남자다움. 표현함에 있어 멋을 부릴 줄 몰라 촌스럽기만 한 남자에게서 쾌감과 남자다움을 느끼다니.

"내가 변했어."

이수는 고개를 가로젓고 말했다.

단 한 번도 남자의 손길이 필요하다거나 좋다고 느낀 석이 없었는데—한 번도 남자의 손길이 닿지 않았으니까—오늘 보니 너무 좋았다. 남자의 손길이 금봉의 손길이. 그리고 또 한 가지. 말끔하고 젠틀하고 세련된 것을 추구하는 줄로 알았는데, 그래서 남자도 그런 남자를 좋아하는 줄 알았는데 어떻게 정반대의 남자에게서 사내다움과 함께 쾌감을 느낀 것인지. 어떻게 순진하다 못해 밥통 같은 남자에게서 설렘을 느낄 수가 있는지.

"남자를 너무 못 만나봤어. 나도 남자를 만나야 해."

맞다. 남자를 너무 못 만나봐서 그렇다. 만나는 남자라고 해봐야 결혼과는 전혀 무관한 연수원 동기들이 전부니까. 현성이가 요즘 들어 부쩍 치근덕대긴 하지만 현성이에겐 요만큼도 마음이 없고. 하여튼 저 오금봉이라는 남자가 하는 짓에서 흥분을 느끼고 설렘을 느꼈다는 것은 이유는 단 한 가지. 남자를 너무 만나보지 않아서 남자를 너무 모르기 때문이었다.

"휴우……."

이수는 이불을 걷어차며 한숨을 내쉬었다.

"변했어. 남자의 손길이 좋아……."

이수가 수줍은 듯이 중얼거렸다.

"이수 씨……."

"참아야 해. 맛을 들이면 끝이야."

이수는 귀를 틀어막았다.

“이수 씨…….”

금봉의 간절한 목소리는 밤이 새도록 끝이 없었다.

똑똑 노크 소리에 고개를 들었을 때 아버지의 눈에 활짝 웃고 있는 이수가 들어왔다.

"왔어? 들어와."

"진료 끝나셨어요?"

"오늘은 끝났어."

이수가 진료실로 들어가 보통 환자들이 앉는 의자에 앉자 아버지가 이수를 보며 웃으셨다.

"오전에 민수 전화 왔었어."

"잘 지낸대요?"

"응. 다음, 다음 달에 휴가 나온대."

민수는 이수의 막내 동생으로 지금 군에 가 있었다.

“현수는요?”

“현수는 거의 매일 전화해. 잘 지낸대.”

“네.”

현수는 이수의 바로 아래 동생인데 군의관이었다.

“엄만 안 계시네요?”

“점심 지으러 집에 올라가셨어.”

토요일은 점심시간 없이 세 시까지 진료를 보느라 점심이 늘 늦
었다.

“올라가서 같이 점심 먹자.”

“저기 아버지, 드릴 말씀 있어요.”

“뭔데? 엄마 안 들으셨으면 좋겠니?”

“아버지한테 먼저 말씀드리고 아버지가 판단해 주세요.”

“그래, 말해봐.”

“저, 집이요.”

“집이 왜?”

“사실은…….”

부모님을 만나러 오는 동안 이수는 그간의 사건을 모두 솔직하
게 털어놓을 것인가, 아니면 아무 일도 없는 척 숨길 것인가를 두
고 치열하게 고민했었다. 결론은 솔직하게 털어놓자였다. 현재 상
황으론 금봉이 언제 나갈 것인지 모를 일이고 또 언제까지나 아버
지와 어머니의 방문을 막을 순 없을 것이라는 생각 때문이었다.

이수는 집을 구하면서부터 지금까지 예상치 못하게 일어난 일
들과 함께 오금봉이라는 남자와 얽히면서 동거 아닌 동거를 하게

된 경위에 대해 자세하게 설명했다. 원래 아버지는 침착한 분이시고 또 표현이 크지 않은 분이라 이수가 남자와 동거 중이라는 사실을 알게 된 부분에서 가타부타 말씀이 없으셨지만 미간에 깊게 잡힌 주름으로 봐서 꽤 충격적으로 받아들이신 것 같았다.

"불편하겠구나."

아버지는 당신이 지금 몹시 불편하시다는 것을 돌려서 말씀하셨다.

"……조금요."

"그래, 곤란하겠어."

그건 정말 곤란하다, 라고 말씀하고 싶으셨을 텐데 이번 역시 돌려 말씀하셨다.

"언제까지 함께 지내야 한다는 거야?"

아버지는 되도록 완곡한 표현을 쓰지 않으려고 노력하시는 것 같았다. 함께 산다는 거야, 가 아니라 함께 지낸다고 표현하신 걸 보면 말이다.

"집을 구하고 있긴 한데 딱 맞아떨어지질 않나 봐요. 그 사람도 저만큼이나 몹시 곤란해해요, 미안해하고."

"오래됐잖아."

"네, 좀 오래됐어요."

"매일 부딪치는 건 아니고?"

"오금봉 씨 하는 직업이 경찰이라 일주일에 반 이상은 외박이에요. 얼마 전엔 보름 동안 들어오지 않은 적도 있구요."

"전 주인이라는 사람에게서 얼른 돈을 돌려받아야 그 사람도 나갈 텐데 말이다."

"네."

"너희 어머니 들으시면 걱정 많이 하시겠다. 아버지도 걱정스러운데 엄마는 더 하시지. 혹시나 혼삿길 막힐까 봐 걱정하실 거야."

"네, 그래서 아버지한테 먼저 말씀드리는 거예요."

"지낼 만한 거야? 네 성격을 잘 아는데, 낯선 사람을 어떻게 견디고 살아?"

"구박 많이 해요."

"구박해?"

"저절로 구박하게 되더라구요. 빨리 내쫓고 싶어서요."

"그 사람 잘못이 아닌데 매정하게 하지 마."

"걱정되시죠?"

이수의 물음에 아버지가 대답 없이 깊은 숨을 내쉬셨다.

"생각지도 못했던 일이라 당황스럽구나."

"죄송해요. 상황이 이상하게 꼬여가는데도 그 집을 포기하고 나올 수가 없었어요."

"그렇지, 포기할 수는 없지."

"문제없이 지내고 있어요. 남자하고 같이 지내는 일이 문제없달 순 없지만 다른 일 없이 지내고 있어요."

"사람은 괜찮아? 이상하지 않아?"

"뭐, 괜찮아요. 점잖고 예의 바르고."

좋아한다면서 막 덤벼들어서 키스하려고 해요, 라고 말하면 아버지 기절하실 것 같아 이수는 적당히 설명하기로 했다.

"엄마한테 말씀 안 드리는 게 좋겠죠?"

"그러는 게 좋겠구나. 그렇더라도 해결은 얼른 봐야지."

"네, 그럴러구요."

"알았어. 올라가자. 올라가서 점심 먹자."

"네."

병원 불을 모두 소등하고 밖으로 나온 이수는 아버지 대신 병원 문을 닫아걸고 셔터를 내려 열쇠를 채웠다.

"죄송해요, 아버지."

"죄송할 것 없어. 우리 이수 바른생활 맨인 거 아버지가 알아."

아버지가 이수의 등을 토닥이며 부드럽게 미소 지었다.

삼층짜리 건물에 일층엔 약국과 슈퍼가 있고 이층이 병원, 삼층 은 가정집이었는데 바로 이수네 부모님이 사시는 집이었다.

점심상을 봐놓고 막 남편을 부르러 내려가기 위해 대문을 여는 참인데 남편과 함께 딸이 들어오자 엄마가 반색하며 이수를 반겼 다.

"우리 판사님 오셨네."

"판사님이라 하지 말아요. 쑥스럽게."

"판사님더러 판사님이라 하지. 언제 왔어?"

"조금 전에."

"우리 이수 밥도 차려야겠네. 얼른 손 씻고 와. 여보, 식당으로 오세요."

"알았어요."

엄마가 차려주신 밥을 먹으며 실로 오랜만에 잃었던 입맛을 찾은 기분이 들었다. 그래서 밥 한 그릇을 뚝딱 해치우고 반 공기쯤 더 퍼서 식탁에 앉는데 엄마가 불쑥 만나는 남자 없니? 하고 물으셨다.

“걱정되세요?”

“아주 안 되는 건 아니야. 아무래도 나이가 걸리잖니.”

“그렇죠.”

“없어?”

“아직……”

“너무 못나도 힘들지만 너무 잘나도 힘들어.”

이수는 엄마의 말씀이 무슨 뜻인지 알고 있었다. 남자든 여자든 능력이 너무 없어도 안 되지만 너무 지나쳐도 곤란하다는 얘기였다. 엄마는 이수가 판사가 된 것을 무엇보다 기뻐하시면서도 능력이 지나쳐 혹시 알맞은 짝을 찾지 못할까 염려하셨다.

“결혼하고 싶은 생각은 있는 거야?”

“있어요. 없는 거 아니에요.”

“만나자는 남자 없어?”

엄마의 물음에 이수는 그냥 웃고 말았다.

만나자는 남자……. 글쎄, 있다고 해야 할까, 없다고 해야 할까. 키스한 남자는 있지만 그렇다고 그걸 만나는 남자라고는 할 수 없지 않은가. 좋아한다고, 좋다고 덤벼들긴 했지만 딱 꼬집어 사귄다거나 그런 것은 아니지만 말이다. 그러다가 이수는 깜짝 놀랐다. 만나는 남자 있냐는 질문에 대뜸 오금봉을 떠올린 것이 너무 황당했기 때문이다. 오금봉이 뭐라고, 그 남자가 뭔데.

"난 우리 딸 혼자서 늙히는 거 싫어."

"알아요."

"난 내 딸이 훌륭한 직업을 가지고 훌륭한 일을 하는 것도 좋지만 여자로 태어났으니까 좋은 짝을 만나서 너하고 네 짝을 닮은 아기 하나나 둘쯤 낳아 키우는 것도 보고 싶어."

엄마의 말씀에 이수는 잔잔하게 미소 지었다.

"당신은 안 그래요?"

"왜 아니야. 나도 보고 싶어."

아버지도 그렇다고 하셨다. 그러실 것이다. 어느 부모가 자식이 결혼도 하지 않고 혼자 사는 꼴을 보고 싶어하시겠는가.

"애 키우고 일 하고 힘든 거 알아. 많이 힘들 거야. 그래서 아버지랑 엄마랑 너 일해야 할 땐 무조건 아기 맡아 키워주기로 작정했어."

"그러셨어요?"

"아기 때문에, 집안일 때문에 충분히 할 수 있는 일을 놓치는 건 정말 안타깝잖니."

"그렇지."

"우리나라는 여자가 자기 하고 싶은 일 하면서 애 키우기 참 불편해."

"그렇죠."

"저기…… 요즘은 결혼정보회사 이런 데도 좋다고 하던데."

엄마가 조심스럽게 말씀하셨다.

“네, 그런 회사 많아요.”

“그런데 한번 등록해 보지 그래.”

“전 아직 그렇게 늦었다고 생각을 안 해요.”

“그래, 많이 늦진 않았어. 하지만 안 늦은 것도 아니야. 일하느라 치여서 남자를 만날 기회가 없는 것 같아서 말해본 거야.”

“너무 부담 주지 말아요.”

아버지가 말리는 듯이 말했다.

“부담을 주려는 건 아니야. 엄마라 한 번씩 답답하더라고.”

“네, 알아요.”

“엄마가 밥맛없게 했니?”

“아니에요.”

이수는 활짝 웃으며 반 공기 더 퍼온 밥을 먹기 시작했다.

“자고 가지?”

“네.”

“저녁에 잡채 해줄게.”

“반찬 많은데 뭘요.”

“해줄게. 우리 판사님 잡채 좋아하잖아. 당신도 좋죠?”

“좋지. 갈비찜도 하지 그래. 이수 갈비찜 좋아하잖아.”

“알았어요.”

“잔치집도 아니고. 관두세요. 있는 반찬으로 먹으면 돼요.”

이수가 말렸지만 엄마는 내 새끼 입에 들어가는 음식 만드는 게 당신의 기쁨이라며 기어이 장을 봐오셨다. 갈비찜에 잡채까지 누구네 돌잔치 음식 먹듯 저녁을 푸짐하게 먹고 이슬차를 앞에 두고

개인 파산자들을 모럴 헤저드로 몰고 가는 잘못된 시각에 대해 파산 담당 판사로서의 소견과 함께 기억에 남는 심리와 파산 신청자들에 대한 얘기를 나누고 있는데 휴대폰이 울렸다. 꽤 늦은 시간이었기 때문에 이수뿐이 아니라 부모님도 전화한 사람이 누군지 궁금해 했는데 발신자를 보니 금봉이었다.

"누구니?"

"정도 씨요."

"아, 어서 받아라."

"네."

이수는 휴대폰을 들고 얼른 방으로 들어왔다. 전화를 건 사람은 금봉인데 부모님께 정도 씨라고 거짓말을 했으니 듣는 데서 통화할 수가 없었기 때문이다.

"여보세요?"

[오금봉입니다.]

"네, 알아요. 그런데 무슨 일이에요?"

[왜 안 오십니까? 열두 시가 다 되어가는데.]

집에 가면 무슨 짓 하려고?

"오늘은 집에 간 모양이군요?"

[예. 범인이 잡혀도 위험한 세상이지 않습니까. 혹시 또 그 변호사하고 같이 있습니까?]

"내가 변호사랑 있든지 변호사 할아버지랑 있든지 그건 금봉 씨가 상관할 일이 아니에요. 그리고 오늘 들어가지 않을 거니까 신경 끄시고 푸욱 주무십시오."

[안 들어온다고요? 외박한다 그 말입니까?]

금봉이 드세진 목소리로 물었다.

"예, 외박합니다."

[누구랑요? 정말 변호사하고 있는 겁니까? 변호사하고 외박을 한단 말입니까?! 그 사람 친구라면서요!]

금봉의 목소리가 아까보다 더 드세졌다.

"그래요, 친구예요. 그런데 상관할 것 없으시잖습니까."

[말해요!]

금봉이 갑자기 버럭 고함을 쳤다.

"왜 소리를 질러요?"

[사람이 물으면 대답을 해야 할 것 아닙니까. 외박이라니, 어디서 다 큰 처녀가 외박을 한단 말입니까!]

"그럼 다 큰 처녀가 외박을 하지, 덜 큰 어린애가 외박하게 생겼습니까?"

[누구하고 외박을 하냐고요!]

"대답했잖아요, 상관하지 말라고. 금봉 씨가 무슨 상관이에요?"

[상관있어요!]

"무슨 상관요?"

[같이 살잖아요! 우린 키스도 했잖아요! 것도 두 번씩이나! 키스를 두 번이나 한 남자가 두 눈 시퍼렇게 뜨고 집에서 기다리고 있는데 남자랑 외박을 한다니, 어떤 새끼예요!!]

"어머머, 어머머!"

같이 산다는 말을, 키스했다는 말을, 그것도 두 번이나 했다는 말을 저 거실 밖에 있는 부모님이 들은 것만 같아 이수의 얼굴이 빨개졌다. 아니, 그리고 두 눈 시퍼렇게 뜨고 집에서 기다리고 있다고? 지가 두 눈을 시퍼렇게 뜨고 있으면 어쩔 건데! 지가 내 남편이야, 뭐야!

"조용히 하지 못해요! 같이 산다뇨. 우린 같이 사는 게 아니라 어쩔 수 없는 상황에서 잠깐 함께 기거하는 거예요. 그리고 키스는 내가 한 게 아니라 금봉 씨가 일방적으로 한 거라구요! 그리고 오금봉 씨가 뭔데, 눈을 시퍼렇게 뜨든지 새빨갛게 뜨든지 맘대로 해욧!"

[함께 기거하는 거나 같이 사는 거나 그 말이 그 말이지, 말 유식하게 하려고 하지 말아요. 또 일방적으로 내가 키스를 했거나 말거나 이수 씨도 좋아했잖아요!]

"내가 언제요? 내가 언제 좋아했어요?"

이런 망측한 놈 같으니라고. 사람 잡겠네. 언제 좋아했다고? 내가 언제? 언제!!

화르륵, 온몸에서 분이 치솟기 시작했다.

"오금봉이 쥐 터지고 싶어요? 좋은 말로 하려고 했더니 이 남자가 정말!"

진짜, 이러지 않았었는데, 누구보다 침착하고 조리있고 성질내는 것 좋아하지 않는 참 괜찮은 성격의 소유자였는데 오금봉을 만나면서부터 성격 완전히 버려놨다. 이 남자 때문에 말이다. 이름도 희한한 오금봉 때문에 말이다!

"나한테 맞고 싶죠? 때려줘요?!"

[어딨는지 말해줘요. 정말 그 변호사하고 있어요? 정말 외박할 거예요?]

갑자기 금봉이 애가 타서 꼴깍 넘어갈 듯한 목소리로 물었다. 애간장이 타고 타서 바짝 눌어붙어 탄 냄새가 진동하도록 애걸복걸이었다. 금방 꼴딱 넘어갈 듯이 웃었다가 금방 팍 꼬꾸라져서 죽을 듯이 우울해하는 조울증 환자도 아니고 파르르 다 태워죽일 듯이 성질을 냈다가 또 갑자기 팍 꺾여서 목숨만 살려달라는 듯 애원하는 꼴은 무엇인지.

　[외박하면 안 돼요. 무슨 짓 하려고 그래요. 여자가 몸 간수를 잘해야지. 세상에 믿을 놈이 누가 있다고 그래요. 믿을 놈 아무도 없어요. 내 말 들어요. 집에 오라고요.]

야, 진짜 눈물겨워 들어줄 수가 없구나. 정말 바보 아니야?

"정말 왜 이래요?"

[내가 좋아한다고 했잖아요. 내가 좋아한다고 했는데 어떻게 다른 남자하고 외박을 해요.]

금봉이 숨 넘어갈 듯 징징거렸다.

"우리 집이에요, 우리 집. 아버지 엄마하고 하룻밤 자려고 왔어요. 됐어요? 당신 때문에 모시고 갈 수가 없어서 내가 왔다구요."

[……아, 그렇구나. 그렇다면 진작 그렇게 말씀을 하시지요.]

징징거릴 땐 언제고 금봉의 목소리가 대번에 활짝 피었다.

[그럼 내일 오십니까?]

"네."

[내일 너무 늦지 않게 와요. 세상이 험하니까.]

"오금봉 씨."

[잘 자요.]

"오금봉 씨."

[굿 나잇.]

뚝. 무슨 코미디 프로에서 사람 잘 웃기는 개그맨이 장난치듯이 굿 나잇 하더니 전화를 끊어버렸다. 웃어야 될지 말아야 될지, 어이없는 얼굴로 휴대폰을 노려보던 이수는 결국 하도 어처구니가 없어 픽 웃고 말았다.

딱 일곱 살. 여덟 살도 아닌 일곱 살 사내아이가 바로 오금봉이었다. 일곱 살 사내아이치고는 너무 음흉해서 탈이지만.

부모님 집을 나와 막 전철에 올랐는데 현성이에게서 전화가 왔다. 낮에도 전화가 와서 부모님 집에 있다며 끊었는데 왜 또 했는지. 좋아라 하지도 않는데 말이다.

[어디야?]

"집에 가는 길이야."

[어디쯤?]

"왜?"

[잠깐 보자고.]

"안 돼. 집에 갈 거야. 늦었어."

이수가 딱 잘랐다.

[오해 풀고 싶어서 그래.]

“무슨 오해?”

[그날 꽃 사건 말이야. 난 장난치려고 그런 건데 윤 판사 너무 심각하게 받아들이는 것 같아서. 나 장난 잘 치는 거 알잖아.]

현성이가 장난스러운 어조로 말했다. 끝까지 장난으로 끌고 가려는 듯이.

“마지막으로 장난으로 받아줄게. 그런데 다시는 그런 장난 치지 마.”

[알았어. 예민하긴.]

“전철 안이야. 끊을게.”

[중간에서 만나. 종로나 신촌쯤에서 볼까?]

“싫어. 집에 갈 거야.”

[할 얘기 있어. 꼭 해야 해.]

“무슨 얘기?”

[중요한 얘기야. 따지지 말고 신촌에서 잠깐 보자. 한 시간 뒤면 되지?]

“그냥 전화로 해. 나 피곤해.”

[전화로 안 돼. 신촌 어디 보자…… 그래, 홍익문고 앞에서 보자. 한 시간 뒤야.]

한 시간 뒤를 외친 후 현성이가 전화를 끊어버렸다.

“만나기 싫다는데 정말.”

이수가 신촌에 가지 않을 테니 나왔다가 바람맞았다고 엉뚱하게 사람 잡지 말라는 얘길 하기 위해 현성이에게 곧바로 전화를 걸었지만 이수에게서 전화가 올 줄 알았는지 휴대폰이 아예 꺼져 있었다.

"귀찮아, 정말. 또 무슨 소릴 하려고……."

신촌이야 왕십리에서 한번 갈아타 주기만 하면 금방이니 못 갈 것도 없지만 만나고 싶은 생각도 없고, 중요한 얘기라고 했지만 들어보나마나 싱거운 소리일 것이 뻔해서 만나고 싶은 마음이 별로였다. 안 간다는 말을 하려고 해도 휴대폰을 꺼버려서 할 수도 없고, 또 차라리 이참에 만나서 혹시라도 치근덕거리는 얘기, 즉 꼬시는 맨트를 날리면 아예 제대로 받아버리자 싶어 신촌에서 내렸다. 현성이보다 먼저 도착해서 홍익문고 안으로 들어가 베스트셀러들을 살펴보고 있는데 홍익문고 앞에 있다며 현성이에게서 전화가 왔다.

이수가 서점에서 나가자 벌써 왔네? 하고 현성이가 다른 날보다 퍽 반가워했다.

"무슨 애긴데 꼭 보자는 거야?"

"어디든 들어가서 얘기하자. 길에서 서서 뭘 해. 신촌 좀 알아? 어디 조용한 카페 없을까?"

"저 아래 연대 쪽으로 가다가 삼거리에서 오른쪽으로 꺾으면 샤갈의 눈 내리는 마을이라는 카페 있어."

"가자."

현성이와 함께 카페에 들어온 이수는 안쪽으로 들어가 자리를 잡았다.

"여기 괜찮네."

"그래, 괜찮아."

까맣고 긴 앞치마를 입은 예쁜 여종업원이 메뉴판을 들고 와서 탁자에 내려놓고 갔다.

"뭐 마실래?"

"키위 주스."

"그래, 나도."

통일해서 주문한 키위 주스가 나와 한 모금씩 마시고 잔을 내려 놓는데 현성이가 있잖아, 하면서 입을 여는 순간 이수의 휴대폰이 울렸다.

"잠깐만."

이수가 발신자를 확인하지도 않고 폴더를 열고 보니 금봉이었다.

"네."

[어디예요?]

"신촌이에요."

[신촌? 거긴 왜요?]

"친구 만나고 있어요."

[친구? 누구 말입니까?]

"알아서 뭐 하게요?"

[그 변호사 말입니까?]

금봉이 사나워진 목소리로 물었다.

"맞아요."

[에이 씨!]

"뭐, 뭐라구요?"

[아, 진짜…… 친구라면서 왜 만날 만납니까?]

"싸우기 싫거든요? 끊어주세요."

[집에 언제 올 겁니까?]

"몰라요! 끊어요!"

이수가 버럭 화를 내고는 전화를 끊어버렸다.

"누군데?"

"아니야."

"싸웠잖아. 누군데?"

"아니야, 몰라도 돼. 그래서 무슨 말 하려고 했니?"

이수가 얼른 화제를 돌리려고 애쓰며 묻자 현성이가 씩 웃더니 입을 열었다.

"연애하자."

현성이의 말에 막 키위 주스를 한 모금 마시려던 이수가 움찔하며 현성이를 쳐다봤다. 자, 드디어 코스 중 마지막 단계에 도달한 것이다.

"뭘 하자고?"

"연애하자고."

"연애를 하자고?"

이수가 연애라는 단어를 생전처음 들어본다는 듯이 되물었다.

"그래, 연애하자고."

이수는 어처구니없다는 듯 픽 웃고 말았다.

"연애하자는데 왜 웃나?"

"현성 씨하고 무슨 연애를 해."

"나하고 왜 못하는데?"

현성이의 물음에 이수는 또다시 웃고 말았다.

"웃는 건 긍정적인 거지?"

"갑자기 왜 연애를 하자는 거야?"

이수가 의심스럽다는 눈초리로 현성이를 쳐다보며 물었다.

"생각해 보니까 내가 찾던 조건의 여자, 윤 판사하고 흡사해. 직업이나 집안 모두."

"조건이 맞으니까 연애를 하자고?"

"조건 때문만은 아니야. 같은 계통에서 일하니까 일적인 면에서 두루두루 잘 통하고 무엇보다 윤 판사하고 있으면 편해. 서로 잘 아니까."

현성이의 말에 이수가 픽 웃었다.

"일적인 면에서 두루두루 잘 통한다는 말은 틀렸어. 우린 일 부분에서 제일 많이 다퉈."

"의견은 얼마든지 다를 수 있어."

"편하다는 말도 틀렸어. 우린 그렇게 편하지 않아. 말다툼 끝에 안 좋은 채로 헤어진 게 한두 번이 아니야. 우린 연애를 할 상대라기보다는 토론하고 논쟁하는 상대로 더 어울려."

"토론하고 논쟁하면서 연애하자, 그럼."

"이제 선이 안 들어오니?"

이수가 비꼬자 현성이가 이수에게 눈을 부라린 후 키위 주스를 한 모금 마시는데 또 휴대폰이 울렸다. 오금봉이었다. 젠장할 오금봉.

"여보세요!"

[집에 언제 가냐고요!]

"안 가요! 끊어요! 그리고 전화하지 말아욧!"

이수는 빽 소리를 치고는 또 전화를 끊어버렸다.

"아 진짜, 누구냐? 중요한 얘기 좀 하려고 하는데."

현성이가 불쾌한 듯 인상을 쓰며 물었다.

"미안."

이수는 얼른 휴대폰 벨을 진동으로 돌려놓고 소파에 내려놨다.

"뭔데? 누군데 그렇게 소리 질러가며 싸우는 거야?"

"암것도 아니야. 어디까지 얘기했지? 아, 그래. 이제 선 안 들어오니?"

"에이 진짜, 말할 맛 다 떨어지게 해놓구선."

"미안하다고, 미안해. 정말 미안해. 말해. 선이 안 들어오는 거야?"

"됐어. 내 조건에 선이 왜 안 들어와?"

잘난 척은.

"그냥, 잘 모르는 사람 소개 받아서 알 때까지 탐색하는 거 시간 낭비고 정력 소비인 것 같아서 그래서 잘 아는 사람하고 연애하는 게 편할 것 같아 그래."

"사상이 상당히 불량스러워 보인다. 시간 아끼고 정력 소비 줄이려고 잘 아는 사람하고 연애하자고 결정을 내리고 나니 잘 아는 사람이 나야? 고작 그런 이유로 연애하자는데 내가 참 잘도 하자고 하겠다."

"사상이 불량스럽긴. 나 쉽게 결정한 것 아니야. 연애뿐이 아니라 결혼까지 염두에 두고 있어."

얼씨구. 결혼이라는 단어까지 나오자 이수는 더 더욱 어처구니가 없어졌다.

"현성 씨하고 나하고 연애나 결혼을 할 수 있을 만큼 특별한 감정이 있다고 생각해?"

"무슨 얘기 하려는 건데? 연애나 결혼의 조건 중에 제일 중요한 것은 그 사람의 돈이나 배경이 아니라 사랑이라는 말? 유치한 말은 하지 마. 윤 판사도 알다시피 요즘은 사랑보다 돈이 더 세. 돈만 많으면 머리 홀랑 다 까진 오십 먹은 아저씨하고도 결혼하겠다고 새파란 여자들이 줄 서. 그게 현실이야."

"그래, 그런 현실도 무시할 순 없지. 하지만 적어도 난, 돈 많다고 머리 홀랑 다 까진 오십 먹은 아저씨한테 시집갈 생각은 없어."

이수가 딱 부러지게 말했다. 딱 부러지게 말하는데 징~ 징~ 하고 휴대폰 진동이 울리기 시작했다. 악착같은 오금봉.

"중요한 건, 나는 능력이 넘치고 머리 까진 오십 먹은 아저씨가 아니라 팔팔한 삼십대라는 거야. 이 정도면 뿌리치기엔 너무 강한 유혹 아니냐?"

현성이의 밉살맞은 자화자찬에 모가지 살을 꼬집어주고 싶다고 생각하며 키위 주스와 함께 나온 새우깡을 집어 먹는데 끊어졌던 휴대폰이 또 징~ 징~ 울리기 시작했다. 당장 달려가서 두들겨 패버려야지 정말! 어제부터 염장질 제대로 한다.

"다른 얘기 하지 말고 연애 한번 해보자. 당장에 결혼하자는 말은 안 할게. 사실 결혼을 염두에 두고 있긴 하지만 그래도 결혼은 조금 더 신중하고 싶거든. 연애하자는 말 역시 신중하게 하는 거고.”

“그럼 나도 신중하게 대답해야겠네?”

“그렇지.”

“싫어.”

이수는 더 생각할 것도 없이 잘라 말했다.

“신중하게 대답한 게 겨우 두 글자 싫어야?”

현성이가 몹시 실망스럽다는 표정으로 물었다.

“더없이 신중하게 대답한 거야.”

“적어도 며칠, 아니, 몇 시간이라도 생각하고 대답을 해야 할 것 아니야. 그래야 신중한 티가 나지.”

“며칠 몇 시간 생각할 것도 없이…… 미안하다, 잠깐만.”

도저히 저 징징거리는 휴대폰 때문에 집중을 할 수가 없었다. 결판을 내든지 해야지!

“여보세요!”

이수가 전화를 받자마자 이를 갈며 소리쳤다.

[그 친구, 그 변호사라는 친구, 그 변호사, 그 사람 그, 그, 그…….]

금봉이 있는 대로 열받은 것이 분명한 목소리로 대체 무슨 말을 하려는지는 몰라도 너무 흥분한 나머지 더듬더듬거렸다.

“그 뭐요? 말을 해요, 말을!”

[그, 그, 그 시발탱구리가 그렇게 좋아요!!]

금봉이 휴대폰 밖으로 튀어나올 듯이 고함을 쳤다.

"뭐, 뭐, 뭐요!!"

이놈이 진짜 미쳤나! 어따 대고 욕지거리를!

[잘해보시오! 잘해봐!]

금봉이 휴대폰이 찢어지도록 고함을 지르더니 전화를 끊어버렸다.

"허, 뭐 이런 무지막지 무식, 개무식한 놈이!!"

끊어진 휴대폰을 들고 이수가 분에 치받쳐 벌벌 떨기 시작했다.

"왜? 뭐라는데 욕이야?"

현성이가 깜짝 놀라며 물었다.

"뭐 이런 형편없는, 아니, 어디서 욕을……."

이수가 재깍 금봉에게 전화를 걸었지만 금봉은 전화를 받자마자 끊어버렸다. 약을 올려 죽이기로 작정을 한 모양이었다. 다섯 번을 걸었는데 다섯 번 모두 끊어버리자 이수의 울화통은 극에 달했다.

"윤이수. 윤이수?"

현성이가 불렀지만 이수 귀에는 들리지도 않았다.

"어이, 윤이수."

이수는 들은 척 만 척 휴대폰을 들고 문자를 찍기 시작했다.

〈죽고 싶지? 미쳤지? 감히 어따 대고 욕이야!! 당장 방 빼!! 너 죽고 싶어!!〉

하고 문자를 찍은 이수는 전송버튼을 누르고 씩씩거렸다.

"윤이수."

현성이가 부르는 순간 딩동 하고 문자가 도착했다.

〈지금 나한테 너라고 했어? 나한테 반말했지? 당신이 판사면 다야! 당신 어디야!〉

하고 문자가 왔다.

오호라, 네놈도 약이 오르기 시작했구나.

이수는 다시 문자를 찍기 시작했다.

"윤이수, 윤 판사. 나 좀 봐."

"가만있어 봐. 바빠."

이수는 현성에게 바락 짜증을 내고는 번개처럼 손가락을 놀려 문자를 찍었다.

〈어디면 왜? 오려고? 와봐, 와봐, 누가 겁나니?〉

하고 문자를 찍은 후 전송하려던 이수는 이게 무슨 유치하기 짝이 없는 짓인가 싶어 찍은 문자를 다 지우고 다시 문자를 찍다가 좋은 생각이 나서 씩 웃었다.

이수는 딱 느낌표 포함해서 딱 여섯 글자만 찍어 문자를 전송한 후 너 약 좀 오를 것이다 하며 의미심장하게 미소 지었다.

이수가 보낸 여섯 글자는 바로,

<쿵! 쿵쿵!!>

예전 금봉이 문자를 잘못 찍어 전송했던 '쿵'을 고스란히 되갚
아준 것이다.

잠시 후 전화가 걸려왔다. 이수는 깨끗하게 무시해 주었다. 그
러자 이번엔 문자가 날아왔다.

<쿵이 뭐야, 쿵이! 당신 나하고 장난하자는 거야!!>

펄쩍펄쩍 뛸 듯이 분노에 찬 문자를 보자 이수는 승리감을 느끼
며 활짝 미소 지었다.

"나가자."

이수가 자리에서 일어나자 현성이가 황당해서 참을 수 없다는
얼굴로 이수를 올려다봤다.

"얘기 안 끝났거든?"

"연애하자며."

"그래."

"싫다고 했잖아. 그럼 얘기 끝난 거지."

"야, 윤이수."

현성이가 이수를 도로 앉혔다.

"나 참, 뭐 이런 여자한테 연애를 하자고 했는지. 윤 판사, 잘 모
르는 모양인데 아무리 판사라도 여자는 서른 넘으면 암것도 아니

야. 잡아줄 때 붙잡아.”

“허, 기막혀서.”

이수는 어이가 없어 웃고 말았다.

“그리고, 여자가 너무 잘나가도 거북해하는 남자 많아. 너무 뻐기지 마.”

“뻐기느라 거절하는 것 같아?”

“아니야?”

가뜩이나 오금봉 때문에 열받쳐 죽겠는데 김현성까지 사람을 긁어대다니. 아주 미움을 받으려고 작정을 했구나.

“김 변호사.”

이수가 정색을 하고 현성이를 건너다봤다. 이제 비로소 연애고 지랄이고 무엇이 되었든 받아들일 수 없는 이유를 분명히 말할 때가 왔다고 생각했다.

“나, 현성 씨하고 연애 안 해. 조건 좋고 그래, 어디 하나 빠지는데 없어. 그런데 연애하기 싫어. 뻐기는 게 아니라 싫어.”

“왜? 이유나 알자. 이유를 알아야 뻐기는 게 아니라고 믿지.”

“정말 듣고 싶어?”

“그래, 듣고 싶어.”

“나중에 후회할지도 몰라. 후회 안 할 자신 있어?”

“후회는 무슨, 나 그렇게 흉 많은 사람 아니야.”

진짜 한 대 쥐어박고 싶었다.

“민경이 얘긴데?”

“민경이? 민경이라니?”

현성이가 약간 긴장한 얼굴로 되물었다. 민경이가 누군지 뻔히 알면서도 모른 척하려니 긴장이 되겠지.

"민경이 말이야. 내 친구 민경이."

"어, 민경 씨."

현성이가 그제야 민경이가 누군지 알겠다는 듯 고개를 끄덕였다. 쇼하는 게 눈에 환하게 보이게. 그러자 현성이가 너무너무, 너무너무 미워졌다.

"절대 말하지 않겠다고 민경이하고 약속했기 때문에 죽을 때까지 모르는 일로 잊고 살려고 했는데 어쩔 수 없이 말해야겠다. 분명히 후회하지 않을 거라고, 흉 많은 사람 아니라고 했으니 할게."

"그래, 해."

그러나 현성이의 목소리는 아까처럼 자신감이 충만해 있지 않았다.

"너 민경이한테 접근했던 거 알아."

"뭐? 접근?"

현성이가 이 무슨 얼토당토않은 말이냐는 듯 미간에 잔뜩 주름을 잡았다.

"내가 민경 씨한테 접근을 했다고? 야, 누가 그래? 민경 씨가 그래?"

"아무리 생각해도 접근이라는 단어 외에는 합당한 단어가 없어. 넌 분명히 민경이한테 접근했어."

"내가 간첩도 아니고 무슨 접근?"

"내가 사 온 선크림 현성 씨가 사 왔다고 했다며. 선크림 값 나한테 받으려고 했는데 민경이 보고 마음에 들어서 안 받는다고, 현성 씨가 선물하는 거라고 했다며.”

“그거야, 그 정도 장난이야 얼마든지 칠 수 있는 것 아니냐?”

현성이가 별것도 아닌 깃 가지고 거품 무냐는 듯이 말했다.

“그래, 그 정도는 칠 수 있는 장난이라고 해. 근데 나 없을 때 기어이 민경이 전화번호 받아내고 두 사람 따로 만났다며. 그건 뭐야?”

“그래, 괜찮은 사람인 것 같아서 몇 번 만났어. 세 번인가 네 번인가 만났어. 만났는데 만나다 보니까 안 맞더라고. 안 맞는데 계속 만날 수는 없잖아. 사람이 서너 번은 만나봐야 맞는지 안 맞는지도 아는 거고 그거 상식 아니냐?”

“맞는지 안 맞는지 알아보려고 세네 번 만나는 동안 하루에 문자를 열 번도 더 보내고 통화를 기본 다섯 번씩 했니? 그거 알아보려고 두 번째, 세 번째, 네 번째 만난 날 새벽 세네 시까지 통화를 했냐고. 셋째 날엔 두 사람 다 밤 꼴딱 샜다며.”

“그건…… 민경 씬 그런 것도 얘기하대? 그래, 좋아. 그럴 수 있는 거 아니야? 윤 판사는 남자를 안 만나봐서 그런 모양인데, 연애를 하면 다 그래. 마음에 들었어. 얘기하다 보니 길어졌고, 말도 잘 통했고.”

걸려들었어.

“그래, 현성 씨 말대로 연애한 거네.”

이수가 지적하자 현성이가 움찔했다.

“연애하느라 밤을 새워가며 통화를 했고 두 번째 만남 만에 새벽녘까지 통화를 하고 마지막 날엔 밤을 꼴딱 새우기까지 했다면 정말 너무 잘 통한 거고 너무 잘 맞았다는 건데, 갑자기 왜 하루아침에 안 맞게 된 거야?”

“그건…… 내가, 갑자기 내가 너무 바빴어. 아주 중요한 사건을 맡게 됐단 말이야. 그러다 보니까 통화할 시간도 없었고 그렇게 시간이 지나다 보니까 자연스럽게…….”

“궁색해.”

이수가 중간에서 현성이의 말을 잘라 버렸다.

“그렇게 잘 통했는데 바빠졌다고 한순간에 연락을 끊어?”

“윤이수, 정말 용의주도하다. 사람 말 한끝 실수할 때까지 기다리고 있다가 딱 잡아채서 타박질하는 거, 사람 얼마나 비위 상하게 하는지 알아?”

현성이가 쌈 한판 붙을 기세로 험악하게 노려봤다.

“건 김 변호사 전문이야.”

“뭐?”

“증인 심문 말이야. 말 한끝 실수하게 만들어 유리한 쪽으로 끌고 가려고 증인 비위 있는 대로 상하게 만들잖아. 모욕적으로 느낄 만큼.”

“그건 공적인 일이야.”

“말 돌리지 마. 아직 이유 말하지 않았어. 제대로 된 이유를 대든지, 아니면 내가 그 이유 말해줘?”

“무슨 이유? 뭐?”

현성이가 기분이 상할 대로 상한 듯이 인상을 썼다.

"네 번째 만나고 밤새워 통화하고 바로 뒤에 나한테 물었었어. 민경이 부모님 뭐 하시냐고. 내가 알려줬어. 부모님 장애인이고 노점상 하신다고. 시기적으로 맞아떨어져. 민경이 부모님 장애인에 노점상 하신다는 기 알고 나서 그 후로 네 언락 딱 끊어졌대."

"민경 씨 부모님이 장애인이어서가 아니었어. 너 사람을 어떻게 보고 그따위로. 그런 거 아니야!"

현성이가 억울함을 지나쳐 사람 함부로 곡해하지 말라는 듯 언성을 높였다.

"내가 그따위 인간으로밖에 안 보여? 아무리, 민경 씨 부모님이 장애인이고 노점상 하신다고 안 만났을까. 정말 불쾌하다, 윤 판사. 이러면 나 윤 판사 여자라는 거 잊을 수도 있어."

"한 대 치겠다고?"

"윤 판사!"

"좋아, 다 넘어간다고 쳐. 하지만! 민경이한테는! 갑자기 연락을 끊고 그래서 밤이 새도록 통화를 할 만큼 타올랐던 애정이 한순간에 식은 이유를 설명했어야 했어."

"그건……."

"넌 민경이를 너무 우습게 본 거야. 민경이와 민경이 감정을 너무 우습게 봤어."

이수가 차갑게 쏘아붙였다.

"현성 씨가 어떤 변명을 해도 민경이 부모님 때문에 민경이와의 만남을 중단한 것으로밖엔 해석 안 돼."

"그건 아니야!"

현성이가 신경질을 냈다. 그러더니 속이 타는 듯 남아 있던 키위 주스를 단숨에 다 들이켰다.

"사람 진짜 병신 만드는 데 뭐 있다, 윤 판사. 어렵게 연애하자는 말 꺼낸 사람한테 그게 할 소리야?"

"처음에 분명히 말했어, 기분 나쁠 수도 있다고."

"예고했으니 상관없다?"

"석연치 않은 기억들과 더구나 내 친구하고 연관된 일을 난 기억에서 지울 수가 없어. 그래서 난 김 변호사하고 연애할 수가 없어. 하고 싶지도 않고."

"그래, 연애하지 마. 하지만, 사람 우스운 놈으로 만든 것에 대해서는 사과해."

현성이 차갑게 굳은 얼굴로 사과를 요구했다.

"정말 사과를 해야 한다고 생각해?"

"지금까지 날 아주 치사한 놈으로 알고 있으면서 그럼 날 왜 만났는데? 왜 만나고 밥은 왜 먹고 왜 상대해 줬는데? 사람 갖고 노는 것도 아니고 말이야."

"친구니까."

이수가 간결하게 대꾸했다.

"뭐?"

"친구니까. 만약 사귀거나 혹은 다른 감정이 있었다면…… 현성 씨 말대로 우리가 연애를 했다면, 껍데기 벗겨났을 거야."

"허, 돌겠다."

"현성 씨는 가벼웠을지 몰라도 민경이는 맘고생 무섭게 했어.

왜냐고? 데이트라는 걸 한 남자가 현성 씨가 처음이었거든.”

“후…… 미치겠네. 윤 판사가 뭐라고 해도 난 민경 씨한테 잘못한 거 없어. 데이트 몇 번 한 걸로 그럼 반드시 결혼해야 하는 거야? 왜? 뭣 때문에?”

“결혼해야 한다는 말이 아니라 이유는 설명해 줬어야 한다는 거야.”

“헤어지면서 헤어지는 이유 구구절절 설명하는 커플이 몇이나 되는데? 만나다가 싫으면 헤어지는 거지.”

“편리하네.”

“사과해. 난 사과 받아야겠어.”

“사과 안 해. 난 현정이한테도 들은 얘기가 있거든.”

“뭐?”

현성이의 얼굴에서 핏기가 가셨다.

“현정이한테 들은 얘기도 소상하게 알려줘?”

이수의 물음에 현성이가 모멸감으로 치를 떨었다.

“어떻게 같은 수법을 친구들한테 돌아가며 쓰니? 꾼도 아니고.”

“야, 윤이수!”

“다 아는 사람 말고 아예 모르는 사람 만나 천천히 알아가다가 결혼해. 김 변호사에 대해 잘 아는 사람은 현성 씨 싫어해.”

“윤 판사 아는 사람들도 윤 판사 싫어해!”

현성이 으르렁거리며 소리쳤다. 너는 누가 좋아하는 줄 아냐고, 착각하지 말라는 듯이.

이수는 픽 웃으며 자리에서 일어났다. 그리고 마지막으로 한마디 남겼다.

"그래도 김 변호사보다는 나아."

이수는 차가운 목소리로 뇌까리고는 씩씩하게 카페를 걸어나왔다. 그리고 뒤도 돌아보지 않고 집으로 갔다. 뒤도 돌아보지 않고 씩씩하게 집으로 왔는데 기분은 한마디로 완전 개똥 같았다. 쐐기를 박아준 것은 잘했다 싶으면서도 너무 심하게 한 것 같아 마음에 걸리고, 심하긴 뭐가 심했냐고 당해도 싶다가도 또 한편으론 뒤가 께름칙했다.

"아, 머리 아파."

일그러진 기분으로 집에 들어와 문을 걸어 잠그고 곧장 안방으로 걸어가던 이수는 방문에 붙어 있는 포스트 잇 메모지를 발견하고 멈칫했다.

〈집에는 잘 다녀왔어요?〉

하고 적혀 있었다.

"뭐야."

이수는 입술을 실룩거리며 메모지를 떼어내 구겨 버렸다.

기분을 양껏 상하게 만들어놓을 때는 언제고 이 말도 안 되는 메모는 또 뭐 하자는 짓인지! 이중인격자 같으니라고, 언제는 순진한 돌쇠처럼 굴고 언제는 되어먹지 못한 무식쟁이처럼 굴고, 또 지금은 어울리지 않게 자기가 무슨 로맨티스트라고 메모로 장난인지. 이중인격이 아니라 삼중인격자였다. 금봉 때문에도 골 아프고 현성이 때문에는 더 아프고. 두 남자가 아주 사람을 삶아먹는다 싶었다.

이수는 혀를 차며 방으로 들어와 가방을 내려놓고 편한 옷으로 갈아입은 후 화장실로 들어갔다. 이를 닦기 위해 칫솔을 집어 들던 이수는 욕실 거울에 붙어 있는 또 다른 메모지를 발견하고 눈을 크게 떴다.

〈심심해 죽는 줄 알았습니다.〉

"아, 뭐야, 정말!"
이수는 메모지를 떼어내 박박 찢어버렸다.
"어디서 얕은 수를! 방이나 빼!"
이수가 이를 갈며 소리치고는 칫솔에 치약을 묻혀 입에 물고 이를 닦으며 밖으로 나와 혹시 오금봉 이 삼중인격자가 설거지를 퍼질러 놓진 않았나 싱크대를 점검했다. 점검 상태 이상 무. 이수가 날카로운 시선으로 싱크대를 점검한 후 돌아서는데 싱크대 위 수납장에 또 메모가 붙어 있었다.

〈설거지 다 했어요. 오른쪽을 보시오.〉

"허, 청량리역 앞에 자리를 펴야겠네. 내가 점검할 줄 어떻게 알았나 몰라. 오른쪽을 보라고?"
오른쪽으로 고개를 돌리자 뒤 베란다로 가는 문에 메모지가 또 붙어 있었다.

〈밖으로 나가요.〉

"밖에? 무슨 수작이야?"
문을 열고 밖으로 나가자 냉장고 문에 메모지가 붙어 있었다.

〈문을 열고 냄비를 보시오.〉

"냄비?"
메모지 지시대로 냉장고를 보자 냉장고 안에 커다란 전골냄비
가 들어 있었다. 전골냄비를 꺼내자 냄비 뚜껑에도 메모가 붙어
있었다.

〈배고프죠? 맛있게 먹어줘요. 이수 씨 먹으라고 내가 했어요.〉

무슨 음식일까 궁금해하며 냄비뚜껑을 열자 등딱지가 새빨간
꽃게 한 마리가 들어간 해물탕이었다.
이수는 해물탕을 들여다보며 픽 웃고 말았다.
그렇게 들어오라, 들어오라 난리를 쳐댄 이유가 바로 이 해물탕
때문인 것 같았다. 한번 먹여볼 거라고 심혈을 기울여 끓였는데,
이제나 오려나, 저제나 오려나 모가지가 학이 되도록 기다렸을 텐
데 엉뚱한 남자와 놀고 있지, 해물탕은 식어빠졌지 약이 바짝 올

랐을 것이다. 하지만! 누가 해물탕 끓여달라고 한 적 있냐 그 말이다.

이수는 별로 고맙지 않다는 표정으로 해물탕을 들여다보다가 그래도 이왕 끓여놓은 음식이니 맛이나 보자 싶어 가스레인지에 올려놓고 불을 붙였다.

해물탕 냄비를 불 위에 올려놓고 화장실에서 마저 씻고 나오자 그새 해물탕이 다 데워져 있었다. 불을 끄고 식탁에 옮겨놓은 후 뚜껑을 여는데 캬~ 냄새가 장난 아니었다.

"냄새에서 포스가 느껴져."

이수는 해물탕 국물부터 한 숟갈 떠먹어보았다.

"오~"

냄새만큼이나 국물 맛도 기가 막혔다.

"이 남자 음식 좀 할 줄 아네."

한 숟갈 두 숟갈 국물만 떠먹던 이수는 건더기도 먹어보자 싶어 아예 대접을 가져와 건더기를 덜어내서 작정하고 퍼먹기 시작했다. 간이 제대로 배인 싱싱한 해물 맛이 아주 그만이었다. 꽃게도 건져 내서 뜯어먹고 종류별로 들어간 해물들도 맛을 보고 국물도 떠먹다 보니 밥이 생각났고 먹는 김에 제대로 먹자 싶어 밥 한 그 릇까지 뚝딱 해치워 버렸다.

"맛은 있네, 맛은 있어."

금봉은 밉다 해도 해물탕의 맛은 미워할 수 없었다.

"흥, 하지만! 그, 뭐? 무슨 탱구리? 그건 절대 용서 못해!"

이수는 맛난 해물탕 뚜껑을 닫으며 소리쳤다. 그러면서도 금봉을 향했던 미운 마음은 사르르 녹아내리고 있었다.

그리고 다음날, 일이 터졌다!

문을 연 이수도, 문 앞에 서 있는 사람들도 똑같이 생뚱맞은 표정으로 서로를 쳐다보고 있었다. 댁은 뉘신가? 뭐, 이런 표정들이었다.

"누구요?"

하고 웬 할머니가 물었다. 그런 질문이 어딨는가. 초인종 소리에 문을 열어줬으면 집주인이지 손님이겠는가.

"네? 저야 이 집 주인이죠. 누구세요?"

"주인? 워미, 집을 잘못 찾았는 갑소. 집을 잘못 찾았구만."

할머니가 곁에 서 있는 중년의 남녀를 보며 말했다.

"누구 찾아오셨는데요?"

이수가 상냥하게 물었다. 혹 동과 호수를 잘못 알고 찾아왔다면 고쳐 잡아주는 친절을 베풀기 위해.

"울 막내 아들 늠."

할머니 막내 아들 늠이 누군지 이수로선 알 도리가 없었다. 바로 그때 할머니 곁에 서 있던 중년의 남자가 물었다.

"여기 1704호 아닙니까? 오금봉 씨 찾아왔는데요."

'허거걱!!'

오금봉을 찾아왔단다. 오금봉을 찾아온 이자들은 누굴까. 가족? 친척? 가족일 확률이 매우 높아 보였다.

"오.금.봉. 씨요?"

이수가 온몸이 얼어붙는 것을 느끼며 금봉의 이름을 딱딱 끊어지게 불렀다.

"예. 여긴 줄 알고 왔는데. 여기 맞는데……."

중년의 남자의 약간 당황한 얼굴로 혼잣말을 중얼거렸다.

이걸 어떻게 하면 좋을까. 아니라고 할까? 맞다고? 아니라 할 수도 없고, 맞다고 할 수도 없고. 예고라도 하고 찾아올 것이지!!

이수는 우리 막내 아들 늠을 찾아왔다는 할머니를 쳐다봤다. 그러니까 이분은 금봉의 어머니였다. 할머니가 아니고.

"아, 저기…… 일단 들어오세요."

오금봉의 집이 아니라고 할 수는 없으니 일단은 집 안으로 불러들이긴 해야 할 것 같았다.

"예?"

"그게…… 오금봉 씨 집이 맞는데, 맞긴 한데 그게요……."

이수가 어떻게 설명해야 할지 몰라 난감한 얼굴로 쳐다보며 우물거렸다.

"맞어? 우리 금봉이 집이 맞어?"

할머니가 반색했다.

"아, 예. 그런데요……."

오금봉은 아무래도 가족에게 집에 무슨 문제가 생겼는지 전혀 말을 하지 않은 모양이었다. 말을 했어야지, 왜 말을 하지 않아서는 난데없이 부모님과 가족들이 들이닥치게 하는지. 하긴 이수도 지난주에야, 그것도 아버지께만 말씀드렸으니 금봉만을 탓할 수도 없었다. 어찌 되었든 이미 벌어진 사태를 어떻게 수습해야 할까?

이수는 갑갑한 심정으로 금봉의 가족들을 쳐다보고 있었다.

‘어쩌지?

어떻게는 무슨. 정석대로 나가는 수밖에. 정석이라 함은…… 있는 그대로를 설명하는 수밖에 없었다. 그럼에도 불구하고 곱게, 순전히 받아들이려고 하지 않을 소지는 충분히 있긴 하지만.

“그란데 샥시는 누구여?”

“그게요, 저기…… 일단 들어오셔서 말씀하시죠.”

“들어오라고?”

할머니, 아니, 금봉의 어머니와 다른 가족들이 집 안으로 들어왔다. 그런데 들어오는 순간!

“워매, 우리 금봉이헌티 샥시가 생겼는 갑다.”

집 안으로 들어와 신발을 벗고 올라선 할머니가 다짜고짜 이수의 손을 답싹 잡으며 소리쳤다.

샥시? 샥시라면 색시 말인가? 그것이 아닌데…….

“워매 이놈의 새끼가 말도 안 허고 원제 샥시를 데려다가 살림을 차려서는…….”

살림이라니, 살림이라니!

목소리는 금봉을 야단치는 것이 분명한데 어째 어머니의 얼굴에는 기쁨이 가득했다.

“아, 아, 아뇨. 저기요, 그게 아니라…….”

이수는 시간 끌다간 큰일나겠다 싶어 몸이 달았다.

“워미, 곱다. 시상에 고운 거.”

이수가 설명을 하려는 참인데 어머니는 이수가 무슨 말을 하든 관심없다는 듯 중간에서 말을 딱 자르시더니만 애정이 담뿍 담긴 손길로 이수의 얼굴을 요리 만지고 조리 쓰다듬기 시작했다.

"몇 살이여? 몇 살 묵었어?"

"아뇨, 어머니, 그게 아니라요…….."

"그라제. 나가 엄니여. 시엄니. 워미 시상에…….."

아무한테 어머니라고 할 것도 못 된다는 것을 깨닫는 순간이었다.

"곱다, 예쁘다."

할머니는 이수가 그저 예쁘고 사랑스럽게만 보이는 모양이었다. 연신 쓰다듬고 만지고.

이수가 말할 수 없이 뜨악한 기분으로 도움을 청하기 위해 할머니 곁에 서 있는 중년의 남녀를 바라보았지만 그들 역시 할머니와 똑같이 흐뭇함에 겨운 표정으로 웃고만 있었다.

"앉아보소. 앉아보아."

금봉이 어머니가 이수를 잡아 앉히더니 손을 꼭 잡고 바라봤다.

"원제여? 원제버텀 살림을 산겨?"

"예?"

이수는 울고 싶은 심정이 되어버렸다. 살림이라니, 살림이 아니라니깐요, 엄니! 아니, 할머니!

"제가 설명을 드릴게요. 잘 들으셔요. 금봉 씨하고 저는요, 살림을 차린 것이 아니라…….."

"어야, 순제 애비야, 우리 금봉이 늠이 사람을 볼 중을 안다."

엄니, 사람이 말을 하려고 하잖아요! 하고 외치고 싶었다. 금봉 씨의 어머니는 이수의 목소리는 들리지도 않는 모양이었다.

"워디서 요렇게 예쁜 것을 데려다 놨겄냐."

"예, 어머니."

순제 애비라는 아저씨가 흐뭇하게 웃으며 대답했다.

"아이고, 금봉이 그늠이 온다아아아 온다 험서도 한 번을 안 오 걸레 뭐언 일인가, 이넘이 워디가 아픈가 혀서 지다알~리다 지달 리다 나가 온 거여."

야, 할머니 발성 끝내준다.

"아, 네……. 그런데 저기 드릴 말씀이 있거든요……."

"그려, 뭔 일혀? 서울 사람덜언 다 일을 허드만. 신랑각시가 같 이 벌어묵어야 얼른 자리 잡고 그라제. 우리 순제 어멈도 일하잖 여. 보험, 보험 알제? 순제 어멈이 보험을 혀서 돈을 어얼매나 버 는가, 거업나게 번당게."

할머니가 말하는 순제 어멈은 중년의 남녀 중 그 '녀'를 두고 하는 말 같았다. 보험해서 돈 겁나게 번다는 말에 중년의 녀가 얼 굴을 붉혔으니까.

"인사혀. 우리 금봉이 형이여. 그랑게 아주버님이제."

미치겠다. 아주버님까지 나오다니.

"아, 네. 저기요……."

"아이고, 제수씨, 반갑습니다."

저는 금봉 씨와 살림을 차린 사람이 아니거든요 하고 말하려는 데 금봉 씨의 형님이 대번에 제수씨 하며 인사를 하고 나오자 기회를 또 놓치고 말았다. 이수가 일그러진 얼굴로 억지로 웃으며 중년의 '남' 순제 아범에게 인사를 하자 금봉의 형님이 더없이 사람 좋은 표정으로 이수에게 웃어 보였다.

"여그는 형님이여. 손위 동서를 형님으로 모셔야 허는 것은 알제? 인자 형님으로 부르면 되야. 아이고 순제 아범아, 이럴 중 알았으믄 요식이 어멈을 델꼬 올 것을 그렸다."

요식이 어멈은 또 누굴까.

"그러게요, 어머니."

"반가워, 동서."

순제 어멈께서는 대번에 동서란다. 척하고 말을 놓으면서.

"아, 네. 안녕하세요."

이수는 순제 어멈에게도 인사를 하고 말았다. 어쨌거나 인사는 받아줘야 하니까.

"저기 금봉 씨 어머니, 그리고 형님, 저기 제가 드릴 말씀이 있는데요……."

"그려, 뭔 일 혀?"

아, 진짜 금봉 씨 엄니 사람 말 잘라 먹는 데는 도사시다!

"저요? 전…… 법원에서 일합니다. 그리고 금봉 씨하고 저는 절대 살림을 차린 것이……."

"법원? 법원이 뭐 하는 데랴?"

"법원은요, 어머니. 도둑놈을 잡아서는……."

"도둑 잡는 것은 경찰서 아니냐. 우리 금봉이 일허는 디."

"아니요. 도둑이나 강도를 금봉이 같은 경찰이 잡으면 법원에

넘겨서 재판을 해요. 아! 그러니까 감나무집 할아버지 손자 형일이가 뭔 사기를 쳐서 재판 받는다 했지 않습니까. 재판 받는데 변호사가 어쩐다고 했잖아요. 거기가 법원이에요. 그 법원에서 일한답니다."

"아……."

할머니는 순제 아범의 설명을 알아들었는지 못 알아듣고도 아는 척을 하는 것인지 고개를 끄덕끄덕하셨다.

"법원에서 무슨 일 하십니까?"

이번엔 순제 아범이 물었다.

"네…… 전 판사입니다."

"예?"

순제 아범의 눈이 조금 커졌다.

"판사요."

"아이, 아이고야."

순제 아범의 눈이 더 커질 수가 없을 만큼 커졌다.

"어머나……."

순제 아범어멈이 깜짝 놀란 얼굴로 이수를 쳐다봤다.

"파, 판사님이요?"

"네……."

"아이고, 엄니, 판사님이라네요."

"판사? 좋은 것이다냐?"

"아이고, 겁나게 훌륭헌 것이제라."

그때까지 서울말에 가깝게 쓰시던 순제 아범께서 한순간 걸죽

한 사투리로 돌변하며 흥분했다.

"워미. 아이고, 이렇게 훌륭허신 분이 우리 제수씨가 되고. 아이고, 영광이여라."

"아, 아니요, 그게요……."

"아니, 판사님이 그렇게 훌륭허다냐? 우리 금봉이보담?"

어머니가 살짝 기분 나빴다는 듯이 묻는데,

"금봉이가 델 것이 아니랑께요, 엄니."

"어머니, 판사는요 형사도 잡아갈 수 있어요."

순제 아범어멈이 어디 판사에 형사를 들이대냐는 듯이 면박을 주었다.

"형사도 잡아가? 고렇게 높다냐? 그려? 워미, 이렇게나 높으신 분을……."

"아니요, 그러니까 제 말을 좀 들어주세요. 이 집은요……."

"되았어!"

어머니가 갑자기 언성을 높이셨다. 다들 깜짝 놀라게.

"암만 그려도, 여자는 여자여."

"예?"

이렇게나 높으신 분을…… 하며 경외로운 눈으로 바라보시던 잠깐 전의 표정과는 180도 달라진 엄한 표정이 되시더니 네가 암만 판사라도 여자고 그래 봤자 내 아들보다 못하다는 듯이 이수를 쳐다봤다.

"여자가 암만 높은 일을 헌다고 혀도 남자를 깔아뭉개면 집안이 망허는 법이제. 내 며느리가 암만 판사라 혀도 나가 할 말은 혀야 쓰겄네."

"엄니……."

순제 아범이 말리는데 어머니가 손사래를 쳤다.

"자고로 집안이 잘될라믄 안사람이 서방을 높여야 허는 것이여. 그저어어어어어! 서방을 하늘처럼 떠받들매 나는 서방밖에 없소, 서방이 죽으라믄 워미 나 죽소 허고 자빠지는 시늉도 해보여야 그것이 안사람의 도리고 자세다 그 말이제."

절대 동의할 수 없는 21세기를 사는 모든 여성들을 울리는 발언이로고.

"어머니, 요즘 시대가 어떤 시댄데……."

순제 어멈이 한마디 하는데 어머니의 눈이 대번이 도끼눈이 됐다.

"나 말이 틀렸단 말이여?"

"아니, 그런 게 아니라, 요즘 누가 남편이 죽으란다고 죽는 시늉을 하고 그래요, 어머니."

"그라면 지가 높다고 남편을 발바닥에 붙은 개똥 보듯 혀야 한다는 말이여?!"

어머니가 버럭 성을 내셨다.

이수는 어머니의 심히 우려되는 발언에도 뜨악해 죽겠는데 난데없이 역정을 내시는 모습을 보자 더욱 뜨악해졌다. 내가 왜 지금 이런 얘기를 들어주고 있어야 하나 싶어서.

"저기요, 제가 드릴 말씀이 있는데요. 제 얘기 좀 들어주세요. 오해를 하셨는데요. 이 집에 대해서 제가 차근차근 설명을……."

“순제 애비야, 순제 어멈 돈 벌러 다닌다고 너를 우습게 보는 것이다냐?”

“아이고, 엄니는 여그서 그런 얘기를 뭐 하러 한다요. 사만 계셔 보시고…… 그래, 식은 원제 올리신답니까?”

순제 아범이 이수에게 물었다.

“식이요? 무슨…….”

“이렇게 식도 안 올리고 살 수는 없응께, 결혼식을 얼른 올리고…….”

이게 대체 무슨 기통 막힐 일인지!

“아뇨, 저기 그러니까 제가 지금 말씀을 드리려고 하잖아요. 오해를 많이 하셨는데요…….”

중간에 말꼬리 잘릴까 싶어서 보통 때보다 세 배는 더 빨리 말했지만 여지없이 차단당하고 말았다.

“엄니, 식은 서울서 올려야겠지요?”

“우덜이 죄 시골에 있는디 서울서 올리면 우덜은 어떡하라고?”

“관광버스 대절혀서 와야지라.”

“관광빠스?”

“금봉이도 그렇고 여기 제수씨도 그렇고 서울서 혀야 부조도 받고 헐 것 아니여라.”

아니, 이 사람들은 정말 왜 이럴까. 사람이 말을 하려고 하면 들어줘야 할 것 아닌가. 말 좀 하려고 하면 딱 자르며 자기들 말 하고 좀 하려고 하면 개무시해 버리고!!

“저기요, 어머니, 형님…….”

“아이고야!”

갑자기 할머니가 손뼉을 딱 치며 이수를 쳐다봤다. 그 바람에 이수의 말은 또 잘라 먹혔다.

“그것이 뭔 꿈인가 혔다. 어저껜가 그저껜가 우리 금봉이가 꿈에 갑자기 집에 왔는디 혼자 온 것이 아니라 이만한 금도야지를 안고 온겨.”

“금돼지요?”

“아주 시잇~누런 빛이 월매나 센가 나가 눈이 부셔서 지대로 뜨지도 못하고 있었당게.”

“그려서요?”

“금도야지를 금봉이가 대청마루에 떡허고 내려놨는디 나가 고놈을 들라고오오오 들라고 혀도 겁나게 무거워서 꼼짝을 안 허는겨.”

“어허.”

어머니와 형님 참 죽이 잘 맞다. 어쩌면 금봉의 어머니는……여자 변사였을지도 모른다. 저 추임새 하며.

“그러더니만 요 금도야지가 폴짝 뛰더니만 안방으로 쏙 들어가잖여.”

“아이고, 엄니는 로또를 한 장 사보지 그렸어요.”

로또까지 나왔다.

“로또가 그 뭣이냐 복권이제? 다 필요없어. 고 금도야지가 뭣인가 혔드니 아이고 아가.”

할머니가 이수의 손을 틀어잡았다.

"바로 너였구만. 내 꿈이 예사 꿈이 아니여. 우리 금봉이를 나가 가졌을 때 태몽이 아주 거업나게 좋았당게. 보통 늠이 아니라는 것은 나가 태몽에서버텀 알아봤어. 태몽이 워떠지 몰르제?"

태몽까지!

"물론 모르죠."

어떻게 알겠는가. 오금봉의 태몽을!

"저기 어머니, 태몽이 문제가 아니라요……."

"시상에, 저어어어 하늘 끝에서 뭣이 화아아아한 것이 훨훨 날아오는디 저것이 뭐다냐, 저것이 뭐다냐 허고 보고 있자니 워미, 봉황인겨. 봉황이 워얼~매나 귀한 새인지 알제? 아이고, 봉황도 그고게나 큰늠 처음 봤당게. 그것도 금물에 퐁당 빠졌다 나온, 금 봉황인디 날갯짓을 헐 땜마담 물이 뚝뚝 떨어지는겨. 그라더니만 내께로 곧장 날아오는디, 워미 저것이 어쩔라고 나헌티 덤비나 무서바서 도망을 댕기며 숨는디 요늠 악착같이 쫓아오는겨. 그라더니만 고것이 나를 한 바꾸 두 바꾸 돌더니 내 치마 속으로 쏙 들어오는겨. 나가 무서바서 오줌을 다 찌릴 뻔했당게. 요것이 뭔 꿈인가 허다가 나가 우리 금봉이 태몽을 우리 시아버지헌티 말을 혔드만 아니코야! 아들이다! 허시는겨. 그래서 황금 봉황혀서 금봉이 이름을 지었자녀. 순제 아범은 들었제?"

"예, 어머니."

이수는 웃음을 터뜨릴 뻔했다. 어떻게 이름을 지어도 금봉이라 지었을까, 살아오는 동안 놀림도 어지간히 받았겠다 했는데 이름에 그토록 깊은 뜻이 있었을 줄이야.

"그려서 우리 금봉이가 예사로운 늠이 아니다 훌륭한 사람이 될 것이다 혔는디 시상에 우리 아덜이 도둑놈을 싸그리 잡아부러서 대통령 표창을 받아왔잖여. 워미, 하이고 월매나 신기한 일이 있는 중 알어? 표창장에! 양옆으로! 황금 봉황 두 마리가 짝 새겨져 있는디!! 고 중간에 오금봉 하고 우리 아들 이름이 딱 박혀 있는 겨! 시상에 태몽이, 그것이 어짜면 고렇게 딱 맞아떨어지는가!"

이수는 더는 참지 못하고 웃기 시작했다. 배를 잡고 뒹굴고 싶었다. 웃겨도, 웃겨도 이렇게나 실감나는 코미디가 또 있을까! 황금 봉황이 날아와 치마 속으로 쏙 들어왔는데 황금 봉황 새겨진 표창장 받았다고 딱 맞아떨어진다니. 하긴 잘 맞아떨어지네.

금봉의 어머님이 저렇게 흥분해 자랑을 하시는데 퍼지게 웃다 보면 노인네 놀리는 꼴이라 그럴 수는 없고 어떻게 하든 참아보려고 애를 쓰며 배를 움켜쥐고 입을 꼭 다물었지만 터져 나오는 웃음은 멈출 수가 없었다.

"그려, 좋제? 훌륭한 사내를 만나서 좋제? 우리 금봉이 같은 사내가 없어야. 복 터진겨. 워디 가서 우리 금봉이 같은 사내를 만나겠냐."

이수는 드디어 더는 못 참고 웃음을 터뜨리고 말았다. 어떻게 이 웃음을 좋아서 웃는 것으로 착각할 수 있는지. 결코 비웃는 것은 아니지만 그렇다고 좋아서 웃는 것도 아닌데 어쩌면 저렇게나 착각을 하실까. 아무리, 세상의 모든 부모님이 자기 자식을 최고라 한다지만 그래도 너무 대놓고 자랑을 하니 민망했다. 지나친 자랑은 오히려 반감을 살 수도 있다는 것을 모르시는 모양이다.

"어머니, 그만 하셔요."

순제 어멈이 이수 웃음의 의미를 눈치 챘는지 금봉의 어머니를 말렸다.

"그러, 금봉이 얘기는 차차 허기로 허고 부모님은 다 살아 계시고?"

"네? 아, 네."

내가 왜 이걸 대답해야 하나 싶으면서도 아무리 설명하려고 해도 설명할 기회도 주지 않고 들으려고 하지도 않으니 그냥 대답이나 하는 수밖에 없었다.

"형제는 몇이나 된디야?"

"밑으로 남동생 둘 있어요."

"엄니께서 딸 하나 아들 둘을 낳으셨고만. 첫딸이 키워놓으믄 좋긴 좋은디 첫 판버텀 고추를 못 따셔설랑 걱정이 많으셨겠고마."

"뭐…… 글쎄……."

"동상들은 뭔 일 허고?"

금봉 씨 어머니 남의 집 가계부까지 다 꿰고 싶으신 모양이었다. 어쩜 족보까지 파헤치려고 하실지도 모를 일이고.

"둘 다 군에 가 있는데 하나는 군의관으로 복무 중이고 막내는 그냥 보통 사병이구요."

"어, 군인."

"군의관이시면 의사 공부하시는 모양입니다."

금봉 씨 형님이 물었다.

"네."

"아이고, 집안이 그냥…… 허허허허허."

"집안이 좋다고? 우리 집안은 어디 안 좋으냐. 금봉이 아버지가 마흔 때버텀 마을 이장허셔서 돌아가실 때꺼정 하셨자녀. 난중엔 회장님 되셨당게. 을매나 일을 알뜰하게 잘 보시는가 마을서 소문났었어야."

금봉이 어머니의 자랑에 이수가 어정쩡한 미소를 지으며 고개를 끄덕였다.

"엄니, 그런 자랑은 뭣허러 하셔요."

"나가 못할 말을 하간? 여기 있는 우리 순제 아범은 회사에서 높은 자리에 있어야. 밑에 수도 없이 많은 직원덜얼 거느리고 우리 순제 아범이 이렇게 허소 허면 허고 허지 마소 허면 재깍 기계도 세워불고. 허허허허 공장장이자녀."

"아이고, 엄니도 참."

금봉 씨 형님이 낯부끄러운 얼굴로 어머니를 말렸지만 소용없었다. 한번 시작된 자랑이니 끝장을 보시려는 듯 끝이 없었다.

"우리 사우는 카센타를 허는디, 카센타가 뭔지 알제?"

"네."

"차 고쳐 주는 거 말이여. 겁나게 크게 허는디 하루에 고장난 차 덜을 수십 대도 더 손을 보아서 돈을 긁어모아야. 집이 월매나 너른가 아주 다 돌아보는디 심이 들어설랑은 하루에 돌아보도 못한당게."

금봉 씨 어머니가 정말이지 안쓰러울 만큼 천진스러운 표정으로 자랑을 하셨다. 저렇게 천진스러운 표정을 보니 금봉 씨는 어머니를 꼭 닮았다 싶었다.

"아이고, 어머니도 참. 과장도…… 겨우 서른두 평 아파트 가지고."

순제 어멈이 정말 더는 못 들어주겠다는 얼굴로 중얼거리며 제발 어머니를 멈추게 하라는 신호를 남편에게 보냈다.

"어머니, 고만 허셔요."

"어? 그려, 고만 혀. 앞으로 두고두고 헐 테니께. 그래, 부모님은 뭐 농사 지으신가?"

"아뇨. 병원 하십니다."

"병원? 의사선생님이요?"

순제 아범이 물었다.

"예."

"오……."

순제 아범은 금봉이 정말 좋은 집안의 여자를 만났다는 얼굴로 이수를 쳐다봤다.

"아버님도 의사선생님이시고 동생 분도 의사선생님이고 제수 씨는 판사님이고……."

"하이고!"

그때 할머니가 또 갑자기 손뼉을 딱 치는 바람에 금봉 씨 형님도 놀라고 이수도 깜짝 놀랐다. 참 모션도 그렇고 말씀도 그렇고 포스가 매우 강한 분이다.

"혹시, 달거리가 끊어지지 않았는가?"

“네?”

“아이고, 어머니도.”

순제 어멈이 급하게 할머니를 말렸다.

“암만 혀도 뭣이 있당게. 그라고 도야지 꿈이 원칙은 태몽이여. 금도야지면 아들이 분명하당게.”

“태, 태몽…… 무슨…….”

“뭐 먹고 잡은 거 없어?”

“먹고 싶은 거라뇨?”

“그랑게 그것이…….”

“혹시 임신했나 물어보시는 거예요.”

순제 어멈의 말에 이수가 펄쩍 뛸 듯한 얼굴을 하고 할머니를 쳐다봤다.

“아뇨. 절대!”

아이고 정말 이러고 넋 놓고 있을 일이 아니었다. 세상에, 임신이라니. 오해를 해도 정도껏이지.

“저기요, 저기 제가 드릴 말씀이 있는데요. 뭔가 크게 오해를 하셨는데요…….”

“그라제, 식도 안 올리고 그라면 쓰남. 그려도 요즘 젊은 사람덜은 더러 애 먼저 들어서고 나서 식도 올리고 하더라믄…….”

“아니요. 전 금봉 씨하고 그런 사이가 아니구요…….”

“아이고 아가, 나 물 좀 주어. 목이 타네. 발써버텀 목이 탔는디 금봉이 샥시 보는 바람에 나가 목 탄 것도 잊었어야. 아하하하하하.”

어머니는 웃음이 날지 모르겠지만 이수는 죽을 맛이었다. 어떻게 한순간에 이렇게 말도 안 되게 오해를 받는지.

"잠깐만요. 물 드릴게요."

지금 물이 문제가 아닌데, 어쩌면 말을 하려고 할 때마다 저렇게 딱딱 끊어 잡수시는지! 문이 문제가 아니지만 노인이 목이 탄다는데 물 없다 할 순 없고 이수는 얼른 물 한 잔을 갖다드린 후 방으로 들어와 금봉에게 전화를 걸었다.

[해물탕 먹었어요?]

전화할 줄 알았다는 듯이 금봉이 기대에 찬 목소리로 물었다. 여지없이 여보세요는 생략하고. 지금 해물탕이 문제가 아닌데 말이다.

"빨리 들어와요. 빨리, 빨리!"

이수가 이를 갈며 윽박질렀다.

[예? 왜, 왜요? 해물탕 더 끓여달라고요?]

해물탕은 빌어먹을!

"해물탕은 무슨 해물탕이에요! 무조건 빨리 들어오라고요. 불 났어요, 불!"

[불?!]

"지금 금봉 씨 어머니하고 형님하고 형수님 들이닥쳤어요. 나한테 말은 해줬어야 할 것 아니에요!"

[어머니가요?!]

금봉이 깜짝 놀란 목소리로 소리쳤다.

"지금 금봉 씨하고 나하고 같이 사는 줄 알고 단단히 오해하셨으니까 빨리 와서 수습해요.”

[같이 사는 거야 사실이죠.]

“지금 농담해요!!”

[어머니가 무슨 말씀 하셨어요?]

“무슨 말이 아니라 온갖 말씀을 다 하시고 금봉 씨 태몽까지 말씀하시더군요.”

[아, 미치겠네…….]

휴대폰에서 금봉이 내쉬는 신음 소리가 터져 나왔다.

“어떻게 할 거예요? 어떻게 할 거냐구요!”

[갈게요. 가서 내가 설명할게요.]

“당장 와요! 당장이요!!”

이수가 낮은 목소리로 윽박지르고는 전화를 끊어버렸다.

“아, 미치겠다, 정말.”

이 방에서 나가면 또 무슨 소리를 들을지 눈앞이 캄캄하고 금봉이 도착할 때까지 안방에 숨어 있을 수도 없고 이수가 오도 가도 못하고 갑갑해하며 방 안을 서성거리는데 노크도 없이 문이 벌컥 열리더니 금봉의 어머니가 방으로 쑥 들어왔다.

“저기 어머니, 여긴요…….”

“여그가 안방인 갑다. 깨끗하게 치워놨구만. 집 치워놓은 것을 본께 손이 여물구마.”

금봉 씨 어머니의 무대포 정신은 알아줘야 한다. 어딜 그냥 밀고 들어오시는지.

“저기 여긴요, 제 방이거든요. 금봉 씨 방은요…….”

“살림살이는 가만 본께 우리 금봉이 것이 아니라…… 그라고
본께 이름도 모르구만. 이름이 뭐여?”

“이름요…….”

“이름을 알아야 부르제. 허기사 우리 며느리라 불러도 되지만
서두.”

절대 안 되지!

“윤이수라고 합니다.”

“이수?”

“네.”

“이수야, 여그 앉어보아.”

금봉 어머니가 척허니 침대에 앉으시더니 이수를 끌어당겨 앉
혔다.

“그래, 금봉이는 얼매나 좋아허는겨?”

“네?”

“금봉이가 이뻐라 허제?”

“아, 예…….”

“나가 이참에 물어볼 말은 아니지만서두…… 워뗘?”

워뗘? 뭐가?

“뭐가요?”

“우리 금봉이.”

그러니까 금봉 씨가 뭐가 워떴다는 거냐고요!

“금봉 씨 뭐요…….”

“심 좋제?”

어머니가 민망할 정도로 눈을 찡긋거리며 말씀하셨다. 허걱, 어머니 왜 이러세요!

"네?"

이수의 얼굴이 일그러지기 시작했다.

"으크크크크, 갸가 심은 좋을 것이여."

아이고, 망측해라, 엄니.

"나가 금봉이늠 어릴 적버텀 미꾸라지며 장어며 심에 좋다는 것은 다 잡아다 해먹였당게. 우리 금봉이가 심은 좀 쓸 것이여. 암만, 으히히히."

어머니의 웃음소리는 그 어떤 웃음소리보다도 더욱 음흉했다.

"아, 네……."

그 심 좀 경험해 보아야겠구만요.

"사내늠이 심이 없으믄 고것은 사내도 아녀."

그것은 사실입지요.

"우리 금봉이 심일랑은 걱정허덜 말고 아들만 낳으소. 아들은 셋 낳고 딸은 하나만 낳고. 딸도 고명으로다 하나는 있어야제."

합이 넷? 누굴 잡아 잡수시려고!!

"아이고, 곱기도 참말로…… 우리 금봉이도 예에에에사 인물은 아니지만도 이수도 곱구만. 에하하하하하."

금봉 씨, 어머니를 어쩌면 좋을까요. 어머니의 손길에서 벗어나고 싶어 악 소리가 나올 찰나 금봉이 집으로 뛰어들어 왔다.

"엄마! 엄마! 어딨어요?!"

금봉의 다급한 외침 소리가 들렸다.

“아이고, 우리 금봉이 왔는 갑다.”

어머니가 활짝 웃더니 거실로 뛰어나가셨다.

“금봉아.”

“엄마.”

“아이고~ 우리 아덜.”

금봉의 대략난감 표정을 전혀 파악하지 못한 어머니가 금봉을 와락 껴안았다.

“잘 있었냐? 엄니 보고 자팠제?”

“저기 엄마, 그게 문제가 아니라…….”

“어이그, 이 잡것.”

어머니가 금봉의 가슴팍을 살짝 치면서 눈을 흘겼다.

“샥시가 생겼으믄 엄니헌티다 말을 혀야제.”

“아니 엄마, 그게 아니라요.”

“도련님, 우리도 왔어요.”

순제 어멈의 말에 금봉이 그제야 형수와 형을 쳐다봤다.

“이제 곧 도련님이 아니라 서방님으로 불러야겠네요.”

“암만 그려야제.”

어머니가 만족스러운 듯 고개를 크게 끄덕거리는데 금봉이 안방 문 앞에 서 있는 이수와 눈이 마주쳤다.

‘뒈지기 싫으면 당장 해결해!’

하는 이수의 눈빛에 금봉이 화들짝 놀라더니 어머니의 손을 틀어잡았다.

“일루 좀 들어와요, 엄마. 형님, 형수님도 좀 들어와 보세요.”

금봉이 어머니를 자기 방으로 끌어당겼다.

"거그가 워디여? 안방은 저긴디?"

"아이그, 그냥 들어와 봐요, 쫌!"

금봉이 어머니를 강제로 방 안으로 끌고 들어가고 형님과 형수님도 방 안으로 들어갔다. 그리고 곧 문이 닫혔다.

이수는 한숨을 푹 내쉬며 방으로 들어와 침대에 덜렁 드러누워 버렸다.

"야, 장난 아니다."

그 말밖에 안 나왔다. 마치 창을 한자락 하시는 듯 음율을 타는 말투 하며 추임새도 장난이 아니고 여자와 남자를 여지없이 하늘과 땅으로 가르는 편협한 시각 하며 당신이 낳으신 아들에게 대한 절대적 신뢰 하며 정말 장난 아니었다. 사실 흉보거나 욕할 것도 없다. 저 연세의 어른들이 다 그렇듯 어머니도 남편을 하늘처럼 모셨을 것이다. 당신은 발가락의 때와 같은 취급을 받으면서도 설령 불만이 있더라도 없는 척, 어쩌면 아예 원래 이렇게 사는 거야 하고 체념한 채로 사셨을지도 모르니까 말이다. 끝없이 세뇌를 당하셨을 거다. 남자는 하늘, 남편도 하늘, 아들도 하늘, 딸은……고명.

이수는 절대 동의할 수 없지만, 나중에 결혼해서 딸을 낳는다면 고명으로 키울 생각이 결코 추호도 없지만 어떻게 그런 사상을 가질 수 있냐고, 같은 여자면서 어떻게 여자를 그따위로 깔아뭉개고 등신 취급할 수 있냐고 욕할 수는 없었다. 그 시대에, 어머니의 시대에 태어나 살아오신 분들 모두가 불합리하다는 것을 알고도 모른 척, 혹은 정말 모른 채로 살아온 것이니까. 그것이 그들의 탓은 아니니까. 하지만 이해함에도 불구하고 이수는 조금 화가 났고 조금은 심경이 비틀어졌다. 당신 아들이 잘났으면 얼마나 잘났는데 싶어서. 하늘은 무슨…… 좋아해요, 좋아해요 하며 입술 디밀며 덤빈 것을 알면 기절하시겠네.

"갸가 심은 좋을 것이여."

하셨던 어머니의 말씀이 떠오르자 이수는 웃음을 터뜨리고 말았다.

힘에 좋다는 것은 죄 해먹이셨다며 아들 셋과 딸 하나를 낳으라시던 어머니.

"안타깝네. 그 좋은 힘을 플레이보이에다 쏟으니."

이수가 키득거리며 웃고 있는데 금봉 씨 방문이 벌컥 열리는가 싶더니 이수를 부르는 소리가 들렸다. 부르는 사람은 금봉 씨 어머니였고 목소리는 매우…… 앙칼졌다!

이수가 밖으로 나가자 어머니가 입술을 요렇게 비틀어 물고 오십 년 묵은 여우처럼 이수를 쏘아보셨다. 어머니의 시선이 거북해진 이수가 슬쩍 금봉을 쳐다보자 금봉이 몹시 난처한 얼굴로 이수와 제대로 눈도 마주치지 못하고 서 있었다.

"여그 좀 앉아봐요, 처자."

처자? 갑자기 웬 존대말을 쓰실까 더 불안했다.

"네."

별생각없이 소파에 앉았는데 금봉 씨 가족들이 죄 바닥에 앉는 바람에 이수도 얼른 일어나 바닥으로 내려가 앉았다.

“허이고 참말로…… 나가 기통이 맥혀서…….”

금봉 씨 어머니가 정말로 기통이 막힌 얼굴로 가슴을 쳤다.

“긍께 요럭허고 우리 금봉이 허고 같이 사는 것이 둘이 좋아서 사는 것이 아니다 그 말이여?”

“네.”

“긍께 참말로 우리 금봉이헌티는 요만큼도 마음이 없다 그 말이여?”

어머니가 다그쳐 물었다. 만약에 정말로 요만큼도 마음에 없다고 대답하면 한 방 쥐박을 듯한 기세로.

“그런 거 없습니다. 전혀 없어요.”

이수가 그렇게 대답하는데 금봉의 표정이 확 달라졌다. 몹시 서운하고 섭섭하고, 그리고 마치 배신을 당한 사람의 그것과 같았다.

금봉의 표정 때문이었을까? 이수 역시도 갑작스러운 서운함을 느끼며 한쪽 가슴이 욱신거렸다.

“둘이 좋아서 산 것이 아니다 그 말이제?”

어머니가 재차 물었다. 마치 다짐을 받으려는 듯이. 이수는 대답하기 전 자신도 모르게 금봉을 쳐다봤다. 금봉은 몹시 굳은 얼굴로 다른 쪽에 시선을 둔 채 이수를 외면하고 있었다.

“우리 금봉이 집을 처자가 뺏어가서는…….”

“그렇지 않아요, 어머니.”

"어머니는 무신 엄니여!"

금봉 씨 어머니가 버럭 소리를 질렀다.

"저 어르신, 잘못 알고 계시는 겁니다."

금봉이 서운해하는 것은 서운해하는 것이고 아닌 것은 아닌 거니까, 이수는 얼른 어머니에서 어르신으로 정정했는데 금봉 씨 어머니는 어르신으로 부른 것이 더 언짢았는지 아까처럼 오십 년 묵은 여우 눈을 하고 이수를 노려보셨다. 그 눈빛에 굴하지 않은 이수는 꿋꿋하게 다음 말을 이어나갔다.

"그렇다면 첨부터 말을 혔어야 헐 것 아니여! 사람 멍청이 만드는 것도 아니고 이 늙은 사람을 갖고 논 거여!"

"제가 몇 번이나 설명을 드리려고 했는데 번번이 어르신 말씀에 막혀 버리는 바람에 기회를 놓쳤습니다. 분명한 건 금봉 씨 집을 제가 빼앗은 게 절대 아닙니다. 설명을 들으셨을 테니……."

"허이고, 판사라고 허드니만 아주 청산유수구만."

"엄마……."

금봉이 그러지 말라는 듯 어머니의 팔을 잡았지만 소용없었다.

"글렀어야. 여자가 저럭허고 말질하고 따지기 좋아허믄 사내가 평생 고상이여."

"엄마!"

"어머니!"

아들들과 며느리가 말렸지만 어머니의 대쪽 같은 신념을 누가 감히 꺾으랴.

어머니의 비꼬움에 욱하고 성질이 올라왔지만 어른과 맞상대로 싸울 순 없었기에 이수는 꾹 참았다.

"어르신, 전 지금 말질하고 따지려는 게 아니라 상황을 설명 드리려고 하는 겁니다."

욱함을 가라앉히려다 보니 슬슬 직업적인 말투가 튀어나오기 시작했다.

"전 집주인과 저, 그리고 금봉 씨가 합의하에 이 집은 제 집이 되었구요. 금봉 씨가 바쁘고 돈을 제때 돌려받지 못하는 바람에 집을 구할 수가 없었습니다. 당장 나갈 곳이 없으니 집을 구하는 날까지 여기서 기거하게 된 거구요. 오해하지 마셨으면 합니다."

"합의? 처자가 나갔으면 우리 금봉이가 뭣 허러 처자 눈치를 보매 눈칫밥을 먹느냐 그 말이여. 우리 금봉이가 워떤 아들인디. 판사? 판사가 뭔 대수여? 판사 다 필요없어. 내께는 우리 금봉이가 최고여. 천하의 내 아들 금봉이가 뭣 땀시 처자 눈치를 보매 살아야 허나 그 말이여!"

"엄마, 눈치 안 봤다니깐."

"어머니, 화 내지 마시고 좋은 말로다……."

"다 듣기 시려!"

아들들이 말리는데 어머니가 빽 고함을 치셨다. 닥치라는 듯.

이수는 또다시 우욱 하고 치밀어 오르는 것을 꿀꺽 삼키며 입을 다물었다.

"나가 이 길로 나가서 우리 금봉이 집을 알아낼 것이고 전 주인인지 뭣시기인지 이것들은 기양 잡아다가 복날 개 잡듯이 디지게 잡아불 것이여."

“…….”

“나가 뭣 허러 시골서 여그꺼정 바리바리 올라왔는지 알어? 우리 금봉이 장가들이려고 온 것이여. 우리 금봉이가 처자 아니면 장개 갈 샥시가 없는 중 아는 갑은디, 우리 금봉이 좋이서 밤잠 설치는 샥시들이 한두 명이 아니여.”

쿡. 이수는 목구멍 밖으로 튀어나오려는 웃음을 가까스로 삼켰다.

“나가 금봉이헌티는 말을 혔는디 선 자리 잡아놨응께 우리 금봉이 넘볼 생각일랑은 아예 허덜 말어. 암만, 어딜 감히. 흥!”

넘보다니, 참 말씀도. 정말 좀 애먼 소리를 들어도 참고 넘기려고 했는데 해도 너무한다 싶었다.

“제가 누굴 넘보겠습니까. 저 훌륭하신 오금봉 형사를 제가 감히…… 어림없죠.”

이수의 뒤재비꼰 말에 금봉 씨 가족이 일제히 곱지 않은 눈길로 이수를 쳐다봤지만 이수는 어금니를 지그시 틀어 물고 당당하게 눈빛을 받았다.

“부디 좋은 분 만나셔서 백년해로 하세요.”

남아도는 힘 팍팍 쓰시고.

이수는 금봉을 노려보며 차가운 어조로 내뱉어 버렸다.

“한 가지만 더 약조를 받아놔야 나가 마음이 편켓는디, 우리 금봉이 혼인길이 막힐 수도 있응께 무덤에 가는 날꺼정 절대루다 우리 금봉이하고 한집서 살았다는 야그는 허덜 말어.”

허구, 참.

“물론이죠!”

“같이 산 것이 아니다 허드라도 둘이서 이러고 한집서 지냈다는 것을 알면 누가 좋아허겄어. 요것이 소문이 나설랑은 우리 금봉이 혼샷길이 맥히면 나가 참말로 가만 안 있을랑게.”

“걱정 마십시오. 제 혼샷길도 문제라 소문낼 생각 없습니다. 금봉 씨와 어르신도 함구해 주실 것이라 믿습니다.”

이수가 딱 부러지게 대답했다.

“그려? 그라면 되았구만. 어여 일어나.”

어머니가 벌떡 일어나더니 가지고 왔던 짐들을 들어올렸다.

“엄마, 이 시간에 어딜 가신다고…….”

금봉이 일어나 어머니를 붙잡았지만 어머니를 세차게 금봉의 손을 털어냈다.

“가야제. 넘의 집에 나가 뭣 주서 먹을 것이 있다고 앉았겄냐.”

“오늘은 여기서 주무시고 내일…….”

“이런 잡것! 여그 계속 있고 싶다냐!”

“엄마…….”

“여기서 주무세요. 전 상관없습니다.”

오밤중에 늙은 노인을 그냥 나가게 할 수 없어 이수도 붙잡았지만 오히려 역효과였다.

“우리 금봉이 붙잡을 생각 허지 말라고 혔자녀!”

어머니가 버럭 성질을 냈다.

“금봉 씨를 붙잡는 게 아니구요…….”

“듣기 시려!”

어머니는 신발을 신이 무섭게 집을 나가 버리셨고 어머니가 나가자 금봉의 형님과 형수도 인사를 하는 둥 마는 둥 하더니 어머니를 쫓아 나갔다.

금봉과 이수는 거실 중간에 덩그러니 선 채 일그러진 얼굴로 현관문만 쳐다보고 있었다.

"정말로, 정말로 약간이라도 나 좋아하는 마음이 없었습니까?"

한참 만에 금봉이 심각한 표정으로 물었다. 이수를 쳐다보지도 않은 채.

"……우리가 뭐 어떤 사이였다고 좋아하고 어쩌고……."

"정말 조금도 없었습니까? 조금도요?"

금봉의 목소리가 더욱 심각해졌다.

"그렇잖아요. 우리가 뭐, 대단한 연애를 한 것도 아니고, 갑자기 나타나셔서 어머니 혼자 오해를 하시고 우리가 그런 사이가 아니라고 하니까 막 퍼부으시고……."

"미안합니다."

금봉이 착 가라앉은 목소리로 사과를 했다.

"미안합니다. 혼자 북 치고, 장구 쳐서."

"저, 금봉 씨."

"미안해요. 멍청한 짓 해서, 미안해요."

"사과하라고 한 소리는 아니에요. 어머니도 모르고 오셨던 거고……."

금봉은 계속해서 이수를 외면하고 있었다.

"저, 시간도 늦었고 난 괜찮으니까 어머니 모시고 와요. 여기서 주무세요.”

“안 오실 겁니다.”

“…….”

“불쾌하셨다면 사과하죠.”

“전혀 아니라고 할 수는 없지만…….”

“진작 오해하기 전에 얘길 하지 그랬습니까?”

금봉이 신경질적으로 말했다.

“설명을 하려고 했어요. 그런데 번번이 말을 중간에 자르시면서 당신 말씀만 하시는데…….”

“엄마가 그러시면 형님한테라도 얘길 하죠, 왜!”

“어머머, 왜 나한테 성질이에요? 성질낼 사람이 누군데? 그리고 솔직히, 어머니 성격에 어떤 며느리가 남아나겠어요? 남자는 하늘, 여자는 개똥. 얼마나 기가 막히던지…….”

이수가 비꼬자 금봉이 날카롭게 이수를 노려봤다.

“그래요, 우리 엄마 후졌습니다. 후진 우리 엄마가 대단하신 판사님을 깔아뭉개서 죄송합니다!”

“이보세요 황금박쥐, 아니, 황금 봉황 오금봉 씨!”

황금박쥐 황금 봉황 운운에 금봉의 표정이 험악해졌다.

“아들 자랑을 하셔도 적당히 하셨어야죠. 진작 얘길 하지 왜 말을 안 해서 오해하게 만들었냐구요? 태몽부터 시작해서 오금봉이라는 이름이 왜 나왔으며 표창장 받은 것까지 쉬지 않고 말씀하시는데 내가 한 마디라도 끼어들 틈이 있었는 줄 알아요? 나중엔 힘 좋다는 말씀까지 하시더군요.”

"뭐라구요?"

"미꾸라지며 장어며 힘에 좋은 건 죄 해먹여서 힘이 그렇게 좋다면서요?"

이수가 잔뜩 비꼬는 투로 말하자 금봉이 기가 막혀 넘어갈 얼굴로 이수를 노려보다가 이를 바득바득 갈며 입을 열었다.

"힘은 좋습니다!"

헐, 하여튼 그 어머니에 그 아들이다.

이수와 금봉이 서로를 향해 찢어죽을 듯이 노려보고 있다가 생각해 보니 너무 어이가 없어 허 하고 웃는 순간 문이 벌컥 열리더니 어머니가 이수를 쏘아봤다.

"뭣 땜시 우리 금봉이를 보고 샐쭉허니 웃는 것이여?"

아이고, 아버지.

"우리 금봉이 넘보지 말어. 꼬랑지도 치지 말고!"

"엄마!"

"얼른 나와, 이 등신팔푼이 같은 늠아!"

"아, 진짜……."

"워디서 눈꼬리를 살랑거리므 사내놈을 후릴라고."

"어머, 기막혀."

"우리 금봉이가 워떤 아들인디."

"엄마!!"

금봉이 고함을 지르며 어머니를 끌고 밖으로 나갔다.

"허……."

참, 하다하다…… 진짜 할 말이 없었다.

“아, 기막혀. 아, 정말!! 아, 신경질나. 어우 별꼴이야, 세상에 누굴 잡아!! 내가 뭘, 오금봉이 뭐라고…… 어머, 사내를 후려? 세상에…….”

너무 어이가 없으니 말도 제대로 나오지 않았다. 정말 억이 찼다 억이!

“진짜…… 진짜 징글징글하다.”

이수는 신경질적으로 현관문을 꽁꽁 걸어 잠그고 불을 다 꺼버린 후 방으로 들어와 누워버렸다.

“끝났어, 오금봉!!”

이수는 밤이 새도록 투덜거리고 또 투덜거렸다.

"**뭐** 안 좋은 일 있으세요?"

혜경 씨가 커피 한 잔을 책상 위에 올려놓으며 조심스레 물었다.

"내가? 아니요. 왜요?"

"어제부터 계속 얼굴이 안 좋으셔서서요."

"그래요? 별일없는데……."

속이 시끄러우면 시끄러운 속이 얼굴에 그대로 나타난다는 말이 맞는 모양이었다. 아무렇지도 않은 듯, 아무 일도 없는 듯 자연스럽게 굴었는데도 혜경 씨가 알아차린 것을 보니 말이다. 별로 속이 시끄러울 것이 없는데 이수는 은근히 속을 썩고 있었다.

금봉 씨의 어머니가 예고없이 들이닥치고 화가 난 채로 그 밤중에 가버리고 난 직후부터 듣그럽기 시작한 속이 내내 그대로였다. 금봉은 연락도 없고 들어오지도 않고 집을 구하러 나간다고 했으니 집 구해지는 대로 이대로 금봉이 나가주면 그제야 비로소 모든 것이 정상으로 돌아가겠구나 환영하면서도 뭔가 석연치 않은 기분이 드는 것은 왜일까.

금봉 씨 어머니가 당신의 아들을 한정없이 치켜세우는 것도 모자라 비교분석에 이수를 당신의 귀하디귀한 아들을 후리려는 여시 취급했던 것을 하나하나 곱씹다 보면 성이 나서 얼른, 속히 나가 버려라 싶다가도 금봉을 생각하면 명치 부근이 아릿하게 무거운 것이 가뜬하지 않았다. 설마 집을 그렇게 빨리 구할 것이며 금봉이 이대로 나가 버리면 기분이 이상할 것 같았다.

참 알다가도 모를 것이 사람 속이라는데 이수는 지금 자신이 무엇 때문인지도 모른 채 초조함에 시달리고 있었다. 분명 초조함이었다. 딱 부러지게 무엇 때문이다, 라고 설명할 수는 없지만 갑자기 이렇게 되면 어떻게 하지? 하는 생각이 들 때면 조갈증을 느끼며 벌컥벌컥 물을 들이켰고 또 어떻게 그런 말씀을 할 수가 있지? 싶을 때는 약간의 분함을 느끼며 금봉 씨한테라도 실컷 퍼부어 버리는 건데 괜히 참았다 싶어 파르르 하다가도 또 어떤 지점에 이르면 철렁하고 가슴이 떨어지며 조마조마함이 느껴졌다. 왜 초조해하는지 대체 이유를 알 수가 없어 스스로 기막혀하며 탁탁 털어버렸지만, 초조함은 깜빡하는 사이 어느새 이수의 가슴에 매달려 있었다.

이수는 자신의 초조함이 어디서 비롯된 것인지 정확하게 알고 있었다. 다만 인정하고 싶지 않을 뿐이지.

갑자기 단 며칠 만에 금봉이 집을 구했다면서 당장 짐을 빼겠다고 말하면 어떻게 하지? 싶을 땐 갑자기 조갈증이 치밀어 물을 찾았다. 우리 금봉이가 월매나 귀한 아들인디부터 시작되는 일장연설이 생각날 땐 하도 기가 막히고 발끈해서 금봉의 등짝이라도 물어뜯어 버릴 걸 하며 분해서 이를 갈았다. 그런데 이를 갈다가도 혹시, 설마! 금봉이 결혼을 한다면, 선본다는 여자와 제대로 눈이 맞아 번갯불에 콩 구워 먹듯 결혼을 하게 된다면—어머니 성격으로 봐서 단 하루 만에도 결혼식을 해치우고도 남을 것이다—그땐 어떻게 해야 할지, 결혼이라는 부분에 도달하면 난데없이 심장이 철렁하고 발등까지 떨어지는 조바심을 느끼는 것이다.

대체 오금봉이가 뭐라고, 결혼을 하든지 말든지, 금봉은 둘째 치고 금봉 씨 어머니 생각하면 저렇게 편협하고 고체한 시어른을 봉양하려다간 화병나 제 명까지 살기는 틀렸고 그러니 심장 떨어질 일이 뭐가 있다고, 오금봉이라는 남자가 뭐가 아까워서 조바심을 친단 말인지. 그럼에도 불구하고 이수는 때때로 조바심을 느끼고 시시로 조갈증에 시달렸다.

'오금봉이 집에서 나가는 일은 나한테 정말 좋은 일이고, 오금봉이 결혼하는 것도 정말 좋은 일이야. 누가 그 어른의 며느리가 될는지 몰라도 맘고생깨나 하겠지만.'

그렇게 생각하자고, 나한테 다 좋으라고 돌아가는 일이니 마음 편하게 생각하자고 하면서도 이놈의 마음이라는 것이 어떻게 생겨먹었는지, 내 마음인데도 내 마음대로 안 되고 불쑥불쑥 엉뚱한 생각으로 괴로워졌다.

이런 말도 안 되는 시달림이 싫어서, 떨쳐 버리기 위해 아버지께 전화해 곧 집 문제가 해결이 될 것 같다고 오금봉 씨의 어머니가 오시는 바람에 일이 쉽고 빨리 해결될 것 같아 정말 다행이라는 소리까지 해놓고도 다행은커녕 시간이 갈수록 조금씩 더 심해져 어제는 사로잠으로 설치기까지 했다.

또다시 울떡징을 느낀 이수는 혜경 씨가 가져다 놓은 커피를 벌컥벌컥 들이켰다.

'일을 해, 일을. 그래야 잊어버려.'

미친 듯이 일을 하면 쓸데없는 생각이 나지 않을 텐데 판사가 된 후 요즘처럼 집중이 안 되기는 또 처음이었다.

"후욱……."

이수가 자신도 모르게 꺼져라 한숨을 내쉬자 혜경 씨와 정도 씨가 놀란 눈으로 이수를 쳐다봤다. 이수는 정도 씨와 혜경 씨에게 어중간한 미소를 지어 보이고는 사건 파일에 코를 박았다.

"일을 하자고, 제발!"

필사적인 심정으로 일에 매달렸다. 일하는 것만이 살길이라며 미친 듯이 일에 몰두해 정체를 알 수 없는, 정체를 알고는 있지만 알리고 싶지 않은 초조로움과 헛헛증에서 가까스로 벗어났다 싶은 그때, 그러니까 금봉이 집을 나가고 삼 주가 되었을 때 오랜만에 조금 가벼워진 기분으로 집에서 휴일을 즐기고 있는데 금봉의 형수님이 뚜벙 찾아왔다. 용달차와 함께, 그리고 오렌지주스 선물용 박스를 손에 쥐고.

"안녕하세요."

이수는 어쩐지 금봉의 형수님이 반가웠다. 많이 기다리던 사람을 드디어 만난 것처럼.

"안녕하셨어요."

"들어오세요."

"잠깐만 들어갈게요."

"들어오세요. 여기 앉으세요."

이수가 소파를 권하자 금봉의 형수님이 소파에 앉았다. 이수가 차를 한 잔 만들어오겠다며 일어서는데 형수님이 붙잡았다.

"차는 됐어요. 금방 가야 해요. 그날은 실례가 많았어요."

"아뇨, 별말씀을요. 금봉 씨 어머니는 시골로 가셨나요?"

이수가 형수님 곁에 앉으며 조심스레 물었다.

"그럼요. 그때가 언젠데……."

하긴 한 달은 된 것 같은데, 가셨겠지.

"역정 많이 나셨죠?"

"역정은 나셨지만 사실 판사님 잘못이 아닌데요 뭘."

"그래도…… 가시고 나서 생각해 보니까 제가 좀 잘못했다 싶어서……."

"아니에요, 아니에요."

형수님이 손을 크게 내저었다.

"우리 어머님이 원래 말씀을 좀 그렇게 하세요. 그래도 속이 나쁘셔서 하신 소리는 아니니까 오해 마세요."

"오해하지 않아요."

그래, 오해는 하지 않는다. 솔직히 기분은 나쁘지만.

"집 구했어요."

"……!!"

집 구했다는 소리에 말문이 탁 먹히더니 심장이 발등에, 아니, 저 아랫집 화장실에 떨어지는 기분이었다.

"그…… 래요?"

"그날 여관에서 하룻밤 자고 새벽같이 부동산 돌아다녔잖아요. 다행히 깨끗하고 쓸 만한 집이 있어서, 새로 지은 연립이더라구요. 마침 빈집이 있고. 그래서 구했어요, 전세로."

"네……."

"아이고, 말도 마세요. 전 주인이라는 사람들 있죠? 어머니께서 얼마나 닦달하셨는지 그 사람들도 질렸을 거예요."

"그 사람, 잘못했죠 뭐."

"잘못은 했지만 아휴~ 우리 어머니 말리느라고 고생했어요. 아주 왈칵 뒤집어놓으셨거든요."

"네……."

안 봐도 비디오라는 말은 여기서 쓰나 보다. 보지 않았지만 어떻게 뒤집어놓으셨을지 눈에 훤했다. 아이고, 무서운 양반.

"그런데 집은 어디로……."

"경찰서 가까운 데로, 경찰서에서 한 십오 분 정도 거리예요."

"가깝네요. 잘됐네요."

서운함이 저 아랫배 끝 창자에서부터 파문을 일으키며 뜨끈함으로 변신해 치밀어 올랐지만 내색하지 않았다. 제대로 감춰졌는지는 장담할 수 없지만.

"차 한 잔 드릴게요."

"아니에요. 짐 실으러 왔어요."

"지, 짐이요?!"

침불안식불안하게 만들던 것이 드디어 현실로 나타나는 순간이었다.

"도련님 짐 다 빼야죠."

"지금요?"

"네. 몇 시간 안 걸릴 거예요. 죄송해요."

"죄송은요, 아니에요."

죄송할 것 요만큼도 없었다. 오히려 환영을 했으면 했지. 그런데 이 황황하고 안절부절못한 기분은 무엇 때문인지.

"금방 뺄게요."

"천천히 하세요……."

형수님이 휴대폰을 들더니 어디론가 전화를 걸었다.

"네, 올라오세요. 1704호예요."

지금 당장 금봉의 짐을 빼간다는 말에 이수가 머릿속이 싹 비어버려 멍청한 기분으로 앉아 있는데 용달차 아저씨 두 사람이 올라왔다. 그리고 그야말로 순식간에 금봉의 짐을 싹 빼버렸다. 용달차 아저씨 두 분이 존경스러울 만큼 일사불란하게 움직이고 나자 어느새 방 두 개가 횅하게 비어버렸다. 금봉 씨 형수님도 참 꼼꼼한 분이었다. 아저씨들이 짐을 드러내는 동안 빨래 건조대에 있던 금봉 씨 옷가지 같은 것들도 세심하게 살펴 몽땅 쌌다. 금봉과 관련된 것이라면 머리카락 한 올도 남겨두지 않을 것처럼.

"그동안 폐를 많이 끼쳤어요. 도련님 대신해서 사과드릴게요."

"아니에요. 사과라니요. 그러지 마세요. 차 한 잔도 대접을 못 하고……."

"아유, 아니에요. 쉬는 날인데 귀찮게 해드려 죄송하죠."

"귀찮지 않아요, 절대."

"지금에 와서 하는 말이지만…… 저기……."

금봉 씨의 형수님이 조금 곤란한 표정으로 이수를 바라봤다.

"뭐요?"

"처음에 판사님이 우리 도련님이랑 동거하는 줄 알았을 땐 한 편 기쁘면서도 아랫동서가 너무 대단한 사람이 들어오는 것 같아 실은 질투를 좀 했어요."

형수님이 어색하게 싱겁게 웃으며 말했다.

"네……."

"그렇잖아요. 전 보험설계사인데 어머니 말씀처럼 그렇게 많이 벌지도 못하고 발품 팔아서 겨우 애들 학원비나 건지는 정돈데 아 랫동서 될 사람이 판사라고 하니 너무 비교되고 그렇더라구요. 어 떻게 판사님이 결혼도 안 하고 동거를 할까 이상하기도 했고."

"네……."

"그런데 동거하는 게 아니라 집 때문에 얹혀산다는 얘기 들으 니까 그러면 그렇지 하면서 은근히 고소한 맛도 나구요, 그러니까 그게…… 우리 어머니 당신 아들들이 무슨 대통령이나 총리쯤 되 는 줄 아시거든요."

금봉 씨 형수님이 시어머니 흉을 보는 듯한 말에 이수가 픽 웃었다.

"우리 도련님이 잘나서 판사 며느리 맞는 줄 아시는데 아니라고 하니까 고소하더라구요."

이수가 웃자 형수님도 웃었다.

"그런데 전혀 아깝지 않고 서운하지 않은 건 아니에요. 우리 집안에 판사님이 있으면 참 든든하잖아요."

"……."

"아이고, 쓸데없는 소릴 너무 했네. 가볼게요. 잘 지내시구요."

"네……."

"아니, 그런데 어떻게 한집에 남자 여자가 같이 있으면서 아무 일도 안 일어났나 좀 신기하기도 해요."

형수님의 갑작스러운 말에 뜨끔한 이수가 쳐다보자 형수님이 웃었다.

"아유~ 그날밤 여관으로 가서 어머니가 어찌나 도련님을 닦달하시는지. 처음엔 정말로 아무 일도 없었냐고 물으시고 아무 일 없었다고 하니까 아무 일 없었어야지 장가 못 든다 하시더니 나중엔 사내놈이 불알 차고 구경만 하고 있었냐고. 오호호호호."

형수님의 말에 이수는 얼굴을 붉히고 말았다.

"아이고, 내가 정말 왜 이렇게 푼수를 떨지."

형수님이 깔깔거리고 웃으며 신발을 신는데,

"금봉 씬 선봤나요?"

하고 이수가 자신도 모르게 묻고 말았다. 물을 생각이 없었는데. 아니, 물어보고 싶었지만 차마 물어볼 수가 없어서 절대로 물어보지 말자 결심에 결심을 더했건만 불쑥 물어버린 것이다.

"예. 다행히 여자 쪽에서 우리 도련님을 마음에 들어하고 도련님도 싫은 눈치가 아니구요."

"네⋯⋯."

잘됐다는데, 서로 마음에 들어했다는데 갑자기 이수의 가슴에 돌풍이 한 바퀴 휭 돌고 지나갔다.

"잘됐으면 좋겠네요."

"잘될 것 같아요. 건강하게 잘 지내세요."

"네, 형수님도 건강하세요."

"그럼."

형수님이 집을 나가 엘리베이터에 오르고 이수와 함께 기계적으로 웃으며 목례를 주고받고 나자 엘리베이터 문이 닫히고 말았다.

이수는 무심코 꿀꺽 침을 삼키려다 목구멍이 바짝 말라 타 들어가는 것을 느끼며 집으로 들어와 냉장고 문을 열고 생수를 꺼내 병째로 들이켰다.

"너무하는 거 아니야?"

생각해 보니 오금봉 이 남자, 해도 너무한다 싶었다.

그 밤에 나가고 나서 전화 한 통 없더니만 이사하는 날까지 나타나지 않고 형수님을 보내다니. 식중독 걸려 죽게 생긴 사람 병원에 데려가 치료해 주고 간병해 주었건만, 찬밥에 찬 카레 먹는 게 너무 안돼 보여 따뜻하게 데워 밥상도 차려주고 방도 청소해

주고 침대 시트도 갈아 끼워주고 또, 또, 또 뭐 있지? 뭔가 있을 텐데…… 없었다. 구박한 것밖엔. 제기랄! 하여튼 저 세 가지도 이수나 됐으니 해주지 못되어먹은 사람 같으면 재워주기라도 했을까. 그날로 당장 뻥 차시 내쫓았지. 베풀 만큼 베풀어주었는데—이 부분은 조금 찔린다—어떻게 전화 한 통도 없을 수 있냐는 말이다. 이사 가는 날에라도 나타나서 고마웠다 혹은 미안했다고 하면서 정식으로 작별 인사를 해야 옳지 않은가 말이다. 정식이 힘들다면 약식으로라도. 그리고 뭐? 선을 봤는데 서로 마음에 들어한다고? 어떻게! 그럴 수가 있는가!!

"나쁜 놈!"

바드득 이가 갈렸다. 분개하지 않을 수 없었다.

보자마자 마음에 들었다고? 보자마자 눈이 맞아 후다닥 결혼식까지 해버리면 어쩌나 우려했는데 딱 고대로 되자 속상한 것은 둘째고 분해서 견딜 수가 없었다.

"어떻게 그럴 수가 있어! 나하고 키스한 놈이!!"

이수가 버럭 소리를 쳤다.

정말 어떻게 그럴 수가 있나. 꼭 장작 패던 머슴처럼 이수 씨! 좋아해요, 좋아해요 키스 한번 해주세요 하고 두툼한 입술을 들이대며 흑행을 일삼던 놈이 다른 여자를 만나고 만나자마자 마음에 들어 일이 잘되어가고 있다고? 이런 괘씸발칙한 놈 같으니라고!

"세상에 믿을 놈 없다더니."

자존심도 없는지 좋아한다고 부르짖으며 매달려 저 남자가 천치가 아닐까 싶을 만큼 정말 순진한 모양이라고 생각했는데 순진은커녕 능구리 음흉 주머니 같으니라고.

"당했어. 당한 거야."

아이고, 분해라. 아이고, 분해!

이수는 화장실로 들어와 칫솔에 치약을 묻히고 신경질적으로 박박 문질러 닦기 시작했다.

"그래, 얼마나 좋던? 얼마나 예쁘던? 보자마자 그렇게 좋던?"

치약 거품을 튀겨가며 속상함에 투덜거리는데 이수의 눈에 금봉의 칫솔과 치약이 들어왔다. 이사할 때 잊어먹기 일쑤인 품목 1호들이었다. 고개를 돌려 살펴보니 금봉의 샴푸도 있고, 수건도 한 장 있었다. 그렇게 비싸 보이지 않는 면도기도 남겨졌고. 금봉의 형수님이 그렇게 바지런하게 챙기고 또 챙겼는데도 빠진 물건이 있었다니.

이수는 싹 쓸어서 쓰레기통에 던져 버려야겠다고 생각하며 집어 들다가 도로 내려놓고 말았다. 어쩐지 이 물건들을 쓰기 위해 주인이 돌아올 것 같은 기분이 들었기 때문이다. 절대로 돌아올 주인이 아니라는 것을 알면서도.

"이사하는 날은 당사자가 왔어야 하잖아. 어떻게, 어떻게 지가 안 오고 형수님을 보내냐고! 나하고 무슨 원수가 졌다고. 내가 그렇게 보기 싫던!!"

씩씩거리며 화장실을 나와 후딱 설거지해 놓고 잠이나 자자며 수세미에 거품을 묻히던 이수는 문득 설거지를 거들어주던 금봉이 생각나자 한숨을 푹 내쉬었다. 꽃다발 사 왔던 날이었다. 꽃다발을 사 왔는데 집 앞에 현성이와 함께 있는 것을 보고 빈정 상해

술 마시고 들어와 북북 심통을 부려댔었다. 그러다 친구라고 하자 금세 실실 웃으며 설거지를 도와주고, 그리고…… 키스했었다.

좋아해요, 좋아해요, 좋아해요. 윤 판사님을 외치며 입술을 들이대던 금봉.

그랬었는데, 그렇게 좋아한다고 해놓고선 그새 다른 여자를 만나다니. 어떻게 그럴 수가 있을까.

"왜 섭섭해하는데? 너 금봉 씨 안 좋아했잖아. 안 좋아해 놓구선 남 주긴 아깝냐?"

못되어먹었다고, 무슨 되어먹지 못한 심보냐고 스스로에게 비아냥거리며 잔뜩 상심한 채로 설거지를 끝내고 고무장갑을 벗는데 가스레인지 위에 놓여 있는 냄비가 눈에 들어왔다. 금봉이 이수를 먹이겠다고 직접 해물탕을 끓여주었던 바로 그 냄비였다.

"냄비도 빼먹고 가셨네."

참 맛있게 먹었는데. 부모님 집에서 저녁 잔뜩 먹고 출발하고서도 한번 맛본 해물탕이 어찌나 맛나는지 정신없이 퍼먹고 다음날 아침에 남은 것까지 싹 비웠었다.

"어쩌자고 이런 걸 다 빼먹고 가신 거야? 자꾸 생각나잖아!"

이수는 냄비를 싱크대 안에 집어넣어 버리고는 방으로 들어와 드러누워 버렸다.

"아무리, 아무리 그래도 이사하는 날은 와야지. 인사는 해야지!"

이수가 벌떡 일어나며 소리쳤다.

"정말 못됐어, 황금 봉황!"

이수는 분함을 이기지 못해 속상함을 이지기 밤이 새도록 데굴데굴 구르며 외쳤다.

"오금봉, 이 황금박쥐!!"

나쁜 놈.

"나쁜 놈……."

"임현희 씨? 본인이시죠?"

"네."

도저히 서른여덟 먹은 여자로 보이지 않을 만큼 늙고 초췌한 여자가 이수의 맞은편에 앉아 있었다. 바라보기가 안쓰러울 정도였다. 얼마나 고통이 심했으면 서른여덟의 여자가 저 지경이 됐을까 싶어 가슴이 아플 지경이었다. 몸은 말랐는데 얼굴을 통통 부어 있었고 피부색도 심상치 않고 아무리 봐도 병에 걸린 듯했다. 무슨 병인지는 알 수가 없지만 말이다.

"어디 편찮으세요?"

심리를 시작하기 전 임현희 씨의 건강이 걱정이 된 이수가 조심스레 묻자 임현희 씨가 고개를 가로저었다. 병이 있어도 있다는 말을 별로 하고 싶지 않은 모양이었다.

"심리를 진행해도 괜찮겠습니까? 힘드시면 말씀하세요."

"괜찮습니다……. 얼른 끝났으면 좋겠어요."

임현희 씨가 숨이 찬 듯 가슴을 지그시 누르며 말하고 나서 한숨을 푸욱 내쉬었다.

"심리 시작하겠습니다."

“네.”

“박성도 씨가 남편 분 맞습니까?”

“맞습니다.”

“현재 구치소에 수감 중이시죠?”

“네…….”

임현희 씨가 또다시 한숨을 내쉬었다. 아무리 둘러봐도 한숨 쉴 일밖에 없다는 듯이. 그럴 것이다. 공장이 문을 닫으며 빚더미에 올라앉았는데 설상가상 남편이 빚 독촉하는 채무자들을 향해 주먹을 휘두르는 바람에 폭행죄로 구치소에 수감이 되어버렸다. 남겨진 것은 어마어마한 빚과 불쌍한 아이들. 혼자서는 도저히 감당할 수가 없어 아이들은 보육원에 맡겨두고 혼자서라도 어떻게 하든 빚을 갚아보려던 임현희 씨는 결국 파산 신청을 했다. 복권에 당첨되는 꿈같은 일이 일어나지 않는 이상은 도저히 해결할 수 없다는 것을 깨달았기 때문이다. 차라리 파산 신청이 받아들여진다면 아이들이라도 되찾아 함께 살고 싶다는 소망을 피력한 임현희 씨의 글을 보면서 새끼 대신 죽을 수도 있는 부모의 심정이 어떤 것인지, 자식에 대한 애틋함이 어떤 것인지 이수는 절절하게 느낄 수가 있었다.

개인파산제도가 도입되고 시행할 당시만 하더라도 파산자의 95%가 남성이었는데 일이 년 전부터 역전돼 전체 파산 신청자의 60%가 여성이었다. 임현희 씨와는 경우가 다르지만 여성 파산자가 많아진 것은 여성 창업자가 많아진 것과 비례한 결과인데 여성의 사회활동이 활발해진 만큼 파산자 역시 남성보다 여성의 비율이 높아진 것이다. 우스갯소리처럼 운이 좋아야 여성 창업자 열 명 중 한 명이 수익을 남기고 한 명은 투자액만 가까스로 건지고 나머지 여덟 명은 손해 보고 접는다는 말이 있는데 이는 마냥 우스갯소리는 아니다. 거의 매일 여성 파산자를 만나는 이수로서는 현실일 수밖에 없었다.

"두 명의 자녀를 보육원에 맡겨두셨죠?"

"예……."

부모가 멀쩡하게 살아 있는데도 자식을 보육원에 맡겼다는 죄책감 때문인지 임현희 씨는 고개도 제대로 들지 못했다.

"아이들은 자주 만나세요?"

"한 달에 두 번 정도…… 일을 쉴 수가 없어서요."

임현희 씨가 떨리는 목소리로 대답했다. 그녀는 숨이 매우 차 보였고 입술도 파리해졌는데 이대로 심리를 계속 진행해도 괜찮을지 걱정스러워질 정도였다.

"임현희 씨? 불편하시면 말씀하세요."

"아니, 저…… 죄송합니다만 물 한 잔만 주시겠어요? 목이 타서……."

임현희 씨의 부탁에 정도 씨가 얼른 물을 한 잔 가져다주었고 임현희는 단숨에 다 들이켰다.

"죄송합니다. 갑자기 이번 일을 겪으면서 가슴이 답답하고 갑자기 떨리고, 낮이고 밤이고 계속 이런 상태라…… 잠을 제대로 자지 못해서 이렇습니다."

임현희 씨 역시 보통의 파산자들이 겪고 있는 심적 고통, 심적 고통에서 파생된 육체적 고통을 겪고 있었다. 꽤 많은, 아니, 어쩌면 전체 파산자들이 겪는 고통의 첫 번째가 불안 초조에서 비롯된 가슴 병이었다. 밤이고 낮이고 가리지 않고 울려대는 채무자의 전화, 협박, 공갈. 하루 이틀이 아니라 짧게는 몇 달, 길게는 몇 년씩 이어지다 보니 병이 생기지 않을 수가 없었다.

"아이들하고 같이 살고 싶다고 하셨죠?"

"예……."

임현희 씨는 그것 이상의 소원은 없다는 듯이 애간장이 타 들어가는 듯 대답했다.

이수는 임현희 씨의 아이들이 맡겨져 있다는 보육원에 어제 다녀왔었다. 정말로 임현희의 아이들이 보육원에 맡겨져 있는지를 확인하는 정도의 일이었지만 일단 그 아이들이 건강하게 지내고 있다는 것에 안심했었다. 다소 기가 죽고 아버지를, 엄마를 몹시 그리워했지만 아이들의 건강상태가 양호하다는 것이 다행이라면 다행이었다.

"남편 분의 출소는 언젭니까?"

"내년입니다. 내년 1월요."

"실거주지는 어디십니까?"

"정해진 곳은 없고요……."

"노숙도 하신다고 들었는데요?"

"……."

임현희가 오장육부가 토막이 날 듯이 깊고 긴 한숨을 내쉬었다. 하지만 울지는 않았다. 이젠 흘릴 눈물도 없는 것 같았다.

“지금 하시는 일이 있으세요?”

이수의 질문에 임현희가 힐끗 이수의 눈치를 봤다. 하는 일이 있다고, 그래서 한 달에 얼마라도 벌어들이는 돈이 있다고 하면 파산 신청이 받아들여지지 않을지도 모른다고 염려하는 것 같았다.

“말씀하세요. 하시는 일이 있고 수입이 있으십니까?”

“조금, 몇십만 원 정도……. 하지만 판사님, 빚도 빚이지만, 어떻게 하든지 갚아야 할 돈이긴 하지만 너무 가혹합니다. 판사님, 제 힘으로는 도저히 사억이라는 빚을 갚을 수가 없습니다.”

임현희 씨는 완전히 세상을 포기한 얼굴로 중얼거리듯 말했다.

“문제는, 파산 신청이 받아들여지고 면책 역시 받아들여진다고 쳤을 때 아이들은 어떻게 하실 계획입니까?”

“몇 달만, 아니, 일 년만 더 보육원에 맡겨두고 그동안에 열심히 벌어서 한 푼도 안 쓰고 모으겠습니다. 모아서 월세방이라도 한 채 얻게 되면 그때 우리 아이들을…….”

임현희 씨의 목소리가 떨리기 시작했다. 억지로 흐느낌을 참고 있었지만 눈물은 이미 눈썹을 비집고 나와 볼을 타고 흘러내리고 있었다.

“하루라도 더 빨리 우리 아이들을 데리고 와서…….”

흐득흐득 임현희 씨가 흐느끼기 시작했다.

“같이 살고…… 싶습니다. 같이 살게 해주세요…… 부탁드립니다.”

이수가 티슈 몇 장을 뽑아 임현희 씨에게 직접 가져다주자 임현희 씨가 티슈로 입을 막고 억눌린 흐느낌을 토해내더니 갑자기 의자 밑으로 내려가 무릎을 꿇고 앉았다.

"일어나세요."

"판사님, 내년에는 우리 큰 애가 학교에 가야 합니다. 남들처럼 부족한 것 하나 없이 그렇게 키우지는 못하겠지만 밥은 굶기지 않겠습니다. 철마다 새 옷을 사입히진 못하겠지만 깨끗하게 빨아서 입힐 수는 있습니다. 어쩌면 냉골에서 재워야 할지도 모르지만 그래도 내 손으로 우리 아이 책가방 챙겨주게 해주세요. 제발 살려주십시오, 판사님."

임현희 씨가 무릎을 꿇고 두 손을 모으고 간절하게 기도를 하듯 이수에게 호소했다. 이수는 얼른 임현희 씨에게로 가서 일으켜 의자에 앉혀주었다.

"그럼요, 그러셔야죠. 좀 부족하면 어때요. 철마다 새 옷 못 입으면 어때요. 엄마하고 같이 있는데, 아버지하고 같이 있는데 좀 힘들면 어때요. 임현희 씨? 파산 신청을 받아들입니다. 또한 면책 신청 역시 받아들입니다. 얼른 준비하셔서 아이들 찾아오세요. 아이들 보살펴 주세요."

이수의 판결에 임현희 씨가 넋이 나간 얼굴로 이수를 쳐다봤다.

"앞으론 채무자들이 괴롭히지 않을 겁니다. 또 괴롭히면 고발하세요. 그리고 이거 받으세요."

이수가 명함 두 장을 임현희 씨에게 건넸다.

"여기 전화하시면 도움을 주실 거예요."

이수가 임현희 씨에게 건넨 명함에는 피치 못할 사정으로 오갈

데 없는 모자가정을 몇 달간이라도 돌봐주는 단체와 개인자원봉사자의 전화번호가 적혀 있었다.

"꼭 전화하세요."

"네, 감사합니다. 그러면, 그러면 판사님 저는, 저는 어떻게 되는 겁니까?"

"판결했습니다. 임현희 씨는 오늘부터 모든 빚에서 해방됩니다."

이수가 명쾌한 어조로 다시 판결을 내렸다.

며칠 후, 이수는 임현희 씨 가족—임현희 씨와 두 아이들—이 모자가정후원 단체가 제공하는 숙소에 입소했다는 연락을 받고 기꺼이 기부금을 냈다. 후원단체에서는 오갈 데 없는 가족들의 처지를 생각해 숙소 이용료는 한 푼도 받지 않았지만 그들이 쓰는 전기와 물, 기타 세금을 조달하기 위해서는 상당한 예산이 필요했다. 정부보조금 일부와 몇몇 뜻을 함께하는 기업이나 개인 기부금으로 살림을 꾸렸는데 예산은 늘 부족했다.

이수가 이 단체에 기부를 시작한 것은 아홉 달 전. 임현희 씨와 비슷한 상황에 놓인 여성파산자의 파산 심리를 진행하게 되면서부터였다. 많은 돈은 아니었지만 기부를 시작하면서 세상을 바라보는 시각이 많이 달라졌다. 정확하게 선을 긋고 빨간색은 빨갛게만, 파란색은 파랗게만 보던 시선이 뭉뚱그려지고 섞이면서 보라색으로도 보이기 시작했다고 할까? 모자가정후원 단체 기부를 시작으로 이수는 캄보디아 빈민 아동 두 명도 후원하고 있었다. 한달에 사만 원이면 캄보디아 빈민 아동 두 명에게 영양식을 제공할 수 있었기 때문이다.

하지만 좋은 일을 한다는 기쁨도 잠시, 이수는 이내 풀이 죽었다.

"어디, 어디, 어디에서 오느냐, 황금박쥐……. 훌렁 까진 대머리에 갈비뼈가 열두 개……."

무의식적으로 황금박쥐 만화 주제를 흥얼거리던 이수가 이상한 느낌에 고개를 들자 혜경 씨와 정도 씨가 씩 웃으며 이수를 쳐다보고 있었다.

"판사님도 황금박쥐 아세요?"

"어릴 때 본 것 같아요. 노래가 맞는지는 모르겠는데 입에서 맴도네요. 정도 씨도 아시죠?"

"알다마다요. 우리 남자애들한테는 굉장히 인기있던 만화였어요. 캔디만큼이나."

"난 캔디는 알아도 황금박쥐는 모르겠어요."

혜경 씨는 그럴 것이다. 이수나 정도 씨보다 대여섯 살은 어리니까. 그땐 너무 어려서 그런 만화가 있었는지, 노래가 어떤지 모를 것이다.

"갈비뼈가 열두 개 거기까지밖에 생각이 안 나요. 노래가 참 재밌었던 것 같은데."

이상하게 요즘 들어 황금박쥐 노래를 입에 달고 있었다. 이상하게는 무슨, 오금봉 그 황금 봉황 때문이었다. 황금 봉황 대신에 자꾸만 황금박쥐가 입에 맴돌았다.

“노래 재밌죠. 뭐였더라? 훌렁 까진 대머리에 갈비뼈가 열두 개. 그래도 잘났다고 으스대느냐. 우주의 괴물은 물리쳤느냐? 아니, 아니, 매만 맞고 돌아왔다. 황금박~쥐!”

정도 씨의 노래에 혜경 씨가 웃음을 터뜨렸다.

“아무리 만화라지만 노래 가사가 그게 뭐예요.”

“지금은 좀 웃기지만 그땐 좋았다니깐. 정겹고 좋잖아.”

정도 씨 덕에 오랜만에 사무실이 세 사람의 웃음으로 가득해졌다.

“금요일부터 화요일까지 휴가 갑시다.”

이수의 갑작스러운 발언에 혜경 씨와 정도 씨가 반짝 반가운 얼굴로 이수를 쳐다봤다.

“금, 토, 일, 월, 화. 닷새면 짧지 않아요. 만족하죠?”

“그럼요.”

“목요일까지 최대한 일 마무리하도록 해요.”

“예, 알겠습니다.”

원래는 휴가 갈 생각이 없었다. 피곤해서 쉬고 싶었지만, 작년에도 휴가 없이 지나가서 혜경 씨와 정도 씨에게 미안한 마음도 있었지만 그래도 파산 신청을 해놓고 눈이 빠지게 결과를 기다리는 사람들 때문에 쉴 생각을 못하고 있었다. 그런데 기운이 나지 않아 도저히 어떻게 할 수가 없었다. 아침에 일어나는 것도 싫고, 밤엔 이상하게 잠이 안 오고, 잠을 제대로 못 자다 보니 피곤은 점점 더 쌓이고, 피로가 쌓이다 보니 신경은 예민해지고. 그 때문인지 요 며칠간 심리실에서도 너무 예민하게 반응하고 말았다. 예전 같으면 너그럽게 이해하고 넘어갈 일에 발끈해서 조용히 하라고 경고를 하고 파산 신청자의 답답한 심정을 알면서도 당신 거짓말 하고 있는 것 아니야? 하며 색안경을 끼고 노려보게 되고. 이래선 안 될 것 같았다. 마음을 가라앉히고 추스르려면 시간이 필요했 다.

든 자리는 몰라도 난 자리는 안다더니 정말 그랬다. 단지 금봉 한 사람이 빠졌을 뿐인데, 한 달에 며칠이나 들어왔다고 외박한 날이 집에 온 날에 몇 배는 되건만 오금봉 한 사람이 빠져나가고 나자 집이 아니라 무슨 절간처럼 황황했다. 조용해서 좋지 않냐 고? 천만에, 적막했다. 혼자 쓰게 되니 너무 편하지 않냐고? 천만 에, 심심했다. 기다리고 있는 사람이 있는데 올 사람이 오지 않는 것 같아 궁금해지고 조심하지 않아도 뭐라 할 사람이 없는데도 피 곤한 금봉이 곤하게 자고 있는 것 같아 저절로 발걸음이 조심스러 워지고 화장실 들어갈 때마다 혹시 금봉이 쓰고 있는 게 아닐까 눈치 보게 되고. 이수는 이상한 증상에 시달리고 있었다. 하루 이 틀 사흘 나흘, 벌써 금봉이 나간 지 한참은 됐는데—그래 봤자 열흘 이지만—아직도 이수는 문득문득 금봉이 집에 있는 사람으로 착각 을 했다. 그뿐이 아니라 전화벨이 울릴 때마다 금봉일까? 기대를 하며 발신자를 확인했다. 수십 통의 전화가 걸려오는 동안 금봉의 전화는 단 한 번도 없었지만 말이다. 계속 이 상태로 지낼 수는 없 었다. 조치가 필요했다. 깨끗하게 금봉을 잊어버릴 조치가. 그래 서 이수는 휴가를 선택했고 휴가 동안에 금봉을 깨끗하게 털어버 리길 희망했다.

이수는 임현희 씨의 심리를 마지막으로 혜경 씨와 정도 씨에게 휴가 잘 보내고 수요일에 만나자고 인사한 후 법원을 나와 버스에 오른 이수는 다행히 창가 자리에 빈자리가 있어서 얼른 앉았다. 창문 밖을 바라보며 휴가 동안에 금봉이 쓰던 방과 금봉의 살림이 쌓여 있던 방을 어떻게 꾸미면 좋을지, 방 꾸미는 데는 하루면 될 것이고 나머지 나흘 동안엔 뭘 하면 좋을지 생각했다.

여행을 갈까? 혼자 청승맞게. 그럼 부모님을 만나러 갈까? 부모님을 만나러 간다 하더라도 하루면 되고 그럼 사흘이 남는데. 사흘 동안 심리 파일이나 봐? 그러려면 뭐 하러 휴가를 가지나. 그런 생각들을 하며 멍한 얼굴로 창밖을 쳐다보고 있는데 버스 바로 옆으로 교통 경찰차가 나란히 달리는 것이 보였다.

'경찰…… 오금봉.'

경찰차만 봐도 금세 오금봉이 생각나다니.

오금봉은 뭘 하고 있을지, 어쩌면 벌써 결혼 날짜를 잡았을지도 모를 일이었다.

오금봉이 떠오를 때마다 나는 생각이지만 정말 너무한다 싶었다. 어떻게 이렇게 시간이 지나는 동안 단 한 번도 연락을 하지 않을 수 있는지. 안 좋게 헤어졌다고, 아무리 바쁘다고 어떻게 이사하는 날에도 형수님을 보내고 연락 한 번 안 하는 것인지. 서운했다. 괘씸했다. 서운해할 것도 없고 아예 생각할 필요도 없다고, 제발 딱 잊어버리자고 수십 번 수백 번을 되새김질했지만 저절로 생각나는 걸 어쩌겠는가. 저절로 생각날 때마다 서운하고 괘씸한 걸 어쩌겠는가.

'아무리 그래도 전화는 한 통 해야지.'

전화 한 통이라도 하면 이렇게 서운하진 않을 덴데.

물론 먼저 할 수도 있다. 이사 잘했냐고, 잘 지내냐고. 얼마든지 할 수 있고 물어볼 수 있는 인사말인데, 그런데도 이수는 용기가 나지 않았다. 약간의 서운함과 아쉬움에 전화를 걸었는데 저쪽에서는 왜 전화했냐는 투로 나오면 그땐 정말 난감할 것 같아서 말이다. 오금봉 화났을 때 말투가 또 오죽 싸가지인가. 어쩜 욕을 할지도 모른다. 뭐 하러 전화했습니까, 시발탱구리! 이러고.

"생각을 말자."

억지로 머릿속에서 금봉을 털어내고 버스에서 내린 이수는 집에 가기 전에 단지 상가에 있는 비디오 가게로 가서 DVD 한 장을 빌렸다. 극장 간 지도 오래됐고 영화 못 본 지도 하도 오래돼서 심란한데 영화나 한 편 보자 싶었기 때문이다.

진열되어 있는 DVD를 보면서 뭐가 재밌을까 고민하며 고르고 고르다 도저히 선택할 수가 없어 주인이 권해주는 블록버스터 한 편을 골라 들고 터덕터덕 집을 향해 걸어오던 이수는 DVD 괜히 빌렸다는 후회가 들었다. 갑자기 영화 볼 생각이 싹 사라져 버렸기 때문이다. 정말 무슨 변덕인지. 왜 안 하던 짓인지. DVD 도로 갖다 주고 환불해 달라고 할까 어쩔까 하며 집 앞에 다다라 일층 현관으로 들어가려는데 탕 하고 문 닫히는 소리가 들려 무심코 고개를 돌려보니 금봉이 서 있었다.

쿵닥.

이수는 갑자기 가슴이 두근거리는 것을 느끼며 우뚝 걸음을 멈추고 금봉을 쳐다봤다.

"지금 와요?"

금봉이 천천히 이수에게 다가오며 물었다.

"언제 왔어요?"

"조금 전에요."

"그래요? 올라, 가요."

"아닙니다. 그냥 인사하러 왔어요."

"무슨 인사요?"

"작별 인사를 못한 것 같아서요."

작별 인사…… 작별 인사라는 말이 너무나 슬픈 말이라는 걸 이수는 오늘 처음 알았다. 너무너무 슬픈 말이 바로 작별 인사라는 말이라는 걸.

"이사하는 날도 그렇고 도저히 빠져나오지 못할 상황이라서 형수님이 대신 왔어요."

"네……."

"그동안 고마웠다고, 잘 지내라는 인사는 해야 할 것 같아서 왔어요."

"이사…… 잘했다구요?"

"예."

"다행이에요."

"예."

두 사람은 잠깐 동안 무슨 말을 해야 할지 모를 얼굴로 서로를 쳐다보고만 있었다.

"잘, 잘 지내요."

금봉이 말했다. 이제 돌아서서 가려는 사람처럼.

"선봤다고…… 여자 분 쪽이랑 금봉 씨랑 다 마음에 들어한다고 하시던데…… 결혼…… 해요?"

"……뭐, 아마도."

아마도, 라는 말은 아마도 할 것 같다는 대답일 테고 그 짧은 한마디로 이수는 가슴이 미어지는 것을 느꼈다. 오금봉이 선본 여자랑 결혼한다는데 이수의 가슴이 왜 미어지는지. 아니, 미어지는 건 아닐 것이다. 가슴이 꽉 막힌 듯 답답하고 아픈 것도 같지만 그렇다고 절대 미어지는 건 아닐 것이다. 조금 서운한 것일 테지.

"잘 지내요. 건강하게."

금봉이 손을 내밀었다. 악수하자는 듯이.

이수는 멍한 얼굴로 금봉의 커다란 손을 바라보다가 살며시 금봉의 손에 자신의 손바닥을 댔다. 금봉이 이수의 손을 잡았다.

"너무 늦게 다니지 말아요. 세상이 험하니까."

"네……."

"잘 지내요."

금봉이 느슨하게 잡고 있던 손에 힘을 주며 이수의 손을 꽉 틀어잡았다.

"……금봉 씨도 잘 지내요. 건강하게."

이수가 금봉을 올려다보자 금봉이 몹시도 복잡한 시선으로 이수를 바라보고 있었다. 눈동자가 아주 많이 흔들리고 있었다. 이수는 아무 말도 못한 채 금봉과 똑같은 시선으로 그렇게 금봉을 올려다보고 있었다.

"아참, 저기 해물탕 끓였던 냄비랑…… 금봉 씨 칫솔이랑 치약이랑 샴푸도 깜빡하고 챙겨 드리지 않아서…… 가져갈래요?"

"아니…… 해물탕 끓여줄 사람도 없는데 뭘……."

금봉은 끝내 집에는 올라가지 않을 모양이었다. 기어이 그냥 이렇게 갈 모양이었다.

"올라가요. 갈게요."

"네……. 가요, 조심해서."

이수가 이젠 정말 작별이라고 생각하며 금봉의 손에서 자신의 손을 빼내려는데 금봉이 이수의 손을 확 끌어당기더니 자신의 가슴에 댔다. 그리고 이글거리는 눈으로, 아니, 습기를 가득 머금은 눈으로 이수를 바라봤다.

'아무 말이든 좀 해요. 아무 말이든…….'

이수가 몹시 기대한, 기다리는 시선으로 그렇게 마음속으로 외쳤다.

"갈게요."

금봉이 이수의 손을 놓아주었다.

'바보!'

"잘 가요."

이수가 중얼거리자 금봉이 고개를 끄덕이더니 돌아섰다.

'돌아서지 마.'

이수도 돌아섰다. 돌아서서 현관 안으로 들어와 엘리베이터로 갔다.

'나 좀 불러, 윤이수.'

금봉은 뒤돌아보지 않고 자신의 차로 와서 운전석에 올라탔다.

'가지 마.'

이수는 금봉의 차에 시동 걸리는 소리를 들으며 엘리베이터 버튼을 눌렀다.

'나 불러줘, 윤이수. 고백할 거 있어.'

금봉은 캄캄한 차 안에서 엘리베이터 문이 열리는 걸 바라보고 있었다. 이수가 엘리베이터에 오르고 돌아섰을 때 금봉과 눈이 마주쳤다.

'보고 싶었어, 윤이수.'

'그냥 갈 거야?'

'나 불러달라고, 이 야속한 여자야!'

'그냥 가지 마, 황금 봉황!'

엘리베이터 문이 닫혔다.

이수는 십칠층 자신의 집으로 올라갔고, 금봉은 떠났다.

"왜 이렇게 배가 고프지?"

집으로 들어와 소파에 DVD를 내려놓던 이수가 갑자기 허기를 느끼며 중얼거렸다. 극심한, 생소한 허기증이었다.

"뭘 좀 먹어야겠어."

이수는 기계처럼 움직여 냉장고로 가서 문을 열었다. 그리고 아무 생각 없이 냉장고 안만 오랫동안 들여다보고 있었다. 마치, 금봉이 만들어주었던 해물탕 냄비를 찾는 듯.

횡하게 비어버린 방을 꾸미기로 해놓고는 휴가가 사흘째 지나도록 꼼짝도 하지 않고 굴러다니기만 했다. 부모님을 뵈러 갔다 와야지 하면서도 뒹굴고 DVD도 갖다줘야 하는데 연체료 무는데 하면서도 굴러다녔다. 재밌는 것도 없고 그렇다고 심심한 것도 아니고 마치 무슨 공황 상태에 빠진 사람처럼 멍청하게 뒹굴기만 했다.

하는 것 없이 뒹굴다가 배고프면 억지로 일어나 위가 뻐근할 정도로 먹어주고는 도로 드러누워 텔레비전 채널만 돌려댔는데 배는 왜 이렇게 자주 고픈 것인지. 미어지도록 먹고 난 후에 돌아서면 또 금방 배가 고팠다. 허기가 져서 살 수가 없을 지경이었다. 이놈의 밥통은 뭘 얼마나 더 먹여달라는 건지.

사흘째 장도 보지 않고 집에 있는 것으로 대충 때우다 보니―라면에 밥 말아먹기나 짬짜면 시켜먹기 정도였다―이젠 정말 대충 먹을 반찬도 없고 맛나게 먹을 만한 것도 없고 시켜먹는 것도 별로고 장은 내일 보고 오늘 밤은 얼렁뚱땅 비벼먹기나 하자 싶어 전에 혜경 씨가 조금 나눠 준 열무김치에 김을 부스러뜨려 가루로 만들고 고추장을 한 숟갈 떠 넣고는 쓱쓱 비비던 이수는 배가 고픈 게 아니라 마음이 고픈 거라는 걸 알게 됐다. 이 허기증이 배에서 오는 게 아니라 바로 마음에서 오는 허기라는 것을 깨닫게 된 것이다. 마음속에 가득 차 있던 든든한 생각의 먹거리들을 누군가 통째로 빼들고 도망친 것 같았다. 허락도 받지 않고 훔쳐 가버린 것 같았다.

이수는 비비던 숟가락을 내려놓고 말았다. 암만 먹어봤자 허기를 채울 수는 없을 것이기 때문이었다.

마음에서 오는 허기는 뭘 먹어야 해결이 될까. 배가 고파서가 아니라 마음이 고픈 건데, 마음이 고파서 밥으로는 해결이 안 되는데 그럼 뭘 먹어야 할까. 내 마음을 고프게 한 것은 사람인데, 사람. 바로 오금봉.

'오금봉…… 오금봉.'

고픈 마음을 부르게 해주려면 그럼 오금봉을 먹어야 하나? 오금봉을 어떻게 먹어. 사람을, 사람을 어떻게 먹어.

이수는 오래 묵은 허기 때문에 몹시 지친 얼굴로 소파에 웅크리고 눕고 말았다.

'그 사람을, 봐야 해.'

그래, 방법은 그것밖에 없었다. 오금봉을 먹는 게 아니라 만나야 한다는 것, 금봉을 봐야 치료할 수 있다는 것을 알고 있었다. 하지만……

'괜찮아질 거야. 조금만 더 참으면 괜찮을 거야.'

참는 수밖에 없었다, 오금봉을 만날 수는 없으니까. 이미 떠난 사람이고 또 그 사람에겐 아무래도 새로운 사람이 생긴 것 같으니까. 그를 만난다고 해도 딱히 어떤 말을 해야 할지 알 수가 없으니까. 내 허기 채우자고 이미 나를 잊었을지도 모를 사람을 만날 수는 없으니까.

'무슨 뜻이었을까?'

그날, 작별 인사를 하러 왔던 날, 잡았던 손을 놓으려고 할 때 확 끌어당겨 가슴에 꼭 품었던, 그 행동은 뭘 뜻하는 걸까. 괜히 해본 짓? 괜히 해본 짓치고는 너무 의미로웠다. 아무 말도 하지 않았지만 마치 천 가지의 말을 한꺼번에 쏟아내는 것만 같았었다.

'그럼 뭐 해, 그 사람은 떠났는데.'

이수는 또다시 기운이 빠져 버렸다.

금봉은 자판기에서 커피 한 잔을 뽑아 들다가 한숨을 푹 내쉬고 말았다. 요즘은 당최 의욕이 안 생겨서 무슨 일을 해도 재미가 없었다. 똑같이 바쁘고 똑같이 잠잘 시간이 부족하고 그래서 집에 들어가 이불만 쳐다보면 쓰러져 자기 바쁠 만큼 피곤에 찌들어 있는데도 통 잠을 못 자고 별일없이도 연신 한숨만 내쉬었다. 잠을 못 자고 한숨 내쉬는 것만이 아니라 제대로 먹지도 못하고 있었다. 이수는 허기증에 시달리며 먹어도, 먹어도 배가 고파 못 견딜 때 금봉은 반대로 아무리 맛난 것을 먹어도—특별히 맛난 음식을 먹은 것은 아니지만—맛있는 줄도 모르고 배가 고픈 줄도 모르고 지냈다. 며칠 만에 2kg나 줄어들었고 이대로라면 5kg 감량은 거뜬할 것 같았다. 살을 뺄 필요도 없고 꼭 빼야 할 체지방도 없는데 말이다.

커피를 뽑아 들고 사무실로 들어와 책상 위에 올려놓고는 의자 깊숙하게 등을 기대고 앉은 금봉은 주머니에서 휴대폰을 꺼내 폴더를 올렸다. 혹시 미처 살피지 못한 문자가 있을까 확인하기 위해서였다. 그러나 확인하지 못한 문자도 없고 받지 못한 전화도 없었다. 쉬지 않고 울려대던 휴대폰이 요즘은 왜 이렇게 조용한지. 재미없다, 재미없다 하니 휴대폰까지 재미가 없었다. 사실 금봉은 이수의 전화를, 이수의 문자를 기다리고 있었다. 아무 말이든 좋았다. 그냥 잘 지내냐 한 줄이라도 아는 척을 해줬으면 하고 그토록 기다리는데 이 무정해 빠진 여자는 연락 한 통 없었다. 얼마나 이수의 전화를 기다렸으면 유치하게도 냄비 가지러 가겠다는 전화를 할까 그 생각까지 했겠는가.

"못된 여자."

금봉은 휴대폰을 다시 주머니에 쑤셔 넣으며 중얼거렸다.

악착같이 친구라고 하던 그놈하고 어울려 어제도, 오늘도, 내일도 샐샐 웃으며 놀러 다닐지도 몰랐다. 오밤중에 말이다.

"에이 씨."

그놈하고 붙어 다닐 것을 생각하자 속에서 부아가 치밀었다.

친구는 무슨, 친구가 그놈밖에 없나, 여자가 무슨 허구한 날 남자 놈하고 놀러 다니는지. 친구가 아닐 것이다. 필시 애인일 것이다.

"그래 놓고 내가 키스할 때 왜 주둥이 대주고 있었는데?"

생각할 때마다 이가 갈렸다. 싫었다면, 싫었다면!! 그 성격에 백번은 더 두들겨 팼지 받아주었겠는가 그 말이다.

정말로 아무 관계도 아니냐는 어머니의 물음에 끝까지 아니라고 대답하던 이수. 많이 서운했다. 서운하고 섭섭했다. 조금은, 정말 조금은 이수도 자신을 좋아한다고 생각했기 때문이다. 금봉이 이수를 좋아하는 만큼은 아니더라도 그래도 반은, 반의 반은 이수도 자신을 좋아하고 있다고, 그럴 거라고 믿고 있었기 때문이다. 아니라고 잘라 말하던 이수, 이수의 말에 상처를 받은 금봉. 그 후로 금봉은 허우룩한 마음을 다잡지 못해 괴로웠다.

이수 때문에 어머니가 뭐라고 하시든 절대 선 같은 것은 보지 않으려고 했다. 두들겨 맞는 한이 있다 해도 선 불가! 를 외칠 작정이었다. 다른 여자를 만나봤자 눈에 들어오지 않을 것은 뻔하고, 이수가 있는데 내가 왜 선을 보냐며 결코 선이라는 것은 보지 않으려고 했는데 이수가 금봉에게 남다른 감정이 없다는 뜻을 연거푸 표하자 속상한 김에 서방질 한다고 금봉도 욱해서 선을 보고 말았다.

괜찮은 여자였다. 얌전한 것 같으면서도 활달하고 상냥한 미소도 잘 짓고 차분하고 똑똑해 보이고. 키도 적당하고 몸매도 좋고 목소리도 곱고. 정말 괜찮은 여자였다. 결정적으로 이수보다 나이도 많이 어리고 말이다. 요즘은 여자들도 연하를 찾는다는데 일곱 살이나 연상인 자신을 과연 저 여자가 마음에 들어할까 염려가 될 정도로 금봉의 입장에서는 복 터진 것이나 다름없을 만큼 좋은 여자였다. 정말 복이 터졌지, 나이도 많고 위험한 직업이라 꺼려할 수 있는데도 불구하고 나중에 어머니와 형수님한테 들어보니 여자가 금봉을 마음에 들더라 하더란다.

첫째 작은 평수 아파트 한 채 구할 경비는 마련되어 있다고 하니 오십 점 그냥 먹고 들어가고, 키도 크고 덩치도 좋고 인물도 그만하면 호감형이고, 무엇보다 경찰이니까 같이 다니면 겁날 게 없을 것 같다고 좋아하더란다. 공무원이니 비리 저질러 퇴출당하지 않는 이상 나중에 정년퇴직하고 나면 연금 꼬박 나올 것이고, 경찰들 박봉인 것은 알지만 아이들이 태어나 학교에 들어가면 학비도 지원된다고 하고, 또 자신도 돈을 벌고 있으니 먹고 사는 데는 문제없고, 둘이 벌어 저축하고 노후설계도 하면 고생할 것 같진 않다더란다. 금봉보다 일곱 살이나 어린 여자라 따져 보고 재보고 하는 것 안 할 줄 알았더니 아주 오지게 야무진 여자였다. 여자가 따진 것인지 여자 부모님이 일일이 따져 보고 계산을 한 것인지는 몰라도 하여튼, 예쁘장한 얼굴에 야무지기까지 하니 어머니는 아주 신나셨다. 복덩이가 굴러들어 왔다고 꿈에 안고 온 금돼지가 거만한 판사가 아니라 그 아이였던 모양이라고 벌써부터 우리 아기 우리 아기 난리도 아니었다. 어머니는 신나고 난리가 났는데 금봉은 도대체가 여자에게 정이 가지 않아 큰일이었다. 어머니는 벌써 날짜 잡자고 호들갑이신데 날을 잡다니, 같이 살려면 요만큼이라도 정이 들고 좋아야 할 것 아닌가. 좋은 여자고 야무진 여자고 놓치면 아까운 여자라는 건 금봉도 알겠는데 도무지가 정이 안 가는데 어쩌란 말인가. 예쁘장한 얼굴이 요만큼도 예쁘장하게 안 보이고 야무진 것은 잔머리 굴리는 것으로만 보이고 드세게만 보이는데 어쩌란 말인가. 그 여자가 암만 좋은 여자라고 해도 윤 판사보다 더 좋은 여자가 어딨겠는가 싶은데 어쩌란 말인가 그 말이다! 사람 마음이 손바닥 뒤집듯이 획획 뒤집혀진다면 걱정이 없겠는데 생겨먹은 심보가 죽어도 윤이수라는데, 윤이수만 보이고 윤이수만 생각나는데 이 노릇을 어떻게 하겠는가. 정말 사람 잡을 일이었다. 내 마음이 내 마음대로 안 되니, 내 마음이 내 마음이 아니니 말이다.

"휴……."

또 꺼져라 한숨이었다.

"윤이수…… 전화 안 할래? 윤이수…… 전화해라…… 탱구리야."

금봉이 들릴 듯 말 듯 중얼거리는데 반장님이 급하게 사무실로 들어왔다.

"빨리 지원 나가. 임 형사한테 지원 요청 왔다! 곽재식이 일당들 은신처 확보했단다! 빨리 움직여!"

반장님의 외침에 금봉은 기계적으로 벌떡 일어나 동료들과 함께 급히 뛰어나갔다.

반폐인처럼 지내는 것도 정도껏이지, 물도 없고 반찬도 없고 오늘 정말 뭘 좀 해먹어야겠다 싶어 움직이려 하지 않는 몸을 억지로 독려해서 마트로 간 이수는 필요하든 필요하지 않든 닥치는 대로 사들이기 시작했다. 혼자서 이 많은 것을 어떻게 들고 갈 것이라고 뒷일 생각하지 않고 무조건 퍼 담고 보니 뜨악할 지경이었다. 계산 영수증을 받았을 때는 더욱 뜨악했다. 사도 너무 심하게 산 것이다. 한 번도 이 정도로 사치를 해본 적이 없는데 말이다. 이미 계산을 끝냈으니 도로 물리자고 할 수도 없고 꼭 물리겠다면 반품처로 가서 반품하고 현금으로 돌려받으면 되겠지만 금방 계산 끝내놓고 금방 반품을 하자니 낯이 뜨거워 차마 용기가 나지 않았다. 차도 없어서 버스나 택시를 타야 하는데 정류장까지 갈 일도 막막했다. 두 팔은 고사하고 팔이 다섯 개는 있어야 해결 볼 짐들을 어쩌자고 무식하게 사들였는지. 혼자 살면서 얼마나 두고두고 쓸 거라고 한 개 사면 한 개 더 준다는 말에 혹해서 삼십 개들이 두루마리 화장지도 두 개, 세탁 세제도 두 개, 라면 사면 햅쌀밥을 끼워주는 건지 햅쌀밥을 사면 라면을 끼워주는 건지 하여튼 뭐 끼워준다는 말에 덥석 담아버리고 물은 무슨 수로 들고 갈 거라고 여섯 개들이 생수를 힘도 좋지 영차 한 번에 실어버리고 뭐 얼마나 대단한 사은품이라고 믹스커피 박스에 붙어 있는 보냉물통이 갑자기 탐나서 믹스커피도 백팔십 개들이를 질러 버리고. 양껏 질러 버리고 나자 큰일났다 싶었다.

"미쳤다, 정말."

쇼핑카트가 비좁도록 실려 있는 물건들을 갑갑해하며 쳐다보던 이수는 다행히 마트에서 운영 중인 콜밴을 발견하고 택시요금보다 몇천 원 더 얹어주고 짐을 실었다. 콜밴은 이수처럼 차 없는 싱글에겐 정말 좋은 차였다.

'금봉 씨가 있었으면 이거 다 실어다 줬을 텐데…….'

하고 생각하던 이수는 고개를 가로저었다. 정말로 부질없는 생각이었기 때문이다.

짐을 싣고 집으로 돌아오는데 콜밴 기사가 틀어놓은 라디오에서 뉴스가 흘러나오고 있었다.

—……**검거하러 갔던**…… **경찰서 OO기동대 OOO 형사가 범인이 휘두른 흉기에**…….

"어쩌다가 범인한테 당하나……."

이수는 딴생각을 하느라 뉴스를 주의 깊게 듣지 않았기 때문에 콜밴 기사의 혼잣말 역시 흘려듣고 말았다.

집 앞에 도착에 친절하게 짐을 다 내려주고 그것도 모자라 더욱 친절하게 엘리베이터 앞까지 짐을 날라다 준 콜밴 기사에게 요금을 지불하고 고맙다는 인사를 몇 번이나 한 후 엘리베이터를 타고 집으로 올라온 이수는 사들인 물건들을 풀어놓다가 기가 딱 막히고 말았다. 대체 무슨 생각으로 당장에 필요하지 않은 것들을 미친 듯이 탐하며 사들였는지 도저히 이해가 되지 않고 후회스러워 견딜 수가 없었기 때문이다.

"귀신에 씌었어."

귀신에 씌인 것이 아니라 오금봉에게 씌였겠지.

애물단지처럼 느껴지는 물건들을 다 정리해 놓고 보니 아직도 갖다주지 않은 DVD가 보였다. 보겠다고 빌려놓고선 내팽개쳐 놓다시피 한 DVD였다.

"연체료 물게 생겼네."

휴가는 딱 하루 남았고 내일은 출근을 해야 하는데 남은 시간 동안 볼까 싶었지만 영 볼 생각이 나지 않았다.

움직인 김에 이것도 갖다주고 연체료 물고 다시는 멍청한 짓 하지 말자고 생각하며 비디오가게로 간 이수는 늦어서 죄송하다는 말을 몇 번이나 하며 연체료를 물려는데 주인 아저씨가 괜찮다며 웃었다.

"괜찮습니다. 나온 지 조금 된 영화예요."

"그래도 받으셔야죠. 손해 보셨을 텐데."

"손해는요 뭘. 인기 많았던 영화라 테이프 값은 이미 뽑았어요. 요즘 같은 불경기에 테이프 값 뽑은 것만으로도 다행이죠. 다음엔 연체하지 마세요."

참 친절하고 인상 좋은 사장님이었다.

"정말 죄송합니다."

"괜찮습니다. 사실은, 처음 오신 손님인데 연체를 하셔서 떼일까 봐 조금 걱정은 했었어요."

"떼먹다뇨. 절대 그런 건 아니고, 못 봤어요. 본다고 빌렸는데 사정이 생겨서……."

"보지도 못하시고 갖고 오셨어요? 그럼 그냥 가져가셔서 보세요."

"아니에요, 아니에요. 못 봐요. 너무 죄송하고 너무 감사해요."

"아닙니다. 한동네 살면서 이 정도는 서로 이해해야죠. 정말 안 보셔도 되겠어요?"

"네, 안 봐도 돼요."

"선불 걸어두시면 싸게 보실 수 있어요."

"선불요?"

"예. 만 원 선불 거시면 테이프도 20% 정도 싸게 보시고 책도 그렇고요."

"아, 그렇구나……."

테이프도 그렇고, 책도 그렇고 선불 걸어놓고 볼 만큼 많이 보는 편은 아니지만 비디오가게 사장님의 친절함 때문에 선불이 걸고 싶어진 이수가 지갑을 여는데 학생 하나가 쑥 들어오더니 계산대 위에 만화책 열댓 권을 올려놓고 인사도 없이 쑥 나갔다. 학생이 가져온 만화책을 휘리릭 펼쳐 보던 아저씨가 벌떡 일어났다.

"아 정말, 그 녀석!"

아저씨가 부리나케 학생을 뒤따라 뛰어나갔다.

무슨 일인지는 모르겠지만 아마도 학생도 이수처럼 장기간 연체를 했을지도 모를 일이었다.

주인 아저씨가 나가 버리는 바람에 가게 안에 혼자 있게 된 이수가 만 원짜리 지폐 한 장을 손에 쥐고 아저씨가 언제 돌아오시려나 하며 두리번거리는데 책상 위에 올려져 있는 신문이 눈에 들어왔다. 선 채로 펼쳐져 있는 곳에 실린 기사의 제목만 대충 읽어 보고 있는데 순간 이수의 눈에 심상치 않은 제목이 들어왔다.

〈범인 검거 나섰던 경찰, 범인이 휘두른 흉기에 사망.〉

"저런 어쩌다가……."

경찰 얘기만 들어도 가슴에 휙 하고 바람이 부는 이수였다.

이수는 허리를 구부리고 기사를 읽기 시작했다.

'범인이 휘두른 흉기에 상처를 입은 경찰이 급히 병원으로 후송됐지만 오늘 새벽 숨을 거두면서…… 검거된 범인은…… 한편 유족들은 장례식장에서 오열을 터뜨리고…… 경찰대학을 졸업하고 마포경찰서에서 근무하는 오금봉 경위는……허억!'

이수의 눈동자는 오.금.봉.이라고 인쇄된 글자에 고정됐다. 온몸은 얼어붙어 버렸고, 그리고 천천히 몸이 떨리기 시작했다.

"아니야……."

"이 녀석아, 책을 보라고 빌려준 거지 누가 찢어가라고 빌려졌어? 이렇게 책을 찢어가 버리면 난 장사를 어떻게 하라는 말이냐!"

도망쳤던 학생을 잡으러 간 비디오가게 사장님이 학생을 앞세워 늘어오며 훈계를 했지만 이수의 귀에는 아무 소리도 들리지 않았다.

〈범인이 휘두른 흉기에 사망, 유족들의 오열, 경찰 대학을 졸업한 오금봉 경위…….〉

"아니야. 그럴 리가 없어."

이수는 온몸이 벌벌 떨리고 있었지만 자신이 떨고 있다는 것도 모르고 있었다.

"왜 그러십니까?"

사장님이 물었지만 이수의 귀는 먹통이 되어버렸다.

"말도 안 돼…… 아니야."

이수의 얼굴이 고통스럽게 일그러졌다. 혼이 빠져나간 것만 같았다. 세상에 무너져 버린 것만 같았다.

"여보세요, 아가씨? 왜 그러세요?"

하얗게 질려 금방이라고 쓰러질 듯이 벌벌 떨고 있는 이수를 붙잡으며 사장님이 놀란 목소리로 물었지만 이수는 대답도 못하고 발작을 일으킨 사람처럼 호흡 곤란을 느끼며 헐떡거렸다.

"119, 119 불러요, 아저씨."

학생이 소리쳤다.

“그래, 119!”

당황한 사장님이 수화기를 집어 드는데 이수는 미친 듯이 비디오 가게를 뛰쳐나왔다.

“아가씨! 아가씨!”

사장님이 다급하게 불렀지만 이수는 앞만 보고 달렸다. 이러고 있을 때가 아니었기 때문이다. 떨고 헐떡거리고 있을 일이 아니었다.

숨이 넘어갈 듯이 집으로 뛰어들어 온 이수는 벌벌 떨리는 손으로 휴대폰을 집어 들고 버튼을 눌렀다.

“받아, 받아. 받아야 해.”

이수는 금봉에게 전화를 걸었고 제발 받아달라고 기도하고 있었다. 오보일 것이다. 절대 오보일 것이다. 절대, 그래야 했다.

수십 번이나 신호가 갔지만 금봉은 전화를 받지 않았다.

“안 돼, 받아야 해. 제발 받아줘.”

이수가 애간장이 타는 목소리로 애원했지만 금봉은 전화를 받지 않았다.

“어떻게 하지? 어떻게 하지? 아니야, 그럴 리가 없어…… 죽었을 리가 없어.”

세 번, 네 번 연거푸 전화를 걸었지만 금봉은 끝내 전화를 받지 않았다.

이수는 하얗게 백지처럼 질린 채 풀썩 주저앉고 말았다. 아무 생각도 나지 않았다. 아무것도, 어떤 것도. 보이는 것도 없고, 들리는 것도 없었다. 숨을 쉬고 이는 것도 못 느낄 정도였다.

“후우우욱.”

한참 만에 긴 한숨을 내쉰 이수가 가까스로 생각해 낸 것은 금봉이 마포경찰서에서 일했다는 것, 마포경찰서에 전화를 걸어야 한다는 것, 그것이었다.

114에 전화를 걸어 마포경찰서 번호를 알아내고 다서 마포경찰서에 전화를 걸어 오금봉을 찾고 오금봉이 근무하던 형사계에 연결되기까지 십수 분. 드디어 오금봉을 아는 사람과 통화가 됐다.

“오금봉 씨…… 부탁합니다. 지금 자리에 있나요?”

이수의 목소리는 몹시도 불안정했다.

[오 형사요? 오 형사는…… 지금 병원에 있습니다.]

남자가 착 가라앉은 목소리로 대꾸했다. 너무 슬프니까 묻지 말라는 듯이. 이수는 또다시 정신이 아득해지는 것을 느끼며 숨을 헐떡거렸다.

“병원요? 어느 병원, 어디…… 그, 장례, 장례식장요?”

[예.]

털썩.

이럴 수가…… 정말인 모양이다. 정말로, 정말로 금봉이…… 죽은 모양이다.

아, 하나님, 이건 아니지 않습니까? 이건 너무하시는 거잖아요!

“어디 병원이에요? 어디 병원 장례식장이에요?”

[서울병원 장례식장이고 106호입니다.]

“발인이, 발인이 언제죠?”

이수가 입이 말라붙어 가까스로 입을 떼며 물었다.

[내일요.]

내일. 발인이 내일이면 오늘 아니면 그를 만날 수 없다는 얘기였다. 내일이면 장지로 떠나 버릴 테니까. 내일은 출근도 해야 하니까.

가야 했다. 지금이 아니면 영영 마지막이었다.

겨우겨우 몸을 일으키던 이수는 현기증에 휘청거리다가 가까스로 몸을 추스렸다. 믿고 싶지 않지만, 절대 믿고 싶지 않지만…… 현실이었다.

택시를 타고 장례식장으로 달려가는 이수의 눈에서 주르륵 눈물이 흘러내렸다. 한번 흘러내리기 시작한 눈물은 봇물 터지듯 넘쳐흘렀다. 도저히 멈추게 할 수도, 그치게 할 수도 없었다. 닦아내고 닦아내도 눈물은 쉴 새 없이 흐르고 또 흘러 이수의 얼굴을 몸을 적시고 있었다.

이제야 알아진 것이다. 이제야, 금봉이 죽어서야 알아진 것이다. 그를 사랑하고 있었다는 것을. 단지 그리워했을 뿐, 조금 서운해했을 뿐 사랑인 줄은 몰랐는데, 절대 사랑은 아닌 줄 알았는데 그를 사랑했던 것이다. 아주 많이, 몹시. 그래서 서러웠다. 이제야 알게 된 것이 너무 억울해서, 이제야 그것을 깨달은 자신이 너무 미워서.

병원 장례식장에 도착한 이수는 정신이 반쯤 나간 얼굴로 106호를 찾아 걸었다. 106호. 106호. 드디어 106호 장례식장을 찾은 이수는 벌벌 떨며 장례식장 안을 바라봤다. 절을 하는 사람, 곡을 하는 사람. 이곳이 바로 장례식장이었다.

잠깐 멈추었던 이수의 눈에서 또다시 뜨거운 눈물이 흘러넘치기 시작했다.

"금봉 씨……."

이수는 비틀비틀 장례식장 안으로 들어가 저 앞에 재단에 올려져 있는 영정 사진을 바라보았다.

'어?'

영정 사진이 너무 작아서 금봉의 얼굴이 보이지 않았다. 너무 갑작스러운 일이어서, 너무 갑자기 일을 당하는 바람에 제대로 된 영정 사진도 마련하지 못한 모양이었다. 멀쩡하던 사람이, 젊은 사람이 갑자기 일을 당하거나 죽으면 어쩔 수 없이 명함판 사진을 영정 사진으로 쓰는 유족도 있었다. 요즘은 확대도 해준다는데…… 한두 시간이면 확대가 된다는데…….

저렇게 작아서야, 저렇게 멀어서야 어떻게 금봉을 볼 수가 있겠는가. 우리 금봉 씨를, 우리 금봉 씨를 봐야 하는데.

갑자기 너무나 서러워진 이수는 입을 틀어막고 흐느끼기 시작했다. 불쌍한 사람, 가여운 사람. 저렇게 허무하게 가버리다니, 이토록 싱싱하고 파릇한 나이에 억울하게 가버리다니. 믿고 싶지 않은데 도저히 믿어지지 않는데, 그가 금봉이 저기 있었다. 저렇게 작은 사진 속에 갇혀서. 그도 흐느낄 것이다. 이수가 흐느끼는 것처럼 그도, 금봉도 서럽게 흐느끼고 있을 것이다.

"금봉 씨……."

흐득흐득 흐느끼며 이수가 금봉의 이름을 부르는데 이수의 곁으로 커다란 액자를 든 몇 사람이 지나가더니 재단 위로 올라가 영정 사진을 바꿔놓았다. 이제야 사진을 확대해 온 모양이었다. 이제야.

"금봉 씨……."

곧 숨이 넘어갈 것 같은 가슴의 통증을 느끼며 흐느껴 울던 이수가 커다란 영정 사진을 바라보는데,

"엉?"

깜짝 놀라며 울음을 멈추었다.

웬 할아버지였다. 그것도 아주, 아주 파파 할아버지. 영정 사진 속의 고인은, 금봉이 아니라 파파 할아버지였던 것이다. 아니, 이게 무슨 조화 속인지.

여기가 아닌가? 엉뚱한 장례식장에 와서 꺼이꺼이 넘어갈 듯 울었단 말인가? 아, 쪽팔려라. 듣도 못하고 보도 못한 엉뚱한 할아버지 장례식장에 와서 결혼한 지 일주일 만에 남편 잃은 청산과부 마냥 울어 젖히다니.

그러고 보니 대체 저 여자가 누군데 저렇게 서럽디서럽게 울까 하는 눈으로 쳐다보는 사람들의 시선이 느껴졌다. 이수가 허겁지겁 돌아서서 106호 장례식장을 빠져나오려는데 누군가 이수의 이름을 불렀다.

"이수 씨?"

이름을 부르는 소리에 고개를 들자 금봉이 놀란 얼굴로 이수를 쳐다보고 있었다.

허거걱, 저것은 귀신? 아이고, 이젠 낮에도 귀신이 싸돌아다니는구나. 얼마나 억울하면, 얼마나 원통하면 대낮에도 싸돌아

다닐까. 어쩌면 지가 귀신인 줄도 모르고 돌아다니는 것인지도 모른다.

"이수 씨."

금봉이 다시 이수를 불렀다. 그런데 어째 죽은 사람이 아니라 산 사람 같다.

"금봉 씨……."

"여기 어떻게 왔어요?"

정말로 살았나 보다.

"금봉 씨, 맞아요?"

"나예요. 맞죠, 그럼."

금봉이 무슨 그런 질문이 다 있냐는 얼굴로 대꾸했다.

"정말로 금봉 씨예요?"

이수는 금봉에게 달려가 금봉의 몸을 마구 만지기 시작했다. 만져졌다. 잘 만져졌다. 팔도 있고, 가슴도 있고, 얼굴도 있고, 다 있었다. 손을 대면 쑥 하고 몸을 관통해 등 뒤로 나올 줄 알았더니 천만에 멀쩡하게 살아 있었다.

"살아 있는 거죠? 살았죠?"

이수는 금봉의 몸을 여기저기 마구 만지고 확인하고 또 확인했다.

"왜 그래요?"

"살았군요."

"살아 있죠, 그럼."

남의 장례식장에 나타나서 남들 다 보는 데서 갑자기 몸을 만지

고 쓰다듬질 않나, 눈물이 범벅이 된 얼굴로 살아 있냐고 묻질 않
나 금봉은 난처하고 당황스러워 이수의 손을 잡고 장례식장을 나
와 한적한 곳으로 끌고 갔다.

"살아 있냐니 무슨 말이에요?"

"괜찮은 거죠?"

"괜찮죠, 그럼."

"죽었다고 해서요. 죽었다고 죽었다고 해서……."

이수가 울기 시작했다. 이번엔 너무 기뻐서. 금봉이 살아 있다
는 것이 너무 기뻐서.

"죽다니, 누가 그래요? 내가 죽었대요?"

"신문에서, 범인 검거하다가 휘두른 흉기에 죽었다고, 분명히
봤단 말이에요. 마포경찰서, 경찰대학을 졸업한 오금봉 경
위……."

이수의 눈에서 하염없이 눈물이 흘러내렸다.

"죽은 게 아니라 나 표창장 받았다고 기사났는데……."

"뭐라구요?"

이수가 눈물을 대롱대롱 매달고 멍하게 금봉을 올려다봤다.

"나 상 받았다구요. 잘못 본 것 아니에요?"

"아니에요. 분명히 봤단 말이에요."

"이상하네……."

금봉이 잠깐 기다리라고 하더니 어디서 신문을 주워와 펼쳐 보
였다.

"여기 봐요. 나 표창장 받았다고 나왔잖아요."

금봉이 짚어주는 곳을 읽어보니, 과연 금봉의 말이 맞았다. 경찰대학을 졸업한 오금봉 경위를 비롯한 몇몇의 형사들이 지난번 연쇄살인범 검거에 지대한 공을 세워 일계급 승진과 함께 경찰청장 표창장을 받았다고 적혀 있었다.

"아깐 죽었다고…… 여기 봐요, 제목."

이수가 제목을 가리키자 제목을 읽던 금봉이 킬킬킬 웃기 시작했다.

"이건 제목인데, 실제로 경찰이 죽긴 했어요. 우리 서가 아니라 저기 다른 도시에서. 사건 사고하고 경찰 소식 단신으로 나온 건데…… 짬뽕해서 읽었네요."

"네? 그, 그럼 여기 왜 왔어요? 아까 경찰서에 전화하니까 장례식장 갔다고 하고, 아, 그리고 왜 내 전화 안 받았어요?"

"전화? 꺼놨어요. 아까 장례식장 안에서 스님들 오셔서 염불 외면서 제 올렸거든요. 우리 서 반장님 할아버님이 돌아가셔서……."

"반장님 할아버님이요?"

"예, 올해 구십구 세신데 일 년만 더 사셨으면 백 년 기록 세우시는 건데……."

"여기가 그럼 반장님 할아버지 장례식장이란 말이에요?"

"예."

"난 금봉 씨가 죽었다는 건 줄 알고……."

이수가 다시 울기 시작했다. 이번엔 너무너무 억울해서.

"내가 죽은 줄 알고 달려왔어요?"

“내가 얼마나 놀라고, 가슴 아프고, 정말 미쳐 버리는 줄 알았단 말이에요!”

이수가 앙앙 울며 소리쳤다.

“하늘이 무너지는 것 같아서 가슴이 미어지고 아파서…… 정말 쓰러질 것 같았단 말이에요.”

이수가 어린애처럼 앙앙 울자 웃는 얼굴로 바라보고 있던 금봉이 살며시 이수를 끌어당겨 안았다.

“나 안 좋아한다면서 뭐 하러 울어요. 죽든지 말든지.”

“안 좋아하는 줄 알았는데, 아닌 줄 알았는데…….”

“나 좋아요? 나 좋아해요?”

“좋아해요. 좋아한다구요.”

“정말이에요?”

“정말이에요. 금봉 씨 죽은 줄 알고 나도 죽을 것 같았어요.”

금봉이 이수를 바라보며 눈물을 닦아주다가 다시 꼭 끌어안았다.

“내가 좋아한다고 할 땐 아니라고 하더니.”

“나도 몰랐단 말이에요.”

“바보, 그걸 어떻게 몰라요.”

“내 생각 안 했어요? 왜 전화도 한 통 안 했어요? 전화 기다렸단 말이에요. 나 잊어버렸어요? 선봤다더니 그 여자랑 연애한 거예요? 그 여자가 그렇게 좋았어요? 내 생각 안 했냐구요.”

이수가 원망스럽게 퍼붓자 금봉이 으스러지도록 이수를 끌어안았다.

"구 초 이상 잊은 적이 없어요."

금봉이 이수의 머리에 입을 맞추며 속삭였다.

이수가 고개를 들고 올려다보자 금봉이 물기가 묻은 눈으로 이수를 내려다봤다.

"구 초 이상 잊은 적이 없어…… 먹지도 못하고, 잠도 못 자고, 보고 싶어서……."

"난 너무 배가 고파서, 아무리 먹어도 배가 고파서, 뭘 먹어도 배가 고파서, 허기에서 벗어나려면 금봉 씨를 먹어야 된다고……."

뭐? 뭐가 어째? 금봉 씨를 먹어야 된다고?

"아, 그게 아니라……."

이수가 당황해서 더듬거리자 금봉이 웃음을 터뜨리며 이수를 껴안았다.

"나 아직도 좋아해요?"

"좋아해요. 더 많이, 앞으로도 계속."

"나도 금봉 씨 좋아요."

"결혼해요, 이수 씨. 우리 결혼해요."

금봉이 이수를 꽉 끌어안으며 속삭였다.

결혼하자고, 우리 결혼하자고.

"뭐요?"

이수가 깜짝 놀라며 금봉에게서 떨어졌다.

"우리가 뭘 얼마나 만났다고 결혼을 해요? 데이트 한 번 못했는데 결혼을 하자구요?"

이수가 어처구니없다는 얼굴로 묻자 금봉도 어처구니없다는 얼굴로 이수를 쳐다봤다.

"나 좋아한다면서요."

"좋아한다고 결혼부터 해요? 우리 겨우 두 달 같이 산 것밖에 없는데 그것 가지고 결혼을 하자구요?"

이수가 퍼붓자 금봉이 황당한 얼굴로 쳐다보다가 한풀 꺾였다.

"그럼, 그럼…… 그냥 좀 살아요."

금봉의 말에 이수가 멍한 얼굴로 쳐다봤다.

"그냥 살자구요?"

"결혼하기 싫다고 해서…… 그럼 좀 살다가, 살아보고 결혼하면…… 어때요?"

"동거하자구요?"

"난 결혼이 좋지만……."

"금봉 씨 어머니 아들 자랑이 별나시다는 것하고 금봉 씨 태몽이 황금 봉황이라는 것 외엔 아는 게 없는데 무슨 결혼이에요!"

"그러니까 그냥 살아요, 그럼. 살아봐요, 살아줘요. 좋아해요. 좋아해요, 이수 씨."

또다시 머슴 같은 금봉의 구애가 시작됐다.

"나 이수 씨 좋아해요. 많이 좋아해요, 이수 씨……."

아니나 다를까, 금봉이 입술을 들이대기 시작했다.

"자, 잠깐만요. 여긴 장례식장이에요!"

이수가 금봉의 입술을 손으로 틀어막고 소리치자 금봉이 주위를 둘러보더니 안 되겠는지 이수의 손을 꼭 잡고 뛰다시피 장례식장을 빠져나가기 시작했다.

"어디 가요?"

"집에 가요."

"집에는 왜요?"

"배고프다면서요. 나를 먹어야 배가 부르다면서요."

"어떻게 그런 말을……."

이수가 깜짝 놀라며 걸음을 멈추고 얼굴을 붉히자 금봉도 얼굴을 붉히며 헛기침을 했다.

"어디, 누구 집으로 가요?"

이수가 여전히 얼굴을 붉히는 채로 내숭스럽게 물었다.

"어디로 갈까요? 사, 살던 데가 편하겠죠?"

"그럼…… 우리 집이네요."

이수의 대답에 금봉이 이수의 손을 꽉 잡고는 다시 허둥지둥 뛰기 시작했다. 한시가 급하다는 듯이.

"이제 나 배고프지 않아요."

"배 안 고파도 일단 집에 가요."

"배도 안 고픈데 집에 가서 뭐 하게요?"

"그건, 그건 일단…… 가서……."

금봉이 허둥지둥 이수를 끌어당겨 주차장으로 가더니 이수를 차에 태우고 안전띠를 매준 다음 시동을 걸었다.

"일단 가서…… 뭐 할 건데요?"

이수가 침을 꿀꺽 삼키며 묻자 금봉이 음흉한 눈빛을 숨기지 못하고 이수를 바라봤다. 확 잡아먹을 듯이 이글거리는 눈빛으로.

“뭐 좀 하려구요.”

“뭐, 뭐요?”

“저, 그게…….”

금봉이 쓰윽 입맛을 다셨다. 늑대의 그것과 같은 눈으로 이수를 훑어보며. 이수는 짜르르 전율이 온몸을 관통하는 것을 느끼며 또다시 마른 침을 꿀꺽 삼켰다.

“이수 씨!”

금봉이 이수의 얼굴을 부여잡더니 마구잡이로 입술을 문지르기 시작했다. 금봉의 혀가 입속으로 들어왔다 나갔다 아주 정신이 없었다.

“집에 가서 뭐 할 거냐구요!”

“저기, 슬쩍, 그것 좀 해보게…….”

“그거?”

이수가 얼굴을 붉히자 금봉도 얼굴을 붉혔다.

세상에, 그걸 슬쩍 하겠다니!

“금봉 씨.”

“예.”

“본능대로 행하세요.”

이수의 한마디에 금봉의 눈에서 번득하고 섬광이 일더니만 튕겨 나가듯 금봉의 차가 달리기 시작했다.

금봉의 차는 순식간에 이수의 집 앞에 도착했다. 금봉은 뒤도 돌아보지 않고 이수의 손을 틀어잡고는 엘리베이터로 향했고 엘리베이터는 안전하고 신속하게 두 사람을 1704호로 배달했다.

1704호의 문이 굳게 닫히고 보조키를 비롯한 온갖 자물쇠가 단단히 걸리니. 그 후로 다음, 다음날 아침까지 1704호의 문은 열리지 않았다. 1704호에서 이틀 동안 무슨 일이 벌어졌는지 그것은 휴가를 하루 더 연장한 윤 판사와 죽었다 살아난 오 형사만이 알 것이니라.

항간에 떠도는 소문에 의하면 다만, 오금봉의 본능대로 행하였더란다. 그리고 굶주린 늑대의 울부짖는 소리를 들었다는 아파트 주민들의 신고 전화가 빗발치더란다. 도대체 1704호에 사는 늑대가 무슨 짓을 한 것일까?

앗! 다행히도,
늑대가 힘을 좀 쓰더란다!

작가후기

십이 년 전인가, 십삼 년 전인가 단막극을 한 편 쓴 적이 있었다.

드라마게임이라는 프로였는데 지금은 폐지되었고 드라마시티로 타이틀이 바뀌었는데 드라마시티의 전신으로 봐도 무방할 것 같다.

우연한 기회였고 한번 해보자는 감독님 말씀에 뭣도 모르고 덤볐더랬다.

『우리 집에는 늑대가 숨어 있다』는 그때 드라마게임에 나왔던 내용에서 모티브를 따와서 재창조한 얘기다.

집 때문에 갑작스레 동거를 시작하게 된 두 남녀의 이야기였는데 주인공들의 직업을 바꾸다보니 자연스럽게 내용도 바뀌게 됐다. 개인적으로는, 이번 『우리 집에는 늑대가 숨어 있다』가 더 마음에 든다.

언젠가는 써야지, 써야지 하면서 전체 줄거리만 조금씩 조금씩 써놓고 중간 중간 생각나는 에피소드 몇 가지를 추가해 놓은 채 미뤄뒀었는데 갑자기 쓰고 싶어져서 다작이라는 지적에 시달리고 있음에도 불구하고 용기를 냈다. 지금 쓰지 않으면 안 될 것 같아서. 쓰고 싶을 때 글이 써질 때 써야지 그렇지 않으면 영영 놓칠 것만 같아서.

십이 년 전 얘기에선 여주가 극본작가였는데 이번엔 판사로 바꾸고 보니 큰 일이었다. 법에 대해 아는 것도 없지, 판사에 대해서는 더 더욱 아는 것이 없지. 이럴 줄 알았으면 법 공부를 좀 해볼 걸 후회하면서 정보 수집에 들어갔는데, 검색만 한 달 넘게 한 것 같다. 어느 판사님이든 판사님이 하신 말씀이라면 두 줄밖에 안 되더라도 스크랩을 해놓고 어떤 판사님이 이런 말씀을 하셨고 재판 과정은 어떻다는 소리만 들리면 일단은 메모부터 하고 봤다. 청어람 로맨스 편집부들을 많이 괴롭힌 것 같아 죄송스럽다. 이걸 모르겠어요 좀 찾아주세요, 이것도 모르겠어요 알아봐 주세요. 계속 묻고 계속 도움을 요청하고. 참 귀찮으셨을 것이다. 그럼에도 불구하고 귀찮은 내색 없이 글의 완성도를 위해 기꺼이 수고해 주신 청어람 로맨스 편집부들께 감사를 전한다.

등장인물들에 대해 짧게 얘기를 해야 할 것 같다.

이수, 우리의 윤 판사. 여자주인공에게 판사라는 직업을 주고 나서 보니 굉장히 매력적이었다. 판사라는 직업을 가졌으니 판사에 걸맞는 지적이고 냉철하고 침착하고 사리분별 확실한 성격을 부여해야 했다. 하지만 그렇더라도 그녀는 여자고, 여자에게서 사랑스러움과 귀여움, 그리고 따뜻함이 빠진다면 아무리 매력적인들 무슨 소용일까 싶어 무척 신경을 썼다. 부디 읽는 독자님들의 마음에도 윤이수 판사가 냉철하고 침착함만큼이나 사랑스럽고 귀엽고 따뜻한 여자로 느껴졌으면 좋겠다.

그리고 우리의 황금 봉황 오금봉. 오금봉이라는 이름은 예전 드라마게임 때와 같은 이름이다. 이름을 바꿀까 하다가 그대로 썼다. 이름과 관련된 꽤 재미난 에피소드가 있는데 놓치기가 아까웠기 때문이다. 금봉은, 그냥 보통의 강력계 형사의 모습이 아닐까 싶다. 힘들고 피곤하고 그래서 집에 돌아오면 일단 쓰러져

자고 보는 보통의 총각 형사님. 그런 보통의 강력계 형사님이 사랑에 빠졌을 때 그런 남자는 과연 어떤 모습일까 고민하다가 솔직담백한 쪽으로 가닥을 잡았다. 좋아하고 있다는 것을 사랑하고 있다는 것을 감출 줄 모르는 순진한 남자. 마치 머슴이 마님! 을 외치며 사모합니다 하고 매달리는 것처럼 그렇게 순수한 캐릭터로 잡았다. 순수하면서도 한편 음흉한 늑대.

김현성 변호사는 어쩌면 매우 흔하고 쉽게 찾을 수 있는 현실적인 캐릭터인 것 같다. 어딜 가나 이런 놈은 꼭 하나 있다라는 소리가 나오는, 조금 있는 놈일수록 더 따지는 기회주의자 같은 캐릭터. 처음부터 약간은 재수없고 밉살맞은 성격으로 잡아놓고 써 내려갔는데 금봉과 비교가 되는 것 같아 만족스럽다.

『우리 집에는 늑대가 숨어 있다』에는 사랑한다는 말이 나오지 않는다. 다분히 의도적이다. 또한 결혼으로 끝맺음하지 않았다. 그 역시 의도적이다.

얼마 전에 우리 남편이 '랑아, 너 내가 많이 좋아한다' 라고 말하는데 퍽 듣기 좋았다. 사랑한다는 말을 너무 흔하게 들어서일까? 새롭고 싱그러웠다. 그래서 이번엔 사랑한다, 라는 말 대신에 좋아한다는 말로 바꿨다. 바꿔놓고 보니 더 좋다.

그리고 결혼으로 끝맺음하지 않은 이유는 역시 결혼으로의 끝맺음은 너무 흔하고, 그리고 두 사람이 결혼하기에는 에피소드도 부족하고 두 사람의 시간이 너무 부족했기 때문이다. 결혼은, 그렇게 간단한 일이 아니니까. 서로 알아가야 할 시간이 필요하니까. 그래서 다시 살아보는 것으로 끝을 맺었다. 살아보고 서로 잘 맞춘 다음에 결혼하지 않아도 늦지 않으니까. 이제 다시, 새롭게 시작하는 윤이수와 오금봉, 그래서 두 사람에겐 에필로그도 없다. 아쉬워할 분들이 분명 계시겠지만 이쯤에서 얘기를 접으면서 이 두 사람이 앞으로 어떻게 지낼지 궁금해하시도록 만들어보고 싶은 사악한 심술이 없지 않았다는 것도 밝혀둔다.

너무 궁금해하실 분들 위해 소식을 전하자면, 이수네 집에 사는 늑대는 여전히 잘 숨어 있고, 꽤 자주 굶주린 목소리로 울부짖는다. 하지만 언제나 마지막 늑대의 외침은!

"내가 먹힌 거야!!"

이수는 봉 잡았다!

이수네 집에서 늑대의 새로운 소식이 전해지면 꼭 알려 드릴 것을 약속드리며……. 폭염에 부디 건강하시길, 이 더운 여름 『우리 집에는 늑대가 숨어 있다』를 읽으시면서 조금은 시원해지시길 소망한다. 더불어 내 사랑 수지, 동민이, 그리고 당신께 감사한다.

—2006년 8월

시작부터 끝까지 나와 함께한 '참나' 와 '양자장' 에게 무한한 감사를 전하며 늘 노력하는 김랑, 늘 행복한 김랑.

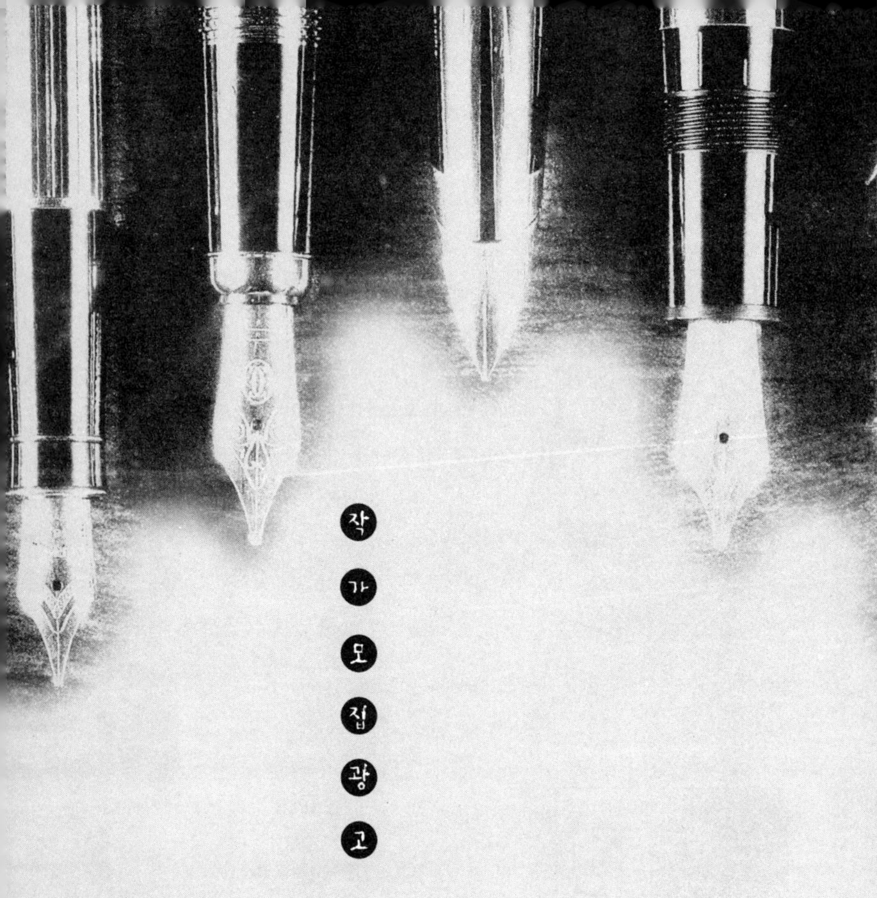
작
가
모
집
광
고